NYDEGG VERLAG

HELMUT MAIER

BRISTEN

KRIMINALROMAN

NYDEGG
VERLAG

Personen und Handlungen sind frei erfunden.

Oder, mit *Mani Matter* gesagt:
«Jede Ähnlichkeiten mit lebenden Personen haben
diese sich selbst zuzuschreiben.»

1. Auflage 2010

Lektorat: Sonja Brunschwiler, Zürich
Umschlaggestaltung und Satz: Sonja Benz, Bern
Umschlagbild: Urs Hochstrasser
Autorenfoto: Davide Caenaro
Druck: CPI – Ebner & Spiegel, Ulm
ISBN 978-3-9522295-7-6

Nydegg Verlag, CH-3015 Bern
www.nydegg-verlag.ch

1

Schon von aussen hatte er ihn im Visier. Er war noch frei und sehr begehrt. Zwar etwas klein und in die Jahre gekommen, dafür mit Blick auf die Limmat. Der Marmortisch in der Ecke seines Cafés.

Er war so sehr auf seine Ecke fixiert, dass ihm beinahe die Frau entgangen wäre, die soeben den Tisch verliess. Jenseits der Glaswand, in der sich sein Gesicht spiegelte, etwas zerknittert, noch kaum modelliert, am Vortag rasiert.

Der Kellner half ihr in einen hellen Mantel, als Finn das Café betrat. Er nahm nur ihre Umrisse wahr. Sie hätten ihn mehr gefesselt, wenn ihm sein Eckplatz nicht so wichtig gewesen wäre. Trotzdem, für einen Moment war er versucht, sich durch das kurze, zerzauste Haar zu fahren und den Suchenden zu mimen, bis sie näherkäme und den Umrissen ein Gesicht gäbe. Doch sein Tisch war auch bei anderen sehr beliebt. Er riss sich von seinem Traum los, wählte eine Zeitung und steuerte auf die Ecke zu. Ihre leere Espressotasse stand noch da. Auf dem Stuhl lag ein Buch. Ein Blick zur Garderobe, dann zur Tür. Die Frau war weg. Er spähte durch das Fenster. Nichts. Sie musste in einer Seitengasse verschwunden sein.

Den Kopf schief gelegt schielte er von oben auf den Titel des Werkes. Er runzelte die Stirn und streifte sein schwarzes Leinensakko über die Stuhllehne, ohne den

Blick vom Umschlag zu lösen. Was für eine Frau vergass solche Bücher? Er könnte kurz die Umschlagseite öffnen. Vielleicht hatte sie ihren Namen hineingeschrieben.

Auf der ersten Innenseite stand nur der Untertitel: *Eine soziologische Betrachtung von Lukas Arpagaus.* Immerhin nichts Esoterisches. Eine Soziologiestudentin? Eher nicht. Auch wenn er sie nur flüchtig gesehen hatte – sie schien ihm reifer.

Noch im Stehen blätterte er weiter. Nirgends ein handgeschriebener Name, nirgends eine persönliche Notiz, nicht einmal ein Lesezeichen. Nur eine gedruckte Widmung: *Für F. Wen die Götter lieben, holen sie jung zu sich.*

Eine verschwommene Erinnerung tauchte auf. Eine Leiche in einem Swimmingpool. Blond. Mit dem Rücken nach oben – Rolling Stones. *Those whom the Gods love grow young.* Die Widmung auf der ersten Platte nach Brian Jones' Tod. Ertrunken im Swimmingpool irgendeiner Farm in England oder Schottland, umwuchert von Spekulationen und wilden Gerüchten. Mord, Selbstmord, Drogen, Alkohol. Dabei lag es nur am Asthma. Ein dummer Unfall. – Das konnte ein Anknüpfungspunkt werden, falls die Studentin zurückkäme. Damit musste sich ein erstes Gespräch am Leben erhalten lassen. Er würde ihr eine Chance geben und im Text herumstöbern. Die Vernissage begann auch ohne ihn.

Gelegentlich legte Finn das Buch weg, liess das Gelesene wirken. Er schloss die Augen und sauste in diesen Tunnel, der ihn mit Urgewalt in sich hineinsog und ihn an die

Schwelle des Jenseits katapultierte. Am Ende ein gleissend weisses Licht, ein von Helligkeit durchfluteter Raum, eine schattenlose Gestalt. Dazu ein paar tote Bekannte, die ihn misstrauisch musterten. Natürlich genau jene, auf die er im Leben schon gerne verzichtet hätte. Vernachlässigte Verwandte und übelgelaunte Feinde als letztes Gericht. So hatte er sich den Himmel nicht vorgestellt. Nicht einmal die Hölle. Obwohl er ihr jeden Hinterhalt zutraute.

Er schlug die Augen wieder auf. Wenigstens stand der Latte macchiato noch da. Langsam tauchte er den Löffel in den Schaum. Sein Blick glitt über die Schrift auf dem blauen Einband. *Nahtod – ein unsterblicher Mythos.* Interessantes Wortspiel.

Seine Gedanken blieben hängen, während sich der Schaum auf der Zunge verflüchtigte. Dieser Film, dieses Leben im Zeitraffer. Wie lange mochte er dauern? Eine Hundertstelsekunde? Eine Tausendstel? Reichte das für ein ganzes Leben? Oder würde nur gezündelt werden? Würden nur ein paar Episoden in Brand gesteckt, wie bei einem Videoclip? Ein wirres Geflimmer aus lauter Höhepunkten? Gewürzt mit ein paar Peinlichkeiten? Oder nur die Peinlichkeiten?

Bei ihm ganz sicher nur die Peinlichkeiten …

Lieber nicht weiterdenken.

Lieber das Buch zur Hand nehmen, weiterblättern und sich in menschliche Abgründe vertiefen. Begleitet vom vagen Bild einer Frau, von der er bisher nur die Umrisse kannte. Umgeben von einem Duft, der ihn warnte.

2

Klingende Gläser, dumpfes Stimmengewirr, zwischendurch ein helles Lachen. Die Vernissage war gut besucht. Kein Wunder. Seine Galerie im Seefeld hatte eine lukrative Nische besetzt. Dank seiner Schwester. Manchmal auch dank seiner verwirrten Sinne. Vor allem aber dank Kant, der die halbe Zeit durch Nordeuropa reiste und junge Künstlerinnen unter Vertrag nahm. Notfalls auch Künstler. Kant hatte die Galerie schnell zum Geheimtipp gemacht. Weit über Zürich hinaus.

Was nicht immer nur von Vorteil war.

Finn sässe lieber noch in seinem Café. Am Marmortisch. Mit dem Rücken zur Wand, einen weiteren Latte Macchiato vor sich, das fremde Buch in der Hand. Gewärmt vom Sonnenlicht, das durch die Fensterfront die hohen Räume flutete.

Ein idealer Ort zum Träumen.

Draussen würde das Leben an ihm vorüberziehen, lautlos wie in einem Aquarium. Nur hie und da das Klingeln eines Trams. Drinnen würde eine Emsigkeit herrschen, die nichts mit ihm zu tun hätte. Ganz anders als hier. Hier hatte alles etwas mit ihm zu tun, selbst wenn es belanglos war. Halbe Sätze, halbe Freundlichkeiten, halb volle Gläser. Er schob sich durch die Menge. Solange er in Bewegung blieb, musste er sich auf nichts einlassen.

Ihr Blick traf ihn, als er das Glas ansetzte. Noch bevor er ihr zunicken konnte, sah sie wieder weg. Etwas an ihr erinnerte ihn an die Frau im Café. An die Frau, die sich vom Kellner in einen hellen Mantel hatte helfen lassen. An die Soziologiestudentin, die nicht mehr zurückgekommen war. Die ihn mit ihrem Buch und seinen Geschichten und Fantasien einfach sitzen gelassen hatte. Ob sie allein hier war? Er leerte sein Glas. Abwarten.

Er schlängelte sich zu seiner Schwester. Seit Tagen gab es für sie nichts anderes als die Vernissage. Das belebte ihre Umtriebigkeit und ihre Schönheit. Sie sah einmal mehr umwerfend aus und mindestens zehn Jahre jünger. Kaum zu glauben. Keine Spur mehr des verhärmten Wesens, das vor fünf Jahren in der Galerie aufgetaucht war, um sich von der Scheidung abzulenken. Das sich auf Staub und Schmutz gestürzt hatte, dann auf die Buchhaltung, dann auf den Rest. Das nach der ersten miterlebten Vernissage alle angebrochenen Flaschen leer getrunken und dauernd gelallt hatte: «Dasch musch allesch andersch werden. Allesch!» Ein paar Vernissagen und Finissagen später war sie die unbestrittene Herrscherin über Kunst und Klatsch. Seine Schwester – ausgerechnet. Aber eigentlich müsste er ihr dankbar sein. Hätte er sich nicht vor ihrer Umtriebigkeit retten müssen, wäre er nie zum Kunstfahnder geworden, der immer häufiger bei Raub und Diebstahl von Bildern beigezogen wurde.

Ihr zweiter Blick traf ihn, als er sich Weisswein nachschenkte. Sie war immer noch allein. Wieder sah sie weg, bevor er reagieren konnte. War er zu langsam? Er verharrte in der Bewegung. Ihre Hände waren leer. Er füllte ein zweites Glas, mit dem er sich in unbestimmter Richtung in den Raum bewegte. Ihr dritter Blick schien von einem Lächeln begleitet. Auch wandte sie ihr Gesicht nur noch halb ab, als er auf sie zusteuerte. So konnte sie wahrnehmen, dass er von seiner Schwester aufgehalten wurde.

Als er sich endlich lösen konnte, stand Kant neben ihr. Unübersehbar, hochgewachsen, sonnengebräunt. Das dichte schwarze Haar nach hinten geworfen, zwei Gläser in der Hand. Sie schien amüsiert und lachte. Als sie das Glas von Kant entgegennahm, traf ihn ihr vierter Blick. Ihm war, als ob sie ihn auf später vertröstete. Er änderte die Richtung. Kant war sein bester Freund. Bei ihm war sie so gut aufgehoben wie die Antilope im Rachen eines Löwen. Oder wie das zweite Glas bei ihm. Er leerte es in einem Zug, stellte es auf einen kleinen Tisch und ging an die frische Luft.

Durch die Glastür sah er, was er nicht sehen wollte. Kant näherte sich ihrem Ohr. Seine Hand strich über ihren Rücken. Er führte sie zu einem frei gewordenen Sofa, warf sich hinein, machte wohl irgendeinen Spruch. Sie lachte, setzte sich zu ihm, seitwärts, plaudernd und lächelnd, ihm immer zugewandt. Näher als nötig. Ihre Augen schienen zu funkeln. Auch das noch!

3

Es wurde Zeit, wieder hineinzugehen. Er konnte nicht endlos vor der Tür herumhängen. Und er brauchte Nachschub. Vernissagen waren nur benebelt auszuhalten. Ausserdem fand er hier draussen ebenfalls keine Ruhe. Ein ständiges Kommen und Gehen, die einen strömten hinein, die anderen heraus. Einige kannten ihn, wollten ein paar Worte wechseln, lachen, Hände schütteln, küssen. Nur die Unbekannte liess sich nicht blicken. Ob sie nicht bemerkt hatte, dass er hinausgegangen war?

Als eine grössere Gruppe herauskam, schlüpfte er hinein und stutzte. Das Sofa war weg, Kant war weg, die Antilope war weg. Er sah sich suchend um. Köpfe, Hinterköpfe, Gesichter, Profile. Zwischendurch Modisches, oft Individuelles, erstaunlich wenig Schwarzes. Viel Junges. Jünger als er. Dazu diese unruhigen Blicke, diese hektische Spannung – war etwas vorgefallen?

Er nutzte die Deckung der Köpfe, um verborgen nach ihr Ausschau zu halten. Zu spät. Ihr Mund an Kants Ohr, ihre Hand auf seinem Arm. Noch bevor er wegsehen konnte, hatte sie ihn wieder entdeckt. Sie nickte ihm zu und lächelte. Kant drehte sich um und winkte. Bedeutete ihm, herzukommen. Jetzt gab es kein Entrinnen mehr. Finn zeigte auf das leere Glas. Zeit gewinnen. Kant streckte drei Finger in die Höhe. Er verstand. Sie lächelte weiter und schien ihm plötzlich alles andere als eine Antilope.

Auch keine Gazelle.

Womöglich war sie gar kein Tier.

Jedenfalls kein Fluchttier.

Es fiel ihm nicht leicht, drei volle Gläser durch die Menge zu balancieren. Vielleicht, weil er im Stehen ein weiteres Glas geleert hatte, um ihren Mund von Kants Ohr wegzuspülen. Doch die Menge war so aufgekratzt, dass niemand die Spritzer bemerkte, die er verteilte, während er mit eingezogenen Schultern an ihnen vorbeidrängte. Kant nahm ihm zwei Gläser ab, gab eines weiter, legte den freien Arm um seine Schulter und sagte:

«Darf ich vorstellen: Maria Lucrezia Chianti. Oder Barolo. So was in der Art. Und das ist er jetzt: Magnus Finn.»

Frau Barolo oder Chianti streckte ihm ihre Hand entgegen. Im Strahlen ihrer Augen blitzte eine Wärme und Offenheit auf, die jeden zielgerichteten Gedanken entwaffnete.

«Kienast. Maria Lucrezia Kienast. Oder einfach Malu. Hallo.»

Einfach, dachte er, während sie sich die Hände reichten. Seine Schwester Elisabeth nannte sich neuerdings Sabali, Konrad Silvan Mossdorf signierte bescheiden mit KoSmos. – Er hatte nichts dagegen, wenn sich jemand von seiner vordefinierten Identität befreite. Maria Lucrezia Kienast, genannt – Mar-lu-ki. Oder: Ria-zia-ki. Würde sich japanisch anhören. War wahrscheinlich nicht angesagt. Darum Malu. Eine rätselhafte Insel, irgendwo in Asien. Oder besser in Afrika, ehemals französisch, Malou. Geheimnisumwitterter Urwald, weisser Sandstrand, klares Wasser.

Ihre Hand war angenehm warm.

Er hätte versuchen können, sie nicht anzustarren. Sie war schlank, wenn ihn sein Eindruck nach all den Gläsern nicht täuschte. Trotzdem hübsch. Malu-Malou. Jeans, sandfarbene Schuhe, sandfarbener Pullover. Ein Hauch von Unauffälligkeit. Wobei es Spuren gab, die in eine andere Richtung deuteten. Spuren, denen er gerne nachgegangen wäre. Doch er sollte sie nicht länger anstarren. Schon gar nicht wortlos.

«Edda ist im Anflug.»

Das war nicht seine Stimme.

Das war Kant.

Zweifelsfrei.

Die Menge teilte sich.

Zwei Jungs balancierten ein DJ-Pult an die Stelle, an der das Sofa verschwunden war.

«Edda?», fragte Malu.

«Die Künstlerin», sprach Kant in den Raum hinein.

Malu hob die Augenbrauen. «Die beiden Jungs sind die Künstlerin? Ich war wirklich schon lange nicht mehr an einer Vernissage.»

Kant lachte. «Nicht ganz, Frau Chianti. Aber Edda ist auch immer für eine Überraschung gut. Komm näher, wir werden dich in ihr Geheimnis einweihen. Finn: du oder ich?»

Näherrücken. Warum nicht.

In der Bewegung berührte sein Handrücken kurz ihren Pullover. Sie zuckte nicht zurück. Kaschmir, wenn ihn seine Sinne nicht täuschten. Kaschmir, der jetzt von sich aus seinen Handrücken streifte. Dazu Malu-Malous amüsiert auffordernder Blick, ihre Lippen, die seinen Namen formten: «Magnus Finn.» Und nach einer kurzen Pause nachschoben: «Kant wartet auf eine Antwort.»

Natürlich, Kant war auch noch da.

Finn nickte Kant ermunternd zu. Das liess ihm Zeit, sich zu sammeln und einmal mehr die Erfolgsgeschichte dieser Irren aus Reykjavik mitanzuhören. In diesem Licht erinnerte ihn Kants Haar an einen Panther. Sein Bärtchen, das Kinn und Mund umrandete, schien die Konturen einer Wildkatze noch zu unterstreichen. Selbst Kants Bewegungen hatten etwas von einem Raubtier. Kein Wunder, wenn ihre Augen vorher wirklich gefunkelt hätten.

Er riss sich von diesem Gedanken los, um Kant wenigstens mit halbem Ohr zuzuhören. Edda war mit ihrer «Trilogie des Trivialen» bekannt geworden. Für «Öl auf Leinwand» hatte sie Speiseöl über eine Filmleinwand gekippt, für «Kohle auf Papier» einen Geldschein auf Geschenkpapier geklebt, und für «Asche auf Aluminium» eine Wachtel kremiert und in Alufolie gepackt. Ihr berühmtestes Werk aber war «Plastik in Öl und Wasser». Ein Zufallstreffer im doppelten Sinn, wie Edda gern betonte. Sie hatte, wenn man ihr glauben durfte, beim Kochen Öl in einer Bratpfanne erhitzt. Als sie sich mit einem Becher in der Hand bückte, schwappte kaltes Wasser in das erhitzte Öl, ein siedend heisser Spritzer schoss in ihr Auge, sie schrie auf, liess den Becher in die Pfanne fallen, Öl und Wasser spritzten in alle Richtungen. Edda rannte ins Bad, um das brennende Auge mit Wasser zu kühlen. Als sie aus dem Spital zurückkam, durchsuchte sie den Abfall. Sie nagelte den verschmorten Plastikbecher auf einen Sockel und brachte das Ganze ihrer Galeristin. «Plastik in Öl und Wasser», sagte sie. «Unverkäuflich.»

Zur Vernissage erschien sie mit einer dunklen Sonnenbrille. Das Glas über dem gesunden Auge war herausgebrochen, das verlorene Auge blieb verdeckt. Ein anwesender Künstler erkannte die Chance; so billig würde er nie wieder in die Schlagzeilen kommen. Er schlug bei seiner Sonnenbrille ein Glas heraus. «Solidarität mit der Künstlerin!», dröhnte er durch den Raum. Andere machten es ihm nach und riefen damit eine Kultbewegung ins Leben, die nach wenigen Tagen Islands Partygänger zu einäugigen Brillenträgern machte. Eddas Antwort liess nicht auf sich warten. Für die nächste Vernissage in Reykjavik füllte sie einen Raum mit Holzbüsten. Dann setzte sie jeder eine einäugige Sonnenbrille auf und nannte das Ganze «Sonnenbrille auf Holzköpfen».

«Damals habe ich sie kennengelernt und hierher eingeladen. Und jetzt warten alle auf sie», schloss Kant.

«Doch Edda kommt nicht, wenn man sie ruft», stellte Malu fest.

Kant nickte. «Sie ist etwas eigenwillig. Übrigens hier, dein Handy. Du hast es liegen lassen, als du zur Toilette gingst.»

Wenn ein Funkeln in ihren Augen gewesen war, wurde es jetzt von einem Forschen abgelöst. «Das war noch nicht alles, oder?», fragte sie.

«Ich habe dir meine Nummer programmiert.»

Sie liess Kant nicht aus den Augen. Er strich sich über sein Bärtchen: «Was willst du von uns?»

«Ich verstehe nicht?»

«Code Greenbaum.»

«Du hast meine SMS gelesen?»

«Ich habe sie gelöscht.»

«Du hast meine SMS gelöscht?»

«Gelesen und gelöscht.»

Ihr Mund klappte zu, um sich gleich wieder zu öffnen. «Ich fasse es nicht! Ich kenne niemanden, der fremde SMS liest und *löscht*!»

Und er kenne niemanden, der an einer Vernissage auftauche, die Künstlerin nicht kenne, in der Handtasche rumkrame, alles Mögliche neben sich aufs Sofa lege, weiterkrame, alles wieder einpacke und dabei zufällig das Handy übersehe, bevor sie sich frisch machen gehe. Eingeschaltet. Mit solchen SMS. «Also, was willst du von uns?», hakte Kant nach.

Wovon sprachen die beiden? Hatte er im Lärm und der Watte, in die ihn der Wein packte, etwas verpasst?

«Finn, Malu hat ein Problem. Sie will etwas von uns, rückt aber nicht mit der Sprache heraus. Und ich versuche gerade, ihr klarzumachen, dass es nur zwei Leute gibt, die ihr helfen können. Dich und mich. Wir müssen sie nur noch dazu bringen, das auch zu glauben.»

Finn fixierte Kant, was nicht auf Anhieb gelang. Vielleicht sollte er langsamer trinken. «Kunstraub?», fragte er leise und räusperte sich. Wo war seine Stimme geblieben?

Kant zuckte mit den Schultern. Er habe keine Ahnung. Aber «Code Greenbaum» höre sich nicht nach Kunst an. Mehr nach Irreführung und Täuschung.

«Sehe ich das richtig, Frau Chianti?»

Sie hatte den Arm angewinkelt, das Glas auf Kinnhöhe und schaute in die Menge. Sie habe sich auf vieles eingestellt, doch dass er ihre SMS lösche – sie fasse es immer noch nicht. Aber zugegeben, sie wolle etwas von ihnen. Von ihnen beiden.

Ihr Blick streifte über die Menge.

Nur sei das hier nicht der richtige Ort für Details, die Sache sei sehr vertraulich, und sie könne nicht zwei Männern gleichzeitig ins Ohr flüstern. Darum schlage sie einen Ausflug vor, zu dritt, Pfannenstiel oder so. Ein bisschen abgelegen und weitläufig genug, um auch ein längeres Gespräch zu verkraften. Ausserdem, seufzte sie, würde ihr etwas frische Waldluft nur guttun. Sie fühle sich ein wenig blass. Malu sah Finn fragend an.

Er tauchte in ihre Augen ein. Grünbraun mit viel Grün, das linke unmerklich nach innen gerichtet. Mit einem Mal fand er sich wieder im geheimnisvollen Dschungel der Insel Malou. Sie liess ihn lange in ihrer Tiefe treiben, bevor sie ihm ihren Blick allmählich entzog. Wahrscheinlich starrte er schon wieder.

Irgendwie gelang ihm ein Nicken.

Ihr Gesicht hellte sich auf. Ein Blick zu Kant, der seine dunklen Augen auf ihr ruhen liess, bevor er wortlos auch Finns Nummer in ihr Handy programmierte. Als er ihr das Telefon reichte, ohne sie aus den Augen zu lassen, schienen sich ihre Finger zu berühren. Finn leerte entschlossen sein Glas und bekam gerade noch mit, wo sie sich am nächsten Morgen treffen sollten. Im gleichen Moment erfüllte ein Raunen den Raum.

Der DJ legte auf.

Edda trat ein. Kahl rasiert. Brillenlos. Mit Augenklappe.

Sie bewegte sich auf den DJ zu, schnappte sich eine LP, zog ihr hautenges Top aus, fixierte es mit Sprühkleber auf die LP, öffnete sich ihren Weg zu Kant, übergab ihm das Werk und hauchte «Acryl auf Vinyl». Der DJ drehte den Sound auf, Edda warf die Hände um Kants Nacken, und die beiden nahmen den hämmernden Rhythmus auf.

Das wäre die Gelegenheit gewesen, Malu auf Soziologie anzusprechen. Doch Finn konnte sich drehen und wenden, wie er wollte, der Kaschmirpulli war verschwunden. Heute war er wirklich zu langsam. Ausser vielleicht beim Trinken.

Er entdeckte sie beim Ausgang. Wollte sie nicht zusehen, wie Kant mit Edda tanzte? Sie drehte sich noch einmal um, streifte ihn mit ihrem konzentrierten Blick und ihrem fünften Lächeln.

Gänsehaut.

Als er sich wieder der versammelten Szene zuwandte, blieb er an den Konturen einer etwas üppigen Tanzenden hängen. Ihre Stilettos verharrten an Ort, während sich alles Übrige in einer Wellenbewegung dem Rhythmus hingab. Ihm war, als ob sie ihn aus den Augenwinkeln beobachtet hätte. Sie tat unbeteiligt, aber unter seinen Blicken nahmen die Wellenbewegungen zu.

4

Beinahe wäre er in einen Kuhfladen getreten.

Sie hatten sich gegen neun an der Haltestelle der Forchbahn getroffen. Konspirativ, wenn man ihn gefragt hätte. Alle drei waren aus der Stadt hergereist, jeder auf einem anderen Weg. Malu und Kant in ihren Wagen, er mit der Forchbahn. Natürlich hätte er bei Kant mitfahren können. Doch am Vorabend hatte der Anblick der Stilettos das Gefühl ausgelöst, er würde die Nacht in fremden Laken verbringen. Sein Gefühl entpuppte sich als Irrtum. Die Nacht also allein. Die Fahrt am Morgen auch.

Ein Schluck Wasser wäre jetzt nicht schlecht gewesen.

Gekleidet in eine beige Regenjacke und eine helle Kordhose hatte sich Malu von Beginn an zwischen ihn und Kant geschoben. Ihre Hände verschwanden in den Jackentaschen, die Füsse in halbhohen Trekkingschuhen. Das kastanienbraune Haar wellte leicht und ungeordnet auf ihre Schultern. Er suchte nach ihrem Duft, doch er konnte nichts Bekanntes orten. Der Hals war von einem Tuch umschlungen, das Gesicht nur leicht geschminkt. Sie wollte zeigen, wer sie war, und doch nicht alles offenlegen.

Kurz nach der Siedlung schlängelte sich ein Feldweg durch grünfeuchte Wiesen zum Wald. Die Grasnarbe zwischen den Spurrinnen strotzte vor Tau. Kant hatte es als Erster bemerkt. Tautropfen, Malus helle Hose, die kommende Nässe, Kälte, Schmutz. Er liess sich zurückfallen, bevor sie bei den feuchten Büscheln angelangt waren. Damit öffnete er Malu den Weg in die linke Spur. Ein kurzes Aufflackern in ihren Augen, das Finn lieber nicht mitbekommen hätte. Seine Sinne waren abgelenkt worden. Hinter dem Vorhang einer Terrassentür glaubte er, eine weibliche Silhouette zu erkennen. Beobachtete sie die drei Konspirateure? Ihre Umrisse waren weich gezeichnet. Die üppigen Konturen erinnerten ihn an die Tanzende mit den Stilettos. An eine mögliche Gelegenheit, die er gestern hatte vorüberziehen lassen, weil seine Gedanken um Malu-Malou gekreist waren. Um die Frau, die ihm irgendwie zu schlank war, die aber jetzt neben ihm herging und plaudernd mit ihm den Feldweg teilte. Mit Kant im Rücken. Im letzten Moment wich er dem Kuhfladen aus.

Kaum waren sie im Wald angelangt, stieg Malu direkt ins Thema ein. Von moosüberwucherten Steinen und Felsbrocken dampfte es in den herbstlich klaren Morgen. Ein schöner Tag stand bevor. Die Luft im Moment noch nieselig und kühl. Tautropfen hängten sich an Augenbrauen und Wimpern. Duftwolken von Harz stiegen auf, wenn sie an aufgeschichtetem Holz vorübergingen. Von irgendwoher ein Kauz. Oder ein Käuzchen? Ein Hu-huu wie die Backgroundstimmen in «Sympathy for the devil». Finn schlug den Mantelkragen hoch. Das liess ihn glauben, das Huulen sei der Wind. Und lenkte ihn vom Gedanken ab, dass man auch ihn für einen Kauz halten könnte.

Malus Stimme war fest und hell.

Sie wolle von vorn beginnen. Schrecklich sei nicht der Anruf gewesen, sondern der Zeitpunkt. Wenigstens im ersten Moment. Malu im Tiefschlaf. Sie habe einen Moment gebraucht, bis sie durch ihr strähniges Haar hindurch verstanden habe, was der Anrufer wollte. Es war Robert, ihr Assistent. Die Autobahn am Gotthard. Eine Bombe. Nein, nicht im Tunnel. Ein bisschen ausserhalb.

Sekunden später war sie unterwegs. Zum Wichtigsten gehörte jetzt, den Medien keine Chance zu geben. Gezielte Desinformation. Bloss keine Hysterie, keine Nachahmungstäter und keine Trittbrettfahrer. Sie wusste, dass Robert das im Griff hatte. Geübt hatten sie es oft genug.

Sie traf als Letzte am Tatort ein. Ein Anrufer hatte die Polizei kurz vorgewarnt und ihr minimal Zeit gegeben, die Autobahn auf diesem Abschnitt sofort zu sperren. Montagmorgen, kurz nach fünf, kaum Verkehr. Wer unterwegs war, wurde bei den Ausfahrten Wassen und Amsteg von der Gotthardautobahn geholt und über die Hauptstrasse umgeleitet. Nach dreissig hektischen Minuten waren die kritischen Abschnitte auf einer Länge von zehn Kilometern autofrei.

Als es zu keiner Explosion kam, glaubten die Verantwortlichen an einen Fehlalarm. Ein zweiter Anruf: «Entfernt diese Leute!» – sofort wieder aufgehängt. Niemand hatte eine Ahnung, wovon die Rede war. Es wurde angenommen, dass die Polizisten bei der Ausfahrt Amsteg gemeint waren. Sie wurden angewiesen, eine mobile Strassensperre einzurichten und die Autobahn zu verlassen. Noch während die Anweisungen ausgeführt wurden, ein weiterer Anruf: «Entfernt diese Leute sofort, oder sie fliegen in die Luft!» – aufgehängt.

Grosse Ratlosigkeit und Panik.

Das Team bei Amsteg war noch nicht so weit, erhielt aber Befehl, die Stelle unverzüglich freizugeben. Ein Fahrer sprintete zum Streifenwagen, warf sich hinter das Steuer und blockierte die letzte Lücke mit dem Fahrzeug. Als er ausstieg, stand er auf der falschen Seite der Sperre. Er hechtete über die Kühlerhaube und brachte sich mit einem Spurt in Sicherheit.

Dann das lange Warten, wo Sekunden zu Minuten, Minuten zu Stunden wurden.

Nichts passierte.

Alle warteten gespannt auf einen Knall.

Nur zwei der Strategen behielten klaren Kopf und versuchten, den Verkehr aus Norden schon vor Amsteg auf die Hauptstrasse zu holen.

Was ihnen auch gelang.

Doch auch sie warteten dauernd auf den Knall.

Nichts geschah.

Kein Anruf, kein Donner, keine Detonation.

Nach einer halben Stunde wurde ein Panzerfahrzeug auf die Strecke geschickt. Bestückt mit einem Sprengstoffexperten, der eigentlich kein Experte war, sondern ein Feuerwehrmann.

Finn sollte sich am Abend mit Kant die Aufzeichnungen des Funkgesprächs zwischen Panzerfahrzeug und Einsatzleitung anhören. Er sollte es nicht fassen können, dass die Aufnahmen von ständigem Knistern, Knacken und Rauschen begleitet waren. Wo flossen denn die Unsummen hin, die das Militär jährlich verschlang? Auf ein geheimes Nummernkonto?

Die Gesprächsfetzen sollten darauf schliessen lassen, dass das Panzerfahrzeug kurz vor sechs Uhr morgens langsam losgefahren war und die Einsatzleute zunächst nichts Verdächtiges entdeckt hatten. Eine blecherne Stimme kommentierte laufend, was vor sich ging.

«Einfahrt Intschitunnel zwei. Geschwindigkeit siebzehn Stundenkilometer. Keine Gegenstände in der Nähe, keine Gegenstände auf der Fahrbahn. – Ausfahrt Intschitunnel zwei. Alles normal. Geschwindigkeit unverändert. Hat er sich nicht gemeldet?»

«Nein, alles ruhig. Wie sieht die Gegenfahrbahn aus?»

«Gegenfahrbahn frei, keine Gegenstände, keine Personen. Wir können aber nicht alles sehen, wegen der Leitplanke. Wir fahren nachher auf der anderen Seite runter. Werden wir beim Gotthardtunnel wenden?»

«Nein, vorher. Es gibt eine Durchfahrt bei Kilometer hundertfünfundsechzig.»

«Verstanden. Wenden bei Kilometer hundertfünfundsechzig. – Wir fahren jetzt in den Riedtunnel ein. Geschwindigkeit dreizehn Stundenkilometer. Ziemlich dunkel. Der Tunnel macht einen Bogen. Schwer einsehbar. Wir rattern da mal durch. – Jetzt sehen wir den Ausgang. Ein weisses Loch – und ein riesiger schwarzer Klumpen ...»

«Standort?!»

«Wir sind noch im Tunnel, etwa fünfzig Meter vor dem Ausgang ...»

«Standort des *Objekts*!»

«Verstanden. Standort des Objekts etwa dreissig Meter nach Ausgang Riedtunnel. Ich gehe auf Zielfernrohr. –

Es ist … Ein Wagen?! Ja, ein Wagen. Auf dem Pannenstreifen. Deutsches Kennzeichen. Und da – eine Person, geduckt, neben dem Auto. Was sollen wir machen?!»

«Sofort stoppen!»

«Verstanden. Wir stoppen!»

«Was passiert? Alles melden! Ende.»

Den folgenden Kommentaren nach zu schliessen richtete sich eine Person, offenbar ein junger Mann, blond, hager, Schraubenschlüssel in der Hand, langsam hinter dem Wagen auf. Verdutzt starrte er auf das Panzerfahrzeug, das sich im Schritttempo näherte, dann plötzlich stehen blieb. Der Blonde klopfte an die Heckscheibe des schwarzen Wagens, ohne den Panzer aus den Augen zu lassen. Einmal. Zweimal. Dann mehrmals heftig. Schliesslich öffnete sich die hintere Wagentür. Nach ein paar Sekunden, in denen der Blonde wild gestikulierend auf den Panzer zeigte, stieg eine junge Frau aus. Auch sie hochgewachsen, blond und dünn. Gleichzeitig öffnete sich die vordere Wagentüre. Eine weitere Person erschien. Sie kratzte sich am Kopf, gähnte und hängte sich mit den Armen über die Tür.

Ein Mann um die zwanzig.

Schwarzhaarig.

Vollbart.

Aber offensichtlich noch schlaftrunken.

Schlafende zünden keine Bomben.

Behauptete die Einsatzleitung.

Ein Knacken in der Leitung.

Eine längere Pause.

Dann eine klare Anweisung.

So klar, dass sich vor Finns innerem Auge alles wie in einem Film abspulte.

Einer der Soldaten öffnete die Luke des Panzerfahrzeugs. Er stieg aus und ging, dicht neben dem Panzer, langsam auf den schwarzen Wagen zu. In der Hand ein Funkgerät.

Sein erster Ernstfall.

Er liess den Vollbart nicht aus den Augen.

Der Blonde schlug mit dem Schraubenschlüssel rhythmisch in seine Handfläche.

Die Frau sagte etwas, der Vollbart nickte, der Panzer im Tunnel überdröhnte alle Geräusche.

Soldat und Panzer kamen näher.

Plötzlich ein Aufblitzen neben dem Wagen. Der Soldat duckte sich, drückte sich an den Panzer, schrie ins Funkgerät, drehte sich ab, rollte sich zwischen Tunnelwand und Panzer über den Boden und brachte sich hinter dem Fahrzeug in Deckung.

Ein wildes Hin und Her über Funk. Im Zielfernrohr war nichts erkennbar, kein Geschoss, kein Blitz, nur die überraschten Gesichter der jungen Leute.

Kurz darauf Entwarnung.

Eine Sonnenspiegelung.

In einer Radkappe.

Das Rad selbst lag auf dem Boden.

Reifenpanne, gab das Trio später an. Sie seien unterwegs in den Süden gewesen. Urlaub. Dann diese Panne. Mitten in der Nacht. Sie hätten sich erst mal schlafen gelegt. Der Blonde sei im Morgengrauen erwacht und habe mit dem Reifenwechsel begonnen.

Auf Order der Einsatzleitung wurden die jungen Leute ins Panzerfahrzeug gepackt. Dann der Befehl zum Rückzug. Es könne sein, dass der Anrufer diese Leute gemeint habe. Die Bombe könne sich also in unmittelbarer Nähe befinden.

Dann erneut eine lange Zeit des Wartens. Kein Anruf. Keine Reaktion. Keine Detonation.

Gegen sechs Uhr vierzig fuhr das Panzerfahrzeug wieder los. Immer noch mit dem Feuerwehrmann an Bord, der als Sprengstoffexperte galt. In der Nähe des Autos stieg er aus. Der Wagen der drei Deutschen stand an einer unübersichtlichen Stelle. Die Büsche wuchsen dort nahe an die Strasse heran, die Böschung war ziemlich steil, ein Robotereinsatz nicht möglich. In dieser Böschung entdeckte der Feuerwehrmann etwas, das eine Bombe sein konnte. Nach Rücksprache mit der Einsatzleitung näherte er sich vorsichtig dem unbekannten Objekt. Einer der Einsatzleiter mahnte ihn noch, sich dem Objekt nicht von oben zu nähern, wegen der Rutschgefahr.

Da brach der Funkkontakt ab …

5

Finn fröstelte. Ihm war schon die tägliche Gewalt zuwider. Was heisst Gewalt. Ihm graute bereits vor den Rempeleien in einem überfüllten Tram, vor schlechten Gerüchen, mitunter empfand er selbst einen fremden Rülpser als aggressiven Akt. Aber Bombenanschläge, Sprengstoffattentate, Minenleger, Dynamit und TNT? Das war eine andere Dimension. Nicht nur für ihn. Auch für eine Frau. Erst recht für eine mit so weich fallendem Haar und einer Nase, die sich in der herbstlichen Morgenkühle leicht rötete. Allerdings auch eine Frau, die sich für einen Waldspaziergang unbekümmert in helle Kleidung stürzte, locker das Tempo vorgab und das Gespräch führte.

Finn betrachtete sie von der Seite. Eine Frau mit zwei Gesichtern?

Das würde zur leichten Asymmetrie ihrer Augen passen, die konzentriert und selbstvergessen den Weg absuchten, während sie neben ihm herging und Sekunde um Sekunde mit Schweigen füllte.

Wie war eine Frau wie Malu in ein solches Umfeld geraten?

«Über Umwege», antwortete sie, ohne ihn anzusehen. Sie straffte ihren Körper, warf den Kopf in den Nacken und beschleunigte ihre Schritte. Als ob sie etwas hinter sich lassen wollte.

Sie befanden sich kurz vor der Krete des Pfannenstiels. Das Sonnenlicht brach immer stärker durch die Bäume und liess die letzten Nebelfetzen schrumpfen. Noch waren die Strahlen nicht warm genug, um den Mantel auszuziehen. Aber lange würde es nicht mehr dauern.

Ausgerechnet Psychologie, dachte Finn nach ihren ersten aufklärenden Worten. Das war wirklich ein Umweg. Für alles im Leben. Er hätte sich etwas Exotischeres gewünscht. Meeresbiologin. Tiefseetaucherin. Oder Nymphe. Am Liebsten mit Interesse an Soziologie. Ein fremdes Wesen, das aus dem Nichts auftauchte, sich in sein Café setzte und an der Nymphenuni die Menschheit studierte. Vor lauter Verwunderung ein Buch über Nahtod liegen liesse und den Einzigen, der sie verstünde, knapp verpasste.

Aber Malu hatte Psychologie studiert und nach sechs Semestern an einem interdisziplinären Versuch teilgenommen. Angeboten wurde eine Studienwoche in Wildhaus, einem lang gezogenen Dorf im Toggenburg. Der Versuch sollte zeigen, ob komplexe Kriminalfälle mit neuen Ansätzen besser gelöst werden könnten. Ihre Gruppe hatte vorgeschlagen, Wettbewerb oder Konkurrenz einzuführen. Ein Verbrechen sollte von mindestens zwei Teams der Kripo gleichzeitig untersucht werden. Die Teams wären voneinander unabhängig. Arbeit auf Erfolgsbasis.

Die Reaktionen seien vernichtend gewesen. Der Vorschlag fördere den nackten Egoismus. Er vergifte das Arbeitsklima. Er mache die Verbrechensbekämpfung zum Geschäft, er entziehe sie der Ethik und so weiter. Eine

Studentin habe gefunden, dass die Ermittler womöglich selbst zu Verbrechern würden, weil sie mit kriminellen Methoden schneller ans Ziel kämen. Mit illegalen Abhöranlagen, mit Bestechung, mit Folter, womit auch immer. Sie habe natürlich recht gehabt. Auch andere Einwände seien berechtigt gewesen. Dass es Doppelspurigkeiten gebe, dass man sich gegenseitig Informationen vorenthalte, dass man Spuren verwische. Dass man sogar falsche Spuren lege, um die anderen zu verwirren! Das stimme alles. Nur sei das schon immer so gewesen. Wenigstens nach Ansicht von Lukas Arpagaus, dem leitenden Professor, Spezialist für Soziologie und Kriminologie. Er habe klar gemacht, dass ein Vorschlag, der so heftige Reaktionen hervorrufe, nur schon aus diesem Grund weiterzuverfolgen sei. Nicht unbedingt, weil er eine gute Lösung aufzeige, aber wenn die Emotionen so hoch gingen, dann stecke meistens etwas dahinter. Damit wolle er nichts gegen Emotionen sagen. Natürlich dürften Emotionen gezeigt werden, solange man wisse, woher sie kommen. Darum müsse man sich immer bewusst machen, wo man stehe, wenn man etwas betrachte. Der gleiche Gedanke könne morgen, unter veränderten Umständen, etwas vollkommen Neues bedeuten.

Ausserdem, so Arpagaus, komme der Ruf nach Wettbewerb oder Privatisierung staatlicher Aufgaben wellenartig wieder. Das seien politische Forderungen, und Politiker seien nicht verpflichtet, über das nachzudenken, was sie fordern. Darum brauche es die Wissenschaft. Denn politische Planlosigkeit und mangelnde Weitsicht seien, etwas verkürzt gesagt, der Untergang des Abendlandes. Diesen Untergang müssten sie nicht verhindern – überhaupt nicht. Vielleicht helfe er ja dem Rest der Welt. Aber dafür interessieren müssten sie sich schon. Er wolle darum wissen, ob der Wettbewerb den Untergang der westlichen Zivilisation beschleunige oder verlangsame. Er wolle wissen, was geschähe, wenn die Ermittlungen dem freien Markt überlassen würden. Würden Spezialtruppen gebildet, die sich ausschliesslich auf Fälle mit hohen Belohnungen stürzten? Würden Verbrechen an Reichen verfolgt und Verbrechen an Mittellosen vernachlässigt? Würden reiche Verbrecher das System untergraben und den Ermittlern Gegenprämien zahlen, dass ihnen Hören und Sehen, vor allem aber das Ermitteln verginge? Auf solche Fragen sollten sie eine Antwort haben. Wenn möglich eine schlüssige Antwort. Doch wie wäre diese Antwort zu finden?

Die Kante des Pultes schien es zu wissen. Der Professor betrachtete sie eingehend, und die Studierenden wussten: Zeit für Mario.

Mario war Italiener, Mitte vierzig, ein stämmiger, bescheidener Mann mit krausen Haaren und behaarten Armen. Er war vor über zwanzig Jahren in die Schweiz gekommen, seiner Frau zuliebe. Zuerst hatte er sich als Hilfsarbeiter durchgeschlagen, mittlerweile war er Käseverkäufer bei Arpagaus um die Ecke und Hauptdarsteller in Arpagaus' kleinen Geschichten vom Leben.

«Mario hat neben dem Fussball eine Leidenschaft: den Käse. Wenn er das gewünschte Gewicht auf zwei, drei Gramm genau trifft, erscheint ein kleines Leuchten in seinen Augen. Ich freue mich mit ihm und sage es auch.»

Arpagaus löste sich vom Pult und schritt gemächlich auf die Bänke zu. «Dann strahlt Mario richtig los und sagt: ‹Wissen Sie, *dottore*, ich gebe mir immer grosse Mühe, genau abzuschneiden. Warum mache ich das, *professore*? Weil ich lerne aus der *differenza*. Ich frage mich: Warum gebe ich heute immer zu viel? Weil Milan gewonnen hat? Oder – anderer Tag. Ich gebe immer zu wenig: Warum bin ich heute so geizig? Weil ich mit meiner Frau gestritten habe? Aber was kann der Käse dafür, dass ich mit meiner Frau gestritten habe? Eh? – Schau, *dottore*, wenn ich mit meiner Frau gestritten habe, schneide ich Käse ab wie ein Holzfäller. Aber dann weiss ich auch, warum. Dann rede ich im Kopf mit ihr, die ganze Tag. *Tutto il giorno*! Dann habe ich keine Zeit, mit Käse zu sprechen. Dann ist mir der Käse wurst. – Weisst du, *dottore*, Arbeit ist wie Kunst. Aber viele Menschen sehen nicht, wo die Kunst in ihrer Arbeit ist. Dabei ist sie überall. Geh in Italien in eine Bar. Irgendwo. Schau zu, wie die Männer dort arbeiten – das ist Professionalität, das ist Kunst! Wie sie ihre Arbeit lieben, ihr kleines Reich! Jeder seine eigene König! Wie er den Espresso serviert, die Tassen abwäscht, plaudert, die Bar abwischt, dich beim Servieren anschaut – oder auch nicht; mit dir spricht – oder auch nicht; wie es ihm gefällt, heute so, morgen so.› »

Arpagaus kehrte zum Pult zurück. «Wie schaffen wir es nun, dass auch wir die Kunst in unserer Arbeit entdecken?», fragte er die Pultkante, bevor er sich wieder dem Plenum zudrehte. «Die Antwort müssen Sie selbst finden. Die Soziologie gibt Ihnen aber ein Werkzeug mit, das Sie vor voreiligen Schlüssen bewahrt: den Zweifel. Zweifeln Sie munter, zweifeln Sie lustvoll, zweifeln Sie notorisch. Aber zweifeln Sie! Zweifeln Sie an allem, was Ihnen über den Weg läuft. Immer und immer wieder. Und vergessen Sie nicht: Zweifeln Sie an dem, was ich eben gesagt habe.»

Waren ihre Schritte während der letzten Worte langsamer geworden? Er sah sie forschend an. Ihm war, als hätte sich ein samtener, rauchiger Unterton in ihre Stimme geschlichen, seit sie von diesem Professor sprach. Von diesem Arpagaus, der zur Auflockerung ohne Scheu auch in die Rolle eines Italieners geschlüpft sei – den er natürlich viel besser gebe als sie jetzt –, der auch sonst zur Unterhaltung seinen Bündner Dialekt gerne abgelegt und alle möglichen Dialekte perfekt nachgeahmt habe und der im Handumdrehen wieder ernst zwischen den Reihen der Studierenden hin- und hergehen konnte, den Blick leicht abwesend. Er sei ein gehender Denker gewesen. Darin fühle sie sich ihm verbunden. Auch sie denke klarer, wenn sie sich bewege. So wie jetzt, hier, im Aufstieg zum Pfannenstiel.

Pfannenstiel! Er versuchte, die Umgebung wahrzunehmen, während sie weitersprach. Keine ansprechende Gegend. Keine Kraft in der Landschaft, keine Romantik! Nicht einmal ein Brunnen, an dem er seinen Brand hätte löschen können. Dafür ein Professor, der mit jedem Höhenmeter an Profil gewann. Der auch als Kapazität unbestritten gewesen sei. Und charismatisch. Bei den meisten Studenten beliebt und respektiert. Abgesehen von den paar Neidern, die jeden Erfolgreichen begleiteten. Vor allem Männer hätten sich schwer getan mit ihm.

Er entspreche so gar nicht dem bleichen, unförmigen Brillenträger, den man sich normalerweise vorstelle. Im Gegenteil. Für einen Professor sei Arpagaus noch jung. Und sportlich. Als er in einem Café in Wildhaus sein Jackett ausgezogen habe, hätten die Mädchen am Nebentisch seine sonnengebräunten, muskulösen Arme gemustert und «Ruderer» getuschelt. Sie hätten sich natürlich geirrt, lachte Malu. Arpagaus stamme aus den Bündner Bergen und sei leidenschaftlicher Langläufer. Skater, um genau zu sein.

«Arpagaus war sehr schnell fasziniert von der Idee des Wettbewerbs unter den Ermittlern. Und er redete sich in eine Begeisterung hinein, die niemanden mehr kalt liess. Und wenn sich Arpagaus auf etwas einliess, dann immer mit Haut und Haar. Dann wurde sein Enthusiasmus zur Besessenheit. Das konnte auch beängstigend sein, je nachdem, was seine Leidenschaft entfachte – aber das gehört nicht hierher.»

Beängstigend? Ein Professor? Und warum gehörte das nicht hierher? Hatte er etwa auch seine dunklen Seiten? Wenn seine Zunge nicht so am Gaumen geklebt hätte, wäre Finn das Nachhaken wohl gelungen. So aber war Malu schon wieder am Schwärmen. Mit seinem Feuer habe Arpagaus jeden angesteckt. Er habe das Thema verselbstständigt und die Studentengruppe erweitert, mit richtigen «Kriminalern» – Arpagaus' wohlgewähltes Wort für Polizisten. Damit lehne er sich an die Theorien an, wonach in jedem Polizisten ein potenzieller Verbrecher stecke und der pure Zufall entscheide, ob einer Kriminaler werde oder Krimineller. Wer die Begriffe so einsetze, müsse sich immer überlegen, wer eigentlich wer sei. Sonst, so Arpagaus, werde aus einem gedachten Kriminaler plötzlich ein ausgesprochener Krimineller.

«Er liebte solche Wortspiele. Und er liebte das Abschweifen. Das war seine Art, uns zu führen. Seine Abschweifungen hatten System. Er wusste, dass vor allem Randgeschichten wie jene von Mario haften blieben. Sie waren für uns ein geliebter Kontrast zum furchtbaren Ernst der Uni. Mit seinen Abschweifungen prägte er uns Botschaften ein, die ihm wichtig waren. Und mit *seinen* Abschweifungen bewahrte er uns davor, selbst abzuschweifen und das Wichtigste zu verpassen. Und das Beste: Wir wussten nie, ob er gerade wirklich einen Gedanken entwickelte oder nur Entwickeln spielte.»

Nach langen Diskussionen sei eine Versuchsanordnung mit sieben Gruppen aufgestellt worden. Zwei davon hätten eine Kooperation gebildet. Mit Ausnahme dieser Kooperation habe jede Einheit gegen alle anderen gekämpft.

«Um es kurz zu machen: Der Wettbewerb war befruchtend. Je komplexer die Fälle aber wurden, desto mehr bewährte sich die Kooperation. Irgendwann braucht man Spezialisten, die nicht nur Spuren sichern können, sondern auch neue Methoden der Spurensicherung entwickeln. Man braucht Computercracks, Buchhaltungsgenies, vielseitige Agenten und so weiter. Solche Leute sind nur beschränkt bei der Polizei zu finden. Darum muss man sich auch andernorts umsehen. Und wenn du alle Spezialisten gefunden hast, musst du noch eine Aufgabe lösen: die Koordination. Und das sollte jemand sein, der Einfühlungsvermögen besitzt.»

Finn zuckte zusammen.

Dumpfes Getrappel riss ihn in die Wirklichkeit. Eine Reiterin. Ein glänzendes, dampfendes Fell. Ein unwilliges Schnauben. Und kaum hatte das Pferd sie überholt, fiel es vom Trab in einen leichten Galopp. Ein kraftvolles, kastanienbraunes Tier.

Beim Weitergehen wunderte er sich darüber, wie lange die Ausdünstung des Hengstes in der Luft hängen blieb. Und mit ihr dieser Name. *Arpagaus. Lukas Arpagaus.* Wo hatte er diesen Namen schon gehört?

«Sag mal, magst du überhaupt noch?» Malus Stimme vermischte sich mit dem Geruch des Pferdes.

«Was?» Hatte er etwas verpasst?

«Zuhören.»

«Habe ich eine Wahl?»

«Nicht wirklich», lachte sie. «Findest du, dass ich zu weit aushole?»

Er räusperte sich. Sie waren auf einer Lichtung angelangt. Die Sonne liess die letzten Tropfen im Gras glitzern. Er hätte sich hinlegen und Tropfen um Tropfen von den Halmen lecken können, um Zunge und Kehle zu befeuchten. Kein Brunnen weit und breit. Aber eine Frage, die im Raum stand. Und ein Professor, der den Himmel verdüsterte.

«Du schweifst gerne ab. Aber wahrscheinlich hat das System. Wie bei Arpagaus. Und», fügte er kaum hörbar hinzu, «ich schweife gerne mit.»

Ihre Schritte wurden langsamer. Er spürte, wie sie ihn von der Seite musterte, mit ihren Händen in den Taschen, den Kopf leicht zurückgeneigt. Plötzlich war das Knistern wieder da, das er an der Vernissage gespürt und seither vermisst hatte. Hoffentlich sah er nicht mehr so zerknittert aus wie heute Morgen, als er aus der Forchbahn gestiegen war. Die frische Rasur konnte die Nachwirkungen seines gestrigen Durstes nicht überdecken. Zum Glück war er dem harten Kern nicht noch ins «Nighthawks» gefolgt, in diesen Zoo, den man nur angetrunken ertrug. Lauter Gestalten, die unter Artenschutz standen. Trotzdem musste er arg mitgenommen ausgesehen haben, wenn er ihren Blick heute Morgen richtig gedeutet hatte.

Doch das war jetzt nicht mehr wichtig. Jetzt war das Knistern wieder da. Dank seinem leise nachgeschobenen Satz, so leise, dass Kant ihn nicht hatte hören können. Kant, diese geschmeidige Wildkatze, die sie die ganze Zeit über lautlos begleitet und jedes Wort mitgehört hatte. Dieser schwarze Panther, dessen Haar im Sonnenlicht wohl bläulich schimmerte, wenn Malu sich zwischendurch zu ihm umdrehte. Kant, der frisch und gestählt in den Morgen glänzte, obwohl er spätnachts mit Edda verschwunden war. Kant, der ebenfalls gut gebaut war, wenn auch nicht unbedingt wie ein Ruderer. Kant, der wahrscheinlich auch ein Knistern wert war, wenn er an Malus Funkeln während der Vernissage zurückdachte. Wenn sie sich bloss jetzt nicht an ihn erinnerte …

«He, Kant!» Malu blinzelte gegen die Sonne. «Dein Freund scheint ein aufmerksamer Zuhörer zu sein.»

Kant grinste, schloss auf und hakte sich bei ihr unter.

«Reine Masche, Frau Chianti. Wirkt vor allem bei Frauen. Er schaut dir in die Augen. Er nickt hie und da. Er legt sich zwei, drei intelligente Fragen zurecht, mit denen er dich überrascht und Interesse vortäuscht. In Wirklichkeit ist er ganz woanders. Er denkt an den Zahnarzt oder die Putzfrau oder ob er noch ins Kino will. Im besten Fall beschäftigt er sich mit dir und fragt sich, ob er *mit dir* ins Kino will. Vielleicht überlegt er aber auch nur, welche Farbe dein Höschen hat.»

Sie hob ihre Augenbrauen. «Ein Unterwäschefetischist?»

Kant lachte und nickte Finn zu. «Begabte Ermittlerin, was? Erzähl selbst, du kennst dich besser.»

Finn musterte Kant. Wovon sprachen die beiden? Unterwäsche? Fetischist? Irgendwie war er nicht ganz bei der Sache. Er hatte keine Ahnung, worauf Kant hinauswollte. Aber er sah eine Tür, die sich öffnete. Wenn er improvisierte.

Die Angelegenheit sei delikat, wich er vorsichtshalber aus. Ausserdem würden sie dann endgültig abschweifen, selbst wenn er sich kurz fasse. Nur: Kurzfassungen seien Zeitverschwendung. Ihnen fehle es an Stimmung, an Atmosphäre, an Zeit, eigentlich an allem. Kurzfassungen seien keine Geschichten mehr, sondern Informationen. Und davon gebe es schon mehr als genug. Ausserdem – jetzt war es Zeit, ihre grünbraunen Augen zu suchen – sei der Pfannenstiel nicht der richtige Ort für nähere Details.

Malu lehnte sich langsam gegen Kant, neigte den Kopf zurück, bis ihr Haar Kants Gesicht berührte und halb verdeckte. Dazu ihr leicht überkreuzter Blick, der sich wie aus Distanz auf Finn richtete. Würde sie den Faden aufnehmen? Und Kant aus dem Spiel lassen?

«Wie wärs mit einem Abendessen? Zu zweit? In angenehmer Atmosphäre und intim genug für alle möglichen Abschweifungen?» Ihr Mund hatte die letzten Worte in Zeitlupe geformt und seine Gedanken in Zeitlupe versetzt.

Ein Abendessen zu zweit.

Er sollte antworten, bevor sie seine Pause als Zögern einstufte.

Das «Nabis» war das erste, das ihm einfiel.

Seine Stimme klang blechern.

«Fein!», strahlte sie. «Mit einem Apéro an der Bar? Morgen Abend, sagen wir halb acht?»

Nur nichts überstürzen.

Er zählte bis drei, sein Puls bis dreihundert.

«Passt!», entfuhr es ihm bei zwei. «Ich lasse reservieren.»

«Toll!» Ihre Augen verengten sich: «Ich werde ein passendes Dessous wählen. Für alle Fälle ...»

Fehlte nur noch, dass sie die Krallen ausfuhr. Wenigstens löste sie sich wieder von Kant. Allerdings nicht, ohne ihn kurz am Bärtchen zu packen. «Selber schuld. Du hast damit angefangen.»

Kant grinste, hakte sich auch bei ihm unter und zog sie beide weiter. «Dessert heisst das, meine Liebe. Nicht Dessous. Aber zurück zur Sache. Du hast also deine Fähigkeiten für das Koordinieren entdeckt. Die Fäden in den Händen halten. Kommt wahrscheinlich von der Handarbeitsschule.»

«Wir Frauen können eben aus allem etwas machen», gab sie spitz zurück. Jedenfalls sei ein Polizeihauptmann davon überzeugt gewesen, dass sie nicht nur Talent zum Koordinieren habe, sondern – im Gegensatz zu Kant – auch psychologisches Feingefühl. Und so etwas brauche es dort. Cracks seien nämlich ziemlich schwierig und eigensinnig. Sie seien aber auch ungeheuer ausdauernd, wenn man ihnen ein Problem liefere, das keiner lösen könne. Das sei der Kick, den sie bräuchten. Und wenn sie einmal nicht weiterkämen, müsse man sie auf andere Gedanken bringen. Dem einen gebe sie eine falsche Diskette, dem anderen absichtlich einen Schuss Milch in den Kaffee, obwohl er ihn immer schwarz trinke. Im Handumdrehen explodiere er, knalle die Tasse auf den Boden, schreie sie an und rase Türen schlagend durchs Gebäude. So könne er einen Moment lang nicht an der Lösung herumstudieren. Wenn es sein müsse, steige sie auf einen solchen Streit ein und schreie zurück und schlage Türen. Sie schmolle mit – manchmal sogar mit Spass.

Schmollen mit diesen Lippen …

«Und dann?» Irgendwie musste Finn sich von ihren Lippen ablenken.

«Dann heisst es warten. Zorn muss verrauchen können. Sobald sie im Kopf wieder in das Problem einsteigen, kommen sie zurück. Meistens ziemlich schnell, denn der Drang zum Weitermachen, zum Forschen ist stärker. Zum Teil ist es auch die Angst, ein anderer könnte ihre Arbeit übernehmen – und natürlich alles verpfuschen. Aber das hat sich alles erst in der praktischen Anwendung gezeigt.»

Arpagaus und der Polizeihauptmann, ein gewisser Kammacher, hatten das Seminar ausgewertet. Sie hatten ein Modell der Praxis angepasst. Kammacher konnte bei der Polizeidirektion durchsetzen, dass das Modell auf Versuchsbasis eingeführt wurde. Vorausgesetzt, dass Kammacher das Projekt führte und Arpagaus es betreute. Die beiden hatten einige Polizisten und Studierende ausgewählt, darunter auch Malu. Schnell waren zwei topmotivierte, wetteifernde Teams entstanden. Arpagaus hatte laufend ihre Arbeit analysiert, Kammacher die Kontakte zu den Spezialisten geschaffen, Malu war in die Rolle der Koordinatorin hineingewachsen. Es hatte Zeiten gegeben, in denen sie das Projekt so intensiv verfolgt hatten, dass selbst Arpagaus seine Aufgabe als Supervisor vergessen und bei den einzelnen Fällen mit vollem Engagement mitgewirkt hatte.

Dann war das Ende der Versuchsphase und vorübergehend auch das Ende der Zusammenarbeit gekommen. Der Erfolg hatte es immerhin mit sich gebracht, dass von der Methode Kenntnis genommen wurde. Gleichzeitig wuchs aber der Widerstand gegen eine Eingliederung in die Polizei. Nicht nur bei der Polizei, auch bei Malu. Während Wochen wurde nach einer polizei- und maluverträglichen Variante gesucht.

«Wir haben sie gefunden. Seit einigen Jahren arbeite ich selbstständig und ausserhalb der offiziellen Strukturen. Früher für die Polizei, seit letztem Herbst für die Bundesanwaltschaft. Es ist ein Auftragsverhältnis mit Erfolgshonorar. Wird ein Verbrechen von meiner Gruppe aufgeklärt, erhalte ich einen vorher ausgehandelten Betrag, sonst gehe ich nahezu leer aus, nur Spesen und ein kleiner Fixbetrag. Das Risiko liegt also voll bei mir.

Als Gegenleistung stellt man mir für jeden Job ein Team von Spezialisten zusammen. Und zwar nach meinen Wünschen. Bei Erfolg erhält auch jeder von ihnen eine Prämie. Meine Aufgabe ist es, die Sicht für das Ganze zu bewahren. Ich habe sehr weitgehende Kompetenzen und praktisch freie Hand. Wenn ich will, kann ich das Team auch durch Private erweitern.»

Malu verstummte. Schweigend schritten sie den Weg entlang. Finn hatte gar nicht wahrgenommen, dass sie auf der Krete angelangt waren. Der Wald musste sich heimlich gelichtet haben, der Pfad unbemerkt einem Kiesweg gewichen sein. In der Ferne gleisste eine weisse Bergkette gegen einen leuchtend blauen Himmel. Erster Herbstschnee, gefallen über Nacht. Dazu Malus Worte, die sich langsam setzten. Er ahnte, was sie wollte. Aber warum ausgerechnet Kant und ihn? Bombenanschläge waren nicht gerade ihre Spezialität.

Sie schien auf die Frage gewartet zu haben.

«Arpagaus hat uns darauf aufmerksam gemacht, dass bei Kunstdiebstählen schon lange private Fahnder beigezogen werden. In den Polizeiakten bin ich über einen Fall gestolpert, den ihr gelöst habt. Der Rothko, der auf dem Weg ins Basler Museum verschwunden war.»

Er liess den Kies unter seinen Füssen knirschen. Es stimmte. Sie waren bei Kunstdiebstählen schon als private Ermittler beigezogen worden, als dieser Professor und seine Studentenmeute noch nicht einmal wussten, in welche Richtung sie bellen sollten. Wenigstens hatte dieser verhinderte Ruderer die Grösse, das zuzugeben. Erst vor einem Monat hatten Kant und er über einen Kontaktmann einen geklauten Giacometti ausfindig gemacht und in geheimen Verhandlungen einen Preis für die Rückgabe ausgehandelt, der die Versicherung weit billiger zu stehen gekommen war als die Auszahlung der Versicherungssumme. Selbst wenn sie die Ermittlungskosten hinzurechneten.

«Gibt es irgendwelche Parallelen?», fragte Kant, der weiterhin gestählt in den Morgen glänzte.

«Bisher nicht. Aber ihr geht so ganz anders vor als wir. Daraus könnte etwas Neues entstehen. Ausserdem sagt mir meine Intuition, dass ihr zwei die Richtigen seid.»

«Du kannst den Fall ohne uns nicht lösen. Siehst du, Magnus, sie braucht deinen Sinnesdschungel und meine Intelligenz. Vertrauen wir also auf ihre weibliche Intuition. Frauen brauchen das.»

Das Knirschen wurde langsamer. Sein Sinnesdschungel. Mal begann es mit einer Irritation in der Nase, mal mit einem Kitzeln im Ohr, mal mit einem fremden Geschmack auf der Zunge oder einer Trübung der Augen. Könnte er seine Sinne kontrollieren, wäre alles viel einfacher. Aber sie vermischten sich dauernd. Ein Geruch mit einem Bild, ein Bild mit einem Bild, ein Bild mit einem Geräusch. Und sie mischten sich dauernd ein. Sobald einer seiner Sinne etwas Ungewöhnliches wahrnahm, war die Konzentration dahin. Meist nur für Sekunden und ohne dass er es merkte. Mitunter aber hielt sich die leichte Abwesenheit über Stunden oder Tage. Immer dezent im Hintergrund, aber immer vorhanden wie ein leichter Tinnitus. Bis die einzelnen Wahrnehmungen zueinanderfanden und ihm Klarheit über eine

Situation oder einen Fall verschafften. Wie jetzt. Sein Sinnesdschungel, ihre Intuition – etwas hallte in ihm nach.

Krimineller und Kriminaler.

Hatte das Ganze damit zu tun?

Mit dieser Frage schien sie nicht gerechnet zu haben. Sie blieb stehen. Für einen Moment verhakten sich ihre Blicke ineinander. «Ihr beide seid tatsächlich die Richtigen. Ich kann in der Tat nicht ausschliessen, dass jemand aus unseren Reihen in der Sache mit drinhängt oder sogar dahintersteckt. Das muss aber unter uns bleiben. Ich kann es nicht belegen. Es ist nur so ein Gefühl.»

«Dieser Feuerwehrmann, der Bombenspezialist?», hakte Kant nach.

«Dieser Dilettant?» Eine Zornesfalte zog sich über ihre Stirn, an deren Ende ein Rauchwölkchen aufzusteigen schien. «Der ist alles andere als ein Spezialist! Ausser im Spurenzerstören. Und dann war dieser Held auch noch so aufgeregt, dass er sich an wichtige Einzelheiten nicht erinnern konnte. Oder nicht wollte. In diesem Fall wäre er tatsächlich verdächtig. Wir wissen, dass der Sprengsatz ferngesteuert hätte gezündet werden können. Er wurde aber nicht gezündet oder – die Bombe war nicht scharf. Genau das wissen wir aber nicht. Und genau das macht uns zu schaffen. Wir müssen also bei jeder neuen Erkenntnis zwei Varianten durchspielen, die sich immer weiter verästeln und ganz andere Rückschlüsse auf die Täterschaft ergeben. Unsere Experten können zwar sagen, dass die Bombe einfach konstruiert war, dass sie funktioniert und einen beeindruckenden Krater in beide Spuren gerissen hätte. Wir wissen auch einiges über das

Material und seine Herkunft, und wir wissen, dass die Konstruktionsanleitung aus dem Internet heruntergeladen worden war. Wir stehen zudem mit internationalen Experten in Kontakt. Aufgrund des verwendeten Sprengstoffs, der Konstruktion und der Vorgehensweise schliessen sie eine der bekannten Terrororganisationen oder eine Splittergruppe aus. Ausserdem bringen Terroristen heutzutage ihre Sache zu Ende, ohne Vorwarnung. Aber sehr viel weiter sind wir noch nicht. Es lässt sich darum nicht ausschliessen, dass jemand aus unseren eigenen Reihen involviert ist. Zum Beispiel der Feuerwehrmann, der sich als Bombenspezialist ausgegeben hat. Aber belegen lässt sich das nicht. Kein Grund also, sich nur darauf zu konzentrieren. Es gibt zahlreiche andere Möglichkeiten einer Täterschaft. Aber bevor wir weiterreden – seid ihr dabei?»

Finn schwenkte seinen Blick in die Landschaft. Suchte die Antwort in den schneebedeckten Bergen. Warum sollte er sich für einen Anschlag interessieren? Seine Welt war die Kunst. Seine Fälle waren unblutig, unauffällig, unspektakulär. Seine Täter waren behutsam, fingerfertig und leise. Künstler im Entwenden, im Gerüchtestreuen, im Verwerten. Sie aufzuspüren, erforderte Zeit, Geduld und Musse. Anschläge konnten ihm gestohlen bleiben. Sirenengeheul, Hektik und Panik. Blutüberströmtes Chaos, verzerrte Gesichter, schreiende Augenzeugen. Was ging das alles ihn an? Was hatte er damit zu tun? Nichts. Ausser, dass es auch ihn treffen könnte. Von einer Sekunde auf die andere. Wie ein herabfallender Ziegel. Ein Tod, so sinnlos wie jeder andere. Kein Grund also, sich einzumischen. Kein Grund, irgendwelchen Rohlingen nachzustellen. Kein Grund, sich der Gewalt auszuliefern. Wenn dieser konzentrierte, leicht überkreuzte Blick nicht gewesen wäre, der ihn wie ein Widerhaken festzuhalten schien und der Malu-Malou etwas Introvertiertes verlieh. Und wenn dieser Stich nicht gewesen wäre, den ihm die Anwesenheit dieses Professors in ihrer Schwärmerei versetzt hatte. Ein Stich, der ihn weit mehr interessierte als der Anschlag am Gotthard. Ein Stich, der das kurze Zittern in seiner Nase beinahe übertüncht hätte. Irgendetwas war mit diesem Arpagaus los. Obwohl: Vielleicht tat er ihm ja unrecht. Vielleicht war das Beängstigende in dessen Leidenschaft vollkommen ohne Belang. Vielleicht aber auch nicht …

Ein tiefes Ausatmen. Es hörte sich an wie ein Schnauben. Finn war selbst überrascht. Die Ausdünstung des Hengstes schien nicht spurlos an ihm vorübergegangen zu sein. Wahrscheinlich konnte er jetzt nicht sprechen, ohne zu wiehern. Besser, er signalisierte Kant sein Einverständnis mit einem zustimmenden Blick.

Kant legte ihm den Arm um die Schultern: «Mein Lieber, ich habe gar nicht gewusst, dass du dich so schnell entscheiden kannst!» Und zu Malu: «Womit fangen wir an?»

Mit einem aus den eigenen Reihen. Mit Graber.

6

Der erste Anruf sei am frühen Morgen gekommen. Er, Graber, der wachhabende Beamte am Gotthard, habe zuerst an einen Scherz der Kollegen geglaubt. Sie hätten am Vorabend nämlich eine kleine Feier gehabt, wohl ein Geburtstag oder so. Er wisse es nicht mehr genau. Bei seinem Dienstantritt seien die Jungs aber schon ganz schön in Fahrt gewesen. Klar sei auch getrunken worden. Er selbst habe natürlich keinen Tropfen angerührt. Er habe ja die ganze Nachtschicht noch vor sich gehabt. Da habe alles Foppen und Zureden nichts genutzt. Schliesslich hatten sie Weisung: kein Alkohol im Dienst. Und er wolle doch kein Disziplinarverfahren am Hals! «Es ist doch immer so: einmal schwach, und prompt kommt eine Inspektion.» Nein nein, er setze seine Stelle nicht aufs Spiel. Kein Alkohol im Dienst und vorher schon gar nicht. Das sei nicht nur die Weisung, das sei auch seine Überzeugung.

Jedenfalls, wie gesagt, die Jungs seien ganz schön in Fahrt gewesen. Aber nicht nur wegen des Alkohols. Nein nein, da sei noch etwas anderes mit im Spiel gewesen. «Wissen Sie, diese neue Kollegin, die Rebekka Schlegel, die bringt ja ganz schön Unruhe ins Haus!» Die Jungs hätten sich richtig überboten mit Witzen und Sprüchen. Und alle seien über Dienstschluss hinaus geblieben und hätten weitergebechert und weitergeblödelt. Und die

Neue habe ordentlich Öl ins Feuer gegossen. Einen Blick hier, einen da – und immer genau das bisschen zu lang, das die Männer durcheinanderbringe. Und dann wegschauen und mit den andern mitlachen, bis der nächste Blick gewechselt werde, bei dem die Augen etwas zu lange in anderen Augen verharren. «Nein nein, die weiss schon, wie man Männer durcheinanderbringt.»

Ihm selbst sei das Ganze langsam auf den Geist gegangen, je lauter es geworden sei. Schliesslich sei er zum Arbeiten hier. Er geniesse normalerweise die beschauliche Ruhe der Nachtschicht. Der Blick auf die Bildschirme, auf denen sich immer etwas bewege, der Verkehr durch den Gotthard reisse ja nie ab, nicht einmal in den frühen Morgenstunden. Aber er sei angenehmer als tagsüber, übersichtlicher. Die einzelnen Fahrzeuge könne man noch auseinanderhalten. Und dann komme man schon mal ins Träumen – bei offenen Augen natürlich, man sei ja im Dienst. Aber wenn morgens um fünf ein Camper durch den Tunnel gegen Süden fahre, da sitze er auch selbst mal in Gedanken am Steuer und stelle sich vor, wo es dieses Jahr hingehe: Mailand, Venedig, Rimini. Oder gar Sizilien. Sizilien – jaja.

In dieser Nacht sei das natürlich nicht möglich gewesen. Die Jungs seien immer lauter geworden. Er habe bald das Gefühl gehabt, die würden nie mehr gehen. Je mehr sie getrunken hätten, desto anzüglicher seien auch die Bemerkungen geworden. Die Kollegin sei zwar nicht darauf eingestiegen und habe sich offenen Annäherungsversuchen immer elegant entzogen, vor allem den Armen, die ihr um die Schulter gelegt worden seien. Oder um die

Hüfte! Wie eine Katze habe sie sich da rausgewunden. Elegant und bestimmt. Allerdings, die eine oder andere versteckte Berührung – die habe sie sich durchaus gefallen lassen. Und zwar nicht nur von einem! Nein nein. Auf dieser Fährte seien mehrere Jäger unterwegs gewesen. Nach solchen versteckten Berührungen habe sie jeweils kurz den Blick gesenkt, beinahe scheu. Als ob sie das ein wenig verwirre. Angenehm verwirre. Nein nein, die wisse genau, wie man Männer durcheinanderbringe. Zünftig durcheinanderbringe.

«Da wurde mir klar, dass etwas geschehen musste, wenn ich meine Ruhe haben wollte. Also bin ich aufgestanden und habe ‹Polizeischtund!› gebrüllt. ‹Austrinken, und ab nach Hause! Widersetzende werden gebüsst!› – Wissen Sie, solche Feiern muss man mit Humor beenden. Aber auch mit Nachdruck.» Es hätten auch alle gelacht und um eine letzte Runde gebettelt. Aber er, Graber, habe den sturen Wirt markiert und kurzerhand Bier und Wein weggesperrt. Es sei noch ein bisschen rumgealbert und rumgemurrt worden, bis einer vorgeschlagen habe, man könne doch bei der Neuen weiterfeiern. Die habe sich aber geziert und gesagt, das gehe nicht, die Wohnung sei zu klein, und sie habe nichts im Hause, und so richtig feiern könne man bei ihr auch nicht. Aber sie würde schon noch mitgehen, woanders hin, wenn alle mitkämen, zum Beispiel zu Heiri, dem Geburtstagskind. «Es ist also doch eine Geburtstagsparty gewesen, jetzt erinnere ich mich wieder.» Die Kollegen und die Neue seien dann in aufgekratzter Stimmung aufgebrochen, nicht ohne sich nochmals über die Hartherzigkeit von Graber zu beklagen und ihm zu drohen, dass das Ganze noch ein Nachspiel haben werde. «Und darum habe ich zuerst gedacht, dass der Anruf ein Scherz der Kollegen sei.»

Der erste Anruf sei also um fünf Uhr null drei erfolgt. Eine dumpfe, verzerrte Stimme habe gefordert, dass die Autobahn zwischen Amsteg und Wassen sofort gesperrt werde. In der nächsten halben Stunde würde dort eine Bombe gezündet. Dann aufgehängt. Typisch, habe er gedacht, trinken ein bisschen rum und haben nur noch Unsinn im Kopf. ‹Die lachen sich morgen krumm, wenn ich jetzt Alarm auslöse.› Andererseits – die Weisung sei klar. Bei solchen Anrufen müsse sofort nach Sicherheitsdispositiv vorgegangen werden. Auch wenn man persönlich glaube, dass eine Drohung nicht ernst gemeint sei. Er sei also hin- und hergerissen gewesen. Deshalb habe er das Band nochmals abgehört. Die Anweisung sei aber zu kurz gewesen, um hinter der Stimme einen Kollegen ausmachen zu können. Beim zweiten Abhören habe er sich dann auf Hintergrundgeräusche wie Partylärm, Musik oder Gelächter konzentriert. Da sei aber nichts gewesen … Je öfter er das Band abgehört habe, desto mulmiger sei ihm geworden. Und je mehr er darüber nachgedacht habe, desto sicherer sei er gewesen, dass seine Kollegen zu allerlei Scherzen fähig seien, nicht aber zu so etwas. Nein nein, dafür seien die Konsequenzen doch zu ernst, und das sei einem Polizisten auch im grössten Übermut noch bewusst. Ausserdem seien auch Besonnenere dabei gewesen, die das bestimmt verhindert hätten. Also sei er ab fünf Uhr dreizehn korrekt nach Sicherheitsdispositiv vorgegangen und habe Alarm ausgelöst.

Das Tonband stoppte mit einem «Klack», und Grabers Stimme war verstummt. Finns Blick glitt über die weisse Wand. Mitten drin «Acryl auf Vinyl». Bei ihm hätte das Kunstwerk noch wochenlang irgendwo in einer Ecke gereift, bei Kant hing es am nächsten Tag schon am richtigen Ort.

Die Zunge klebte nicht mehr. Er fühlte sich wohl in Kants Wohnung. Ein Haus aus der Jahrhundertwende. Helle, hohe Räume, klare Möblierung, sparsam verteilte Bilder. Seit Neuestem auch «Acryl auf Vinyl», das perfekt in dieses riesige Wohnzimmer passte. Kant hatte ausserdem einen hervorragenden Weinkeller. Und er selbst einen vorurteilslosen Durst.

Das Einzige, was fehlte, war Malu-Malou. Sie hatte sich auf dem Parkplatz verabschiedet und ihnen verschiedene Tonbandprotokolle übergeben. Darunter dasjenige von Graber, dem wachhabenden Beamten vom Gotthard. Die Versuchung, zu ihr ins Auto zu steigen, war gross gewesen. Das Gefühl, es nicht getan zu haben, war ungleich besser. Eine gute Ausgangslage für das Treffen im «Nabis».

In Kants Quartier hatten sie Gemüse, verschiedene Salate, Parmaschinken und allerlei Käse eingekauft. Dann wurde er von Kant zu einem lockeren Lauf durch die umliegenden Wälder genötigt, bevor sie bei leichter Unterhaltung ein leichtes Essen zubereiteten. Anschliessend hatte Kant die erste Kassette eingeschoben und sich auf den Diwan geworfen, einem gradlinigen Klassiker aus den Fünfzigern. Finn war am ungebeizten Holztisch sitzen geblieben, den Kopf aufgestützt, die Gedanken bei

Graber, selbst als dieser verstummt war. Vor ihm der leere Teller, eine Karaffe mit Wasser und eine angebrochene Flasche Wein.

Seltsame Nummer, dieser Graber, fand er, und schenkte sich Wasser nach. Sitze seit Jahren in einem Bunker am Gotthard und starre auf Monitore. Jahrein, jahraus. Immer dieser Verkehr. Immer diese Monitore.

Kant liess einen Schluck Roten in seinem Gaumen baumeln. Er schluckte, bevor er sprach.

«Monitor ist Monitor. Ob ein Krimi über den Bildschirm flackert oder ein paar Autos durch einen Tunnel fahren – kein Unterschied. Stundenlang auf einen Bildschirm starren ist noch keine Verhaltensauffälligkeit. Ausser, dass Graber für diesen Stumpfsinn bezahlt wird.»

Finn studierte die Farbe des Weins.

Stumpfsinn sei das richtige Stichwort. Da mache einer seit Jahren diese eintönige Arbeit. Routine, bei der man irgendwann nicht mehr richtig hinschaue. Und so ein Tagträumer liefere eine Beschreibung von kleinsten Details, die sich um die neue Kollegin abgespielt hätten. Gut, dass er ein enormes Mitteilungsbedürfnis habe, sei verständlich. Bei so einem Job. Trotzdem müsse er scharf beobachtet haben, wenn er sogar versteckte Berührungen gesehen haben wolle. Und jetzt stelle sich die Frage, wie so einer seine Beobachtungsgabe wach halte. Und warum ein wacher Kerl wie Graber einen so langweiligen Job mache.

Kant sah das anders. Graber müsse überhaupt kein guter Beobachter sein. Es reiche, wenn er ein Fantast sei. Ein Fantast aus Verklemmtheit. Graber traue sich bestimmt nicht, bei der Arbeit einen Porno durchzublättern. Weil es die Weisung nicht erlaube. Wer aber keine obszönen Bildchen betrachte, müsse sich selbst etwas ausmalen. Vielleicht habe das, was Graber erzähle, mit der Realität nichts zu tun. Graber sehe, was er gerne sehen würde. In dem Punkt sei er übrigens Finn sehr ähnlich. Auch einer, der sich die Realität lieber vorstelle, als sie zu erleben.

«Nehmen wir aber an», fuhr Kant fort, Finns geöffneten Mund ignorierend, «dass er wirklich gesehen hat, was er erzählt. Du erinnerst dich: Die Jungs waren ziemlich besoffen. Wenn ein Besoffener nicht sieht, dass der Kollege neben ihm an der gleichen Frau rumnuschelt, ist das nichts Besonderes. Graber seinerseits war nüchtern. Er ist ausserdem ein Aussenseiter, denn regelmässiger Nachtdienst am Gotthard ist nichts für gesellige Menschen. Ein Aussenseiter wird nach einer gewissen Zeit nicht mehr wahrgenommen. Dann kann er schauen, wohin er will, ohne dass sich jemand daran stört. Und Voyeur Graber wird hingeschaut haben, dieser verklemmte Spinner.»

Finn spielte mit der leeren Flasche. Wenn Graber so weisungstreu sei, wie er vorgebe, sei es verwunderlich, dass er sich im entscheidenden Moment nicht an die Weisung halte. Er lasse ein paar Minuten verstreichen, bevor er Alarm schlage. Ausgerechnet bei einer Bombendrohung. Durch sein Zögern seien wertvolle Minuten verstrichen. Sie hätten dem Täter Zeit geben können, unentdeckt zu fliehen.

«Graber als Verbündeter des Täters?», fragte Kant. «Kühner Gedanke. Den könnte man weiterspinnen: War er deshalb so erpicht darauf, dass die andern den Bunker endlich verliessen? Wollte er keine Zeugen haben, wenn sein Kumpel anruft?»

Die leere Flasche verharrte einen Augenblick in ihrem Spiel. Das könne passen, meinte Finn. Dann werde er sich diesen Graber mal genauer ansehen.

«Einverstanden», nickte Kant. «Und ich kümmere mich um die neue Kollegin, die alle durcheinanderbringt.»

Beinahe wäre Finn die Flasche aus der Hand gefallen. Die Polizistin? Wozu?

«Sie scheint mir verdächtig. Also knöpf ich sie mir vor.»

«Du meinst, du knöpfst sie auf.»

«Du hast deine Ermittlungsmethoden, ich habe meine. Aber im Ernst: Warum wollte sie nicht, dass die Feier bei ihr zu Hause fortgesetzt wurde? Hätten die Kollegen etwas entdecken können? Oder hatte sie später noch etwas anderes vor? Eine kleine Bombe platzieren? Dann wäre es einfacher, wenn sie nicht erst eine Bande Betrunkener aus dem Haus scheuchen müsste, sondern die Feier selbst verlassen könnte.»

Finn merkte, wie er ungläubig den Kopf schüttelte.

«Nein?», fragte Kant.

«Ähh ... Doch, doch. Klar. – Leg mal das nächste Band ein, das mit dem Panzerwagen. Elender Bock.»

Nachdem sie alle Aufnahmen durchgehört hatten, diskutierten sie bis in die Nacht hinein. Kant oft im Gehen, Finn im Sitzen. Manchmal fast im Liegen, den Kopf an die Rückenlehne gestützt, die Füsse auf einem anderen Stuhl. Einmal sank er so tief, dass sich seine Nase auf der Höhe der Tischplatte befand.

Wer kam ausser den Verdächtigen in Malus Reihen für einen solchen Anschlag infrage? Terroristen waren es nicht. Die machten keine halben Sachen. Da knallte es, auch wenn ein paar Jugendliche direkt auf der Bombe kifften. Da ging es um die Sache und damit um weit mehr als um Menschenleben.

Naheliegender wären Umweltschützer. Die konnten ein Attentat planen, würden es aber nie durchführen, wenn Unbeteiligte gefährdet wären. Und seien es nur Schafe. Oder Salamander. Darum die Anrufe. Es sollte keine Opfer geben. Andererseits passte diese Art von Aktionen nicht zu Umweltschützern. Sie ketteten sich an, legten sich auf Strassen, liessen sich wegtragen. Und legten sich wieder hin. Ziemlich stur. Stur und naiv, auch wenn es ihnen bitterernst war. Fand Kant.

Finn fand sie nicht naiv. Eher raffiniert. Sie wollten die Leute wachrütteln. Das gelang nicht, indem sie Gewalt anwendeten, sondern indem sie Gewalt anwenden liessen. Sie ketteten sich an, und schon kamen Legionen von Polizisten, mit Wasserwerfern und Knüppeln. Auch bei einer friedlichen Aktion. So zeigten die Aktivisten, dass die Mächtigen nicht nur zu Gewalt greifen, wenn Gewalt droht, sondern sobald ihre Interessen auf irgendeine Art beeinträchtigt werden.

Kant widersprach nicht. Er meine nicht immer alles wörtlich. Er wolle mit Finn jetzt nicht über Naivität streiten. Er folge einem anderen Gedanken. Eine Splittergruppe, die den Sinn von gewaltlosen Aktionen nicht mehr einsehe. Umweltpunks. Grün-schwarze Zellen. Die wären vielleicht zu einem Attentat bereit. Allerdings nicht auf Kosten von Menschenleben. In diesem Punkt blieben sie Philanthropen. Unverständlich, schliesslich seien es immer Menschen, die die Umwelt zerstörten. Wenn schon, müsste man denen den Garaus machen. Aber eben, wem genau.

Kant wanderte durch den Raum. Warum nicht wütende Einheimische? Ein paar Leute, die einfach die Nase voll hatten. Diese Autobahn. Dieser ewige Lärm. Den ganzen Tag. Die ganze Nacht. Da könne einem der Faden schon reissen.

«Magnus, wie ist es eigentlich in Uri?»

Finn hatte keine Ahnung. Ein Schulausflug zum Vierwaldstättersee war alles, woran er sich erinnerte. Seelisberg, Picknick auf dem Rütli, ein Abstecher zur Teufelsbrücke und zur Tellsplatte. Ihn schauderte. Die Teufelsbrücke – das war Uri! Eine endlose Schlucht, ein steinernes Brücklein, kilometerhohe, nasse Felswände, kein Himmel in Sicht, nur düstere Gewitterwolken. Dazu die finstere Sage, die der Lehrer gegen die Felswände flüsterte, gerade laut genug, dass sich alle eng um ihn scharten, mit wachsamen Augen, besorgt, dass der Teufel nur ja nichts mitbekäme und nicht plötzlich vor ihnen stünde und sie mit in die Hölle risse. Die Sage von der Teufelsbrücke. Für einen Moment blitzte ein Gedanke auf. Damit hatte alles angefangen! Doch er konnte den Gedanken nicht halten, er zerfloss in ein Gemälde: eine rasende Postkutsche in einer tiefen Schlucht. Aufwirbelnder Staub. Peitschenhiebe. Weit aufgerissene Pferdemäuler – ein Werk von William Turner? Nein, dafür war es zu dynamisch. Vielleicht von Koller? Das könnte sein. Die Schlucht war bestimmt in Uri, die Postkutsche bedrohlich nahe am Abgrund. Und sicher unterwegs zum Gotthard. War das ebenfalls bei der Teufelsbrücke?

«Bevor du dich jetzt in Kunstgeschichte verlierst: Fahren wir doch hin und schauen uns um», schlug Kant vor. «Am Ort des Geschehens. Damit wir ein Gefühl für die Situation bekommen. Dann können wir auch den einen oder anderen persönlich befragen und uns unser eigenes Bild malen.»

Finns Nase tauchte über der Tischkante auf. Zeugen befragen. Seine Lieblingsbeschäftigung. Quelle der Inspiration für seinen Sinnesdschungel. Jeder Zeuge hatte seinen eigenen Blickwinkel. Jeder Zeuge machte sich seine eigenen Gedanken. Jeder Zeuge verfiel seinen eigenen Spekulationen. Man musste nur zuhören, wenn sie ihre Gedanken ausserhalb des Kopfes ordneten. Einfach nur zuhören.

«Machen wir einen Ausflug nach Uri», stimmte er zu. «Und ich gehe morgen noch in die Zentralbibliothek. Mal schauen, was die Zeitungsberichte hergeben.»

Kant war einverstanden. «Wenn du mir beim Rausräumen hilfst, kannst du auf dem Sofa schlafen.»

«Und wenn nicht?»

«Dann auch.»

Finn half beim Aufräumen. Er würde es nie schaffen, von zwei Möglichkeiten die einfachere zu wählen.

7

Die Studentin war nicht da. Auch kein heller Mantel an der Garderobe. Finn sah sich unschlüssig um. Vielleicht war er zu früh? Er hatte keine Ahnung mehr, wann er vorgestern in sein Café gekommen war. Der einzige Anhaltspunkt: Nachmittag.

Das Café war nicht einmal zur Hälfte besetzt. Trotzdem war sein Lieblingsplatz schon vergeben. Der Kellner breitete entschuldigend die Hände aus. Finn winkte ab, holte eine Zeitung und wählte einen Couchtisch in der fensterlosen Ecke. Von dort würde ihm nichts verborgen bleiben. Mit Ausnahme einiger Sofas auf der anderen Seite der Bar.

Als der Kellner den Latte macchiato vor ihn hinstellte, deutete Finn auf das Buch, das er neben die Zeitung gelegt hatte. Ob sich jemand danach erkundigt habe. Es müsse vor zwei Tagen am anderen Tisch vergessen worden sein. Der Kellner kniff die Augen zusammen, las den Titel und bedauerte. Nahtod? Nein. Bei ihm jedenfalls nicht. Aber er werde nachfragen.

Langsam versank Finn im ledernen Sessel. Sein Blick verlor sich im Raum. Er versuchte noch einmal, sich die Studentin vorzustellen. Ihre Silhouette, als ihr der Kellner vor zwei Tagen den Mantel gereicht hatte. Es gelang ihm nicht. Die Silhouette wurde unversehens zu Malu-Malou. Er sah sie vor sich, wie sie sich beim Verlassen der Vernissage kurz umgedreht und ihn angelächelt hatte.

Wie sie ihm die Hand entgegengestreckt hatte, als er aus der Forchbahn gestiegen war. Wie ihr eines Auge sich auf etwas Verborgenes in ihm gerichtet zu haben schien, von dem er nicht wusste, was es war und ob es ihn beunruhigen sollte, wenn er es wüsste. Wie sich beide Augen verengt hatten, als sie sich für heute Abend verabredeten. Halb acht im «Nabis».

Mit einem Seufzer tauchte er aus seinem Sessel auf und betrachtete versonnen das Buch, während er den Kaffee umrührte. Könnte es nicht doch Malu-Malou gewesen sein, die es liegen gelassen hatte? Vorgestern ein heller Mantel, gestern eine beige Regenjacke – ihm war schon zuzutrauen, dass er so etwas verwechselte. Aber das half ihm auch nicht weiter.

Er griff nach der Zeitung und vertiefte sich in den Leitartikel. Im Hintergrund stöckelten schwarze Stilettos an der Bar vorbei zu den Sofas.

Und wenn das Buch doch Malu-Malou gehörte?

Er äugte an der Zeitung vorbei auf den Umschlag. *Nahtod – ein unsterblicher Mythos*. Der Autor schien Wortspiele zu lieben. Wie Arpagaus. Kriminaler und Krimineller – sein Blick erstarrte. Gestern Nachmittag! Pfannenstiel! Der Geruch des Pferdes, der in der Luft hängen geblieben war! Und mit ihm dieser Name. Lukas Arpagaus. Wo hatte er diesen Namen schon einmal gehört?

Jetzt nichts überstürzen. Erst mal die Zeitung weglegen, ohne den Kaffee zu verschütten.

Er schlug vorsichtig die Titelseite auf.

Eine soziologische Betrachtung. Von Lukas Arpagaus.

Also doch.

Er sank in den Sessel zurück.

Was hatte das zu bedeuten? War es Zufall? Oder war es Absicht? Plötzlich schien ihm beides möglich. Eine von Arpagaus' zahllosen Studentinnen, die sein Werk aus Vergesslichkeit liegen gelassen hatte, ebenso wie Malu-Malou, die damit eine bestimmte Absicht verfolgte. Dazwischen zahllose Kombinationen. Eine zerstreute Malu, die eilig aufgebrochen war und dabei das Buch vergessen hatte. Oder eine pathologisch sparsame Studentin, die es absichtlich zurückgelassen hatte, um die Entsorgungskosten zu vermeiden. Oder überhaupt keine Studentin. Irgendjemand, der die Abhandlung schon deponiert hatte, bevor die unbekannte Frau sich vorgestern an den Tisch gesetzt hatte.

Er betrachtete das Buch. Es war flüssig und unterhaltsam geschrieben. Wieder verspürte er diesen Stich. Wieder hörte er das leise Schwärmen in Malus Stimme. Wieder fühlte er ein leichtes Zittern in seiner Nase. Wie kommt ein Professor mit den Muskeln eines Ruderers überhaupt dazu, so ein Werk zu verfassen? – *Professor*?

Er schlug erneut die Titelseite auf. «Von Lukas Arpagaus». Kein Titel. Vielleicht ein anderer Arpagaus. Oder er hatte es verfasst, bevor er zum Professor aufgestiegen war. Bevor ihm die Studentinnen bei seinen Abschweifungen an den Lippen hingen. Bevor er sich mit seiner Meute auf Polizeirevieren herumtrieb und Unruhe stiftete. Wie kam so einer wohl bei den Polizisten an?

Finn fischte das Handy aus seinem Sakko und wählte die Nummer von Zünd, seinem Kontaktmann bei der Stadtpolizei.

«Ich bin grad in einer Besprechung. Was willst du?!», bellte es ihm entgegen.

«Sagt dir der Name Lukas Arpagaus etwas?»

«Lukas Arpagaus?! Wie schreibt er sich?!»

«Das ist nicht so wichtig.»

«Wie er sich schreibt!!»

«Hör mal –»

«Ich bin in einer Besprechung!!»

«Lukas mit K, Arpagaus mit P.»

«Bist du auf dem Handy erreichbar?!»

«Klar.»

Zünds Effizienz erinnerte ihn daran, dass er selbst auch noch etwas zu erledigen hatte. Die Nachforschungen in der Bibliothek. Das war er Kant schuldig. Kant würde als Gegenleistung Edda auf den Flughafen bringen. Sie würde sicher noch in der Galerie auftauchen, einen Riesenwirbel veranstalten und alle nötigen, sie zum Flughafen zu begleiten. Unterwegs würde sie einen letzten Abstecher hierhin und einen allerletzten dorthin machen. Auf dem Flughafen würde sie von Boutique zu Boutique eilen und sich erst geschlagen geben, wenn der Last Call zum dritten Mal aus den Lautsprechern erschallte. Das alles konnte er sich ersparen, wenn er der Galerie fernblieb und sich rechtzeitig in die Zentralbibliothek verkroch. Er gab dem Kellner ein Zeichen.

Auch bei den anderen habe niemand nach einem Buch gefragt, sagte der Kellner, als er das Geld einsteckte. Aber wenn sich jemand melde, schicke er ihn in die Galerie. Finn dankte und suchte nach einer Visitenkarte. Auch wenn er in nächster Zeit selten in der Galerie anzutreffen sein würde, seine Schwester würde die Studentin nicht gehen lassen, bevor sie nicht ihre Adresse hatte. Wenn es denn eine Studentin gewesen war.

Die Zeitungen der letzten Monate gaben nicht viel her. Hie und da stiess Finn auf einen Artikel zur Lastwagenflut, die sich täglich durch die Alpentunnels wälzte. Die Berichte befassten sich mehrheitlich mit den inländischen Pässen, schwergewichtig mit dem Gotthard.

In einem Hintergrundbericht wurden die Auswirkungen in den Nachbarländern mitbeleuchtet. Die Franzosen standen der rollenden Lawine gleichgültig gegenüber. Wie bei allen Umweltproblemen beschränkten sie sich auf ein ewiges Lamentieren, ohne etwas zu unternehmen. Mit Ausnahme der direkt Betroffenen. Die wehrten sich lautstark und mit skurrilen Aktionen. Wie in jener Nacht, als sie die Champs-Elysées mit Tonnen von Mist zupflasterten und so gegen den stinkenden Verkehr und die zentralistische Pariser Ignoranz protestierten.

In Österreich verhielt es sich anders, weil sich die Regierung scheinbar hinter die Betroffenen stellte. Vor allem am Brenner schien sich regelmässig Widerstand zu regen, der einmal sogar in einer mehrtägigen Blockade gipfelte. Das bot der österreichischen Regierung willkommenen Anlass für eine heftige Auseinandersetzung mit der EU. Ein Hobby, das das kleine Land leidenschaftlich, ja voller Inbrunst pflegte. Nach gewissen Zugeständnissen verschwand das Thema allerdings aus den Schlagzeilen, um irgendwann zuverlässig wiederzukehren. Gegenwärtig war es, laut Berichterstattung, einigermassen ruhig.

Italien wiederum hatte keine Ahnung, wovon überhaupt die Rede war, stand in Bars herum und trank Espresso.

In der Schweiz selbst war von einem militanten Widerstand nicht viel zu spüren. Zwar kam es in unregelmässigen Wellen zu vereinzelten Aktionen, meist im Zusammenhang mit aktuellen Ereignissen oder Forderungen der Verkehrslobby oder der EU. Verschiedene Volksabstimmungen hatten aber das Problem weitgehend demokratisiert und damit – so der Kommentator – die Lösungen legalisiert. Mehrfach sogar zugunsten der überrollten Bevölkerung, was vor allem politisch aktiven Kreisen zu verdanken war, die mit unermüdlichem Einsatz über die Einhaltung des Alpenschutzes wachten und die Bevölkerung umfassend informierten. Doch auch diese Erfolge stellten letztlich nichts anderes als Schadensbegrenzung dar, wie der Kommentator an verschiedenen Beispielen ausführte.

Finn streckte sich.

Gegenwärtig schien also keine militante oder radikale Gruppe besonders aktiv zu sein. Das war immerhin etwas.

Er ging nach draussen. Ein weiterer warmer Herbsttag. Eine gute Alternative zur Galerie. Zumindest, solange Edda noch im Land war.

Am Limmatufer dann der Anruf von Zünd. Er sei fündig geworden. Es habe mal einen Vorfall mit einem Arpagaus im Jura gegeben. Allerdings kein Kunstraub und schon einige Jahre her. Die Akten seien morgen früh in seinem, Zünds, Büro. Finn könne vorbeikommen und sie dort einsehen. Er selbst sei dann nicht da, seine Sekretärin wisse aber Bescheid. Und jetzt müsse er zum Rapport.

Zünd und seine Effizienz. Finn kam einmal mehr nicht dazu, das Missverständnis aufzuklären. Was Zünd sich an Aufwand sparen könnte, wenn er nur einmal richtig zuhören würde. Andererseits lenkte Zünds blindes Vorgehen das Interesse in eine neue Richtung. Ursprünglich wollte Finn nur wissen, wie Arpagaus auf Zünd gewirkt hatte. Davon hatte er nach wie vor keine Ahnung. Dafür tat sich ein neues Feld auf. Es gab eine Akte Arpagaus. Ob es sich um den Professor handelte?

Die Uhr auf dem Handy verriet, dass der letzte aller Last Calls for Passenger Edda Pervingsdòttir eine halbe Stunde zurückliegen müsste und ein paar Verkäuferinnen seither erschöpft, aber glücklich in den Seilen hingen. Bis zum Treffen mit Malu-Malou blieben noch zwei Stunden. Genügend Zeit, sich wieder einmal nützlich zu machen, ein paar Kontakte aufzufrischen und Bürokram zu erledigen. Die Galerie lag ohnehin auf dem Weg zum «Nabis».

Der Gedanke an ein paar Schritte der Limmat und später dem See entlang hatte etwas Verlockendes. Er witterte etwas. Vielleicht war Malu-Malou unter den Flanierenden oder den letzten Badenden anzutreffen. Oder lag etwas anderes in der Luft?

8

Kant?

Was will der denn hier?

Finn wollte soeben einen Schluck von seinem Martini nehmen. Geschüttelt *und* gerührt, weil er – wie er Malu gestanden hatte – den berühmten Unterschied nicht schmeckte.

Da sah er, wie Kant durch die gläserne Drehtür die Bar des «Nabis» betrat.

«Wenn ihr schon ein heimliches Treffen veranstaltet, solltet ihr es nicht in meiner Gegenwart aushandeln.» Kant küsste Malu zur Begrüssung auf den Mund.

«Mmhm, Margarita. Nicht schlecht.» Kant leckte sich die Lippen. «Aber nie so gut wie im ‹Urbanos›.»

«Margarita? Aber nicht doch, Kant. *Der* Drink gehört der Lady neben mir. Nur hinschauen genügt eben nicht, du Angeber. Übrigens – wenn du wirklich etwas schmecken wolltest, müsstest du meine Lippen ablecken, nicht deine.»

«Oder ihre.» Kant wechselte einen kecken Blick mit der Nebendame, einer schwarzhaarigen Grazie, die bereits mit interessiertem Lächeln zuhörte. «Nur, du weisst ja, ich kenne meine Grenzen.»

«Du kennst vor allem meine», erwiderte Malu spitz.

Kant schien amüsiert. «Heute ist sie aber angriffig, lieber Finn. Das dürfte für dich noch ganz anstrengend werden.» Und mit einem Blick auf sein Glas: «Was trinkst du denn, stirred and shaken?»

«Shaken and stirred.»

«Klar. Wie kann ich das nur verwechseln.» Kein weiteres Glas in der Nähe. «Manchmal kann ich nicht glauben, wie geizig du bist. Kein Drink für deine Begleitung?»

Malu kam ihm zuvor.

«Du hörst nicht zu, mein Lieber», begann sie betont langsam. «Nur hinschauen genügt nicht.» Ihre Finger fuhren den Stiel des Glases hoch, umschlossen den Trichter, hoben das Glas an ihre Lippen, die sich weich um den Glasrand legten. Ihr Blick glitt von Kant weg, hin zu Finn und verhakte sich in seinen Augen. Ein kleiner Schluck, dann reichte sie Finn den Drink. Wie an der Vernissage tauchte er langsam in ihre grünbraunen Augen ein, in den geheimnisvollen Dschungel der Insel Malou. Er legte seinen Mund über ihr Lippenrot, liess ihn nach ihren Spuren suchen, nahm einen kleinen Schluck, drehte das Glas weiter, liess knapp daneben einen weiteren Schluck folgen. Ihre Augen blieben verhakt, während sie den Drink übernahm und ihre Lippen dorthin setzte, wo er getrunken hatte. Nur langsam entzog sie ihm ihren Blick, um sich wieder Kant zuzuwenden.

Das sei das ganze Geheimnis, hauchte sie. Teile und geniesse. Ein Vorspiel vor dem Vorspiel.

Kant nahm ihr den Martini aus der Hand und nickte Finn anerkennend zu. War da etwas Hartes in Kants Blick? Etwas mehr als die übliche Rivalität? Territorium? Ohne ihn aus den Augen zu lassen, hob Kant das Glas und kippte den Drink in einem Schluck, ohne den Rand mit dem Mund zu berühren. Er zwinkerte der schwarzhaarigen Grazie zu und liess das leere Cocktailglas auf den gesprenkelten Steinboden fallen, wo es klirrend zersprang. Die plötzliche Aufmerksamkeit der übrigen Gäste kümmerte ihn wenig. Der Barkeeper, ein durchtrainierter Nordländer mit modischer Brille, reagierte nur mit einem kurzen Blick. In dieser Stadt war cool sein cool.

«So! Schluss mit dem Vorspiel vor dem Vorspiel.» Kant packte Finn bei den Schultern. «He Magnus, begrüss mich endlich! Sonst kann ich mich gar nie verabschieden. Und das wirst du doch nicht wollen?!»

Ertappt! Da war keine Härte im Blick gewesen. Und wenn, war sie gespielt. Finn musste lachen. Sie umarmten sich kräftig.

Nach einem fragenden Blick zu Malu:

«Eine Runde zu dritt?»

Sie strich Kant mit der Hand über den Rücken und seufzte: «Dann werden wir ihn aber nie los.»

«Das hat seine Vorteile. So kann ich verhindern, dass Finn auf Abwege gerät, wenn es interessant wird.» Sein Bärtchen näherte sich verschwörerisch ihrem Ohr, während er dem Barkeeper unauffällig einen Schein zusteckte, damit die Scherben dezent in einer langstieligen Schaufel verschwänden. «Das Höschen der Nachbarin. Ich kenne die pikanten Details. Weisst du, ihr Frauen glaubt immer, dass sich Männer nichts Persönliches erzählen. Das stimmt. Mit einer Ausnahme. Richtige Freunde wissen voneinander Geschichten, die nicht einmal ihre Ehefrauen kennen. Leider kommt es nicht oft vor, dass Männer wirklich Freunde werden. Das braucht Seelenverwandtschaft. Und die gibt es nur ganz selten. Für mich bisher nur einmal: Magnus Finn!» Mit gespieltem Pathos legte er Finn den Arm um die Schultern. «Von ihm erfahre ich Intimes, und ihm erzähle ich auch Intimes.»

«Intimes? Wann hast du mir je etwas Intimes erzählt?»

«Komm schon, Magnus. Meine Intimität ist eben eine andere als deine. Meine Intimität ist, zuzugeben, dass du mein einziger Freund bist. Der einzige, der mir seelenverwandt ist. So einfach ist das.»

Kants Arm auf seinen Schultern liess es nicht zu, dass Finn in seinem Gesicht nachforschen konnte. Das war von Kant auch nicht beabsichtigt. Sicher hatte er seine Unschuldsmiene aufgesetzt. Dann war Vorsicht geboten.

«Du willst mit uns essen», stellte Finn fest.

«Siehst du? Freundschaft. Keiner ausser dir würde das merken.»

«Malu. Er will mit uns essen.»

«Lässt sich das irgendwie vermeiden?»

«Wenn wir ihn zwingen, uns einzuladen. Seine Freundschaft kennt Grenzen.»

«Das war nun ein bisschen zu intim, Magnus. Seelenverwandtschaft bedeutet nicht, dass ich derselbe Geizkragen bin wie du. Zum Beweis: Ich lade euch ein.»

«Drinks *und* Essen?»

«Drinks und Essen.»

«Inklusive Dessert?», fragte Malu.

«Klar. Alles oder nichts.»

«Fein», lächelte sie. «Nehmen wir die Drinks am Tisch!»

Damit war die schwarzhaarige Grazie ausgebootet.

Sie liessen sich Zeit bei der Bestellung. Finn wunderte sich einmal mehr über das «Nabis». Es verströmte Gelassenheit und unaufdringlichen Chic. Nichts von der Steifheit der Flüsterklasse, in der die Alteingesessenen dezent tafelten und nur die Bestecke hörbar miteinander konversierten. Das «Nabis» gehörte auch nicht zu den Szenelokalen, in denen man sich einen Abend lang anbrüllen musste, um die Musik und alle anderen Brüller zu übertönen. Das «Nabis» war eine Klasse für sich.

Nach der Bestellung provozierte ihn Kant erneut mit den Höschen einer Nachbarin. Er wisse doch, die mit der kurzen Schürze und den langen Blicken. Die Sache im Estrich, das Souvenir an der Wäscheleine. Kant nickte Malu zu. Finn sei ein Träumer. Man müsse ihn immer ein bisschen anstossen, sonst gehe gar nichts.

Doch Finn wich aus. Er hatte keine Lust, auf Kants Provokation einzugehen. Er könne sich nicht gleichzeitig auf ein gutes Essen und ein intensives Gespräch konzentrieren. Entweder werde dabei das Essen kalt oder das Gespräch. Wenn er überhaupt etwas erzähle, dann sicher nicht vor und schon gar nicht während des Hauptgangs.

Malu verschluckte sich vor Heiterkeit an ihrem Drink. Dass man sich über so etwas überhaupt Gedanken mache! Ein Gespräch ergebe sich oder eben nicht! Und wenn dabei das Essen kalt werde, mein Gott! Aber sich durch Prinzipien selbst und freiwillig einschränken – sie könne das nicht glauben. Aber bevor sie darüber eine ernsthafte Diskussion anzettle – ob er sich vorstellen könne, ihr ein wenig über ihre Nachforschungen zu berichten. Finn spürte ihre warme Hand auf seinem

Unterarm, bevor sie hinzufügte: «Wenn dich das beim Essen nicht überfordert.»

Er hatte die Diskussion schon öfter geführt. Jetzt würden Überzeugungen aufeinanderprallen. Und zumindest er war nicht von seiner Meinung abzubringen. Zwar hätte er einmal mehr seine Argumente schleifen können, doch das Nahen der Vorspeise hielt ihn davon ab. Er nahm die Serviette vom Tisch. «Du scheinst nicht viel von unserer Arbeit zu halten, wenn du glaubst, die Resultate liessen sich so einfach während des Essens präsentieren.»

Der Kellner stellte einen schlichten Teller zwischen die Bestecke. «Geräucherte Forelle, zwischen Fenchelufern in Meerrettichschaum.» Kalt serviert, das liess Spielraum für das Gespräch. Malu und Kant teilten sich eine Platte mit lecker angerichteten Antipasti. Das Ganze wurde begleitet von einem trockenen Weisswein und von Finns Bericht über die Recherchen in der Bibliothek. Für Malu ergab sich daraus nichts Neues.

Beim Hauptgang übernahm Kant und berichtete ausführlich, wie sie vorgehen wollten. Er flocht Anekdoten zu Eddas Raubzügen im Flughafen ein und rettete das Thema über den Hauptgang hinaus. Am Ende übergab er wieder an Finn, der Malu um Unterstützung bei den Recherchen zu politischen Tätern bat.

«Bei dem Tempo, das ihr Schnecken vorlegt, bleibt mir wohl nichts anderes übrig. Sonst werdet ihr in drei Wochen noch Zeitungen lesen und Theorien diskutieren.»

Schnecken? Er nahm einen ordentlichen Schluck Weisswein. «Malu! Ermitteln wir nach deiner Methode oder nach unserer?»

«Ich stelle nur fest.»

«Ich auch!»

«Gehört das jetzt auch noch zum Vorspiel vor dem Vorspiel ...?», mischte Kant sich ein.

«Nein, mein Lieber.» Malu hatte sich schnell gefangen. Mit den Schnecken habe sie beide gemeint. Beim Vorspiel sei sie monogam. Da gehöre einer von beiden nicht dazu.

Sie hob ihr Glas und liess ihren Blick zwischen den beiden hin- und herwandern. «Also – politische Motive haben wir von Beginn weg ins Zentrum gestellt. Entsprechend intensiv haben wir dieses Gebiet abgeweidet. Wir sind dabei auch auf drei Einzeltäter gestossen, die schon in Attentate verwickelt waren. Einer, ein Innerschweizer aus Sarnen, ist nach Italien zu seinen Verwandten geflohen und sitzt dort seit Jahren wegen anderer Delikte in Haft. Das sagen die Italiener. Wir konnten aber noch nicht herausfinden, in welchem Gefängnis er inhaftiert ist oder auch nur in welcher Stadt. Wir erhalten keine ordentlichen Auskünfte und keine Akten. Das Einzige, was wir haben, sind unsere Vorakten. Dazu ein paar alte Fotos. Wir können also nicht mal ein einigermassen aktuelles Phantombild erstellen, wenn sich die Italiener weiterhin so anstellen. Und wenn sie sich weiter so anstellen, müssen wir davon ausgehen, dass das nicht nur Inkompetenz ist.»

«Misstraust du ihnen?»

«Vielleicht ist er ihnen entwischt, und die Ragazzi wollen das nicht zugeben. Sie geben uns auch die Tonbänder mit den Verhören nicht heraus, damit wir einen Stimmenvergleich machen könnten. Das Ganze ist mit einem bürokratischen Kraftakt verbunden, der die schlimmsten Vorstellungen bei Weitem übertrifft, weil der Kerl auch noch italienische Wurzeln hat. Und es kommt noch etwas hinzu: Einer unserer Informanten will ihn vor ein paar Monaten in einer Rotlichtbar an der Langstrasse erkannt haben. Dem Hinweis wurde aber nicht nachgegangen, weil er laut Akten in Italien in Haft sein sollte. Wie auch immer. Der zweite Verdächtige ist ein Walliser und die dritte eine Frau. Beide mit unbekanntem Aufenthalt. Ich muss mich aber zuerst auf den allerletzten Stand bringen, um effizient informieren zu können. Anders gesagt: Magnus, der Hauptgang ist vorbei, die Recherchen haben Pause, und ich sehe keinen Grund, weshalb du dich noch länger zieren solltest.»

Ihre Augen krallten sich an ihm fest und liessen keinen Zweifel an ihrer Forderung: «Mach schon, sonst werden wir Kant nie los.»

Kant grinste. «Wie undankbar, Frau Chianti. Aber du hast recht. Komm jetzt, Magnus. Sonst geht die Einladung nämlich auf dich.»

Er wusste nicht, welches das kleinere Übel war. Für einen Moment betrachtete er seine Hände, die sich gegenseitig Halt gaben. Seine Unterarme auf dem weissen Tischtuch schienen ihm behaarter als auch schon. Dann raffte er sich auf und liess sich vom Wein die Zunge lösen.

Es gebe zwar eine Nachbarin, aber keine Geschichte. Nicht über einen Estrich, nicht über eine Wäscheleine, nicht über ein Höschen. Aber Kant liebe es, ihn in unangenehme Situationen zu bringen. Das würde ihn, so Kant, in Stress versetzen und zu Eigeninitiative zwingen. Nur in der praktischen Anwendung könne er seine Angst überwinden, sich zu blamieren. Bis jetzt habe es auch noch nie geschadet. Selbst negative Erlebnisse hätten sich rückblickend als positiv erwiesen. Ihm sei auch viel Unangenehmes erspart geblieben, indem er – durch Kant gezwungen – nicht den angenehmen Weg gegangen sei, der ihm eigentlich zusagen würde. Heute aber seien sie in eine neue Dimension eingetreten. Das einzig Unangenehme sei heute nur, dass Kant sein Mitwissen schamlos ausgenutzt und sie beide im «Nabis» überfallen habe.

Kant lachte. «Sei nicht undankbar, mein Lieber. Ohne meine Initiative wäre dieses Essen gar nicht zustande gekommen. Und ich muss auch noch die Rechnung übernehmen. *Das* sollte dir unangenehm sein.»

Kant hatte natürlich recht, das wusste er. Und Malu-Malou wusste es sicher auch. Sie, die ihren Kopf in der aufgestützten Hand verweilen liess und ihn, Finn, selbstvergessen betrachtete. Seine leicht gebräunten Arme auf dem weissen Tischtuch. Dunkelblonder Flaum bis hin zu den Händen. Wie lange mochte es her sein, dass sie mit offenen Augen die Welt um sich herum vergessen hatte? Ob sie von Wärme träumte? Von einer Hand in ihrem Haar, einem fremden Herzschlag, einer weichen Decke, einem dritten Fuss? Ob sie sich gerne treiben liesse, ohne zu wissen, wohin es ging und wo sie ankam? Dann müsste sie das Ruder jetzt in die Hand nehmen. Schliesslich sass sie mit zwei Männern am Tisch. Und mindestens einer glich eher einem Wildbach als einem ruhig dahinfliessenden Strom. Oder müsste er etwas unternehmen, damit der dritte Fuss nicht Kants Fuss würde?

«Also doch kein Fetischist», brach Malu das kleine Schweigen. «Denn das sollte ich doch glauben, oben, auf dem Pfannenstiel?»

War das ihr Bein, das sich behutsam an seines schmiegte? Seine Hand zitterte leicht, als er nach dem Weinglas griff. Er musste zuerst seine Kehle befeuchten, bevor er antworten konnte. «Nein ...», es ging nicht ohne Räuspern, «kein Fetischist.»

«Das beantwortet aber die eigentliche Frage nicht.»

«Nämlich?»

«Ob du einer Frau zuhörst oder nur Zuhören spielst und ihr eigentlich ans Höschen willst. Wie alle Männer. Ausser Kant, der will den Mädchen auch ans Höschen, ohne Zuhören zu spielen.»

Kant lehnte sich zurück und lachte. «Wirklich sehr angriffig heute, Frau Chianti. Da gibts nur eines: Wechseln wir vom Dessous zum Dessert.»

«Dessert?» Sie wandte sich Kant zu. «Nein danke. Ich habe schon.»

«Ach – und was?» Kant wurde munter.

Sie legte seelenruhig ihre Serviette auf den Tisch und strich sie mit der linken Hand zurecht. «Das kannst du morgen unseren Träumer fragen.»

Und zu Finn: «Kommst du?»

9

«Schau an, ein Bauernmädchen.»

«Ein Bauernmädchen?»

«Die Tochter eines Bauern.»

«Malu, von wem redest du?»

«Von der gesuchten Einzeltäterin mit unbekanntem Aufenthalt. Ich habe sie doch soeben beim Essen erwähnt. Jetzt ist eine SMS von Robert eingetroffen, dass sie auf einem Bauernhof aufgewachsen sei, Autorennen fahre und dass sie eine heisse Spur hätten. Möglicherweise halte sie sich in der Schweiz auf, vielleicht sogar ganz in der Nähe.»

«Robert?»

«Ja, Robert. Robert Laubistorf, mein Assistent. Ich habe dir doch von ihm erzählt. Auf dem Weg zum Pfannenstiel.»

Robert. Richtig. Warum beunruhigte es ihn jedes Mal, wenn Malu-Malou einen Männernamen nannte? Warum hatte sie überhaupt das Handy hervorgekramt? Um Kant nicht nachschauen zu müssen, der noch einen Drink an der Bar nehmen wollte? Der dann unter ihren Augen direkt auf die schwarze Grazie zugesteuert war, die ihn mit einladendem Lächeln zwischen die Geier gelotst hatte, die sie umkreisten? Geier, die Kant scharf musterten und dazu abwesend ihre Sätze weiterführten, während die Grazie immer noch lächelnd und mit spitzen

Fingern Kant ihr Glas anbot. Gespannt, ob er es auch mit einem Schluck leeren und am Boden zerschellen lassen oder ob er das Vorspiel weiterführen würde. Ein Vorspiel, das er offenbar während des ganzen Essens nicht hatte erkalten lassen, sonst hätte sie ihn nicht so bereitwillig aufgenommen. Ob er die ganze Zeit Augenkontakt hatte, ohne dass es jemand bemerkte? Nicht einmal Malu, die eben ihr Handy wieder wegsteckte? Oder war das Gegenteil der Fall? Hatte sie es bemerkt und wollte sie deshalb das «Nabis» so rasch wie möglich verlassen?

«Magnus – nehmen wir ein Taxi?» Ihre Lippen berührten beinahe sein Ohr.

Es nieselte leicht. Vom Vordach des «Nabis» zu den Taxis waren es nur ein paar Schritte. Und dann? Er musste Zeit gewinnen. Warum nicht ein Stück zu Fuss gehen?

«Zu Fuss?!»

Was für eine Furche über ihrer Nase. Selbst das leichte Schielen schien sich zu verlieren. Trotzdem schien sie zu überlegen. Dann hängte sie sich bei ihm ein: «Also gut.»

Wie sanft sie ihn mit sich fortzog. Und wie verkrampft sich seine Schultern anfühlten. Dabei gab es keinen Grund. Malu-Malou war die Natürlichkeit selbst. Warm, offen und nahe. Warum klemmte er ihren Arm so ein? Durchatmen und die Schultern hängen lassen. Der Arm lockerte sich. Sie schmiegte sich näher an.

Was für eine Situation. Wie oft hatte er sich vorgestellt, was er täte, wenn ihn eine Frau einfach auffordern würde, mit ihr zu gehen. Und was tat er? Nichts von dem, was er sich vorgenommen hatte. Wusste er überhaupt noch, was er sich vorgenommen hatte? Locker mitgehen? Schon im Auto über sie herfallen? Sich selbst bleiben? Aber wer war er denn? Ein unbändiger, leidenschaftlicher Löwe, der sich sofort in sein Opfer verbeisst und nicht mehr loslässt, bis es alles von sich streckt? Oder der geduldige Jäger, der nicht sofort zuschlägt, dafür im richtigen Moment und endgültig? Oder die sanfte, zärtliche Katze, die sich Zeit nimmt und ewig spielt und schmust und schnurrt? Wer war er, hier und jetzt? Einer mit verspannten Schultern!

Er atmete erneut durch. Wie angenehm dieses sanfte Nieseln doch sei. Überhaupt, die frische Luft. – Er schnupperte in die Gegend. Eine Wohltat, nach ein paar Stunden im Restaurant. Obwohl, im «Nabis» sei es ja noch erträglich – aber trotzdem, die verschiedenen Essensgerüche …

Malu kam ihm nicht zu Hilfe. Dabei hätte sie irgendetwas ergänzen können. Pausen machte er genug. Auch lange genug. Seine Schultern verspannten sich wieder. Sie hätte doch wirklich etwas sagen können, trotz des eingeklemmten Armes.

Am schlimmsten ist Käse.

Zum Beispiel.

Oder: Am liebsten mag ich frischen Rosmarin. Das erinnert mich an die Provence.

Rosmarin, das würde zu ihr passen. Diese herbe Frische. Dieses Französische. Da hätte er einhaken können. Über die französische Küche zur Sinnlichkeit kommen. Von der Sinnlichkeit zur Langsamkeit, von der Langsamkeit zur Gegenwart. Darüber hätte er sprechen mögen.

Darüber, dass sein jetziger Moment nach Langsamkeit verlange.

Am schlimmsten sei Käse, hörte er sich sagen. Er erschrak. Doch es ging weiter. Geschmolzener Käse. Verpeste jeden Raum. Raclette zum Beispiel. Oder noch schlimmer: Käseschnitten. Er verstehe nicht, wie man in einem Restaurant Käseschnitten anbieten könne. Der Gestank haue doch jeden um. Dass ein Wirt so etwas nicht merke. Das seien doch die reinsten Umsatzkiller …

«Umsatzkiller?», griff Malu endlich ein. «Was redest du? Von Käse und Umsatzkiller? – Magnus! Käse ist vor allem ein Liebeskiller.»

Endlich eine Gelegenheit, die Führung abzugeben. Sie ein wenig sprechen zu lassen. Am besten mithilfe einer Frage.

«Wie meinst du das?»

Keine sehr intelligente Frage.

«Umfassend, Magnus. Umfassend! Käse riecht fürchterlich, schmeckt grauslig und liegt schwer auf – und in dieser Situation über Käse zu reden, trocknet mich aus! Käse ist der absolute Liebeskiller. So meine ich das.»

Das Klocken ihrer Absätze auf dem nassen Asphalt.

Ihr Arm nicht mehr eingeklemmt.

Malu-Malou nicht mehr angeschmiegt.

Nach ein paar Schritten, hallenden Schritten, atemlosen Schritten wandte sie sich ihm zu. Seufzend.

«Magnus», sie schien ganz ruhig, «Magnus, es war ein wunderbarer Abend. Wirklich.» Ein tiefer Seufzer. «Schade nur, dass wir den Zauber nicht in die Nacht hineinretten können. Nicht mehr. Es hätte sicher tausend Wege gegeben, die uns zusammengeführt hätten. Verspielte Wege, verträumte Wege, direkte Wege. Wir hätten bestimmt den richtigen gefunden. Den, der zu uns gepasst hätte. Zu uns beiden. Zu dir und zu mir. Aber du hast wahrscheinlich meine Direktheit falsch verstanden. Dabei war sie gar nicht an dich gerichtet, sondern an Kant. Ich musste *ihm* erstmal klar machen, dass zwischen ihm und mir nichts läuft. Er sollte genau wissen, dass ich den Abend nicht mit ihm beenden würde, sondern mit dir. Es war unser Abend, und kein Dritter konnte uns darin stören. Schade, dass du das nicht gemerkt hast. Aber ihr Männer seid so sehr in eure Rivalitätskämpfe verliebt – es ist zum Wahnsinnigwerden. Ihr spürt nicht, wann sich die Frau entschieden hat. Und für wen. Ihr glaubt bis zuletzt, dass ihr das Blatt noch wenden könnt. Bei dir und Kant kommt noch dazu, dass ihr Freunde seid. Womöglich würdest du auf eine Nacht mit mir verzichten, nur damit eure Rivalität nicht offen ausbricht und eure Freundschaft nicht belastet. Dafür würden wir drei uns am Schluss des Abends mit einem schalen Gefühl voneinander verabschieden. Wieder nichts passiert, dafür noch alles offen. Beide würden vorschlagen, mich mit dem Taxi nach Hause zu bringen. Der eine, weil es kaum ein Umweg ist, der andere, weil er sowieso ein Taxi nehmen muss. Als ob wir Frauen einfach mit dem mitgingen, mit dem es praktischer ist. Ignoranten!»

Ihre klockenden Schritte auf schwarzem Asphalt.

Ihr Arm wieder eingehängt.

Dann wieder ihre Stimme.

«Damit das nicht geschieht, musste *ich* die Sache in die Hand nehmen und Kant eine klare Botschaft senden.

Kant versteht nur klare Worte. Alles Vage ignoriert er. Manchmal auch das Klare. Magnus – ich wollte doch nur, dass sich die Spannnung zwischen dir und mir frei entwickeln kann. Frei von eurer Freundschaft. Frei von eurer Rivalität. Irgendwie. Meinetwegen auch mit einem Spaziergang im Regen, einem Absacker in einer Bar, einem Abschiedskuss unter einer Laterne. Nur nicht mit einem Gemurre über Käse. Eigentlich überhaupt nicht mit einem Gemurre.»

Der Asphalt schwarz und nass.

Das Klacken ihrer Absätze.

Das Echo ihrer Worte.

Die Nacht und das Nieseln als einzige Rettung. Wer bei solchem Wetter zu Fuss unterwegs war, durfte auch mal schweigen. Schweigen wie ein Afrikaner. Schweigen wie jener schwarze Medizinstudent, der sich in Zimbabwe ins Landesinnere aufgemacht hatte, um für seine schwerkranke Mutter ein uraltes Heilmittel zu finden.

Malu hatte von dem Film geschwärmt. Sie war hingerissen gewesen von den Bildern der afrikanischen Steppe, des Busches, der Hochländer. Rote Erde, silbriges Grün, staubiges Blau. Hingerissen auch von der Art, wie Gespräche geführt wurden. Man setzte sich hin. In die Hütte, vor die Hütte, unter einen Baum. Man richtete sich ein. Man nahm sich Zeit. Dann wurde geredet.

Viele Gespräche verliefen ähnlich. Der Student brachte höflich sein Anliegen vor. Sein Gegenüber hörte ihm zu. Manche unbewegt, andere spielten mit irgendetwas zwischen den Fingern. Einer zeichnete mit einem Zweig Figuren in den Sand. Dann teilten sie ihm ihre Meinung mit. Oder ihr Wissen. Der junge Mann hörte aufmerksam zu, überlegte, fragte nach. Und widersprach. Immer, wenn Malu das Gefühl hatte, er habe die Meinung des anderen akzeptiert, weil beide lange schwiegen, wurde sie überrascht, weil er doch noch etwas anfügte. Mit der Zeit wurde sie gewahr, dass sich die Hände der Männer, diese schlanken, schwarzen Hände mit den hellen Innenflächen, dass sich diese Hände während des Schweigens ab und zu bewegten. Sie bewegten sich, als ob sie etwas sagen wollten, ihr Besitzer aber noch um Worte ringen würde. Um die richtigen Worte. Wenn er dann wirklich sprach, sprachen sie mit. Schlaksige Bewegungen, locker aus dem Handgelenk. Erst wenn sich die Hände nicht mehr bewegten, war das Schweigen ein endgültiges.

So entstanden Diskussionen, rhythmische Diskussionen, kreative Diskussionen. Keine Selbstinszenierungen. Keiner redete endlos. Keiner fiel dem anderen ins Wort. Nicht Schlagfertigkeit war gefragt, sondern Nachdenken. Wer diskutieren wollte, sprach zum Thema. Sie gingen mit den Worten um wie mit dem Wasser. Sparsam, gezielt, umsichtig. Kein Wort wurde vergeudet. Keines wiederholt. Wiederholungen galten als mangelnder Respekt vor der Intelligenz des andern. Wem etwas unklar blieb, der fragte. – Jeder liess den anderen auch nachdenken. Aus gutem Grund: Das gab seinen eigenen Worten mehr Gewicht. Danach wurde zugehört, was entgegnet wurde. Und wieder nachgedacht. Ohne Eile. Unabhängig vom Status.

Er hätte also Zeit, ihr zu antworten.

Zeit wie ein Afrikaner.

Das Klacken ihrer Schritte auf dem nassen Asphalt.

Seine Schultern schon wieder verkrampft.

Es war nicht Malus Direktheit, die ihn verwirrte. Es war sein Mangel an Fantasie. Sein eingleisiges Denken, sobald sich eine gemeinsame Nacht andeutete. Schon war er in Gedanken zwischen ihren Beinen.

Wäre es nicht klüger, das Ganze hier und jetzt zu beenden? Wenn er ehrlich war, standen die Zeichen schlecht. Das Schicksal warnte ihn. Wenn ein derart kleiner Anlass schon solche Lawinen auslöste, sollte er die Finger von Malu-Malou lassen. Und sich in Sicherheit bringen. Er wusste genau, dass er als Lawinenopfer nicht taugte. Er würde den Kopf verlieren und zu graben beginnen, in blindem Aktivismus, ohne zu wissen, wo oben ist und wo unten. Er würde graben wie wild, bis seine Kräfte so erschöpft wären, dass auch der Lawinenhund zu spät käme. Er würde nicht einmal mehr die Helfer hören, die mit langen Stangen über den Lawinenkegel stapften und seinen Namen riefen.

«Magnus!»

Er schreckte aus seinen Gedanken auf. Malu schaute ihn verwundert an.

«Magnus, da wären Taxis.»

Richtig, da waren Taxis. Er war die letzten Minuten stumm neben ihr herspaziert, verstrickt in sich selbst.

Er habe wohl zu lange überlegt?

«Nicht unbedingt. Wenn etwas Vernünftiges dabei herauskommt, kannst du die ganze Nacht nachdenken. Komm, küss mich jetzt, bevor ich einsteige. Ich ruf dich morgen an.»

10

Der Klingelton hallte von irgendwo hoch. Seine Nacht musste unruhig gewesen sein. Das Handy lag jedenfalls nicht mehr neben dem Kissen. Finn tastete im Halbdunkel auf dem Boden herum. Kriegte es zu fassen. Wenigstens schien es noch zu funktionieren. Sogar eine Stimme meldete sich, als er endlich den richtigen Knopf gedrückt hatte.

Eine weibliche Stimme. Eine klare Stimme. Eine Stimme, deren letzte Sätze ihn bis in die frühen Morgenstunden um den Schlaf gebracht hatten.

Malu-Malou.

Ihr Anruf wie versprochen.

Nur viel zu früh.

Finn hätte zum gestrigen Abend wahrscheinlich schon etwas zu sagen gehabt, aber nicht im Halbschlaf, nicht unrasiert und vor allem nicht am Telefon.

«Alles andere hätte mich überrascht», klang es aus dem Hörer.

«Ah ja?»

«Ja. Aber auch enttäuscht.»

Zum Glück hängte sie nicht sofort auf.

Der Walliser, den sie am Vorabend erwähnt habe, einer dieser drei Einzelattentäter – er sei gar kein Walliser, sondern ein Franzose. Die Sache sei etwas bizarr. Der Typ übrigens auch. Er lebe in Salgesch, nenne sich

Quelqu'un de Salqu'un, und es sei völlig unklar, ob er seinerzeit mit dem Anschlag am Montblanc überhaupt etwas zu tun gehabt habe. Ausserdem habe er ein hieb- und trinkfestes Alibi: die Ausnüchterungszelle in Sion. Er scheide also aus.

Vom Innerschweizer, der in Italien im Gefängnis sitzen solle, hätten sie noch immer keine Spur. Er solle mehrmals verlegt worden sein, immer innerhalb Norditaliens. Bis auf das letzte Mal, vor sechs Monaten. Da hätten sie ihn nach Neapel überführt. Ausgerechnet Neapel. Keiner wisse, warum. Und keiner könne bestätigen, dass er dort auch angekommen sei. Aber alle würden sie beruhigen und wortreich beteuern, dass ihnen noch kein Häftling abhanden gekommen sei. Wenigstens nicht für immer. Man habe noch jeden wieder gefunden. Ja, es sei wahr, manchmal brauche das ein wenig Zeit. Aber selbst Mafiabosse könnten in Italien nicht ewig untertauchen. Kriminelle Schweizer schon gar nicht.

Auch nach der Einzeltäterin, der Frau, würden sie weiterhin suchen. Allerdings nicht in Italien. Ihr Name sei in der Datenbank im Zusammenhang mit dem Bundeshaus erschienen. Sie heisse Bettina Gfeller und sei in ihrer Freizeit Bergrennen mit Autos gefahren, die sie sich durch den Verkauf des elterlichen Bauernhofes finanziert habe. Als die Geschwindigkeitslimiten auf den Strassen wieder einmal gesenkt worden seien, habe Bettina Gfeller Pamphlete und Drohbriefe an den Bundesrat gerichtet, unterzeichnet mit Manuela Matter oder mit «Die Matter-Natter». Ein gezielt gewähltes Pseudonym mit Bezug auf Mani Matter, einen legendären Berner Troubadouren.

Eines seiner Lieder habe mit dem Hinweis geendet, dass man, um das Bundeshaus in die Luft zu sprengen, nur ein paar Säcke Dynamit brauche ... Die Matter-Natter sei vorübergehend in Haft gesetzt und nach ihrer Freilassung längere Zeit überwacht worden. Man habe aber nie irgendwelche Anhaltspunkte gefunden, dass sie tatsächlich einen Anschlag vorbereiten wollte.

Vor etwa einem Jahr sei sie nach Australien ausgewandert. Dort sei sie eine Zeit lang mit diesen Riesentrucks durchs Land geheizt. Sie scheine, laut Überwachungsberichten, eine ziemlich widersprüchliche Person zu sein. In den Städten sei sie mit Vorliebe an Eröffnungen oder Jubiläumsfeiern aller Art gegangen, vorzugsweise an Automessen, in Supermärkten oder Boutiquen, aber auch in Museen, Theatern oder Galerien und so weiter. Hauptsache, sie sei unter Leuten gewesen. Sie habe sich dort gern und ausgiebig verköstigt und scheine in dieser Zeit recht mollig geworden zu sein, wenn man die Kommentare richtig deute. Und obwohl sie an solchen Anlässen gerne und oft getanzt habe, sei sie nie in eine Disco gegangen. Das passe zu ihrer anderen Seite, dem Bauernmädchen. In ländlichen Gegenden habe sie ihre Truckerfahrten immer wieder unterbrochen und Farmern freiwillig ein paar Stunden bei der Ernte oder beim Kennzeichnen des Viehs geholfen. Diese Unterbrüche seien ihr dann zum Verhängnis geworden. Trotz ihres halsbrecherischen Fahrstils habe sie die Liefertermine mit der Zeit nicht mehr einhalten können und sei darum gefeuert worden. Danach verliere sich ihre Spur. Nach einer neuesten Meldung habe sie Australien sehr wahrscheinlich verlassen. Vermutlich Richtung Thailand, vielleicht aber auch Richtung Schweiz. Das sei im Moment alles.

Eine mollige Tanzende. Das Bild verdichtete sich und reicherte sich mit Tönen an. Klingende Gläser, dumpfes Stimmengewirr, ein hämmernder Beat – die Stilettos an der Vernissage …

«Ein Foto?», wunderte sich Malu. «Kennst du sie etwa?»

«Nein. Aber ich hätte trotzdem gern eins von dieser Gfeller-Matter-Natter. Und vom Innerschweizer mit den italienischen Wurzeln. Vielleicht werden sie von einem meiner Kontaktleute erkannt. Oder von jemandem vor Ort, in Uri oder am Gotthard.» Das war Rettung in letzter Sekunde.

Sicher. Sie werde sich darum kümmern. Das Herumzeigen der Fotos am Gotthard würde aber *ihr* Team übernehmen. Das gehöre zu *ihrer* Routine. «Und es wird euch zwei Kunstschnecken etwas entlasten. Womit ich nichts gegen eure Methoden gesagt habe.»

«Aber gegen das Tempo.»

«Von Tempo kann man bei euch beiden wirklich nicht sprechen – aber lassen wir das. Ich habe euch beigezogen, weil ich eure Methoden kennenlernen will. Also, haltet mich auf dem Laufenden.»

Er lauschte ihrer Stimme nach. Ob sie einen Vorschlag für ein nächstes Treffen machen würde? Wahrscheinlich nicht. Das musste noch ein wenig reifen. Auch bei ihm.

Ob sie ihm ausser den Fotos nicht auch die Berichte über die Matter-Natter mailen könne – und über den Innerschweizer?

Selbstverständlich. Robert werde das übernehmen, sobald die Übersetzungen aus dem Italienischen autorisiert seien.

Sie blieb geschäftlich und damit kurz. Beim Abschied schwang die Spannung mit, ob sie nicht doch noch etwas Persönliches anfügen würde. Doch Malu-Malou liess die Spannung stehen.

«Kunstschnecken?» Kants Lachen erschütterte den Hörer. «Sie nennt uns Kunstschnecken? Diese Sklaventreiberin! Aber für einmal hat sie wahrscheinlich recht. Ich muss den Gotthard heute zurückstellen und etwas für die Kunst tun.» Edda sei von ihrem Besuch in Zürich hell begeistert gewesen. Sie wolle unbedingt zurückkommen und an der Novembermesse ausstellen. Nach Kants Einschätzung war das eine gute Plattform. Offiziell sei es natürlich schon viel zu spät, doch würden sich im letzten Moment bestimmt noch Lücken öffnen. Es müsse aber sofort angepackt werden. Er werde die Details heute mit Finns Schwester regeln. Das könne sich allerdings bis in den Nachmittag hineinziehen. Uri werde darum auf morgen verschoben. Er lachte. Damit aber für Malu doch noch etwas herausschaue, werde er sich am Abend um die Polizistin kümmern. Rebekka Schlegel. «Du weisst schon. Die Katze von der Geburtstagsparty. Die mit den vielen Jägern.»

Finn wusste. Aber zurzeit war ihm diese Katze einerlei. Seine Gedanken kreisten um Malu-Malou. Sie hatte keine Anstalten gemacht, ihn heute zu treffen. Nicht einmal die E-Mails würde sie selbst schicken.

«Malu will aber sicher auch von *dir* Resultate sehen, mein lieber Finn. Sammle schon mal erste Informationen, sobald du die Fotos hast. Lass bei unseren Informanten durchsickern, dass ein Gemälde aus irgendeinem Museum verschwunden ist und dass auf den Fotos die möglichen Täter zu sehen sind. Das Werk muss natürlich so berühmt sein, dass wie üblich eine Kopie aufgehängt und der Raub nach aussen hin totgeschwiegen wird. Unsere Informanten dürfen keinen Verdacht schöpfen. Vielleicht einer der zahlreichen Gotthardmaler? Wer käme in Frage?»

William Turner sei sicher der Bekannteste, in Frage kämen aber auch Caspar Wolf oder dieser Koller, Rolf … Rudolf … Irgendwas in der Art. Einen Turner habe er schon im Kunsthaus Zürich gesehen, meinte Finn. Wolf und Koller wohl auch. Wobei, wenn er das Gerücht mit der Kopie streue, sollte das Bild nicht in Zürich entwendet worden sein. So leicht liessen sich ihre Informanten auch wieder nicht an der Nase herumführen.

Sie vereinbarten, dass er ein paar Kontaktleute aufsuchen, ihnen die Fotos zeigen und behaupten würde, sie hätten womöglich etwas mit dem Verschwinden eines Gemäldes zu tun. Er solle aber darauf hinweisen, dass es sich möglicherweise um gewöhnliche Kriminelle handle, die auch mit Waffen oder Sprengstoff zu tun hätten und sich neu in den Kunstmarkt drängen wollten.

So hatte er wenigstens ein bisschen Ablenkung.

Das Internet bestätigte seine Annahme: Im Kunsthaus Zürich mussten Bilder von Rudolf Koller, Caspar Wolf und William Turner zu finden sein. Alle mit Motiven vom Gotthard. Das schweizweit bekannteste Werk war wohl jenes von Rudolf Koller. Er hatte drei temperamentsprühende Schimmel vor eine Postkutsche gespannt, die in rasendem Tempo die staubige Passstrasse hinunterhetzten und dabei ein weisses Kälbchen in helle Panik versetzten. Es handelte sich um jenes Bild, das ihm vor seinem geistigen Auge erschienen war, als er sich vorzustellen versuchte, wie es damals auf der Klassenreise in Uri gewesen war.

Bei Caspar Wolf und William Turner war von dieser Hektik nichts zu spüren. Bei beiden spannte sich eine schlanke Brücke in kühnem Bogen über eine klaffende Schlucht. Die Teufelsbrücke in der Schöllenen. Doch während die Darstellung von Caspar Wolf durch geschickte Kontraste ein kühnes Bauwerk in einer wilden, verklärten Landschaft zeigte, hatte William Turner der Teufelsbrücke durch die Wahl von Ausschnitt, Licht und Farbe eine unheimliche Dimension verliehen. Ihr Bogen zog sich filigran über die finstere Schlucht, deren atemberaubende Tiefe nicht dargestellt wurde, sich aber erahnen liess. Selbst der napoleonische Soldat, der sich in der senkrechten Wand auf ein kaum kniehohes, bröckliges Wegmäuerchen stützte und gebannt in die Schwärze hinunterstarrte, schien das Ende dieses kalten Schlundes nicht zu erkennen. Die tosenden Wasserfälle, hinter deren Schleier die Felswände hervorschimmerten, und die wie Rauchschwaden aufsteigenden Nebelfetzen verrieten, dass es in dieser Tiefe brodelte, wie es nur an einem Ort brodeln konnte. In der Hölle. Wer diese Brücke betrat, ging ein grausames Wagnis ein. Man schien den Teufel förmlich zu spüren, wie er mit funkelnden Augen in der Finsternis lauerte und auf seine Opfer wartete. Ein kleiner Huster von ihm würde genügen, um das dünne Brücklein zum Einsturz zu bringen und jeden, der sich darauf befände, in die Tiefe zu reissen. Finn hörte wieder das Flüstern des Lehrers, der mit dramatischer Stimme die Sage von der Teufelsbrücke erzählte. Er fühlte wieder seine kindliche Beklommenheit, die ihn damals in dieser frostigen, seelenlosen Schlucht beschlichen hatte. Er spürte aber noch etwas anderes. Ein leichtes Zittern in der Nase, ein Rauschen in den Ohren und eine seltsame Ermüdung der Augen. Was zum Teufel war der Inhalt dieser Sage? Warum konnte er sich nicht daran erinnern?

Doch bevor er im Internet nach der Sage fahndete, war die Sache mit dem Gemälde zu erledigen. In seinen grauen Zellen hatte er noch ein anderes Werk von William Turner gespeichert. Ein Aquarell, vor Jahren zufällig entdeckt. Bei einer Ausstellung in Martigny, in der Fondation Pierre Gianadda. Die Suchmaschine war erfolgreich. «Der St. Gotthard Pass, von der Teufelsbrücke aus gesehen». Entstanden um 1804. Unverkennbar Turner. Zurzeit ausgestellt in der Abbot Hall Art Gallery in Kendal, einer Kleinstadt im englischen Lake District. Das war genau das, was er suchte. Berühmt und weit entfernt. Ideal, um ein Gerücht zu streuen.

Während er die Homepage der Abbot Hall Art Gallery anklickte, rief Zünds Sekretärin an. Die Akte «Arpagaus» sei eingetroffen. Er könne jederzeit Einblick nehmen. Ja, auch jetzt.

11

Er klappte das Dossier zu und schaute aus dem Fenster. Zünds Büro lag im dritten Stock, in einem Gebäude direkt über der Limmat. Mit Blick auf die Altstadt. Heute grau in grau. Hochnebel lag über der Stadt.

Es war tatsächlich ein und derselbe Arpagaus. Lukas Arpagaus, lange bevor er Professor geworden war. Laut Akten ein noch junger Student, allerdings bereits verheiratet. Mit einer Frau aus dem gleichen Dorf. Flurina Florinett. Seit kurzem Arpagaus-Florinett.

Finn strich selbstvergessen über das Dossier, das geschlossen auf dem Pult lag. Mehr als zwei Stunden hatte er sich in die Akten vertieft. Dreimal war er über leere, weisse Blätter – Nr. 17, 21/1 und 21/2 – gestolpert. Alle rechts oben nummeriert, darunter der Hinweis «Aktenstück in Verstoss geraten». Diese Juristen. Konnten einfach nicht zugeben, dass sie die Aktenstücke *verloren* hatten. In Verstoss geraten ... Wobei dieser Fall schon seltsam war. Normalerweise verschwanden Dossiers als Ganzes, aber nicht einzelne Aktenstücke. Das heisst – im Jura vielleicht schon. Dort, wo sich das Drama um Arpagaus abgespielt hatte.

Finn fröstelte, wenn er sich vorstellte, was passiert war. Die Warnungen der Jurassier müssen deutlich gewesen sein, wenn auch französisch. Lukas und Flurina jung und unbekümmert genug, sie in den Wind zu schlagen.

«Une tempête» hatten sie wahrscheinlich nicht verstanden, «un orage» mit «Gewitter» übersetzt, und «un vent terrible», ein schrecklicher Wind, hatte sie schon gar nicht beeindruckt. Diese Jurassier hatten doch keine Ahnung, mit wem sie es zu tun hatten! Lukas und Flurina waren in den Bergen Graubündens aufgewachsen. Sie schliffen jeden Winter die Langlaufloipen im Engadin entlang. Über die zugefrorenen Seen. In beide Richtungen. *Sie* wussten, was Wind bedeutete. Wie er beflügelte, wenn er vom Malojapass herpfiff und sie ihn im Rücken hatten. Wie sie hofften, dass er nachliesse, wenn sie wendeten und Richtung Maloja zurückglitten. Eine Hoffnung, die er jedes Mal brutal wegfegte. Dafür trieb er ihnen eisige Kälte ins Gesicht, dort, wo es freigeblieben war, damit sie besser atmen konnten. In ein Gesicht, das später, in der Wärme, nur langsam auftaute, sodass sie zu Beginn kaum sprechen konnten. Der Mund eingefroren, der Unterkiefer unbeweglich, die Haut über den Wangen steif wie zähes Leder. «Un vent terrible» – das konnte sie wirklich nicht abschrecken. Nicht auf einem lächerlichen Hügel wie dem Jura.

Also waren sie losgezogen, auf ihren Langlaufskiern, bei leichtem Schneetreiben, allen Warnungen zum Trotz. Sie hatten eine Loipe im klassischen Stil gewählt, die sich am Rand der Hochebene hinzog und auf der anderen Seite zurückführte. Das leichte Schneetreiben hatte sie mehr als eine Stunde lang begleitet. Es rundete die Kanten der Loipe zunehmend zu lang gezogenen Wellen. Flurina war kaum zu halten. Unterwegs bei leichtem Schneefall – sie hätte vor Wonne zerspringen können! Völlig versunken schwebte sie vor Lukas her. Bei normalen Verhältnissen hätten sie in der Führung abgewechselt, aber so – Lukas liess ihr ihre Träumereien. Er wollte ihren wunderbaren Rhythmus nicht unterbrechen.

Mit der Zeit wurde der Wind stärker, dann heftiger, die Flocken kleiner und beissender. Schliesslich stoben sie daher wie winzige Geschosse, beinahe waagrecht. Nadelstiche wollten in die Haut eindringen, dort, wo sie ungeschützt war, zwischen Mund und Schneebrille. Der Rest war eingemummt. Der Wind wechselte jetzt ständig die Richtung, suchte nach Ritzen in der Kleidung, nach ungeschützten Stellen. Böen wischten über die Hochebene, wirbelten den Schnee auf und peitschten ihn ins Gesicht. Mit dem Aufkommen des Sturms schien die Kälte um zehn Grad abzusinken, wenn nicht um zwanzig. Nach einer Viertelstunde drang dieses Gefühl allmählich zur Haut durch. Die Hochebene war nun nicht mehr zu erkennen, überall weiss. Ein Heulen wie in der Antarktis. Sie kamen nur noch schreitend voran, die Köpfe eingezogen, das Gesicht dem Wind abgewendet.

Plötzlich eine Böe, die Flurina beinahe umgeworfen hätte. Sie blieb stehen. Lukas kämpfte sich neben sie. In den Sturm schreiend beschlossen sie, Schutz zu suchen und Besserung abzuwarten. Lukas winkte heftig nach rechts. Dort hatten sie immer wieder die Umrisse eines Waldes gesehen. Die Bäume mussten doch Schutz bieten! Flurina sah, wie Lukas an seiner Tasche riss und seine zweite Windjacke herauszerrte. So lange wollte sie nicht warten. Sie stapfte los, raus aus der Loipe. Nur schnell zum Wald. Doch schon sank sie ein im ungespurten Weiss, jeder Schritt ein Kampf auf den wackligen Skiern. Trotz Schneebrille konnte sie kaum etwas sehen, so dicht webte der Wind den Vorhang aus feinstem Schnee. Es peitschte, zischte und biss von allen Seiten. Sie wollte nur noch diesem Wind entfliehen, diesem besinnungslos wütenden Wind, und kämpfte sich vorwärts, vorwärts, vorwärts. Endlich der Waldrand ...

Ihr heller Schrei zerriss den Sturm.

Eine kleine Ewigkeit aus weissem Nichts ...

Der Aufprall selbst war nicht besonders hart, aber ein Ski hatte sich verfangen und ihr das Bein abgedreht. Schon hörte sie Lukas rufen und hoffte, dass er nicht auf sie herunterfiele. Im gleichen Augenblick kam dieser eigenartige Schmerz, der verzögert in ihr Bein fuhr und von dort in ihren Kopf, der nicht glauben wollte, was er wahrnahm, und einen weiteren Schrei ausstiess.

Dann hörte sie Lukas ihren Namen rufen.

«Vorsicht!», schrie sie, so laut sie konnte.

«Wo bist du?», rief es verzerrt zurück.

Wo war sie nur? Wie tief war sie gefallen?

Flurina stöhnte und rief dann und rief, bis sie Lukas' Stimme wieder hörte, mal ferner, mal näher.

Urplötzlich verschwand ihr Gesicht unter einem Schwall von Pulverschnee – und Lukas stand neben ihr. Sie prustete den Schnee weg. Lukas nahm sie in den Arm, was aber sofort wieder einen stechenden Schmerz vom Bein in ihren Schädel jagte und sie heiser aufschreien liess. Was war das nur?

Lukas erschrak, sprach dann aber beruhigend auf sie ein. Das Loch sei nicht sehr tief, drei Meter vielleicht, höchstens vier. Sie kämen da sicher wieder raus. Ob sie Schmerzen habe? – Schmerzen? Sie zeigte auf ihr Bein und sah zum ersten Mal selber hin. Ihr wurde sofort schlecht. Der Fuss war völlig verdreht und ein Knochen stak beinahe seitwärts heraus. «Du musst das sofort wieder richtig machen! Bitte, Lukas! Bitte!» – Tränen schossen ihr ins Gesicht. Sie klammerte sich an ihn und heulte los. Lukas hielt sie fest, bis sie nur noch schluchzte und ermattet in seinen Armen hing.

Vorsichtig prüfte er ihr Bein. Doch schon die kleinste Bewegung schmerzte, als ob ihr eine Stahlspitze direkt in den Nerv getrieben würde. Flurinas Gedanken jagten sich. Selbst wenn sie wieder auf die Ebene hochkämen, was dann? Bei diesem Sturm? Mehr als eine Stunde vom Dorf entfernt? Vielleicht schon zwei? Sicher gab es irgendwo in der Nähe einen Bauernhof. Aber wo?

Lukas löste behutsam ihren Ski. Unter stechenden Schmerzen brachte sie sich mit seiner Hilfe langsam in eine bequemere Lage. Beinahe hätte sie sich übergeben.

Das Bein sah gar nicht gut aus. Flurina flimmerte es vor den Augen. Sie riss sich zusammen und versuchte, einen klaren Kopf zu behalten. Die beiden berieten und fanden schliesslich, es sei das Beste, wenn Flurina hier bliebe. Hier, wo sie windgeschützt sei. Lukas würde Hilfe holen. Er würde oben das Loch markieren und vorne die Loipe.

Bevor er die Böschung hochstrampelte, packte er sie vorsichtig in alles ein, was er finden konnte. Er knickte grosse Tannenäste ab, schüttelte sie vom Schnee frei und legte sie ihr kreuz und quer über Beine und Bauch. Das wärme zusätzlich, meinte er. Dann küsste er sie. «Nicht einschlafen, Süsses! Nicht einschlafen!»

Flurina begann zu frieren. Wenn nur der Sturm aufhören würde. Er machte ihr Angst. Mit ungebrochener Kraft heulte er über die Hochebene, wogte Baumwipfel durcheinander und stäubte weisse Wolken in ihre kleine, nur knapp geschützte Mulde. Zwischendurch plumpste ein dichter Schwall Schnee auf sie herunter, von einem der Bäume, die die Mulde überdachten wie das Gewölbe einer Kathedrale.

Ihr Bein schmerzte weniger, seit sie es stillhielt. Aber davon wurde ihr auch nicht wärmer. Sie bewegte vorsichtig die Arme, traute sich aber nicht, richtig auszuholen und sie vor der Brust über Kreuz zusammenzuschlagen, wieder auszuholen und wieder zusammenzuschlagen. Rhythmisch, bis das Blut in Wallung geriete. Das würde wärmen. Doch die Angst vor dem Schmerz sass zu tief.

Hoffentlich kam Lukas bald. Sie liebte ihn, seit sie denken konnte. Eigentlich seit sie schreiben konnte. Seit sie beim Schreiben Fehler machte. Irgendwann, vielleicht in der dritten Klasse, hatte sie erstmals dieses eigenartige Kitzeln verspürt, als Lukas wieder einmal zu spät und verschwitzt ins Klassenzimmer gestürzt war. Er hatte eine Entschuldigung gemurmelt, was Herr Schneider, der Lehrer, nicht einmal mehr mit einem strafenden Blick quittierte. Ein Diktat war angesagt. Und das hiess: Lukas musste den Platz wechseln. Wie immer. Von der hintersten Reihe in eine der vorderen. Schneider wollte den kleinen Arpagaus im Auge behalten, diesen Lümmel, seit ihm zugetragen worden war, dass in der hintersten Ecke gemogelt wurde. Geheime Zeichen würden sie sich geben, diese Racker, geheime Zeichen und Ähnliches. Auffällig war es schon, wie die vier da hinten plötzlich gute Diktate schrieben. Dem kleinen Arpagaus traute er das noch knapp zu, der war zwar frech wie ein Rohrspatz, aber ein helles Köpfchen und interessiert an allem. Aber die andern? Die hatten doch nichts anderes im Kopf als ihre blöden Bildchen. Winnetou und Old Shatterhand und diesen skalpierten Sam Hawkins. Wie eine Epidemie war diese Krankheit über seine Klasse hereingebrochen. Und natürlich steckte wieder einmal Kalberer dahinter, der Dorfbäcker, dieser geldgierige Geier. Bestimmt war es sein Sohn, der diese Bilder als Erster in Umlauf gebracht hatte. Was Schneider allerdings nicht beweisen konnte. Fotos aus lausigen Karl-May-Filmen, die in billige Hefte eingeklebt werden mussten. Hefte mit kurzen, geradezu idiotisch banalen Texten. Der erste Schritt zur vollkommenen Verdummung, davon war Schneider überzeugt. Während er den Kindern Lesen und Schreiben beibringen sollte, unterwanderte ihn dieser bleichgesichtige Bäcker mit seiner grenzenlosen Habgier. Denn die Fotos mussten selbstverständlich zuerst gekauft werden. Und wo? Natürlich bei Kalberer, bei diesem hirnlosen, mehligen Klumpen Teig, der wahrscheinlich fein geriebenes Blei ins Brot mischte, damit es schwerer wurde und mehr Gewinn einbrachte. Was Schneider auch nicht beweisen konnte. Genauso wenig wie seine Vermutung, dass die noch grösseren Gauner, die Hersteller dieses erbärmlichen Schundes nämlich, dass diese skrupellosen Mafiosi einige Fotos nur in sehr geringer Auflage produzierten. So verknappten sie den Markt und schufen künstliche Raritäten! Was für Banditen! Sie zwangen die armen Kleinen, Hunderte und Aberhunderte dieser verschlossenen Tüten zu kaufen, um endlich die letzten weissen Stellen ihrer wertlosen Hefte vollkleben zu können. Wenigstens waren seine Schüler schlau genug, diesen Riesenschwindel durch eifriges Tauschen zu unterlaufen. Schneider war sich nicht sicher, ob das ein Segen war, aber es war ihm eine Genugtuung, dass sie nicht alles Geld zu Kalberer trugen, diesem Halsabschneider, diesem elenden. Und er bemerkte auch, dass das Fieber bereits nachgelassen hatte. Der kleine Arpagaus, so schien es, hatte seine Bildbände schon seit einiger Zeit voll und war nicht mehr wirklich daran interessiert. Darum war er in letzter Zeit wohl auch besser in den Diktaten. Schneider hatte also recht, diese minderwertigen Heftchen führten direkt in die Verdummung. Nur beweisen musste er es noch.

Das wäre ihm womöglich gelungen, wenn er sich mehr für seine Schüler und weniger für seine Vorurteile interessiert hätte. Alle wussten, dass Lukas die mickrigen Texte in den Bildbänden längst gelesen hatte und von einem ganz anderen Virus befallen war, den richtigen Büchern von Karl May. Begeistert kämpfte er sich mit seinem kleinen Wortschatz durch die Seiten und nervte Bruder und Eltern beim Abendessen mit hundert Fragen. Mit der Zeit las er leichter, und die leidenschaftliche Lektüre schärfte sein Gefühl für Sprache. Er begann, gute und schliesslich hervorragende Diktate zu schreiben.

An diesem Tag, als Lukas wieder einmal verschwitzt hereingestürzt war, hatte Flurina zum ersten Mal dieses eigenartige Kitzeln gespürt. Ihre Banknachbarin war krank, und Flurina pochte plötzlich das Herz im Hals. Der Lehrer wird ihn sicher zu mir setzen, hörte sie sich innerlich wünschen. Das Pochen im Hals wurde zu einem Kribbeln im Bauch, ähnlich einer Fahrt mit der Achterbahn, wenn sie zum ersten Mal ins kreischende Nichts hinunterstürzte. Flurina wurde schwindlig, und als sie das schneidende «Da hin!» des Lehrers hörte, wagte sie gar nicht, aufzusehen und Lukas anzublicken. Sie versuchte nur, wieder zu atmen. Doch es ging nicht. Wie zugeschnürt! Gleich würden seine Beine neben ihrem Pult stehen, und der verschwitzte Lukas würde sich neben sie setzen. Ob Jungs wohl riechen? Und wonach? Nach Erde? Nach Indianerzelt? Nach Fussball? Vielleicht konnte sie riechen, warum Lukas so verschwitzt ist?

Das Diktat wurde zur Katastrophe. Dreiundzwanzig Fehler! Das würde sie ihr Leben lang nicht vergessen. Und auch nicht, wie Lukas duftete. Hoffentlich kam er bald. Ihr war kalt. Schnee überall. Schnee Schnee Schnee. Sie fühlte sich unheimlich müde. Aber sie musste wach bleiben. Sie hörte, wie über ihr der Sturm tobte, und es schien ihr, dass er noch stärker geworden war. Der Schnee bettete sie weich ein, und allmählich glaubte sie, gar nicht mehr so stark zu frieren. Vielleicht, weil hier kaum Wind war. Nur nicht einschlafen. An etwas Schönes denken. An Lukas. An eine heisse Badewanne. Kerzenlicht und Rotwein. In der Hand seine Briefe. Mit seiner unverwechselbaren Schrift. Mal gerade gestellt, mal schräg. Weil er mal mit der rechten Hand schrieb, mal mit der linken. Aus lauter Angst vor der

Gewohnheit. Manche seiner Briefe sahen aus wie Protokolle.

Warum haben Sie nicht den Motorschlitten genommen? Das wäre doch schneller gewesen?

Das habe nicht *ich* entschieden. Ich war völlig entkräftet im Dorf angekommen. Meine Lungen fühlten sich an wie Feuer. Ich konnte nur noch keuchen und husten und war froh, dass mich die Leute überhaupt verstanden. Irgendwer sagte, der Sturm sei viel zu heftig für den Motorschlitten. Darum bestiegen wir das Raupenfahrzeug, mit dem die Loipe gespurt wird. Wir verloren dann noch einmal Zeit mit der Suche nach einer Liege, auf die wir Flurina betten wollten. Ein Schlitten wie im Gebirge war nicht vorhanden. Schliesslich packten wir ein gelbes Verschalungsbrett, ein paar Decken und einige Riemen hinten auf das Fahrzeug.

Sie waren dann unterwegs, bis es eindunkelte, ohne die Stelle zu finden, an der die Spur von der Loipe weggehen musste. Warum hatten Sie die Stelle nicht markiert?

Ich hatte das *Loch* markiert, in das Flurina gefallen war. Mit meiner blauen Schärpe. Ich hatte sie an einen dicken, gut sichtbaren Ast am Waldrand gebunden. Dann stürmte ich los, durch den Tiefschnee. Als ich zur Loipe kam, merkte ich, dass ich keinen Ast dabei hatte, um die Abzweigung zu kennzeichnen. Ich drehte mich um und bemerkte, dass die Spur zum Wald gut zu sehen war. Wir waren dort durch Tiefschnee gestapft. Das hatte eine tiefe Furche hinterlassen. Sie war problemlos von jeder Loipe zu unterscheiden. Darum war ich sicher, dass ich sie wieder finden würde. Ich rechnete ja damit, dass wir bald zurück sein würden. Also wollte ich Zeit sparen und lief direkt los.

Sie haben sie aber nicht mehr gefunden ...

Weil wir auf der falschen Loipe unterwegs waren!

Wie konnten Sie sich nur in der Loipe irren? Schliesslich hing das Leben Ihrer Frau davon ab!

Ich hatte dem Fahrer gesagt, dass wir auf der Rundloipe unterwegs gewesen seien. Er beruhigte mich und sagte, er habe die Loipe selbst gelegt. Er würde sie sogar finden, wenn sie nicht mehr da wäre. Da habe ich mich nicht mehr auf den Weg konzentriert, sondern die Orientierung ihm überlassen. Stellen Sie sich die Situation doch einmal vor. Gerade als wir losfahren wollten, stemmte sich die Frau des Fahrers durch den Sturm und brachte uns eine Thermosflasche mit heissem Tee. Dazu eine kleine Flasche Schnaps. In der Führerkabine war es so eng, dass wir zu zweit kaum Platz fanden. Ich war noch immer völlig erschöpft und so durchgefroren, dass ich nicht einmal den Deckel der Thermosflasche alleine öffnen konnte. Und nachdem mir der Fahrer einen Deckel voll eingefüllt hatte, konnte ich ihn kaum halten und zum Mund führen. In einem solchen Moment ist man ganz einfach nur dankbar, dass man sich nicht auch noch auf den Weg konzentrieren muss. Ich konnte ja nicht ahnen, dass wir *(Frau Arpagaus und der Angeschuldigte; jjf.)* vorher von der Rundloipe abgekommen und auf eine andere Loipe geraten waren. Das konnte ich nicht wissen.

Das wird sich noch zeigen. Wann wollen Sie denn bemerkt haben, dass Sie auf der falschen Loipe unterwegs waren?

Als ich das Gefühl hatte, dass wir mit dem Fahrzeug einen weiten Bogen schlugen und bereits wieder zurückfuhren.

Warum erst so spät?

Mit meiner Frau war ich auf Skiern unterwegs gewesen, jetzt sass ich in einem Fahrzeug. Ich hatte jedes Gefühl für Geschwindigkeit und Distanzen verloren. Ausserdem konnte man kaum etwas sehen. Ein weissgrauer Vorhang ringsherum – Sie wissen ja selbst, wie es war. Und wie gesagt, zu Beginn musste ich auch noch nicht Ausschau halten. Monsieur Cornioley *(der Fahrer; jjf.)* hatte mir versichert, dass er unsere Tiefschneespur bestimmt sehen würde.

Wie haben Sie denn bemerkt, dass Sie auf der falschen Route waren?

Ich bemerkte es lange Zeit gar nicht. Ich hatte nur irgendwann das Gefühl, wir seien schon zu weit gefahren. Monsieur Cornioley bestätigte mir, dass wir den entferntesten Punkt der Rundloipe hinter uns hatten. Ich bat ihn, umzukehren und etwas langsamer zu fahren, damit wir die Abzweigung auch sicher sehen würden. Er sagte, es werde bald eindunkeln und wir müssten uns beeilen, denn mit Scheinwerferlicht würde man kaum etwas erkennen. In diesem Schneetreiben reflektiere es zu stark. Auf der Rückfahrt konnten wir die Spur auch nicht ausmachen. Als mir Cornioley sagte, dass wir bald wieder im Dorf seien, kamen mir Zweifel. Vielleicht war ich mit meiner Frau doch weiter gelaufen, als ich geglaubt hatte.

Cornioley wendete erneut. Wir fuhren nochmals die ganze Strecke in der ursprünglichen Richtung und ein ganzes Stück auf der anderen Seite zurück. Und während ich die nächste Streckenmarkierung suchte, fiel es mir plötzlich wie Schuppen von den Augen: Das musste die falsche Loipe sein! Ich war mir sicher, dass ich mit Flurina zu Beginn den blauen Markierungen der Rundloipe gefolgt war. Dann versuchte ich, mich an die spätere Strecke zu erinnern. In meinen Erinnerungsbildern konnte ich aber keine solchen Markierungen mehr abrufen. Da wurde mir klar: Wahrscheinlich war Flurina irgendwo von der Rundloipe abgekommen und einer anderen Loipe gefolgt. Das kann vorkommen, wenn man in sich selbst versunken ist. Oder eben mit einem Sturm kämpft. Ich hatte das während des Laufens nicht realisiert, weil Flurina ein erstklassiges Orientierungsgefühl besitzt. Ich hatte mich deshalb sorglos ihrer Führung überlassen. Natürlich sagte ich das mit der Loipe sofort dem Fahrer. Wir hatten dann eine heftige Auseinandersetzung, weil er mich falsch verstanden hatte. Er glaubte, ich würde behaupten, wir seien *jetzt* nicht auf der Rundloipe. Wo er sie doch selbst gelegt hatte! Wir klärten das und kehrten erneut um, und ich dachte noch für mich: Jetzt komme ich von der falschen Seite. In dem Moment sind wir auch schon stecken geblieben.

Monsieur Cornioley hat das bestätigt. Das Benzin war ihm ausgegangen.

Ja. In der allgemeinen Aufregung hatte niemand daran gedacht, das Fahrzeug aufzutanken. Zum Glück kannte sich Cornioley aus. In der Nähe sei ein Bauernhof, bei dem er Benzin holen könne. Trotzdem verging beinahe eine Stunde, bis er wiederkam. Es hatte bereits einzudunkeln begonnen. Dann das ganze Theater mit dem eingefrorenen Tankdeckel. Es war zum Verzweifeln! Als wir endlich wieder startklar waren, bat ich ihn, so schnell wie möglich zum Dorf zurückzukehren und von dort aus die Suche nochmals neu aufzunehmen. Dann kämen wir von der richtigen Seite. Sonst würde ich die richtige Loipe nie finden.

Sie haben sie auch so nicht gefunden. Sie verstehen, dass Sie sich damit sehr verdächtig gemacht haben.

Ende der Einvernahme: 10.45 Uhr.

Es war einfach schon zu dunkel, und Cornioley hatte recht: Die Scheinwerfer nützten bei dem Schneetreiben überhaupt nichts. Nach langem Zögern brachen sie die Suche ab. Vorläufig. Sobald das Wetter ein wenig besser werde, hole er Arpagaus wieder ab, so Cornioley. In der Zwischenzeit werde er zusätzliche Leute organisieren.

Lukas blieb die ganze Nacht wach und beobachtete den Schneesturm. Er interpretierte auch die kleinste Veränderung sofort als ein Abflauen. Doch kaum war er draussen, tobte der Sturm unvermindert weiter, einmal sogar noch heftiger als zuvor. Was Lukas schon fast wieder beruhigte. Das *musste* der Höhepunkt sein! Von nun an *musste* es besser werden! Der Sturm würde demnächst abflauen! Doch der Sturm war hartnäckig. Wie Lukas machte er die ganze Nacht kein Auge zu.

Am folgenden Tag wuchs der Sturm zum Orkan und wütete mit einer Heftigkeit, mit der er Dächer abgedeckt hätte, wären sie nicht tonnenschwer mit Schnee beladen gewesen. Autos wurden nur deshalb nicht weggedrückt, weil sie unter tiefen Schneebergen begraben waren, an denen der Sturmwind zwar nagte, die er jedoch gleichzeitig wieder neu auftürmte. Anderes aber wurde durch die Luft gewirbelt: Heugabeln, Fensterläden, halbe Bäume, die von Böen geknickt worden waren.

Die Machtlosigkeit der Menschen war unbegreiflich. Trotz Spurgeräten, Motorschlitten und technischer Hilfsmittel hatten sie keine Chance. Alle Versuche mussten abgebrochen werden. Lukas spürte das grosse Mitgefühl der Einheimischen. Sie unterstützten ihn, wo sie nur konnten. Sprachen ihm Mut zu, versuchten, ihn abzulenken. Sie nahmen ihn sofort mit welscher Herzlichkeit in ihren Kreis auf, diskutierten mit ihm alle möglichen Massnahmen, liessen sich immer wieder Neues einfallen und wollten ihn zwischendurch dazu bewegen, sich endlich ein wenig hinzulegen. Später gab es Momente, in denen sich bei allen die Erschöpfung breitmachte. Die Gespräche verebbten, bis sie sogar für kurze Zeit verstummten. Aber alle waren da. Und das Angenehmste: nie ein Vorwurf. Niemand, der gesagt hätte, wir haben dich gewarnt.

Der Sturm flaute erst in der nächsten Nacht ab, doch machte es keinen Sinn mehr, vor dem Morgen aufzubrechen. Die ganze Gegend war entstellt. Dicke Hügel von Schnee und kilometerlange Dünen hatten die Landschaft so verändert, dass sich selbst Ortskundige nicht mehr sicher bewegten und sich in einer fremden Umgebung wähnten.

Bei Tagesanbruch folgte der endlose Kampf mit den Dünen. Und mit der Orientierung. Auch wenn es niemand erwähnte: Die Rundloipe konnte man zwar einigermassen rekonstruieren, aber die Abzweigungen mit Zusatzrunden waren zufällig entstanden. Je nachdem, wo gerade am meisten Schnee gelegen hatte. Darum waren sie auch nie markiert. Es war ungeschickt, dass das niemand angesprochen hatte. So kam am Morgen auch keiner auf die Idee, dass man nicht die verschwundene Loipe suchen, sondern die Waldränder systematisch abgrasen sollte. Auf diese Weise müsste die Schärpe zu finden sein. Erst Zoë, eine initiative junge Frau, Leiterin eines anderen Langlaufzentrums, konnte nicht glauben, dass man sich das nicht überlegt hatte. Sie war am Mittag eingetroffen, um sich mit ihren Motorschlitten an der Suchaktion zu beteiligen. Bis sie realisierte, was vor sich ging, und bis sie schliesslich den Leiter der Suchaktion vom neuen Vorgehen überzeugen konnte, war es schon wieder später Nachmittag, kurz vor dem Eindunkeln. Trotzdem fuhren sie noch los, auf den Motorschlitten, die tagsüber vom ganzen Jura hierhergebracht worden waren.

Zwei junge Einheimische fanden sie schliesslich, Flurina. Steifgefroren. In einem Loch unter einer leichten Schneedecke. Nahe einem Ast mit einer blauen Schärpe, die vor lauter Schnee und Eis kaum mehr als solche zu erkennen gewesen war.

Die Untersuchung sollte ergeben, dass Flurina noch mindestens einen Tag gelebt haben musste. Man fand aufgerissene Packungen ihrer Sportlernahrung und die Äste, mit denen Lukas ihre Beine bedeckt hatte. Das

Durcheinander dieser Äste liess darauf schliessen, dass sie wohl verzweifelt versucht hatte, aus der Mulde hochzukommen. Erfolglos.

Lukas Arpagaus ging in den folgenden Tagen durch eine doppelte Hölle. Der Verlust von Flurina und die Vorstellung ihrer letzten Stunden war die eine. Die andere war der Untersuchungsrichter, Jean-Jacques Favre. Er verhörte den verstörten, restlos erschöpften und todbleichen Arpagaus bereits am nächsten Morgen, wenige Stunden, nachdem Flurina gefunden worden war, und nahm ihn anschliessend in Untersuchungshaft.

Finn sah ihn vor sich, diesen Jean-Jacques Favre. Die Akten zeichneten ein deutliches Bild. Favre war jung, *bilingue* und scharf auf einen grossen Fall. Einen Mord! Er hatte sich von Anfang an in die Theorie verbissen, dass Arpagaus seine Frau hatte loswerden wollen. Warum sonst, so Favre, war Arpagaus mit seiner Frau bei diesem Wetter losgelaufen, wenn nicht, um sie umzubringen? Warum, trotz aller Warnungen? Warum hatte Arpagaus dem Fahrer eine falsche Loipe angegeben, wenn nicht, um etwas zu vertuschen? Um zu vertuschen, dass seine Frau nicht in das Loch gefallen war, sondern dass er sie in das Loch *gestossen* hatte! Sie allein hätte das bezeugen können. Aber nur, wenn sie noch lebte. Also musste sie elend erfrieren … Was für ein Monster!

Jean-Jacques Favre war besessen von seiner Mordtheorie, und als ein lokales Blatt die Geschichte aufnahm, machte er aus seiner Ansicht keinen Hehl. Natürlich gab es Umstände, die seine Mordthese nicht gerade stützten.

Umstände, zu denen sich auch Jean-Jacques Favre Fragen stellte. Er ging im Verhörzimmer auf und ab. Dazu sprach er laut mit dem Protokollführer, wobei er seinen französischen *accent* genüsslich spielen liess.

«*Alors*, bleiben wir bei Mord. Hör zu, Thomas. Für Mord spricht, dass die Frau vorausging. Die Frau! Und das bei diesem Schneetreiben, bei diesem Orkan! Sie hatten – eigene Aussage von Arpagaus – immer wieder den Waldrand gesehen. Wir *Jurassiens* wissen, dass am Waldrand oft die Ebene aufhört und ein abschüssiger Hang folgt, manchmal sogar eine senkrechte Kante. Warum? Weil Wald dort ist, wo die Ebene landwirtschaftlich nicht genutzt werden kann. Und warum nicht? Weil das Land dort abschüssig ist. *Voilà!* Arpagaus ist zwar kein *Jurassien* – aber ein Bergler. Er weiss so etwas auch. Arpagaus ist Student – ein schlauer Fuchs! Wahrscheinlich hat er sich für den Mord gezielt den Jura ausgesucht. Wahrscheinlich hat er geglaubt, dass es hier nur ein paar beschränkte *gendarmes* gibt, die lieber an der Wärme sitzen und Weisswein trinken als eine Untersuchung leiten. Wahrscheinlich reagiert er deshalb so gereizt! Aaaah, diese Deutschschweizer und ihre Vorurteile! Ich könnte sie würgen! Alle! *Mon dieu* – wir sind doch nicht blöd! Was glaubt er eigentlich! Dieser *connard* mit seinem Bündner Dialekt! – Überhaupt! Vielleicht war er schon einmal hier? Du musst unbedingt die Hotellisten durchsehen, *oui*. – Das heisst – vielleicht kannst du dir das auch sparen. Er hat sicher einen falschen Namen angegeben. Ein schlauer Fuchs! Trotzdem, du musst das nachprüfen, Thomas. Nimm ein Foto mit, und frag die

Wirtsleute. Wenn ihn einer wiedererkennt und er einen falschen Namen angegeben hat, dann – *ohlala* ...!»

Jean-Jacques Favre knackte mit den Fingern. Dann stützte er sich mit den Händen auf den Schreibtisch und sah Thomas mit zusammengekniffenen Augen an.

«*Alors*, Mord. Nochmals: Arpagaus weiss oder vermutet, dass der Wald das Ende der Ebene ist. Er nimmt an, dass es dort steil abfällt. Er hetzt seine Frau voraus, er treibt sie an, er ruft: ‹Schneller schneller schneller! Schnell in den Wald hinein!› – und hofft, dass sie dort, halb blind vom Orkan, in die Tiefe stürzt! *Voilà*: Wenn nicht Mord, dann sicher Mordversuch. Aber, bleiben wir bei Mord.»

Favre richtete sich auf.

«Die Frau stürzt tatsächlich, aber dummerweise nicht über eine Wand, sondern nur in ein Loch. Dafür bricht sie sich ein Bein – ich muss Arpagaus unbedingt fragen, ob er Skilehrer ist. Die wissen, wie ein Bein geschient wird. Wenn er Skilehrer ist, und fast jeder Bergler ist Skilehrer, dann – *aiaiaie* ... Das Bein wurde nicht geschient. Wahrscheinlich, damit sie nicht hochklettern kann. *Quel monstre! – Alors,* er überredet sie, liegen zu bleiben, während er Hilfe hole. Er verspricht ihr, den Unfallort und die Abzweigung an der Loipe zu markieren. Seine eigene Aussage. Er markiert den Unfallort und beruhigt sie damit. Die Abzweigung an der Loipe markiert er aber nicht, auch seine eigene Aussage. Seine Begründung mit dem fehlenden Ast ist mehr als fragwürdig. Sie ist lächerlich, *ridicule*! Sie ist eine dumme Ausrede! Er hätte doch unbedingt zum Wald zurückgehen müssen, dieses kurze

Stück, um sich einen Ast zu holen – wenn er ihn nicht absichtlich vergessen hat, dieses Monster. Das wäre seine Pflicht gewesen, bei diesem Schneefall und bei dieser Sicht! *Er selbst* sagte, dass er kaum etwas gesehen hat.»

Thomas Krähenbühl, der Protokollführer, schwieg. Er wusste, dass Favre nicht unterbrochen werden wollte, wenn er seine Theorien ausbreitete. Krähenbühl hatte es sich darum abgewöhnt, mitzudenken. Seine Aufgabe war: dasitzen und schweigen. Favre spitzte seine Lippen. Dann ging er wieder im Zimmer auf und ab.

«*Alors*, er kommt ins Dorf zurück. Zu Serge Cornioley sagt er, sie seien auf der Rundloipe gewesen. Serge hat das bestätigt. Erst als es dunkel wird und die Suche bald abgebrochen werden muss, erinnert sich Arpagaus, dass sie auf einer anderen Loipe unterwegs gewesen sind. Ein schlauer Fuchs – ich sage dir, ein schlauer Fuchs! Vielleicht hat er gewartet, bis er sicher war, dass das Benzin ausgehen wird. Vielleicht hat er gesehen, dass das Benzin ausgehen wird! Ich muss Serge unbedingt fragen, ob sein *véhicule* eine Benzinuhr hat. *Et toi*, Thomas, du musst den Wetterbericht abhören, *en allemand et en français*. Wenn ich nicht irre, haben sie vorausgesagt, dass ein Sturm kommt und die Schneefälle mehrere Tage dauern werden. Das würde die Beweisführung erleichtern. Vielleicht hat Arpagaus das auch gehört und gehofft, dass ihre Leiche zugeschneit wird.»

Bei den letzten Worten war Favre stehen geblieben und wippte auf seinen Füssen auf und ab.

«*Bon!* Ich treffe jetzt aber zu seinen Gunsten die Annahme, dass er weder den leeren Tank noch den andauernden Schneefall voraussehen konnte. Er hat dann immer noch eine grosse Waffe in der Hand: die falsche Loipe und die nicht markierte Abzweigung. Er hätte bei jeder Loipe behaupten können, dass sie das sein könne, er sei sich nicht sicher. Sie wären hineingefahren und hätten viel Zeit verloren, genug Zeit, damit es dunkel werden konnte. – *Voilà*, das genügt! Das genügt, um ihn in Untersuchungshaft zu behalten. Ich begründe sie mit Verdunkelungsgefahr, denn mir fehlt noch das Motiv. Und das erfordert Abklärungen in seinem persönlichen Umfeld. Und die könnte er durch eine Freilassung manipulieren ... *Très bien,* Verdunkelungsgefahr. – *Tu vois,* du bist nicht der einzige schlaue Fuchs, *Monsieur* Arpagaus.»

Jean-Jacques Favre rieb sich zufrieden die Hände.

12

Sein Sakko hing über der Stuhllehne und piepste. Unter ihm die Limmat. In seiner Hand das blaue Dossier. Die Akte «Arpagaus». Finn legte sie zur Seite und fischte das Handy aus der Innentasche. Eine SMS seiner Schwester. Ein Kellner habe angerufen. Er solle bei Gelegenheit im Café vorbeikommen.

Hatte sich die Studentin also doch gemeldet? Aber warum war sie nicht in die Galerie gegangen?

Erneut glitt sein Blick aus dem Fenster von Zünds Büro. Die Resultate von Favres Nachforschungen zum Motiv waren mindestens so dürftig wie «die ganze hirnverbrannte Mordtheorie dieses unterbelichteten Vollidioten». So Arpagaus in einem Brief an seinen Anwalt. Finanzielle Gründe gab es nicht, keine Lebensversicherung, auch keine grössere Erbschaft. Eifersucht? Arpagaus war offenbar tatsächlich sehr eifersüchtig. Es soll sogar einmal zu einer giftigen Szene gekommen sein. Möglicherweise sogar zu einer Prügelei. Bei einem Dorffest, als Flurina immer wieder mit dem gleichen Burschen getanzt hatte, einem Angeber aus dem Nachbardorf. Aber Flurina war treu gewesen. Das sagten alle. Lukas habe das – wie sein Bruder zu Protokoll gab – endlich auch gemerkt und ihm einmal anvertraut, dass er Flurina mittlerweile vertraue und höchstens noch ab und zu virtuell eifersüchtig sei. Darunter konnte sich Favre wahrscheinlich nichts vorstellen. Virtuell eifersüchtig ... Sicher etwas Deutschschweizerisches.

Was blieb als Motiv: eine Liebschaft von Lukas Arpagaus. Aber mindestens in seinem näheren Umfeld wusste man nichts davon. Das wollte zwar nichts besagen, denn wenn Arpagaus ein so schlauer Fuchs war, wie Favre vermutete, hätte er auch seine Geliebte gut versteckt. Und überhaupt – dürfte Favre gesagt haben –, was wäre das schon für ein Motiv! In der heutigen Zeit! Eine Scheidung war doch viel einfacher als ein Mord. Wenigstens einfacher als ein so komplizierter Mord, der so raffiniert hatte geplant werden müssen, dass ihn nicht einmal ein Jean-Jacques Favre einwandfrei nachweisen konnte. Nein, Jean-Jacques Favre, «dieser durchgeknallte Untersuchungsrichter» – so Arpagaus –, fand kein Motiv.

Nachdem sich die Mordtheorie nicht hatte halten lassen, hatte es Favre noch mit fahrlässiger Tötung versucht. Allerdings ohne Herzblut. Was war fahrlässige Tötung schon im Vergleich zu einem Mord! «Fahrlässige Tötung, Thomas, das kann sogar einem Autofahrer passieren! Das ist doch kein richtiges *délit*!»

Immer noch ein grauer Deckel über der Stadt. Hartnäckig wie im November. Einzig das blaue Dossier brachte etwas Farbe in den Tag. Am Fenster von Zünds Büro versuchte Finn, sich an den Text eines Liedes zu erinnern. Grau und blau. Nein, grau und grün. Die Welt ist so grau, nur seine Augen sind grün. Oder so. Es ging um die Augen des Sängers. Irgend so ein Wiesenmensch. Dazu eine Melodie, die an den Harem eines Sultans erinnerte und dem Blei, das über der Stadt lag, wohltuend entgegenstand.

Unter ihm die Limmat.

Warum hatte Favre sich so sehr in diesen Fall verbissen? War es nur sein Ehrgeiz, der ihn so angestachelt hatte? Seine Wut auf die Deutschschweizer? Oder gab es irgendetwas, das nicht aus den Akten hervorging?

Er schlug das Dossier auf und blätterte. Laut Inhaltsverzeichnis fehlten Nr. 17, die Bestellung eines psychiatrischen Gutachtens über Arpagaus, angefordert von Favre, sowie Nr. 21/1 und 21/2, das Gutachten selbst und ein Begleitschreiben. Was könnte das hergeben? Und wie sollte er an die verschwundenen Akten herankommen? Überhaupt, mindestens so interessant wie die Tatsache, dass sie verschwunden waren, war der Umstand, dass der Verlust entdeckt und festgehalten worden war. Laut Datumsstempel der Aktennotiz musste das im Juli letzten Jahres gewesen sein. Für wen war damals das Dossier aus dem Archiv geholt worden? Wer hatte sich so intensiv mit den Akten auseinandergesetzt, dass ihm die fehlenden Stücke aufgefallen waren? Wer hatte sich beinahe zwanzig Jahre nach den Ereignissen für genau diesen Vorfall interessiert? Für einen Vorfall, der auch an Arpagaus nicht spurlos vorübergegangen sein dürfte. Seine soziologischen Betrachtungen über Nahtoderlebnisse aus verschiedenen Kulturen konnten ein Versuch gewesen sein, das Ganze zu verarbeiten. Vielleicht hatte die Auseinandersetzung mit ähnlichen Berichten seiner Vorstellung von Flurinas letzten Stunden den Schrecken genommen. Oder musste er dennoch alles in sich begraben? Bei lebendigem Leib einmauern, tief in seinem Innern? Zuschütten, um die Schreie nicht zu hören. Die Schreie von Flurina. Um die Bilder nicht zu sehen. Bilder von Flurina. Wie sie unter mörderischen Schmerzen aus der Mulde hochklettern will. Wie sie abrutscht und abrutscht und abrutscht. Wie die Nacht über sie hereinbricht. Das Heulen und Pfeifen des Sturmes. Wie sie verzweifelt versucht, wach zu bleiben. In das Heulen hineinlauscht. Nach Motorengeräusch horcht oder nach Stimmen, nach der Stimme von Lukas. Wie die Nacht kein Ende nimmt. Wie sie sich mit Gedankenspielen wach zu halten versucht. Später mit Erinnerungen. Die Kindheit vorüberziehen lässt. Die Jugend. Die Hochzeit vor knapp zwei Monaten, mit zweiundzwanzig. Die Flitterwochen in einer abgelegenen Hütte in den Bergen, weil sie sich nichts Romantischeres vorstellen konnten, als dort eingeschneit zu werden, sich stundenlang zu lieben und abends am Kamin zu sitzen, am wärmenden Feuer, ihr Kopf in seinem Schoss, seine Hand an ihrer Wange – wie musste sie bei dieser Vorstellung seine Nähe herbeigesehnt haben, als die eisige Nacht in ihre Mulde kroch. Zusammen mit den gierigen Fingern eines Sturmes, der in der Finsternis in jede Ritze griff.

Ob der Lebensfilm auch kam, wenn man langsam vor sich hinerfror? In weichem, weissem Pulverschnee?

Ihn fröstelte.

Seine Augen lösten sich vom Fluss.

Über den Dächern ein riesiges Zifferblatt.

Viertel vor eins.

Zum ersten Mal konnte er verstehen, dass man tagsüber Lust auf einen Whisky bekommen konnte. Er solle bei Gelegenheit im Café vorbeikommen. Die SMS seiner Schwester über das Auftauchen der Studentin. Die Gelegenheit war da. Mal sehen, was sie dort an Whisky anboten.

Zünds Sekretärin war bestimmt noch in der Mittagspause. Er sollte das Dossier wohl am besten hier liegen lassen. Und hoffen, dass es dadurch nicht in Verstoss geriete.

Der Kellner war mit Einkassieren beschäftigt, als er eintrat. Von der Studentin keine Spur. Es hätte ihn auch gewundert. «Bei Gelegenheit» war ein weitläufiger Begriff. Sie konnte kaum den ganzen Tag auf jemanden warten, der vielleicht auftauchen würde, vielleicht auch nicht.

Ihm war nach einem Bruch mit der Routine. Warum nicht die Sofas hinter der Bar statt die ewigen Tische. Der Kellner würde ihn «bei Gelegenheit» schon entdecken.

Er versank in tiefen Polstern.

Und bald in tiefen Gedanken.

Ob er ihn auf die Probe stellen wolle? Der Kellner grinste.

Auf die Probe stellen?

«Das Buch!», half der Kellner nach. Finn habe gestern das Buch liegen lassen! Er wisse doch, diesen komischen Schmöker mit dem tödlichen Titel!

Allmählich fand sich Finn wieder zurecht. Er setzte sich auf und stützte die Ellbogen auf die Knie. Er war in letzter Zeit tatsächlich sehr zerstreut. Nun hatte er auch noch den Nahtod sich selbst überlassen.

«Sie hat sich nicht gemeldet?» Er blickte den Kellner an.

«Ah! Es ist eine Sie!» Der Kellner wischte den Tisch ab. Nein. Es tue ihm leid. Es habe sich niemand gemeldet. Aber er habe sich gedacht, dass Finn das Buch vielleicht vermissen würde. Er bringe es gleich. Und einen Latte macchiato?

Finn schüttelte den Kopf. Er habe Lust auf einen Whisky.

Der Kellner sah ihn an. Darum das Sofa?

Er nickte.

Amerikanisch, schottisch, irisch?

Schottisch. Nein, irisch. Und davon den Besten.

Ein leichtes Kopfwiegen, dann rauschte der Kellner in seiner bodenlangen Schürze davon.

Es gehe ihn zwar nichts an, sagte er, als er zurückkam und den Whisky hinstellte, aber die Frau werde sicher wieder auftauchen.

Finn nickte und nahm das Buch entgegen, das ihm der Kellner hinstreckte.

Als er wieder allein war, öffnete er die Umschlagseite und suchte die Widmung. Er hatte sich nicht getäuscht. *Für F. Wen die Götter lieben, holen sie jung zu sich.*

Leise stiess er auf Flurina an.

«Ob ich das rausfinden kann?!», bellte ihm Zünd aus dem Handy entgegen. «Für wen hältst du mich eigentlich? Für einen deiner halbschlauen Informanten? Natürlich kann ich das rausfinden!»

Der Whisky zeigte Wirkung. Sonst hätte Finn die Frage an Zünd anders formuliert. Wahrscheinlich hätte er gar keine Frage gestellt, sondern beiläufig erwähnt, dass es interessant wäre, zu wissen, wer das Dossier von Arpagaus vor rund einem Jahr angefordert habe. Zünd hätte sich sofort anerboten, das abzuklären. Jetzt musste Finn seinen Fehler erst mal geradebiegen.

«Entschuldige. Natürlich weiss ich, dass du das kannst. Und ich weiss es zu schätzen.»

«Will ich auch hoffen! Hat Arpagaus was mit dem geklauten Törner zu tun?»

«Törner?»

«William Törner.»

«Ah, William Turner! – Wie kommst du da drauf?»

«Komm, halt mich nicht hin! Du verteilst deinen Hilfssheriffs Fotos wegen der Törner-Sache. Ein Foto eines Mannes und ein Foto des geklauten Bildes. Hat Arpagaus irgendetwas damit zu tun?»

«Wie kommst du an diese Information?» Finn hatte das Bild des Innerschweizers erst vor Stunden von Laubistorf, Malus Assistenten, erhalten. Noch fehlte ein Foto der Matter-Natter. Darum hatte er nur das eine in Umlauf gebracht.

«Hat Arpagaus etwas damit zu tun?!», bellte es erneut.

«Nein. Da geht es um ganz was anderes.»

«Na also, warum nicht gleich», raunzte Zünd. «Du weisst, dass ich dir keine offiziellen Akten zu deinem Kunstquatsch geben darf. Ich will keine Interessenskollisionen. Wenn einer einen Bruch macht, ist das eine Straftat, Kunst hin oder her. Und für Straftaten sind *wir* zuständig, und zwar nur wir, Versicherungen hin oder her. Ist das klar?»

«Das ist klar, seit wir uns kennen.»

«Ich weiss. Aber dir muss man Selbstverständliches offensichtlich immer wieder in Erinnerung rufen. Du hast die Information am Montag.»

Montag. Und das bei Zünds Effizienz. Nur gut, dass das Dossier «Arpagaus» nichts mit dem Gotthard zu tun hatte. Sonst würde ihn Malu-Malou sicher wieder zur Schnecke machen. Zur Kunstschnecke.

13

«Kant?»

«Ja, Kant. Hallo.»

«Hallo.»

«Rebekka Schlegel?»

«Mhm.»

«Schlegel ...»

So hatte er sie sich nicht vorgestellt, die Polizistin, als er das Haus in der fremden Kleinstadt betreten hatte. Schon beim Anblick dieses grässlichen Klotzes hatte es Kant geschaudert. Lauter Wohnzellen, jede mit eigenem Balkon, Betongeländer, Sonnendach. Und überall Gardinen. Sofort hatte er gedacht, dass hier nur verzweifelte Singles wohnen können. Schnurrbärtige Kneipengänger und Biertrinker. Frauen mit Frisuren und Kleidern, dass einen das Grauen packte. Kein Wunder, dass die Polizistin mit ihren Kollegen hier nicht feiern wollte.

«Schlegel ...»

Dunkle hochgesteckte Haare, zusammengehalten von einer Schallplatte, einer Single. Würde gut in die Kunstszene passen. Dazu Stöckelschuhe und ein knöchellanges, schwarzes Kleid. Stretch, der sich eng dem Körper anpasste und nichts verzieh. Dabei hätte es bei ihr einiges zu verzeihen gegeben. Rundungen, die vom Ideal der Modeblätter genüsslich ins Sportliche abwichen. Gerade dadurch aber wirkten. Wenigstens auf ihn.

«Schlegel ...»

«Ja, Schlegel. Was wollen Sie?»

«Ähm – gehn wir was trinken?»

«Was trinken?» Rebekka Schlegel warf ihre Stirn in Falten. «Sind Sie bescheuert?»

«Bescheuert? – Warum nicht. Verzeihen Sie, Sie kennen mich ja nicht. Ich arbeite für Maria Lucrezia Kienast. Sie leitet die Untersuchungen zum Anschlag am ... Na, Sie wissen schon. Zum versuchten Anschlag. Sie haben doch davon gehört?»

«Nein.»

«Perfekt. Mein Kompliment, Sie lassen sich nicht überrumpeln. Also: Der Code lautet *Greenbaum*. Ein selten blöder Code, ich weiss. Aber Sie sehen, ich bin kein Journalist. Nun, Frau Schlegel, Frau Kienast kommt nicht weiter. Sie hat mich beauftragt, alle Personen, die zum Anschlag etwas sagen könnten, nochmals zu befragen. Wir brauchen Details, Details, Details. Also – gehen wir was trinken?»

Dass sie ihm nichts sagen könne, könne sie ihm auch unter der Tür sagen. Da hatte sie recht. Aber er würde nicht lockerlassen. Nicht bei dieser Stimme und nicht in dieser Stimmung.

«Frau Schlegel, ich muss den ganzen Abend rekonstruieren. Auftrag Kienast. Sie wissen, was solche Aufträge bedeuten. Kant würde *gerne* etwas anderes machen. Aber nein, Kant muss, wenn Kienast will. Darum bin ich hier. Pflichterfüllung. Frau Schlegel, Sie haben kurz vor dem versuchten Anschlag im Überwachungsraum gefeiert, mit ihren Kollegen, einen Geburtstag oder so was. Es könnte sein, dass Sie nebenbei etwas wahrgenommen haben, auf den Bildschirmen zum Beispiel. Oder später, auf der Fahrt ins Tal. Es muss nicht direkt mit dem Fall zu tun haben, das wissen Sie, aber es könnte uns auf neue Spuren führen. Vielleicht eine Bemerkung eines Kollegen, der sich über irgendetwas gewundert hat, über eine fehlende Autonummer oder einen zerbeulten Lieferwagen oder sonst was. Das könnte uns weiterhelfen. Es ist mir klar, dass Sie ein Profi sind. Sicher haben Sie uns alles gesagt, was Sie gesehen haben. Aber möglicherweise wurde nicht alles protokolliert. Oder nicht genau protokolliert, Sie kennen das ja. Ausserdem testen wir gerade neue Fragetechniken. Die wurden bei Ihnen und ihren Kollegen bisher nicht angewendet. Ich erzähle Ihnen gerne mehr darüber. Bei einem Drink. Denn das gehört dazu: Dass man in einer anderen Umgebung ist. Nicht in seinen eigenen vier Wänden und nicht bei der Arbeit. Das erzeugt zu viele Blockaden. Also, was trinken?»

Sie war noch nicht ganz überzeugt. Trotzdem ging sie mit. Rebekka Schlegel.

Der Abend sollte anders verlaufen, als Kant es sich vorgestellt hatte. Er war nicht sehr gefordert, als er ihr die neue Fragetechnik erläuterte, die er laufend selbst erfand. Wenigstens machte sie ihn auf Widersprüche aufmerksam, die er einmal sogar nur damit erklärte, dass sie Bestandteil dieser Technik seien. Dank solcher Widersprüche könnten Schlüsse gezogen werden, auf die man sonst nie käme. Rebekka glaubte ihm nicht, das sah er. Trotzdem machte sie mit. Sie sassen an einem kleinen Tisch in der Ecke, direkt neben der Bar. Rebekka spielte mit ihrem Drink. Schaute in den nahezu leeren Raum. Die Bar war ihr Vorschlag gewesen. Um diese Zeit habe es kaum Leute, sie könnten also ungestört reden. Ab und zu wandte sie Kant den Kopf zu, mit einer langsamen Bewegung, und schaute ihm direkt in die Augen. Graber hatte recht: Ihr Blick konnte einen ganz schön durcheinanderbringen.

Ihre Beobachtungen halfen Kant nicht weiter. Beide machten aber keine Anstalten, zu gehen. Rebekka bestellte noch einen Gin Tonic. Kant betrachtete ihr Haar. Die Platte in ihrem Haar. Rebekka bemerkte es und lächelte.

«Na, Kant, das hättest du von einer Polizistin nicht erwartet, was? Eine Single im Haar. Ist aber sehr praktisch, das kann ich dir sagen. Wenn mir einer gefällt: Single als Zeichen für Single. Und wenn mich ein Horrortyp anquatscht, sag ich bloss: Die Platte kenn ich schon, schau mal, die reicht gerade noch als Haarklammer. Leider klappt das nicht immer. Vor allem Besoffene lassen sich kaum abwimmeln, die wollen unbedingt beweisen, wie originell sie sind. Das ist dann ziemlich ätzend.» Sie musterte Kant. «Aber dich könnte ich mir als Plattenspieler schon vorstellen.»

«Von CDs hältst du wohl nicht viel?»

«Nein. Ich mag es, wenn sich die Nadel in die Ritze legt und mit kreisenden Bewegungen alle möglichen Töne aus ihr herausholt.» Rebekka wandte sich ihrem Drink zu und spielte mit dem Barstick darin herum. «Noch lieber als Singles habe ich LPs. Das geht langsamer und länger und hat mehr Variationen.»

Kant nahm ihr Spiel auf:

«Und im Gegensatz zur CD kann man sie umdrehen, die Nadel neu einfädeln und auf diese Weise weiterspielen. Doch doch, es spricht einiges für Vinyl.»

Rebekka schnalzte leise mit der Zunge, und Kant spürte eine erste, feine Berührung. Graber, Graber. Gut beobachtet.

Sie verliessen das Thema nur langsam und eher zufällig, beim Schwärmen von ihren Lieblingssongs und den besten je gehörten Konzerten. Sie streiften auch das Thema Bekanntschaften, die sich dort manchmal ergaben. Rebekka hatte nicht nur gute Erfahrungen gemacht.

«Weisst du, was mir wirklich zu schaffen macht, ist nicht mein Beruf, sondern das, was die Leute daraus machen. Es ist wie verhext. Solange einer nicht weiss, dass ich bei der Polizei bin, läuft alles ganz normal. Sobald wir aber auf meinen Beruf kommen, versandet das Gespräch. Da tauchen irgendwelche komischen Hemmungen auf, wenn du weisst, was ich meine. Die meisten bleiben noch ein Weilchen, sagen aber nicht mehr viel. Wahrscheinlich studieren sie an einer Ausrede herum. Aber Ausreden bleiben Ausreden. Ich rieche sie schon hundert Kilometer gegen den Wind. Wenn sie dann ihr Sätzlein endlich zusammenhaben, stehen sie verlegen auf und verabschieden sich. Natürlich nicht alle, aber viele.» Lachend fuhr sie fort: «Es gibt aber auch noch die Perversen, die nur am Ball bleiben, weil sie gern mal eine Polizistin aufs Kreuz legen wollen, verstehst du. Nicht mich, sondern die Polizistin. Das scheint sie richtig anzutörnen. Trophäenjäger.»

Später: «Ja, es ist schön, als Frau mit diesen Männern zu arbeiten. Die meisten sind ja durchtrainiert. Ich steh auf so was: Muskeln, kurze Haare, Direktheit und so. Viele glauben, Männer mit Muskeln seien blöd. Das stimmt nicht. Ich kenne sogar einen Professor, der ist wirklich gut gebaut. Mannomann! Und ein Charmeur. Da fühlst du dich als Frau gleich doppelt auf Händen getragen. Und Geschichten kann der erzählen, da wird dir nie langweilig. Ich mag das, wenn einer gut erzählen kann. Und dann noch sein Bündner Dialekt! Das find ich supersexy! So ein gebildeter Bergler mit diesem urchigen Dialekt, und dann auch noch gut gebaut ...»

Später: «Ich glaube, es ist dieser Zusammenhalt unter uns, der mir gefällt. Wir halten eben wirklich noch zusammen. Müssen wir auch. Weisst du, irgendwie glaubt jeder, er könne auf uns rumtrampeln. Da ist es doch nur logisch, dass wir zusammenhalten und Front machen gegen alle, die uns an die Wäsche wollen.»

Später, dritter Gin Tonic: «Weisst du, was mich wirklich nervt? Dass die Leute so scharf sind auf diese Krimihelden. Ich schau mir auch gerne Krimis an. Aber jeder Idiot bewundert diese Krimitypen und nörgelt am nächsten Morgen trotzdem wieder an uns rum. Und warum? Ich sags dir: Weil wir uniformiert sind. Schau dir diese Krimis doch mal an! Die Uniformierten sind immer die Deppen. Immer. Die sind immer nur die Handlanger für die Kripo. Aber wer weiss, vielleicht schaff ichs auch mal zur Kripo.»

Später: Kant brachte Rebekka nach Hause. Sie hängte sich bei ihm ein. Er bemerkte ihren sanften Druck, reagierte aber nicht darauf. Auch nicht, als sie in ihren Stöckelschuhen strauchelte – oder straucheln spielte – und sich dann enger an ihn schmiegte, sodass er ihren Busen spürte. Kant war nicht mehr wirklich in Stimmung. Ohne zu wissen, warum. Er brachte sie bis zur Haustür, verabschiedete sich freundlich und taktvoll, aber bestimmt. Sie schien ein wenig enttäuscht. Vielleicht war das auch nur der Alkohol. Für Kant spielte es keine Rolle. Schon früh hatte er sich angewöhnt, nicht durch jede offene Tür einzutreten. Wenigstens nicht jederzeit. Das machte ihn für bestimmte Frauen attraktiver. Das hier war so eine. – «Gibst du mir deine Nummer, falls mir doch noch etwas einfällt?» – «Aber klar.»

Was er jetzt wollte: in Ruhe einen Whisky trinken.

Darüber nachdenken, was die Stimmung durcheinandergebracht hatte.

Dass sie beduselt war? Nein. Sie war noch weit weg von besoffen. Die Muskelmänner? Kaum. Er selbst war gut gebaut, gross, eher schlank, kaum Fett. Drahtig, aber nicht muskulös. Muskelmänner im Bett dieses Weibes verunsicherten ihn nicht. Er stellte sie sich vor. Tiere, schnaubende, gut geölte Maschinen, die sie mit Leichtigkeit sogar im Stehen nahmen. Ob sie Volumen mass, wenn sie die Kerle umarmte? Ob sie sich in ihren Bizeps verbiss, sich harten Stahl wünschte und aufpeitschende Worte flüsterte? Ob sie die Dinge ordinär beim Namen nannte und schrie zwischendurch? Das würde ihn antörnen. Daran lag es nicht. Auch nicht an ihrem Hinweis, dass sie untereinander zusammenhielten wie Pech und

Schwefel. Das hatte er von Polizisten erwartet. Da wird einer den anderen decken, auch wenn der eine spürte, dass der andere vielleicht nicht ganz sauber war.

Es war etwas anderes, das ihn nicht losliess. Etwas, das er wachhalten musste, bis er es fand. Ein heimtückischer Reiz, wie bei einem Wort, das einem auf der Zunge lag. Diesen Reiz musste er wachhalten, und darum wollte er dem anderen Reiz nicht nachgeben. Der andere hätte alles zugedeckt, mit Schweiss und Stöhnen.

14

«Whisky?»

Kant nickte. «Lagavullin.»

Lagavullin. Das war eher selten.

Er liess Kant an sich vorbei in die Wohnung. Bestimmt würde er sich in den Lesesessel werfen. Finn hasste das. Es war sein Lieblingssessel. Er stand so, dass man ins Kaminfeuer oder aus dem Fenster blicken konnte. Kant war das egal. Er warf sich in den Lesesessel, weil es Finns Lieblingssessel war. Und jedes Mal, wenn Finn meckerte, hatte Kant eine platte Weisheit zur Hand. «Verändere deinen Standort, und du siehst die Dinge neu.»

Finn holte den Lagavullin und setzte sich in den anderen Sessel. Auch schräg zum Kamin, aber ausgerichtet auf die fensterlose Wand. Was die neue Sicht auf die Dinge doch sehr begrenzte. «Konzentriert», widersprach Kant.

Während Finn andächtig den Whisky einschenkte und dem Knistern im Kamin lauschte, bedauerte er innerlich, dass sie nicht Schach spielten. Das lag nicht nur an Kant. Kant spielte leidlich, aber leidenschaftslos. Er selbst spielte nicht. Als Kind hatte er ein Holzkistchen mit Schachfiguren ausgeleert. Beim Einsammeln hatte er einen Bauern in den Mund gesteckt, der ihm plötzlich in den Hals gerutscht war und ihm die Luft abgeschnitten hatte. Alles Klopfen und Schütteln hatte nichts genützt. Seine Mutter hatte ihn hochgehoben und war die Treppe hinuntergehastet. Bei der drittletzten Stufe war ihm die Figur aus dem Mund geschossen. Er war so verstört gewesen, dass er nicht einmal geschrien hatte, seine Mutter zu aufgeregt, um die Veränderung zu bemerken. Sie war mit ihm blindlings auf die Strasse gerannt und von einem Auto gestreift worden. Selbst im Stürzen hatte sie sich noch so gedreht, dass ihm nichts geschehen konnte. Und sich einen Arm gebrochen.

Seither war Schach für ihn eine ernste Angelegenheit. Zu ernst, um sie als Spiel zu verstehen. Darum wäre er nie ein guter Spieler geworden. Kant sah das genauso, wie sie letzten Sommer festgestellt hatten.

«Während du dich noch mit dem überraschenden Verlust eines Bauern beschäftigst, wird im nächsten Zug schon deine Dame geschlagen.»

Finn hatte den Vergleich nicht lustig gefunden.

«Schuldgefühle?», hatte Kant gefragt.

Nein. Aber – es hätte noch schlimmer ausgehen können. Und wenn er sich vorstelle, was der Vergleich dann bedeutete …

«Also doch Schuldgefühle. Und dann noch für etwas, das nicht einmal eingetreten ist. Magnus, du bist ein Konjunktivist!»

«Ein Konjunktivist?»

«Ja! Du lebst zu sehr im Konjunktiv. Hätte. Würde. Könnte. Du darfst ruhig ein bisschen Ballast abwerfen.»

Ballast abwerfen. Er brauchte diesen Ballast, um am Boden zu bleiben. Ihm war ohnehin schon mulmig, wenn er sich vorstellte, auf einer Kugel zu leben, auf der ihn nur ein physikalisches Gesetz – das er noch nicht einmal verstand – am Boden hielt. Manchmal dachte er, dass alles nur ein Irrtum sei. Eines Tages würde man feststellen, dass alles eine Fehlberechnung war, und im selben Moment würde jeder ins All geschleudert. Zentrifugalkraft. Jeder für sich, jeder in eine andere Richtung. Einsamkeit pur. Wie neulich, beim Stretchen, auf der Wiese am See. Er hatte sich hingelegt, den Oberschenkel gedehnt und einen Marienkäfer betrachtet. Ein rotschwarzer Punkt mitten im Grün. Der Käfer war den einen Halm hochgeklettert, dann wieder runter, den nächsten hoch, wieder runter. Wie es wohl wäre, ein Marienkäfer zu sein? Diese riesige Wiese, und Finn-Marienkäfer mittendrin. Ganz klein und allein. Wie würde er andere Marienkäfer finden? Am liebsten eine Käferin? Oder ginge sein kurzes Leben vorbei, ohne dass er sich je mit einem knackigen Weibchen vergnügen würde?

«Schon wieder Konjunktiv!», hatte Kant damals gelacht. «Finn, du bist unmöglich! Liegst im Gras und philosophierst über Marienkäfer, statt dich um die Menschen zu kümmern. Du willst wissen, was wäre, wenn du ein Marienkäfer wärst, und ob dann zufällig eine Marienkäfersuperbiene vorbeikäme. In der Zwischenzeit joggt das echte Leben an dir vorbei. Sportstudentinnen, Sekretärinnen, Hausfrauen, was du willst. Greif zu! Verführ die Nachbarin, statt jahrelang von ihr zu träumen!»

Er gab es nur ungern zu, aber Kant hatte recht. Seine Gedankenwelt war geprägt vom Konjunktiv. Hätte, würde, könnte. Ein Konjunktivist. Ein Leben in der Möglichkeitsform. Das war mitunter sehr angenehm und abwechslungsreich. Doch manchmal entglitt ihm die

Kontrolle. Dann malte er sich den schlimmstmöglichen Fall aus. Um gewappnet zu sein. Doch der schlimmstmögliche Fall war höchst eigensinnig. Er trat nie so ein, wie er es sich vorgestellt hatte …

«Ich komme von der Polizistin.»

Das Feuer züngelte und knisterte.

«Von der, die alle durcheinanderbringt. – Maaagnus! – Die Polizistin!»

Langsam drangen die Worte zu Finn durch. Er riss sich von den Flammen und seinem Konjunktiv los. «Sorry, war gerade woanders. Was hast du gesagt?»

«Ich war bei dieser Polizistin», wiederholte Kant, «Rebekka Schlegel. Die Verführerin vom Gotthard. Wirklich ein laszives Weib und ganz schön sexy.»

Finn forschte in Kants Gesicht.

«Lasziv und sexy – und du bist nicht bei ihr, sondern kommst zu mir? Was ist mit dir passiert?»

«Irgendetwas hängt in meinen Zellen fest. Sie hat mir nichts gesagt, das auf den ersten Blick brauchbar wäre. Trotzdem muss sie mir etwas mitgeteilt haben. Ich komme nur nicht dahinter. Und je mehr ich darüber nachdenke, desto mehr blockiere ich mich. Also, lenk mich ab. Was Neues bei dir?»

Finn verlor sich erneut in den Flammen. Womit sollte er beginnen. Die Akte «Arpagaus»? Sie hatte mit dem Fall nichts zu tun. Er hätte Schwierigkeiten, Kant zu erklären, warum er sich trotzdem für Arpagaus interessierte. Er wollte Kant nicht alles auf die Nase binden. Auch nicht den Whisky im Café, der ihn schon am frühen Nachmittag zu einem langen Spaziergang am See gezwungen hatte, um einigermassen auszunüchtern. Aber der Rest des Nachmittags war unverdächtig und hatte mit dem Fall zu tun. Er war zunächst ins Kunsthaus gegangen, um sich in die Gotthard-Originale zu vertiefen. Rudolf Koller war leicht zu finden gewesen, die Bilder von Caspar Wolf und William Turner hatten gefehlt. Sie hätten sie zwar in der Sammlung, aber zurzeit nicht ausgestellt, wurde ihm beschieden. Schade. Er hätte sich gerne vor dem Original den Eindruck bestätigt, den er am Bildschirm erahnt hatte.

Kant liess sich vom Sessel auf den Boden gleiten. Er hörte auf dem Rücken liegend zu. Das erschwerte allerdings das Whiskytrinken. Gelegentlich setzte er sich für einen Schluck auf, legte sich wieder hin und genoss diesen Geschmack aus torfiger Erde und rauchigen Eichenfässern.

Nach einer kurzen Pause in der Cafeteria des Kunsthauses war Finn erneut in die Zentralbibliothek gegangen. Dort hatte er in den Zeitungen gestöbert, die in den Tagen nach dem Attentat erschienen waren. Dabei hatte ihn etwas stutzig gemacht.

Kant stützte sich neugierig auf.

Die Berichterstattung über das Attentat selbst. Die Informationsstelle der Polizei habe ausgezeichnete Arbeit geleistet. Der Pressetext sei so neutral verfasst, dass offenbar kein Journalist den Braten gerochen habe. Die Zeitungen hätten den Text mehr oder weniger unverändert übernommen, höchstens noch etwas gekürzt. Viele hätten ihn überhaupt nicht aufgegriffen. Das könne mit dieser grauenhaften Mordserie zu tun haben, die die Zeitungen damals gleich seitenweise gefüllt habe, und das während Tagen.

«Aber was stand im Pressetext?», wollte Kant wissen.

Nicht sehr viel, nur, dass Polizei, Militär und Feuerwehr eine gemeinsame Antiterrorübung durchgeführt und den Verkehr vor dem Gotthardtunnel für zwei Stunden umgeleitet hätten. Die Umleitung sei reibungslos verlaufen, es sei zu keinerlei Staus oder Wartezeiten gekommen.

«Und was hat dich stutzig gemacht?»

Von Malu wüssten sie doch, dass allen Beteiligten ein totaler Maulkorb verpasst worden war. Dieser lächerliche Greenbaum-Code. Dass die Geheimhaltung bei der Polizei klappe, sei vorstellbar. Dass das im näheren Umfeld auch noch klappe, könne knapp nachvollzogen werden. Dass sich aber auch das weitere Umfeld daran halte, irgendwelche Anwohner zum Beispiel, das könne er sich nicht vorstellen. Und selbst wenn dafür die Erklärung reiche, dass ihnen das Ganze ebenfalls als Übung verkauft worden sei: Es bleibe immer noch einer, der wirklich an die Presse gehen müsste.

Kant hob eine Braue. «Der Attentäter?»

«Genau.»

Kant strich sich über sein Bärtchen. «Zu einem Attentat gehört normalerweise ein Bekennerschreiben. Nun ist das Attentat aber misslungen – womit soll er also an die Presse? Mit einer Richtigstellung? Die ‹Übung› sei in Wahrheit ein misslungenes Attentat? Da müsste er schon Beweise liefern.»

«Kant, wann hat die Presse in den letzten Jahren je Beweise gebraucht, wenn es um eine Story ging? Ist die

Story heiss, muss sie raus. Beweise hin oder her. Dieser Druck lastet auf jedem Journalisten. Die Beweise werden sich schon noch finden. Und wenn nicht, sucht man einen Sündenbock. Das gibt wieder eine heisse Story. Darauf sind die Leser scharf.»

«Darauf werden die Leser scharf gemacht. Das ist ein Unterschied. Die Medien bauen diesen Dreck selber auf – diesen Druck, meine ich.»

«Das ändert aber nichts für unseren Fall. Ein Reporter, der nachträglich sauber recherchieren würde, fände genügend Anhaltspunkte, um die Story wasserdicht aufzubereiten. Dann würde es eng werden für Malu und ihre Freunde.»

Kant drehte sich auf den Rücken: «Gut. Der Attentäter ruft eine Redaktion an und sagt, dass sie einer Ente aufgesessen seien. Er meldet ein vereiteltes Attentat und gleichzeitig eine Lüge der Polizei – du hast recht: Das wäre ein gefundenes Fressen für jeden Schreiber. Jetzt greift aber keiner das Thema auf. Das kann nur bedeuten, dass der Attentäter die Presse nicht informiert hat. Ist das der Knochen, an dem du rumnagst?»

«Genau.»

Finn stand auf, ging zum Kamin. «Was machen wir?»

«Denk mal laut nach.»

«Unreflektiert?»

«Magnus! Wann hast du je reflektiert nachgedacht? Also mach schon. Denk einfach laut nach.»

– Der Attentäter ist tot.

– Möglich.

– Der Attentäter ist Analphabet.

– Bedeutet?

– Liest keine Zeitung. Weiss darum nicht, dass was Falsches drinsteht.

– Negativ. Radio, Fernsehen. Die würden auch darüber berichten. Auch Analphabeten schauen fern.

– Der Attentäter ist blind, taub und Analphabet.

– Negativ. Er hat das Fahrzeug der Jugendlichen gesehen, sonst hätte er nicht telefoniert. Also nicht blind.

– Taub?

– Eventuell. Er hat nur Anweisungen gegeben, ohne auf eine Antwort zu warten. Auch Taube können telefonisch Anweisungen geben ... Stehen lassen. Weiter.

– Der Attentäter ist verwirrt.

– Weiter?

– Korrigiere: Der Attentäter ist nicht verwirrt, er will verwirren.

– Wen?

– Die Polizei.

– Warum?

– Ein zweites Attentat?

– Genauer?

– Er bereitet ein zweites Attentat vor.

– Noch genauer.

– Wenn er sich zum ersten Versuch nicht bekennt, kann er ein zweites Attentat besser vorbereiten.

– Warum?

– Die Polizei kann nicht auf Hochtouren ermitteln.

– Sonst wird der erste Versuch doch plötzlich noch bekannt.

– Richtig.

– Und dann riskieren sie unangenehme Fragen. Dann sind sie mit den Medien beschäftigt statt mit dem Attentäter. Bedeutet also?

– Dem Attentäter kommt es gelegen, dass über seinen Versuch nicht berichtet wird. Solange die Polizei vorsichtig ermitteln muss, kommt sie kaum voran.

– Und wenn sie ihm zu dicht auf den Fersen ist, lässt er die Katze doch noch aus dem Sack.

– Richtig. Er streut das Gerücht über das erste Attentat. Die Presse nimmt es auf. Die Polizei muss sich mit der Presse und dem Vertuschungsskandal herumschlagen und kann sich weniger um ihn kümmern.

– So gewinnt er Zeit.

– Der Bursche ist nicht verwirrt, sondern raffiniert.

– Darum ist Malu noch nicht an ihn rangekommen.

– Darum braucht sie uns.

Sie sahen sich an.

«Ganz ordentlich für ein Warm-up», fand Kant. «Aber wenn er wirklich ein zweites Attentat plant, müssen wir Kunstschnecken für einmal Gas geben. Morgen früh nach Uri?»

Einverstanden. Es war schon nach zwei. Kant gähnte und fragte nach einer Zahnbürste. Im Badezimer. Spiegelschrank.

Finn blieb noch einen Moment sitzen. Allmählich vermischten sich die Bilder und Eindrücke der letzten Tage. Hoffentlich schlug dieser Irre nicht schon morgen wieder zu.

15

Ganz so früh hätten sie wirklich nicht aufbrechen müssen. Nicht an einem wolkenverhangenen Tag wie heute. Aber Kant war erbarmungslos. Wenn schon nach Uri, dann früh nach Uri. Und jetzt sass Kant am Steuer seines schwarzen Citroëns DS. Ein Klassiker, der Finn an alte französische Kriminalfilme erinnerte, mit braunen, lederbezogenen Sitzen. Wenigstens musste er nicht selbst fahren. Er würde heute nicht einmal das Gaspedal finden. Wie schaffte es Kant, von einer Sekunde zur anderen wach zu sein. Egal, wie lange er geschlafen hatte?

«Alles eine Frage der Einstellung. Bevor ich einschlafe, sage ich mir: Wenn ich erwache, bin ich wach. Punkt.»

Finn war das suspekt. Es erinnerte ihn an positives Denken, autogenes Training, transzendentale Lebenshilfen und dergleichen. Da war er lieber, wie er war. Langsam in den Tag hineinwachsen. Ohne Hektik. Und die Träume noch ein wenig mitnehmen.

Der nieselige Tag, der sich jenseits der Frontscheibe ausbreitete und alle Farben schluckte, kam seiner Stimmung entgegen. Gerne wäre er jetzt allein. Am Steuer von Kants schwarzem Citroën. Eine stundenlange Fahrt vor sich. Kein Ziel vor Augen. Nacht um sich herum.

Regnerische, dunkle Nacht.

Eine Landstrasse in Frankreich. Eine Allee. Baumreihen im Lichtkegel seiner Scheinwerfer. Die Strasse schnurgerade. Hügel hoch und Hügel runter. Schnurgerade rauf, schnurgerade runter.

Ab und zu die Scheinwerfer eines anderen Fahrzeuges, weit in der Ferne. Verschwommenes Licht hinter verwässerter Scheibe – dann wieder weg.

Die Scheibenwischer hin und her.

Schwarze, nasse Strasse.

Wieder die Scheinwerfer, immer noch in weiter Ferne. Ein kurzes Aufleuchten – und wieder weg. Das Spiel dauert an, die Lichter werden grösser, bleiben aber verschwommen. Dann das Kreuzen zwischen zwei Hügeln. Ein kurzes Blenden, dunkle Schultern, ein Kopf ohne Gesicht, ein heftiges Rauschen, eine Wasserwand versperrt die Sicht – und wieder Nacht.

Die Scheibenwischer hin und her.

Prasselnder Regen auf verlassener Strasse.

Er hing diesem Gedanken ein wenig nach. Unbeteiligt starrte er in den nieseligen Herbsttag. Der prasselnde Regen seines Tagtraumes ging in das Knistern des Kaminfeuers vom Vorabend über, den er zumeist sinnierend in seinem Lieblingssessel verbracht hatte. Bis ihn Kants mitternächtlicher Besuch unvermittelt aus seinen Gedanken gerissen hatte.

Die Scheibenwischer hin und her.

Wie kam es, dass Malu-Malou am Kamin kein Thema gewesen war? Er hätte einen Zuhörer gebraucht. Jemanden, der Malu-Malou kannte. Aber Kant hatte nicht nach ihr gefragt, und er wusste nicht, wie Kant zu ihr stand. Ihm schien, dass er erstmals etwas anderes spürte als die übliche Rivalität, die üblichen Spitzen und Sticheleien.

Territorium. Das wäre neu. Darum schaffte er es nicht, Kant auf Malu-Malou anzusprechen. Malu-Malou tabu.

Die Scheibenwischer hin und her.

«He Schlafmütze, woran denkst du?»

Kant hatte die Hand vom Steuer genommen und wuschelte ihm wie einem kleinen Jungen durch die Haare.

«Komm schon, erzähl.»

Benommen suchte er nach einem Rettungsanker.

«An unseren ersten Fall?»

Kant sah ihn kopfschüttelnd an.

«Darum siehst du so trübsinnig aus. Magnus Finn, an Misserfolge denkt man nicht zurück. Sie interessieren niemanden. Sie geben nur *dir* ein schlechtes Gefühl. Misserfolge sind ein schlechter Massstab für das Leben. Darum vergisst du sie am besten.»

Seufzend richtete er sich auf und betrachtete durch das Seitenfenster den Zugersee, der der Landschaft einigen Charme verlieh. Kant hatte nicht die Autobahn gewählt, sondern die Landstrasse. Finn bemerkte das erst jetzt.

«Kein Gegenangriff? Keine bissige Bemerkung? Kein Garnichts?», riss ihn Kant erneut aus seinen Gedanken.

«Lass mich doch noch ein wenig.»

Kant brummte: «Du und deine Träumereien», und wechselte die CD.

Träumereien. Kant konnte heute sagen, was er wollte, Finn wurde jedes Mal an Malu-Malou erinnert. In den letzten zwei Tagen war sie immer wieder vor seinem inneren Auge aufgetaucht. Oft hatten sie imaginäre Dialoge geführt. Er schnitt gut ab. Traum-Malu-Malou war ihm wohlgesinnt. Sie sagte immer das Richtige und gab ihm Stichworte, auf die er etwas Brillantes von sich geben konnte. Wenn ihm etwas nicht gelang, begann er von vorn. Das Spiel gefiel ihm. Konjunktiv als Lebenssystem. Risikoloses Ausprobieren verschiedenster Möglichkeiten. Die entspannendste Art zu leben. Was Kant bloss dagegen hatte? Er jedenfalls fühlte sich wohl als Konjunktivist.

Die Scheibenwischer hin und her.

Kant hätte an seiner Stelle im «Nabis» sicher keine Zeit verloren. Und wegen ihrer Freundschaft hätte Kant auf keine Frau verzichtet. Freundschaften, so Kant, bräuchten klare Verhältnisse und eine gesunde Portion Egoismus. Sonst würden sie nicht lange halten. Kant machte sich auch sonst nie die Gedanken, die Finn sich machte. Kant hatte keine Angst vor Fehlern. Im Gegenteil. Kant war ein fehlerintensiver Mensch. Weil es für ihn keine Fehler gab. Er machte einfach. Er hätte Malu kurzerhand verführt. Oder sich verführen lassen. Kant, diese Wildkatze, die soeben einen Gang tiefer schaltete, während sie in eine kleine Ortschaft einbogen. Finn hatte Mühe, sich zu orientieren. Wieder einmal hatte er mit offenen Augen im Wagen gesessen und doch nichts gesehen.

«Wo sind wir?»

«Brunnen.»

Vierwaldstättersee. Es nieselte noch immer. Bald würden sie in Uri sein.

Zeit für die Tagesplanung.

Kant sah ihn von der Seite an und nickte.

Wo war noch mal die Liste? Im Regenmantel auf dem Rücksitz. Er würde nicht darum herumkommen, sich um die eigene steife Achse zu drehen, den Mantel nach vorn zu holen und in den Taschen zu nesteln. Der Tag begann echt anstrengend.

Mal sehen, wen sie alles sprechen wollten. An erster Stelle standen Graber, der Tunnelüberwacher am Gotthard, und Alois Senn, der Feuerwehrmann und ungeschickte Bombenentschärfer. Dann jeweils das nähere Umfeld der beiden. Sicher sollten sie auch den Einsatzleiter treffen und weitere direkte Augenzeugen befragen, vor allem den Fahrer des Panzerwagens.

«Dazu ein Augenschein am Tatort und das Abchecken der Umgebung», schloss Finn.

«Wir werden also über Nacht im Tal des Grauens bleiben.» Kant schien wenig erbaut.

«Das nehme ich an, selbst wenn wir uns aufteilen. Ich möchte Graber sowieso während seiner Schicht sprechen. Also nachts.»

«Na gut. Dann ruf doch erst mal diesen Dings an, diesen Kuh... – wie hiess er noch mal?»

«Kubrick?»

«Genau. Genau den. Wähl einfach 2001. Nein, diesen Einsatzleiter der Polizei, den Kuhirgendwas.»

«Muheim.»

«Was für ein Name.»

«Na ja Kant, wenn ich ihn mit deinem Vornamen vergleiche ...»

«Komm jetzt, ruf endlich an.»

Die Nummer, die er einstellte, war ein Fehlschlag. Es meldete sich eine Männerstimme mit «Andermatt» oder so ähnlich, die von einem Muheim noch nie gehört hatte.

16

Das Schrillen riss ihn aus dem Schlaf. Walter Matt wusste für Sekunden nicht, wo er war. Dann dämmerte es ihm. Auf jeden Fall nicht zu Hause. Dort wäre er vom leisen Piepen der Funkuhr geweckt worden, nicht von diesem grauenhaften Schrillen. Seine knochigen Hände tasteten nach dem blechernen Monster, holten es zu sich ins Bett und befingerten es. Noch bevor sie den richtigen Hebel gefunden hatten, ging das Schrillen in ein Rasseln über und schliesslich in ein Röcheln, bis es ruckartig verstummte.

Walter Matt versuchte, sich an das Dunkel und den fremden Geruch des Zimmers zu gewöhnen. Die zweite Woche seit seiner Pensionierung. Die bevorstehende Nutzlosigkeit hatte ihm Angst gemacht. Luisa hatte nur den Kopf geschüttelt. «Freu dich doch. Endlich hast du Zeit, all das zu tun, was du schon immer tun wolltest. Aber glaub bloss nicht, du könnest mir die ganze Zeit auf den Wecker gehen! Einmal in der Woche habe ich Frauentag. Da will ich dich nicht sehen. Da schläfst du in einem der alten Kinderzimmer und lässt mich auch tagsüber in Ruhe.»

Sein Ältester hatte gelacht und ihr Recht gegeben. «Als Pensionierter musst du ein Projekt haben. Einmal die Woche – ist doch keine Sache, Paps.»

Nach Monaten war das Projekt geboren. Alle waren überrascht, als er sich zum Geburtstag statt des ewigen «Nichts» ein Generalabonnement für die Schweizer Bahnen, einen Fotoapparat und ein paar Wanderschuhe gewünscht hatte. Überrascht und erfreut, als er sie in sein Projekt einweihte. Er werde durch das Alphabet wandern. Durch alle sechsundzwanzig Buchstaben. Vom Aletschgletscher bis zum Zinalrothorn. Berg- und Höhenwanderungen. Bei schlechtem Wetter werde er als Alternative einen der sechsundzwanzig Kantone bereisen. Auch nach Alphabet. Ergebe zusammen zweiundfünfzig Wochen. Damit sei er ein Jahr beschäftigt.

Den Aletschgletscher hatte er letzte Woche abgehakt. Heute war der Bristen dran, für nächste Woche waren die Churfirsten geplant, dann die Diavolezza. Der Bristen würde ein harter Brocken. Die Wanderung galt als schwierig und beschwerlich, für Ungeübte stellenweise als gefährlich. Darum war er gestern Abend schon angereist. Mit dem Postauto über ein schwindelerregendes Strässchen, das kurvenreich die lotrechte Felswand nach Bristen am Fuss des Bristen überwand. Die Unterkunft im Gasthaus ersparte ihm auch die würdelose Übernachtung im Kinderzimmer. Manchmal hatte sie wirklich komische Anwandlungen, seine Luisa.

Die Wettervorhersage war alles andere als berauschend. Den ganzen Tag bedeckt, stellenweise Regen, in den Alpen einzelne Schauer, aber keine Gewitter. Das beruhigte ihn. Auch wenn er noch nicht oft in den Bergen war – von einem Gewitter wollte er ganz sicher nicht überrascht werden. Er wollte aber auch nicht schon zu Beginn seines Projektes klein beigeben und wegen eines Regengusses auf das Schlechtwetterprogramm umsatteln. So, wie er dieses Land kannte, würde er noch froh sein um jede Reserve. Ausserdem war auf die Wetterprognosen sowieso kein Verlass. Wenigstens nicht aus Sicht eines Buchhalters.

Die Gastwirtin blieb wie angewurzelt am Frühstückstisch stehen. In der einen Hand ein Körbchen mit frischen Brötchen, in der anderen einen Teller mit Butter, Käse und Konfitüre. Auf den Bristen! Bei dem Wetter! Was er da sehen wolle? Nebel? Sie stellte Teller und Körbchen auf das rotweiss karierte Tischtuch und strich die Hände an der weissen Schürze ab. Wenn er schon rauswolle, dann solle er die Wanderung durchs Maderanertal machen. Die sei auch sehr schön. Trotz der Überreste der verheerenden Überschwemmungen der letzten Jahre. Aber bei dem Wetter sei das in jedem Fall die bessere Wahl als der Bristen. Sie kenne ihn zwar nicht, er wisse aber hoffentlich, dass der Bristen nur etwas für erfahrene Berggänger sei und sehr oft als Zweitagestour geplant werde.

Walter Matt sog den Duft der frischen Brötchen ein. Er habe sich den Bristen vorgenommen, und er werde den Bristen machen. Sonst hätte er nicht so früh aufstehen müssen. Das Maderanertal sei keine Alternative. Es würde sein Wanderalphabet durcheinanderbringen und auch die Reihenfolge des Schlechtwetterprogramms. Uri komme da nämlich ziemlich am Schluss.

Wanderalphabet? Die Wirtin versenkte ihre Hände in den Schürzentaschen und wich keinen Zentimeter weg vom Tisch. Daran konnten auch die beiden Fliegen nichts ändern, die sie umsurrten. Aber Walter Matt war das egal. Er klärte sie gerne und wortreich auf. Als er fertig war, nahm sie wortlos einen kleinen Schreibblock aus der Schürze, setzte sich hin, kritzelte mit Bleistift eine Nummer auf das oberste Blatt und riss im Aufstehen den Zettel ab. Dann solle er sich aber bitte alle zwei Stunden telefonisch melden. Er habe doch ein Handy?

Walter Matt grinste. Wenn Luisa das wüsste! Sie wollte einen Tag Ruhe vor ihm, und schon kam eine, die wollte, dass er sie alle zwei Stunden anrief. Soll einer die Frauen verstehen. Aber wenn er sie damit beruhigen könne: Er habe ein Handy. Walter Matt schüttelte amüsiert den Kopf und goss sich Kaffee nach. Diesen Urnern konnte man nachsagen, was man wollte, aber um ihre Gäste kümmerten sie sich.

Um neun meldete er sich das erste Mal. Kurz zuvor hatte ihn jemand angerufen, der behauptete, ein Finne zu sein, der einen Muheim sprechen wollte. Offenbar hatte sich der Anrufer verwählt. Das sollte ihm selbst jetzt nicht passieren. Walter Matt stellte die Nummer des Gasthofs sorgfältig ein, wusste dann aber nicht so recht, was er sagen sollte. Die Gastwirtin half ihm. Er solle mal beschreiben, wo er sei. Aha. Gut. Da sei er ordentlich vorangekommen. Hätte sie nicht gedacht. Dann in zwei Stunden wieder. Aber pünktlich, sie müsse noch das Mittagessen für die Arbeiter und Gäste vorbereiten, und da könne sie nicht stundenlang mit ihm telefonieren.

Stundenlang! Walter Matt grinste, beendete den Anruf und blickte zum Bristen hoch. Nichts zu sehen vom Gipfel, er verschwand in einer tief hängenden Wolkendecke. Die Gastwirtin hatte schon recht. Was wollte er eigentlich dort oben sehen? Für die Churfirsten würde er sich auf alle Fälle besseres Wetter vornehmen. Sein Blick blieb plötzlich haften. Hatte sich da nicht etwas bewegt? Er kniff die Augen zusammen. Ganz sicher war er sich nicht. Seine Hand tastete nach dem kleinen Jagdfeldstecher, der um seinen Hals baumelte. Ein Überraschungsgeschenk seiner Enkel.

Tatsächlich. Da verschwand jemand eilig in der Wolkendecke. Kaum erkennbar in der grauen Wanderkleidung, die sich nur unmerklich von den Felsen abhob. Eine kräftige Gestalt, soweit er es von hinten beurteilen konnte. Mit einem ordentlichen Rucksack, mindestens doppelt so gross wie seiner. Also eher kein Tagestourist.

Walter Matt liess den Feldstecher sinken. Die Gestalt war verschwunden. Er war beruhigt. So verrückt konnte er also doch nicht sein. Es gab noch andere, die bei diesem Wetter unterwegs waren und die noch früher aufgestanden waren als er. Wenn ihn nicht alles täuschte, musste mindestens eine Stunde strammer Marsch zwischen ihnen beiden liegen. Der andere musste bei tiefer Dunkelheit aufgebrochen sein. Vielleicht wollte er den Gipfel überqueren und auf der anderen Seite ins Tal hinuntersteigen.

Er schlug die Wanderkarte auf. Ein Weg war da nicht eingezeichnet. Der Abstieg wäre auch nicht sonderlich attraktiv, man hätte immer die Autobahn vor Augen, weit unten im Tal. Dazu das ständige Rauschen des Verkehrs. Nein, der Wanderer würde wohl eher den Weg auf der Rückseite des Grates wählen, hinunter zum Bristensee und der Etzlihütte. Er verstaute die Wanderkarte, nahm einen kräftigen Schluck Tee aus der Thermosflasche, packte sie wieder in den kleinen Rucksack und stieg weiter.

Walter Matt hatte sich verschätzt. Er war schon wieder über eine Stunde unterwegs und hatte noch nicht einmal die Hälfte bis zu dem Punkt geschafft, an dem der Frühaufsteher in den Wolken verschwunden war. Sein Atem ging schwer. Der Weg war steiler und schwieriger, als er gedacht hatte. Er wurde immer mehr zu einem schlecht erkennbaren Pfad. Ein kurzer, aber heftiger Schauer hatte ihn zudem gezwungen, den Pfad zu verlassen und eine Viertelstunde in der höhlenartigen Ausbuchtung einer Felswand Schutz zu suchen. Wieder zurück stellte er fest, dass die Rinnsale, die den Pfad vorher in dünnen Fäden überzogen hatten, da und dort zu kleinen Bächen angeschwollen waren. Zum Glück hatten ihm die Arbeitskollegen in der Buchhaltung zum Abschied zwei Teleskopstöcke geschenkt. Sie gaben ihm etwas Sicherheit beim Überqueren der Bäche. Trotzdem, wenn es so weiterginge, sollte er wohl besser umkehren. Überall bröckelte Gestein unter seinen Füssen. Und jetzt ging das leichte Nieseln schon wieder in einen Schauer über. Nein. Er hatte die Nase voll. Bloss weil man pensioniert war, musste man nicht aufhören zu denken. Er würde umkehren, sobald der Regen nachliess.

Walter Matt schaute sich um. Ausser eines grossen, überhängenden Felsvorsprungs abseits des Pfades sah er nirgendwo einen Unterstand. Der Weg dorthin führte über ein kleines Geröllfeld mit glitschigen Steinen, schien aber machbar. Er hatte ohnehin keine andere Wahl. Gleich würde es wie aus Kübeln giessen. Trotzdem, nichts überstürzen. Immer, wenn es besonders eilig ist, musst du die Ruhe bewahren. Alte Buchhalterregel.

Ein Blick auf die Uhr. Zehn Uhr zehn.

Eine Minute später vergass er die alte Buchhalterregel. In nicht allzu grosser Ferne ertönte etwas wie ein Knall, dann ein Donnergrollen. Walter Matt blieb wie versteinert stehen. Sekundenbruchteile später erzitterte der Boden. Die Teleskopstöcke leiteten die Vibrationen über Hände und Arme direkt in den Schädel, der Feldstecher schlug gegen die Brust, die Knie wurden weich. Der schützende Unterstand war nur noch wenige Schritte entfernt. Das Donnern wurde zum Poltern, das Poltern zum Krachen, die weichen Knie zur Sprungfeder, das Alter von Walter Matt zum unüberwindbaren Hindernis.

17

Als Finn auf der Freisprechanlage des Citroëns DS erneut die Nummer von Muheim wählte, fiel sein Blick auf die digitale Zeitangabe des Telefons. Acht Uhr dreiundfünfzig. Diese Anlage sei ein Verbrechen an diesem klassischen Wagen, fand er, auch wenn das Telefon hervorragend getarnt sei und nur auf Knopfdruck aus dem Armaturenbrett hervorsumme. Kant lachte. Er sei praktisch veranlagt, nicht puristisch. Dem Puristischen fehle es an Sexappeal. Ausserdem wolle er die Hände freihaben, wenn er spreche. Auch am Telefon. Und erst recht, wenn er fahre. Da sei er schon gebunden genug.

Am anderen Ende meldete sich dieses Mal tatsächlich Muheim. Sie verabredeten sich auf neun Uhr dreissig bei einem Restaurant in Erstfeld, der «Krone». Muheim könne allerdings nur bis elf Uhr dreissig. Er sei aber am Abend wieder verfügbar und sorge dafür, dass sie am Nachmittag mit möglichst vielen Beteiligten sprechen könnten. Allerdings – der Panzerwagenfahrer sei bereits in den Ferien. Da müssten sie sich zwei Wochen gedulden.

Das war Pech. Vom Panzerfahrer hatten sie sich Informationen über die drei jungen Deutschen, den Tatort und auch über Senn, den Feuerwehrmann und Bombenentschärfer, erhofft. Zwei Wochen – da würde ihnen Malu ihre Schneckenhäuser zertrümmern. Sie mussten einen anderen Weg finden.

Auf der Weiterfahrt gingen sie noch einmal die Liste durch. Kant würde sich um Senn und sein Umfeld kümmern. Finn wollte Graber übernehmen, die Überwachungsanlagen und die Partypolizisten.

Partypolizisten. Das erinnere ihn an Rebekka Schlegel, sagte Kant. Der Gedanke schien ihn so sehr abzulenken, dass er beinahe die Einfahrt zum Parkplatz vor der «Krone» verpasst hätte. Im letzten Moment sah er das Schild und bog quietschend und ohne den Blinker zu stellen auf den kleinen Vorplatz ein.

Der Einsatzleiter der Polizei, Muheim, stand schon da, in Uniform. Ein kleiner, grauhaariger, verwitterter Mann, der sie beide mit kurzem Händedruck freundlich, wenn auch ein wenig gehetzt begrüsste. Das mit dem Blinker hatte er grosszügig übersehen.

«Wenn Sie nicht unbedingt etwas trinken wollen», sagte Muheim, «können wir gleich losfahren. Sie können mir Ihre Fragen unterwegs stellen. Ich habe Ihnen schon gesagt, dass ich leider um elf Uhr dreissig einer Verpflichtung nachkommen muss, die ich so kurzfristig nicht verschieben konnte.»

Sie stiegen in den Streifenwagen von Muheim um. Kant vorne, Finn hinten, ein wenig erstaunt über das alte Modell mit seinen abgewetzten Ledersitzen. Muheim entschuldigte sich für den röhrenden Motor. Es sei ein Ersatzfahrzeug, das nur noch während der jährlichen Wartung seines Dienstwagens zum Einsatz komme und offenbar selbst nicht mehr gewartet werde.

Sie fuhren über eine Brücke und bogen auf die Autobahn ein, die der schmalen Talsohle Richtung Süden folgte. Und das hiess: Richtung Berge. Vor ihnen der Bristen. Ein Dreitausender, der von Nahem nicht mehr ganz so mächtig erschien wie aus der Distanz, von Flüelen aus. Dort, in Flüelen, hatten die Wolken ein wenig aufgerissen. Er, Finn, hatte geglaubt, dass der Bristen, der sich weit vorn und direkt unter den Wolken quer ins Tal schob, dass dieser gewaltige Bergriegel der Gotthard sein müsse. Das Ende des Tals. Schon vorher, im Wagen von Kant, beim ersten Blick auf den Urnersee, hatten die Berge die Rangordnung klargemacht. Steile Wände, die hinter dunklem Wasser schweigend den Horizont eroberten. Waren einfach da. Unerschütterlich, stoisch, gewaltig und gewaltlos. Nahmen dem Himmel den Platz weg und der Sonne die Sicht ins Tal. Nur der See verhinderte das Schlimmste: dass bloss noch Wände da waren. Doch auch der See war wenig einladend. Dieses unruhige Wasser, das tiefgrau, kalt und düster vor sich hinwellte. Ihn schauderte. Hier zu ertrinken. Leiche sein in diesem See. Nein. Auf keinen Fall.

Die Enten schien das alles nicht zu kümmern. Sie schwammen hier wie überall. Allein, zu zweit, in Gruppen. Sie schnatterten und putzten sich wie anderswo, und ständig stritten sich ein paar männliche Rivalen um ein Entenweib. Auch Schwäne hätte er füttern können. Mit langen Hälsen schaukelten sie auf den Wellen, paddelten hie und da und schienen nur wahrzunehmen, was direkt um sie herum geschah. Drang das steile Ufer auf der anderen Seite bis zu ihren dunklen Knopfaugen vor? Oder den Bristen, den er für den Gotthard gehalten hatte, konnten sie ihn sehen? Oder sahen sie nur zehn Meter weit?

Finn hatte keine Ahnung, er dachte nur, dass der Bristen aus dem Auto von Muheim, der den Bristen Bristen nannte und nicht Gotthard – dass dieser Bristen jetzt nicht mehr ganz so riesig war wie aus Distanz. Vielleicht wegen der unbändigen Kraft, die in der ganzen Landschaft steckte. Vielleicht auch nur, weil der Bristen schon wieder zur Hälfte von Wolken umhüllt wurde und es erneut zu nieseln begann.

Sie fuhren an Amsteg vorbei, dann durch mehrere kürzere Tunnels, alle beschildert. Intschitunnel I, Intschitunnel II. Muheim erklärte, dass sie gleich am Tatort sein würden. Nach einem weiteren Tunnel hielt er auf dem Pannenstreifen an. Muheim empfahl, nicht auszusteigen. Die aufstiebenden Wolken der vorbeidonnernden Lastwagen würden sie in kurzer Zeit völlig durchnässen. Und dann der Lärm – sie würden sich bestenfalls schreiend unterhalten können. So blieben sie im Auto sitzen, das jedes Mal leicht schaukelte, wenn eines dieser kraftvollen Ungeheuer vorbeischnaubte.

«Der Bristen, den wir vorher kurz gesehen haben, ist nun direkt über uns, links oben in den Wolken. Und etwa hier hatte der Wagen der drei Deutschen gestanden, Sie wissen, die junge Frau und die beiden jungen Männer?», fragte Muheim.

Kant nickte, und Muheim fuhr fort: «Wir sind hier praktisch am Ende des Pannenstreifens. Dort vorne beginnt der Viadukt, da gibts keinen Pannenstreifen mehr.»

«Und wo war die Bombe?»

«Da vorne, nur ein paar Meter von hier. Sie hätte einen Teil des Viadukts mitgerissen. Das hätte man so schnell nicht wieder flicken können. Ein Schweinehund, wer so etwas plant. Entschuldigen Sie – aber ich kann das einfach nicht verstehen. Jeder von uns findet etwas, mit dem er unzufrieden ist, aber das ist doch kein Grund, fremde Sachen zu zerstören. Aber lassen wir das, entschuldigen Sie. – Hier rechts die Leitplanke, dann ein Drahtzaun, dann die Böschung. Sie sehen: ein schmaler Streifen Gras, dann Mischwald, und zwar praktisch nur Bäume, Nadelholz und Birken. Keine Büsche.»

Ob das von Bedeutung sei, mischte sich Finn vom Rücksitz ein.

Muheim sah ihn über den Rückspiegel an, mit auffallend klaren Augen in seinem verwitterten Gesicht.

«Ja, für die Spurensicherung. Das Gras war frisch gemäht, keine geknickten Halme. Kein Gebüsch, kaum Unterholz, nichts, durch das sich der Täter hätte durchkämpfen müssen. Spuren nur in der Nähe des Tatorts. Schuhabdrücke. Wanderschuhe. Grösse dreiundvierzig. Ausserdem ein paar geknickte Birkenäste, mit Faserspuren dran. Beiger Manchesterstoff wie von Wanderhosen. Und verschiedenfarbige Textilfasern. Wahrscheinlich von einem grob karierten, eher dunklen Hemd.»

«Clevere Tarnung», entfuhr es Kant.

«Das ist nahe liegend, hier bei uns. Ein Wanderer kann überall rumkraxeln, das fällt kaum auf. Also, ich erinnere: Spuren in der Nähe des Tatortes, in einem Abstand von ein paar Metern. Sonst nirgends.»

Ob man daraus etwas schliesse, wollte Finn wissen. Er hatte sich in die Mitte der Rückbank gesetzt und den Kopf nach vorne gestreckt, damit Muheim nicht immer mit dem Rückspiegel reden musste. Seine Ellbogen waren auf die Rücklehnen der Vordersitze aufgestützt.

«Ich weiss es nicht genau. Soweit ich es mitbekommen habe, glauben die Berner, dass der Täter von unten gekommen ist.»

Die Berner?

«Die von der Bundesanwaltschaft. Berner, Zürcher, alles Mögliche. Nur keine Einheimischen.» Muheim sah der Wolke eines vorbeistiebenden Lastwagens nach und schwieg. Die Spuren der Verwitterung in seinem Gesicht wurden zur Versteinerung.

Alles Mögliche. Nur keine Einheimischen. Aha. Finn faltete die aufgestützten Hände. «Die Berner glauben also, dass der Täter von unten gekommen ist. Und was glauben *Sie*?»

Er sei nur der Einsatzleiter gewesen. Mit der Spurensuche habe er nichts zu tun gehabt. Muheims klargraue Augen folgten der Wolke des nächsten Brummers. Er schwieg erneut. Das Nieseln war in einen starken Regen übergegangen.

«Wir sind keine Berner, Herr Muheim. Wir sind hier, weil die Berner nicht weiterkommen. Uns interessiert jede Idee. Auch die der Einheimischen. Haben Sie eine?»

Muheim zögerte, fuhr mit der Hand über sein Kinn. In die Falten kam Bewegung. «Nur so eine unfertige Theorie. Nichts Genaues.»

«Wir nehmen alles», ermunterte Kant.

Muheim sog hörbar die Luft ein und reckte den Hals, um dem engen Knoten der Uniformkrawatte etwas Raum abzuringen. Die Versteinerung wich wieder der Verwitterung. «Nun – der Täter könnte eine falsche Spur gelegt haben. Er will, dass man glaubt, er sei von unten gekommen. Vielleicht ist er aber von oben gekommen. Von hier, von der Autobahn.»

Kant sah zur Böschung hinüber. «Es ist auf alle Fälle bequemer von der Strasse her. Auch wenn er über den Zaun klettern muss. Andererseits ist es auffälliger, wenn einer bei einer Autobahn über einen Zaun klettert. Auch dürfte es schwierig sein, über einen Drahtzaun zu klettern, ohne Spuren zu hinterlassen. Wurde etwas gefunden?»

«Verschiedenes», antwortete Muheim. «Vor allem orangefarbene Textilfasern, aber auch andere Fasern, darunter solche von Senns Uniform. Der musste ja auch da drüberklettern.»

«Orangefarbene Textilfasern?» wiederholte Kant.

«Ja. Etwa zehn Tage vor dem Anschlag musste auf der Gegenfahrbahn die Leitplanke erneuert werden. Gut möglich, dass die Arbeiter in der Mittagspause hier über den Zaun geklettert sind und sich ins Gras gelegt haben. Davon sind aber keine Spuren mehr vorhanden. Ich erinnere: Das Gras wurde kurz vorher frisch gemäht.»

Kant strich sich über sein Bärtchen.

«Könnte es einer der Strassenarbeiter gewesen sein?»

Muheim sah ihn mit grossen Augen an. Daran habe er noch gar nicht gedacht. Aber es könne natürlich sein. Ja, es sei sogar gut möglich, dass die Bombe einen oder zwei Tage vor dem Anschlag installiert worden sei. Dann hätten sich jene Spuren verflüchtigen können, die nicht absichtlich gelegt worden seien. Ihm sei aber etwas anderes durch den Kopf gegangen. Der Täter hätte sich als Strassenarbeiter *getarnt* haben können. Wenn ein Strassenarbeiter seinen Wagen stehen lasse und über den Zaun klettere, wundere sich niemand. Das sei die unauffälligste Methode, zum Tatort zu gelangen und dort irgendetwas zu hantieren.

Kant pfiff leise durch die Zähne und suchte Finns Augen.

«Das ist aber ein interessanter Ansatz. Diese Spur müssen wir auf alle Fälle weiterverfolgen.»

Muheim wurde verlegen und brauchte einen Moment, bis er sich gefangen hatte. Als echter Schweizer schien er seine Schwierigkeiten zu haben, mit Lob umzugehen. Er räusperte sich, murmelte etwas im Sinne von, das sei natürlich nur so eine Theorie, und wechselte das Thema. Sie wüssten nämlich nicht, von wo aus der Täter an jenem Morgen angerufen habe. Sie hätten die ganze Umgebung überprüft. Es gebe drei Orte, die mit einem Auto erreicht werden konnten und sich zur Beobachtung des Tatortes eigneten. Aber alle drei Standorte seien ausser Sichtweite von Häusern. Das mache es schwierig, zufällige Zeugen zu finden, denen morgens um fünf ein Wagen aufgefallen wäre. Bis jetzt zumindest hätten sie keinen Erfolg gehabt. Was sie aber an allen Standorten festgestellt hätten: Die Autobahn könne gut eingesehen werden. Das eigentliche Versteck der Bombe sei allerdings sehr gut geschützt gewesen. Der Täter habe daher den Sprengsatz in aller Ruhe anbringen können. Er habe nicht befürchten müssen, bei den Arbeiten von Weitem beobachtet zu werden. Das könne, so hätten die Berner behauptet, Rückschlüsse auf den Täter zulassen. Dazu müsse jedoch ein Verbrechensanalytiker beigezogen werden, ein *Profiler.* Er, Muheim, glaube allerdings nicht, dass so einer wirklich etwas bringe.

Er linste auf seine Uhr. «Oha, zehn Uhr zehn! Ich schlage vor, dass wir jetzt die drei möglichen Beobachtungsstandorte abklappern. Und nachher fahre ich Sie zurück nach Erstfeld. Für die Übernachtung empfehle ich Altdorf. Aber eigentlich müssten Sie ein Zimmer in Wassen nehmen, mit Fenster auf die Autobahn. Einfach, damit Sie wissen, wie das ist, wenn so ein idyllisches Tal verbaut wird. Und wie das ist, wenn der Verkehr nachts nie richtig aufhört und morgens kurz nach fünf die ersten Laster losfahren und etwas später einer nach dem anderen vorbeidonnert, in beiden Richtungen. Aber das bringt alles nicht viel, morgen sind Sie ja wieder weg, und eine einzelne Nacht übersteht jeder. Schlimm ist es für die, die hier nicht wegkönnen oder nicht wegwollen. Für uns ist Uri eben immer noch die Heimat, und die gibt keiner gerne auf.»

Muheim wollte den Wagen starten, hielt aber inne.

«Was war das?»

«Was war was?»

«Dieses Rumpeln?»

Wovon sprach Muheim? Finn und Kant sahen sich fragend an.

«Wie eine Kolonne von Vierzigtönnern.» Muheim drehte sich nach hinten, blickte dann wieder nach vorne. «Aber ich sehe im Moment keine Vierzigtönner.»

«Vielleicht ein Felssturz», meinte Kant munter.

In Muheims Wetterfalten kam Bewegung. Über so etwas scherze man nicht. Sie seien hier in den Bergen, und die Berge seien eigenwillig. Es sei schon immer zu Bergstürzen gekommen, Goldau als berühmtestes Beispiel. Und Bergstürze könnten auch heute noch verheerend sein. In den letzten Jahren häuften sich zudem die kleineren Katastrophen. Die Reuss trete über die Ufer und überschwemme Stadt und Land, das Maderanertal werde wegen Schlammlawinen unpassierbar, beim Gurtnellen und am Rabenloch werde die Autobahn immer wieder verschüttet. Sie befänden sich, sie sollten entschuldigen, in einem sehr instabilen Gebiet.

Muheim kurbelte das Fenster halb herunter, doch im Rauschen und Zischen des vorbeistiebenden Verkehrs und im Prasseln des Regens auf dem Autodach gingen alle Geräusche unter. Er schien die Ohren zu spitzen. Ein Donnergrollen? Aber woher? Die Wolken waren eindeutig Regenwolken, keine Gewitterwolken.

Er kurbelte das Fenster wieder hoch. Ein weiterer Blick auf seine Armbanduhr. «Zehn Uhr elf», murmelte er, als ob er sich die Zeit routinemässig einprägen wollte. Die Vibrationen kämen wohl vom normalen Verkehr, und er spüre sie erst jetzt, wo für einmal keine Vierzigtönner vorbeidonnerten. Er entschuldigte sich erneut, startete den Wagen und prüfte über den Aussenspiegel die dichte Kolonne. Seinen Augen war aber anzusehen, dass sich die Ohren auf etwas ganz anderes konzentrierten. Woher dieses Donnergrollen? Woher dieses Rumoren? Wenn nur der Bristen nicht unterwegs ins Tal war …!

18

Der kleine Parkplatz ausserhalb von Intschi bot eine gute Sicht auf die Autobahn. Die drei liessen die Feldstecher sinken. Das Versteck des Sprengsatzes war von hier aus nicht zu sehen. Was sie aber hätten sehen können: den alten Streifenwagen von Muheim. Wenn er noch dort gestanden hätte. Oder das Auto der jungen Deutschen. Wenn es noch dort gestanden hätte.

Sie nickten sich zu.

Dann kam der Funkspruch. Ein Felssturz am Bristen. Vor rund vierzig Minuten.

Ein Blick auf die Uhr. Zehn Uhr dreiundfünfzig. Die drei sahen sich an. Vor vierzig Minuten. Das Donnergrollen beim Wegfahren vom Tatort …

Das Funkgerät knisterte erneut. Muheim müsse sofort in die Einsatzzentrale. Ein älterer Tourist werde vermisst.

Muheims Miene verfinsterte sich. Diese Touristen! Bei diesem Wetter auf den Bristen!

Er entschuldigte sich, ging zum anderen Ende des Parkplatzes und telefonierte. Das Nieseln hatte aufgehört. Kant deutete mit dem Kinn zum Streifenwagen und schlenderte hinüber. Finn folgte ihm wortlos.

Beim Einsteigen in den Streifenwagen entschuldigte sich Muheim erneut. Er habe seine Verpflichtung auf den Abend verschieben müssen. Er könne ihnen am Abend also nicht zur Verfügung stehen. Jetzt müssten sie aber

los. Er hoffe nur, dass der Tourist nicht ausgerechnet in diesen Felssturz geraten sei.
Es gab keinen Grund, Muheims Rat nicht zu befolgen. Sie bezogen ein ruhiges Hotel in Altdorf und verzichteten auf den Selbstversuch in Wassen. Nach dem Essen fuhren sie erneut zum Tatort und machten sich mit seiner näheren Umgebung vertraut. Muheim hatte sie auf eine kleine, asphaltierte Strasse hingewiesen, die in einiger Entfernung unterhalb des Tatorts vorbeiführte. Sie stellten den Citroën dort ab und stiegen zur Autobahn hoch. Der Aufstieg war im Nieselregen zwar rutschig, aber nicht sehr beschwerlich. Mit der nötigen Vorsicht konnte man bei trockenem Wetter Spuren weitgehend vermeiden. Bei Feuchtigkeit dürfte das erheblich schwieriger gewesen sein. Ihre eigenen Rutscher liessen da und dort sofort braune Erde durchschimmern. Sie sollten Muheim über die Wetterberichte vor der Tat und zum Zeitpunkt der Tat befragen. Finn wollte sich ausserdem erkundigen, wie es in dieser Gegend um den Morgentau stand. Beides zusammen konnte einen Anhaltspunkt über den Zeitpunkt der Installation liefern.

Auf der Rückfahrt dann der Anruf bei Alois Senn, dem Dilletanten, Feuerwehrmann und Bombenentschärfer. Über die Freisprechanlage. Ein Einheimischer, das hörten sie an seinem Innerschweizer Dialekt. Senn reagierte schon am Telefon sehr unwirsch. Finn und Kant sahen einander an und waren sich einig: ein harter Brocken!

Kant suchte ihn am frühen Abend auf. Er versuchte, das Eis zu brechen, und interessierte sich für die Pokale und Medaillen, die in einer Vitrine im Wohnzimmer zur

Schau gestellt wurden. Senn schien nicht nur ein guter Schütze, sondern auch ein ehrgeiziger Läufer und talentierter Skifahrer zu sein. Diese Bergler!

Alois Senn war, selbst in mürrischem Zustand, stolz auf seine Erfolge. Darum die Vitrine. Verlobungsgeschenk seiner Freundin, mit der er zusammenwohnte und die normalerweise in Stöckelschuhen in der Wohnung herumwackelte, wenn Kant die Dellen im Parkett richtig deutete. Heute trug sie Turnschuhe. Sie liess die beiden Männer allein, nachdem sie ihnen wortlos zwei Biere hingestellt hatte. Auf das Couchtischchen vor dem schwarzen Ledersofa. Kant war erleichtert, selbst frei von Pokalen und Verlobten zu sein. Das ersparte ihm nicht nur die Vitrine. Seine kurzen Ehen mit einer Spanierin und später mit einer Schwedin hatten ihn davon überzeugt, dass er zu anderem berufen war. Wenigstens bis fünfundvierzig oder fünfzig. Notfalls auch bis hundertzwanzig.

Aus den Geschichten zu den Trophäen hörte Kant heraus, dass sich Senn mit eisernem Training ganz an die Spitze hatte kämpfen wollen. Es hatte nicht gereicht. Er war gut gewesen, aber immer in der zweiten Reihe geblieben. Nie der absolute Star. Mit der Zeit hatte er zurückgesteckt und versucht, als Organisator von Sportanlässen lokale Berühmtheit zu erlangen. Das Spiel hatte sich wiederholt. An die ganz grossen Brocken kam er auch hier nie heran. Immer standen andere zuoberst auf der Liste der Komitees.

«Die reinste Mafia! Das können Sie mir glauben. – Hasi!! Bringst du noch zwei Bier?! Und ein paar Chips!!»

Das Eis war gebrochen.

Punkt achtzehn Uhr.

Zusammen mit dem Glockenschlag der nahen Dorfkirche fiel Kant ein möglicher Zusammenhang auf: Die Bombe gab Alois Senn die einmalige Gelegenheit, ganz vorne mitzumischen. Platzhirsch zu werden. König der Stammtischgespräche zu sein. Das musste seine Nervosität verdoppelt haben: eine Bombe entschärfen *und* berühmt werden. Sein Bild in der Tagesschau. Mindestens aber in der Presse. Wobei er sicher die Boulevardpresse meinte. Senn musste schon die Schlagzeilen gesehen haben: ALOIS, HELD AM GOTTHARD.

Seine Hände mussten bei diesem Gedanken schweissnass geworden sein. Kein Wunder, dass er sich nur noch auf seine Handgriffe konzentriert und alles andere vergessen hatte. Ausser, dass er der Held von Uri werden konnte. Wenn ihm die Bundesanwaltschaft nicht einen Strich durch die Rechnung gemacht hätte. Einen fetten Strich. Einen Maulkorb hätten sie ihm verpasst. Ihm, dem Alois! Und nicht nur ihm. Der ganze Vorfall sei einfach totgeschwiegen worden. Keine einzige Meldung in der Zeitung, kein Stammtischgespräch, kein gar nichts! Er dürfe es auf keinen Fall herumerzählen. Nicht einmal seiner Verlobten dürfe er etwas sagen. Und daran halte er sich auch. Darum sei sie in der Küche.

«Auch noch ein Bier?»

Kant hatte sein zweites noch kaum angetrunken, nickte jedoch, um das Vertrauen nicht zu erschüttern. Er wusste aber jetzt schon, dass er eine Einladung zum Essen ausschlagen würde, obwohl es ausgezeichnet roch. Kürbissuppe, wenn er sich nicht irrte.

«Hasi!! Noch zwei!! Aber kalt!!»

Senn konnte sein wahres Wesen nicht lange verbergen. Und Hasi offenbar nicht sprechen. Wortlos stellte sie die zwei Flaschen hin, ohne die anderen abzuräumen. Wahrscheinlich war das hier so.

Selbstverständlich sei es nicht schlau gewesen, die Bombe zu entschärfen, ohne sich diese läppischen Einzelheiten zu merken. Aber er sei halt nervös gewesen. Der erste Ernstfall – da sei man halt nervös! Aber die Hauptsache sei doch, dass er die Bombe entschärft habe und dass niemand in die Luft geflogen sei. Dafür habe er sein Leben riskiert! Er, der Alois Senn! Und dann das! Kämen diese Besserwisser aus Bern, die wahrscheinlich noch nie eine Bombe von Nahem gesehen hätten! Die hätte er sehen wollen, wie die die Bombe entschärft hätten. Ha! Die hätten das gar nicht geschafft! Wären womöglich mit ihr in die Luft geflogen. Wäre auch besser gewesen. Diese Schreibtischhengste. Büffel! – Und dann kuschten sie auch noch vor einer Tussi aus Zürich!

Senn nahm einen kräftigen Schluck, um seinen Ärger hinunterzuspülen.

«Mal ehrlich, glaubst du, die hätten sich um meine Verlobte gekümmert, wenn es mich in die Luft gejagt hätte? Glaubst du das? Ich glaub das nicht. Und ich darf ihr noch nicht mal was sagen. Dabei interessiert sie sich doch für alles, was ich mache. Sie hat dafür gesorgt, dass ich nach der Grundausbildung zum Entschärfer noch zwei Spezialscheine gemacht habe. Wenn sie mich nicht jeden Abend abgefragt hätte, ich hätte die Prüfungen nie geschafft. Und ihr darf ich nichts erzählen! Niemandem darf ich was sagen. Sauerei ... Weisst du, was ich glaube? Dass sich da nicht jeder dranhält. Ich kenne doch die Kerle hier. Verlogene Schweinebande. Und ich kann mich nicht mal wehren, wenn die herumlügen, dass die Berge wackeln.»

Natürlich gab es Gerüchte. Erzählt hinter vorgehaltener Hand. In der Kneipe zum Beispiel, in der Kant nach dem Besuch bei Senn landete. Niemand wusste Genaues. Was aber immer miterzählt wurde, war, dass der Senn, der Alois Senn, einen ziemlichen Mist gebaut habe und sich darum nirgends mehr zeige.

Auf der Rückfahrt am anderen Tag, am Steuer seines Citroëns DS, gab Kant nicht nur das Erlebte wieder, sondern dachte auch laut nach, um Finn miteinzubeziehen. Er fragte sich, ob das alles nur inszeniert worden sei. Ob es denkbar sei, dass Malu Senns Versagen hochgespielt habe. Ob das zu ihrer Taktik gehört haben könnte.

«Wie meinst du das?» Finn verstand nicht, worauf Kant hinauswollte.

«Malu hat den Alois bestimmt richtig eingeschätzt. Ein geltungssüchtiger Ehrgeizling. Der wird sicher nicht dichthalten. Also bauscht sie seine Fehler auf. Sie behauptet, er habe einen Riesenmist gebaut. Dann sagt sie ihm in aller Deutlichkeit, dass sie ihn dafür verantwortlich machen werde. Und das Schlimmste: Sie werde es der Presse weitergeben, wenn je etwas von dieser Geschichte bekannt werden sollte. So bekommt sie ihn in den Griff. Der wird sich hüten, sich blossstellen zu lassen, der eitle Gaul. – Stell dir jetzt vor: Er hat gar nicht so gravierende

Fehler gemacht, wie sie ihm vorwirft. Er meint, das mit den verwischten Spuren sei Unsinn, man könne anhand der Bombe alle Fragen beantworten. Gesetzt den Fall, das träfe zu und Malu behauptet trotzdem das Gegenteil – was hätten wir dann für ein Problem?»

Denkpause bei Finn. Begleitet vom Summen des Motors. Gefolgt von einer ersten Ahnung:

«Dann würde Malu uns etwas verheimlichen? Warum sollte sie das tun?»

Kant schaltete, sah ihn wortlos an, richtete den Blick wieder nach vorn.

Finn brauchte ein paar Sekunden, bis sein Kiefer herunterklappte: «Wie – du verdächtigst Malu?»

«Du etwa nicht? Magnus, das wäre nicht sehr professionell.»

Nicht sehr professionell! Kant hatte Glück, dass er sein bester Freund war. Nicht sehr professionell – das liess er sich sonst von niemandem sagen. Selbst wenn es zutreffen würde. Und wenn er ehrlich war, traf es zu. Bei Malu-Malou hatte er einen blinden Fleck. Ob ihm Kant *das* mitteilen wollte? Ihm, der sonst auch das kleinste Detail beachtete? Der selbst aus dem Hauch eines Hinweises noch einen schlüssigen Verdacht konstruierte, so wie Senn als Automechaniker aus nichts noch ein Ersatzteil hergestellt hatte, dass alle nur so staunten? So soll es wenigstens in den Anfangsjahren gewesen sein, bevor der Beruf des Automechanikers und Senns Vorstellung davon auseinanderdrifteten. Wie im Sport wäre er auch beruflich gerne der Alois geworden, den alle bewunderten. Wer immer ein Problem mit seinem Auto hätte, der

Alois könnte es richten. Er wäre der beste Bastler und Tüftler geworden, und sein Ruf wäre weit über das Tal hinausgegangen. Auch ein Konjunktivist, fand Kant. Leider waren Bastler und Tüftler immer weniger gefragt. Mechanik wurde zunehmend durch Elektronik ersetzt, und was nicht mehr funktionierte, wurde ausgewechselt. Zur gleichen Zeit hatte sich bei Alois Senn die sportliche Ernüchterung eingestellt, und plötzlich wollte er nur noch weg. Er war in die Stadt gezogen, nach sechs Monaten aber wieder zurückgekehrt. «Die Anonymität», sagte er. Kant vermutete, Senn habe realisiert, dass er die ihm so wichtige Anerkennung auch in der Stadt nicht finden würde. Darum sei er ins Tal zurückgekehrt, und darum sei er im Tal geblieben. Einer, der es nicht geschafft habe. Das hatte natürlich für Spott gesorgt.

Er war dann der freiwilligen Feuerwehr beigetreten. Ein bisschen auch auf Drängen des Feuerwehrhauptmannes, dem Schattdorfer. Der mochte den Alois, weil der immer sorgsam ihr Feuerwehrauto gepflegt und nie etwas für die Reparaturen verlangt habe, wie Kant von Schattdorfer in der Kneipe erfuhr. «Nur die Materialkosten, und die waren klein, weil, der Alois, der hat ja aus nichts noch ein Ersatzteil gebaut.»

Der Hauptmann also wollte den Alois in der Feuerwehr haben, musste ihn aber mit etwas ködern. Da habe er ihm die Idee mit dem Bombenentschärfer schmackhaft gemacht. Er werde ihn zum Spezialisten ausbilden lassen. Und der Alois sei sofort Feuer und Flamme gewesen.

In der Kneipe hatte Kant zudem vernommen, dass der Alois die Ausbildung weniger aus Freude an der Sache gemacht habe, sondern weil er ein Wichtigtuer sei. Sofort war auch gespottet worden. «Bomben in Uri?», hatte einer gemurmelt. «Was sollen die da, die Alpen wegsprengen?»

Gelächter.

«Der würde besser seine Freundin entschärfen, die hätte es wieder einmal nötig, diese scharfe Granate!»

Polterndes Gelächter.

«Ja he! Mit einem Blindgänger kannst du doch keine Granate entschärfen!!»

Heiseres Gejohle, Gerumpel und Gelächter.

Wo Spott ist, ist auch Neid, dachte Kant. Vielleicht war doch etwas dran an Senns Frauengeschichten. Wenn man Senn glauben konnte, beeindruckte so ein gefährlicher Job die Mädchen ganz schön. Die hätten halt was übrig für ganze Kerle. Senn liess auch durchblicken, dass er die eine oder andere abgeräumt habe. Sie seien nicht gerade Schlange gestanden, aber eine Zeitlang hätte er doch die eine oder andere gehabt. Bis er dann die Susi kennengelernt habe. Das heisst, gekannt habe er sie schon lange. Sie seien jedes Wochenende im selben Lokal gewesen. Sie sei ja auch eine echte Innerschweizerin. Merke man schon am Dialekt.

«Sie war immer da, an der Bar, so, als ob es ihr zweites Zuhause wäre. Ging aber nie mit einem Typen mit. Obwohl es viele versucht haben, auch wenn sie kräftig gebaut und etwas mollig ist, hast du ja selber gesehen. Und ich habe sie dann gekriegt. War gar nicht so einfach. Begonnen hat es an einem Samstagnachmittag. Draussen hat es geregnet, im Fernseher lief nichts

Schlaues, also ging ich mir eine DVD holen. ‹Blues Brothers›, kennst du vielleicht. Geile Musik, geile Actionszenen. Der Videoladen ist in einer Nebenstrasse, hast du vielleicht gesehen. Ich gehe also noch auf ein Bier in die Bar, der Laden ist gerammelt voll. Samstagnachmittag, halb vier. Ich kämpfe mich zur Theke vor und stehe dann so schräg hinter der Susi. Bestelle mir mein Bier und lege die DVD auf die Theke, weil ich ja bezahlen muss. Die Susi sieht sie und sagt mit ihrer sexy Stimme – sie hat ja einen ordentlichen Bass, fast so wie ich –, sie sagt also: ‚Auuu, Blues Brothers! Die muss ich mir auch mal ausleihen». – ‹Kannst ja mitkommen›, sag ich, ‹ich zieh sie mir nachher rein.› – ‹Wann nachher?›, fragt sie, ‹jetzt gleich?› – ‹Ja klar›, sag ich, ‹ich trink noch das Bier, aber dann kanns losgehen.› Die Susi schaut mich an und sagt einfach: ‹Okee. Wenn du mich nachher wieder zurückbringst.› – ‹Ja klar›, sag ich, ‹keine Frage …› Weisst du, wenn es nicht Nachmittag gewesen wäre, die wär nie mitgekommen. Aber so – so war ja nichts dabei. Wir haben dann gemeinsam die DVD geschaut und sind nachher zurück in die Bar. Haben dann den ganzen Abend gequatscht und ein bisschen gebechert und zwischendurch mal Tischfussball gespielt. Sie ist dann doch alleine nach Hause gegangen, hat aber zum Schluss noch gesagt, sie hoffe, dass es samstags wieder mal regne. Dann könnten wir das wiederholen. Dann würde aber *sie* die DVD besorgen. Und dann koche sie uns eine ihrer Suppen. Und ich kann dir sagen, die sind berühmt. Alles Eigenkreationen, mit denen sie an Wochenenden die Berghütten bedient, am Gämsstock oder am Rabenloch, wo sie auch schon ganze Fernsehteams verköstigt hat ... Ja, so hat das angefangen. Ganz harmlos. Wir schauten samstags DVDs, assen was und gingen wieder zurück in die Bar. Mit der Zeit kam sie auch an meine Rennen, wenn sie nicht mit ihrem Rucksack irgendwo in den Bergen unterwegs war. Sie wollte aber nicht zugeben, dass sie wegen mir gekommen war. Hat sich drum als Verkehrskadett gemeldet und dafür gesorgt, dass sie an der Strecke eingeteilt wurde. Autos anhalten, wenn wir eine Strasse überqueren mussten und solches Zeug. Das erste Mal hab ich sie gar nicht erkannt in ihrem orangen Sicherheitsoverall. Erst als sie mich angefeuert hat, hab ich gedacht: Diese Stimme kenn ich doch, so einen Bass hat doch nur eine, das ist doch die Susi! Da haben sich mir die Nackenhaare aufgestellt, und dann liefs mir heiss und kalt den Rücken runter. Adrenalin, weisst ja, wie das ist. Von da an war sie oft als Kadett an der Strecke, feuerte mich an und wartete nachher im Ziel auf mich, meistens mit einer Freundin. Ist schon ein tolles Gefühl, wenn du weisst, dass da eine auf dich wartet! Da bin ich ein paar Mal über mich hinausgewachsen. Vor allem im Finish, da gab ich dann alles, was noch in mir drin war. Manchmal zog ich da dermassen los, dass ich nichts mehr sah, nur noch die Zielflagge. So auch einmal beim ‹Altdorfer›, ich komme so rein in die Zielgerade, an dritter Stelle, knapp hinter mir der Widmer, auch ein starker Finisher, ich mache die Augen zum Schlitz, so wie Dustin Hofmann in ‹Little Big Man›, kennst du vielleicht, und sehe nur noch die Zielflagge. Meine Lungen brennen wie die Hölle, und dann blockierts mir schlagartig die Beine! Ich falle der Länge nach hin, schlittere noch ein paar Meter, und mir wird eine Sekunde lang schwarz vor Augen ... Weisst du, was es war? Das errätst du nicht. Ein Hund! Doch, sicher! Ein Hund! Ist einfach über die Strasse gerannt und direkt zwischen meine Beine. Kannst du dir das vorstellen? Direkt zwischen meine Beine! Zum Glück, muss ich heute sagen. Passiert ist mir ja nicht viel. Ein paar Schürfwunden und Prellungen. Dafür hat mich die Susi nach Hause gebracht und verarztet. Sie hat mir eine ihrer wunderbaren Suppen gekocht und ist auch am späten Abend noch geblieben – aus Sorge. Sie hat dann irgendwann ihren Sicherheitsoverall ausgezogen und sich zu mir aufs Sofa gesetzt. DVD schauen. Ja, und dann ist es halt passiert. Und seitdem sind wir ein Paar.»

Kant betrachtete Alois Senn, diesen mittelgrossen Mann Ende zwanzig. Rötlich-blond, mit muskulösen Beinen und kräftigem Oberkörper. Was seinen Ansatz zum Bierbauch kaschierte. Dieser Alois hätte ihn mit Leichtigkeit unter den Tisch gesoffen. Darum verabschiedete sich Kant, ohne das dritte Bier angerührt zu haben. Kräftiger Handschlag. Die Susi sah er nicht mehr. Sie blieb in der Küche und kochte Süppchen. Wahrscheinlich war das hier so.

Kant drehte eine kleine Runde durch den Urner Hauptort. Er musste jetzt etwas essen und entschied sich für den «Uristier», weil es dort ziemlich lärmig zuging, wie man schon von aussen hörte. Und er hatte Glück. Alle Tische waren besetzt, sodass er sich irgendwo dazusetzen musste. Er wählte einen Tisch mit Einheimischen, die schon um diese Zeit leicht glasige Augen hatten.

Alkohol macht redselig, dachte er, und lenkte mit der Zeit das Gespräch auf Feuerwehr, Sprengmeister und Bombenentschärfer. Und erfuhr etwas über Blindgänger und ihre scharfen Granaten.

Am gleichen Abend lernte Kant noch andere Einheimische kennen, nicht mehr im «Uristier», sondern im «Schwarzen Löwen». Es war der freiwillige Feuerwehrhauptmann Schattdorfer, der Kant in diese verrauchte, dunkle und urchige Gaststube gelotst hatte. Dort hatte seine Mannschaft den Stammtisch besetzt. Die Freiwilligen Feuerwehrler. Eine Splittergruppe, die sich vor Kurzem im Zorn vom offiziellen Feuerwehrverband losgesagt hatte. «Zu viel Verband und zu wenig Feuer!» lautete Schattdorfers Parole. Damit hatte er die abtrünnige Truppe hinter sich geschart. Damit – und mit seinen guten Kontakten zu Bern. «Alles tüchtige Kerle, glauben Sie mir. Die müssen Sie einfach kennenlernen. Im ‹Schwarzen Löwen› haben sie auch ein Säli, wo wir ungestört reden können. Und einen zünftigen Kafi-Schnaps, den mögen Sie doch vertragen, was! Na denn, um acht im ‹Schwarzen Löwen›.»

Das Kennenlernen war nicht einfach. Die freiwilligen Männer waren misstrauisch und wortkarg. Auskunft hätten sie vielleicht schon gegeben, das merkte Kant, wenn er sie mit ein paar Sprüchen zum Sprechen brachte. Aber sie wussten nicht so recht, wie etwas in Worte gefasst wurde. Vieles passierte bei ihnen im Kopf. Dann versteinerten sich die Blicke, mit den Blicken der Mund und schliesslich auch die Mienen. Ihre Gesichter wurden zu grimmigen, zerfurchten Felswänden. Passt gut in die Gegend, fand Kant.

Er spürte noch etwas anderes: Die Männer wussten nicht genau, was sie überhaupt sagen durften, auch wenn der freiwillige Hauptmann sie dauernd ermunterte, einfach frisch von der Leber weg zu reden, so wie er. Sie blieben misstrauisch. Das machte ihn hellhörig. Was sollte er nicht erfahren?

In der Kneipe kam er nicht dahinter. Auch später nicht. Beim Träsch im Haus vom Schattdorfer. Vielleicht lag es an den Schnäpsen. Kant war schon im «Schwarzen Löwen» nicht mehr ganz klar im Kopf gewesen und hatte alles etwas verschwommen wahrgenommen. Der hochprozentige Träsch vom Schattdorfer gab ihm den Rest. Zusammen mit dem, was der Hauptmann erzählte.

«Glauben Sie mir, Herr Kant, es gibt nur wenige grosse Brände in unserem Tal. Wir *Ürner* wissen eben noch, was Naturgewalten sind. Wir haben schon alles erlebt, was Wind und Wasser, Eis und Schnee, Fels und Feuer anrichten können. War alles schon da, glauben Sie mir. Jede Katastrophe. Und Katastrophen kommen nie allein. Wenn das Wasser kommt, kommt auch der halbe Berg. Und wenn der Schnee kommt, kommt die andere Hälfte noch dazu. Und wenn die Flammen einmal wüten, bläst ganz sicher noch der Föhn hinein. Darum, Herr Kant, sind wir *Ürner* vorsichtig mit dem Feuer. Es ist selten ein *Ürner*, der etwas in Brand steckt. Kommt natürlich auch vor. Wenn eine ihr Bügeleisen vergisst oder ein Kind am Herd spielt oder der Grossvater mit dem Stumpen in die Scheune geht. – So, jetzt nehmen wir noch einen Schluck. Zum Wohlsein!»

Von Wohlsein keine Rede, dachte Kant, gleich wirfts mich um. «Danke ... Ich passe ...»

«Ist halt ein Hochprozentiger, rein wie die Natur!», lachte Schattdorfer. «Jaja, Herr Kant, bei uns brennt eben der Schnaps und nicht die Hütte!» Schattdorfer verschluckte sich beinahe vor Lachen.

«Jaja, Herr Kant», sagte er, als er sich wieder erholt hatte. «Bei uns ist die Welt noch fast in Ordnung. Aber ich will nicht schönermalen, als es ist. Natürlich hatten wir auch schon Brandstifter. Die Spitzbuben fackelten alleinstehende Scheunen ab, bis sie erwischt wurden. Aber solange es nur ein Heuschober ist – war auch für uns gut als Übung. Sonst haben wir Gott sei Dank wenige Ernstfälle. Das Schlimmste sind unvorsichtige Touristen, die einen Waldbrand auslösen. Oder Fremde mit ihren neuen Moden. Ich kann mich noch gut erinnern an meinen ersten grossen Einsatz, als junger Spund, damals noch im Verband. Ein paar dahergelaufene Städter hatten in einem abgelegenen Bauernhof eine Kommune gegründet. Möchte nicht wissen, was die alles getrieben haben! Immer bei Kerzenlicht. Manchmal die ganze Nacht. Und dann ists halt passiert. Sind alle unten in der Stube gehockt und haben wahrscheinlich Haschisch geraucht und kreuz und quer gevögelt, dieses Pack. Und oben sind die Fenster offen, und die Kerzen brennen. Das musst du dem Föhn nicht zweimal sagen. Der bläst hinein, und wusch ...! – Gott weiss schon, wen er strafen muss. Jaja. Die ganze Hütte hat sofort lichterloh gebrannt. Wir hatten keine Chance. Der Hof lag abseits. Kein Telefon weit und breit. Und bis die in ihrem

Haschischrausch gemerkt haben, dass sie das Feuer nicht selber löschen können, war es natürlich längst zu spät. Wir mussten dann schauen, dass das Feuer nicht noch auf den Wald übergreift, bei dem Wind! Ich kann mich noch gut erinnern, war damals noch ganz jung, wie gesagt, und zum ersten Mal an der Spritze. Sie können sich das nicht vorstellen, was es heisst, das erste Mal stundenlang an der Spritze! Ich hatte noch tagelang einen Muskelkater, wie wenn ich mit einem Stier gekämpft hätte. Zum Wohlsein.»

Schattdorfer stürzte sein Glas in einem Zug und schenkte sich nach.

«Wenigstens ist niemandem was passiert», fuhr er fort. «Ich meine, keine Personenschäden. Dafür sind die alle wieder weggezogen. Hat also auch sein Gutes gehabt. Die haben sowieso nicht hierhergepasst, dieses Kommunistenpack. Das sag ich jedem, Herr Kant, frei und offen, das können Sie mir glauben. Der Schattdorfer, der steht zu seiner Meinung.»

Kant schwante Fürchterliches. Er wollte Schattdorfer keine Gelegenheit geben, ihn mit weiteren standhaften Meinungen zu erschlagen.

«War Senn damals schon dabei?», liess er es über seine Zunge stolpern. In zwei Anläufen.

«Der Alois? Nein, der hat noch nie einen richtigen Brand erlebt, ich meine, einen grossen. Wie gesagt, zünftige Brände gibt es hier Gott sei Dank wenig. Dafür Unwetter, dass Gott erbarm'. Überschwemmungen, überflutete Strassen, weggerissene Brücken, Dreck und Schlamm überall. Da sind wir natürlich schwer gefragt.

Keller auspumpen, Häuser sichern, Verletzte abtransportieren und so weiter. Aber da hilft dann jeder mit im Tal. – Jaja», seufzte Schattdorfer und kippte sein Glas, «wenn die Natur gewaltig wird, dann macht sie mit dem Menschen, was sie will. Glauben Sie mir das, Herr Kant, glauben Sie mir das! Und wenn wir Menschen sie weiter so plagen, dann gnade uns Gott, Herr Kant. Gnade uns Gott. Wir Menschen sind auf einem gefährlichen Weg. Auf einem ganz gefährlichen Weg!»

Diese Einsicht hätte Kant von Schattdorfer nicht erwartet. Das und die Wirkung des Schnapses versöhnten ihn ein wenig mit diesem Polterer und dem vielen Unsinn, den er im Lauf des Abends von sich gegeben hatte. Kant wusste jetzt, was er wissen wollte. Senn war noch nie bei einem richtigen Brand dabei gewesen. Er hatte sich auch dort keine Lorbeeren holen können. Auch das sprach dafür, dass er die einzigartige Chance, die ihm das Attentat bot, nicht verpatzen und die Auffahrt zum Ruhm nicht im letzten Moment noch verpassen wollte. Und noch etwas schlich sich in seine vernebelten Zellen. Schattdorfers Schattenspiele. Wenn es der Feuerwehr aus Übungszwecken gar nicht ungelegen kam, dass ein paar Spitzbuben leer stehende Scheunen abfackelten, warum sollten der Schattdorfer oder seine freiwilligen Männer nicht übungshalber eine Bombe legen? Solange dabei kein Personenschaden entstand …

19

Was für eine Fahne! Wenn er jetzt tief genug inhalierte, wäre er auf einen Schlag fahruntüchtig. Wie viele Schnäpse musste einer kippen, damit ein ganzes Zimmer so roch? Kant war doch sonst kein Säufer?

Der alte Parkettboden knarrte, als Finn das Fenster des Hotelzimmers aufriss. Es war weit nach Mitternacht. Er hatte den Tunnelüberwacher Graber und davor dessen Vorgesetzten und seine Arbeitskollegen befragt. Um das alles ordnen zu können, musste er es erzählen. Er schüttelte Kant, doch der war offenbar auf «morgen» eingestellt und bellte unmissverständlich. Verständlich, bei *der* Fahne.

Finn liess sich in einen Fauteuil fallen. Vielleicht war es besser so. Die Eindrücke erst mal wirken lassen.

Er erhob sich wieder, zog Schuhe und Kleider aus, machte sich frisch und legte sich ins Bett. Doch der Schlaf kam nicht.

Er drehte sich auf die andere Seite. Das gelbliche Licht einer Strassenlaterne fiel auf die gegenüberliegende Hauswand und beleuchtete das Wappen von Uri, einen schwarzen Stierkopf mit rotem Nasenring. Der Nasenring beruhigte ihn. Auch harte Schädel haben empfindliche Stellen.

Durch das offene Fenster hörte er das einsame Klick-Klack einer nächtlichen Spätheimkehrerin. Ihre Schritte entfernten sich hallend durch die Gasse. Wahrscheinlich eine Barmaid auf dem Nachhauseweg. Im schwarzen Minirock und auf Stöckelschuhen – Stöckelschuhe?! Die Vernissage! Die Frau mit den Stilettos! Er warf die Decke weg und sprang zum Fenster. Die Gasse war leer. Das Klappern kaum noch zu hören.

Er schlüpfte in Hose und Hemd, packte den Schlüssel, sprang barfuss die Stiegen hinunter und hinaus auf die Gasse. Menschenleer. Er horchte in die Gasse hinein. Nichts. Er spurtete nach links, fiel aber schon nach wenigen Metern in einen Laufschritt zurück und blieb schliesslich stehen. Was hatte er sich nur eingebildet? Wenn ihn jemand beschatten wollte, dann sicher nicht in Stöckelschuhen. Und barfuss einer Barmaid nachrennen, da wäre er morgen das Gespött im Tal.

Er atmete durch und ging zurück Richtung Hotel. Mit einem Mal beschlich ihn das Gefühl, beobachtet zu werden. Einem Instinkt folgend wankte er zur gegenüberliegenden Wand. Wie ein Betrunkener stützte er sich an der Hauswand ab, senkte den Kopf und blickte unter seinem Arm hindurch in die Gasse zurück. War da eben eine Gestalt verschwunden?

Er tappte zum Hoteleingang zurück, weiter den Betrunkenen mimend, immer wieder verstohlen in die Gasse zurückschauend. Kurz vor der Tür griff er nach dem Schlüssel. Er zielte ungeschickt, um zusätzlich Zeit herauszuschinden. Doch die Gasse blieb leer.

Zurück im Zimmer ein letzter Blick aus dem Fenster. Nichts. Nur die Gasse. Im Hintergrund die dunklen Felsen. Am Mittag hatte er noch gedacht: Nur schnell weg von hier.

Raus aus diesem Kessel, bevor sich die Berge endgültig zusammenschieben und mich zerquetschen. Die Faszination der Landschaft sollte ihn erst packen, wenn er sich wieder durch Zürichs lärmige Strassen und enge Häuserschluchten zwängte, wo er ständig angerempelt und um Geld angebettelt wurde. Dann würden sich der Bristen, die Schöllenen und der Gotthard verklären, bizarre Formen annehmen und seine Abenteuerlust kitzeln. Da wollte er noch mal hin. Mit mehr Musse und weniger Vorurteilen.

Er legte sich wieder ins Bett, drehte und wälzte sich und wurde das Denken nicht los. Irgendwann ergab er sich. Dann brachte er jetzt mal Ordnung in die Geschichte mit Graber.

Graber ist eine Ratte.

Ob er das so sagen würde?

Sie nennen Graber «die Ratte».

Das wäre präziser. Auch neutraler. Ursprünglich war Graber die «Leseratte». Er las immer und überall. Mit kaum zu bremsender Leidenschaft. «Leseratte» war halb ironisch gemeint, halb respektvoll. Respektvoll, weil Graber machte, woran er Spass hatte. Unbeeindruckt von der Meinung der anderen.

Graber las selbst auf Streife. Das wussten alle. Einige nervten sich, weil man mit ihm nie reden konnte. «Mit Graber auf Streife» war der Superlativ für tödliche Langeweile. «Wie war das Spiel gestern Abend?» – «Wie mit Graber auf Streife.»

Eines Abends hatten Graber und Fässler einen Überwachungsauftrag übernommen. Ein unauffälliges Gebäude, das seit Kurzem als zentrale Station in der Kette eines Rauschgiftrings galt. Sie waren in einem zivilen Fahrzeug unterwegs und sollten fotografieren, wer aus- und einging. Der Abend war mild, die Strasse aber nur mässig belebt, was das unbemerkte Observieren erschwerte. Sie wechselten deshalb öfter den Standort. Um dabei niemanden zu verpassen, stieg der eine mit der Kamera aus, während der andere wegfuhr, wendete und am neuen Standort parkte. Sie trafen sich entweder dort oder irgendwo dazwischen, an einem ausgemachten Punkt.

Die Kamera war in einem kleinen, ledernen Rucksack verstaut, mit einer Öffnung für die Linse. So konnten sie sich locker auf eine der zahlreichen Parkbänke setzen und unbemerkt fotografieren oder den Rucksack auf die Kühlerhaube legen und sich schwatzend gegen das Auto lehnen.

Was an diesem Abend genau vorgefallen war, wusste niemand. Es gab nur die Version Graber. Er sagte, Fässler sei mit dem Rucksack ausgestiegen, und er, Graber, habe den Standortwechsel vorgenommen. Beim Einparken habe er Fässler kurz aus den Augen verloren und ihn nachher nicht mehr gesehen. Ein Blick auf die Haustür des überwachten Objekts habe nichts Verdächtiges gezeigt. Er habe angenommen, dass sich sein Kollege schon auf der verabredeten Parkbank eingerichtet habe. Er sei ausgestiegen und dorthin gegangen. Fässler sei aber nicht dort gewesen. Etwas verwundert sei er bis zu der Stelle weitergegangen, an der sie vorher geparkt hatten, und wieder zurück zur Parkbank, dann schon ziemlich unruhig zum Wagen und nochmals zurück zu den Parkbänken. Er habe die ganze Strasse abgesucht, aber Fässler nirgends gesehen.

Graber rannte zum Wagen zurück und verlangte Verstärkung. Als diese eintraf, wollten sie zuerst das überwachte Gebäude durchsuchen. Der Dienstälteste riet aber ab; zu gefährlich zu dritt. Er wolle erst sehen, wo sie sich getrennt hatten. Von dort gingen sie systematisch zurück und fanden Fässler mit aufgeschlitzter Kehle unter einem Gebüsch. Der Rucksack war weg.

Die spätere Hausdurchsuchung im überwachten Objekt hatte nichts ergeben. Die Anwesenden mussten die Verwirrung während der Entdeckung von Fässlers Leiche genutzt haben, um alles Verdächtige verschwinden zu lassen. Gefunden wurden nur eine nicht registrierte Pistole und ein wenig Kokain. Gerade genug, um vorzutäuschen, man habe von der Observierung nichts gewusst. Aber zu wenig, um jemanden ernsthaft einzubuchten.

Finn hatte zunächst nicht verstanden, was es mit dieser Geschichte und der «Ratte» auf sich hatte. Erst allmählich erfuhr er die Hintergründe. Alle waren sich einig, dass Graber an Fässlers Tod schuld war. Graber mit seiner Lesemanie. Sie war sein Markenzeichen. Nicht nur in Polizeikreisen, auch auf der Gegenseite. Eine verdeckte Überwachung mit Graber war darum ein Witz. Das einzige Gegenmittel: Graber durfte während einer Überwachung nicht lesen. Aber jeder, der schon einmal mit Graber unterwegs gewesen war, wusste, dass er sich nicht daran hielt. Immer, wenn er eine Standortverschiebung machte, dauerte es ewig, bis er zurückkam. Allen war klar, dass er sich nach dem Einparken jeweils ein paar Seiten reinzog. Und die meisten vermuteten, er habe sich damit an diesem Abend verraten, und das habe Fässler das Leben gekostet. Auch waren sie überzeugt, Graber habe gelesen, als es passierte. Sonst hätte er etwas sehen müssen, denn eine Standortverschiebung war eine gegenseitige Aufgabe. Auch wer ausgestiegen war, musste sich immer so positionieren, dass er für den Kollegen gut sichtbar war. Dass Graber trotzdem nichts gesehen hatte, konnte nur eines bedeuten: Die Ratte hatte gelesen.

Nachweisen konnte man ihm nichts. Es hatte auch keiner etwas in diese Richtung gesagt. Korpsgeist. Keiner wurde verpfiffen. Dieser Ehrenkodex unter Gangstern galt offenbar auch unter Polizisten. Das erinnerte Finn an die Parallelen, die Arpagaus zwischen Kriminellen und Kriminalern gezogen hatte.

«Das heisst übrigens nicht, dass einer ungeschoren davonkommt», hatte Grabers Vorgesetzter ausgeführt, ein ernster, kurzgeschorener Hüne Anfang fünfzig. «Man lässt es ihn anders spüren. Er wird geschnitten, wo es nur geht. Ich spreche offen mit Ihnen, Herr Finn. Es sind nicht viele, die ausgestossen werden, aber die meisten von denen halten es nicht durch. Die einen, weil sie den Job wegen der Kameradschaft gewählt haben, die anderen, weil sie befürchten, sie könnten sich im Ernstfall nicht mehr voll auf ihre Kollegen verlassen. So etwas wäre natürlich fatal. Die Banden, mit denen wir es heute zu tun haben, werden immer brutaler und rücksichtsloser. Wir können sie nur wirkungsvoll bekämpfen, wenn sich jeder bedingungslos auf jeden verlassen kann. Und wenn jeder das auch weiss. Das schweisst zusammen. Wird diese Schweissnaht brüchig, ist man schnell verloren. In einer solchen Situation steigen die meisten endgültig aus und machen etwas völlig anderes. Einige wenige halten durch, lassen sich aber in den Innendienst oder aufs Dorf versetzen.»

Graber war zum Gotthard gekommen. Ein psychiatrisches Gutachten besagte, er sei dem Stress auf Streife nicht mehr gewachsen. Graber übernahm freiwillig die Nachtschicht. Dann könne er ungestört lesen, sagten manche. Finn teilte aber eher die Einschätzung des Vorgesetzten: Graber war bei niemandem mehr beliebt. Seit jenem Vorfall war er die Pflicht in Person. Das machte ihn natürlich nicht beliebter. Als Vorgesetzter dürfe er es zwar kaum sagen, aber der ganze Apparat funktioniere nur, weil seine Leute die Grauzonen ausnützten. Reglemente hätten ihre Grenzen, und ihm sei gesunder Menschenverstand wichtiger als Regeltreue. Das wüssten seine Leute, und er führe sie auch so. Graber sei allerdings dagegen immun. Wo es Buchstaben gebe, kenne er sie, und zwar auswendig. Denn das Lesen könne er nicht lassen. Also lese er die Reglemente. Das könne er mit seinem Gewissen vereinbaren, und das sei nirgends ausdrücklich verboten. Das sei die einzige Grauzone, in der Graber sich bewege. In allem anderen sei er seit dem Vorfall überkorrekt, und das hielte auf Dauer keiner aus. Darum sei es ganz gut, dass er die Nachtschicht übernehme. Da gehe er keinem auf den Wecker.

«Ist Graber auch privat ein Einzelgänger?»

«Das weiss ich nicht. Graber hat seine Macken, aber er ist kein komischer Kauz. Er ist geschieden, soviel weiss ich, aber ob er mit jemandem zusammen ist – keine Ahnung. Es gibt Gerüchte, dass er schwul sei und darum seine Frau verlassen habe – ich weiss nicht. Ich habe auch schon gehört, sie sei mit einem Buchhändler durchgebrannt, und der Graber lese darum so viel. Das scheint mir wahrscheinlicher. Dazu gibt es auch Details, die erzählt werden und sich anhören, als ob sie direkt von ihm stammten. Jeder hat seine schwachen Stunden und teilt sich dann jemandem mit. Und wenn ich jetzt das, was über Grabers Scheidung geredet wird, zusammensetze und ein bisschen filtere, ergibt sich etwas, das seine Lesemanie erklären könnte – ich betone: könnte! Grabers Frau scheint ihm von ihrem Buchhändler erzählt zu haben. Zu Beginn ganz harmlos. Der Buchhändler habe ihr ein paar gute Tipps gegeben. Mit der Zeit habe er ihren Geschmack gekannt und sie beraten. Sie schwärmte dann ein bisschen von diesen Beratungen und schenkte Graber ab und zu ein Buch, das der Buchhändler extra für ihn ausgesucht habe. Das hatte Graber beruhigt. Der Buchhändler wusste demnach, dass sie verheiratet war. Graber selbst ist nicht unattraktiv, das werden Sie sehen, auch heute noch, mit knapp vierzig. Wahrscheinlich hatte er den Buchhändler deshalb nicht als Konkurrenz eingeschätzt, auch wenn er allmählich fand, dass seine Frau doch ziemlich viele Bücher kaufte. Und ziemlich oft erwähnte, was der Buchhändler zu diesem oder jenem Buch zu sagen hatte. Der sei unheimlich belesen, der kenne praktisch alle Bücher, habe sie immer öfter geschwärmt.

Aber Graber hat auch dann noch nichts gemerkt. Er kam nie auf die Idee, dass sie den Buchhändler auch ausserhalb der Geschäftszeiten treffen könnte. Ich kann das nicht verstehen bei einem, der Schicht arbeitet und abends oft nicht zu Hause ist. Er wusste wohl nicht, dass viele Affären so beginnen. Mit einem, der sich der Frau zuerst intellektuell nähert, sich für ihre Bedürfnisse interessiert, verständnisvoll ist, das ganze Programm, Sie wissen schon. Und wenn einer die Frauen nicht drängt, treibt er sie erst recht in seine eigenen Arme. Wenn da einer geduldig ist – aber das ist nur eine Theorie. Graber soll nicht einmal ausgeflippt sein, als sie einfach auszog. Oder er liess sich nichts anmerken. Sie müssen sich vorstellen: Er war damals ein harter Bursche, Anfang dreissig, umgänglich, ein guter Kamerad. Er war sich vermutlich sicher gewesen, dass sie zurückkommen würde. Sie kam nicht zurück. Das gab ihm einen gewaltigen Knacks. Damals muss seine Lesesucht begonnen haben. Er wollte den Buchhändler mit dessen eigenen Waffen schlagen. Bis heute ist ihm das nicht gelungen. Kein Wunder. Der Mensch sollte in jeder Situation sich selbst bleiben. Das sage ich meinen Leuten immer wieder. Aber natürlich muss das jeder mit sich selbst ausmachen. – Was kann ich Ihnen sonst noch sagen? Graber ist mittlerweile sehr belesen. Testen Sie es aus. Nennen Sie ihm Ihr Lieblingsbuch. Wahrscheinlich kennt er es.»

Hatte er ein Lieblingsbuch? Finn wälzte sich im Bett und fand keine Antwort. Was würde er jetzt am liebsten lesen? Ein Buch über ein Bergdrama in den Dreissigern vielleicht. Irgendetwas mit Eis und Wind und dramatischen Rettungsaktionen. Luis Trenker oder so. Die Geschichte könnte auch in der Arktis spielen. Oder in Finnland. Beissender Wind. Ein Schneesturm. Überall weiss, nichts als weiss. Und er und Malu mittendrin. Auf einer Langlauftour vom Sturm überrascht. Er würde mit letzter Kraft einen Schneewall bauen. Eine kleine Höhle, in die sie sich verkriechen und dem Sturm entfliehen könnten, der draussen pfeifend weitertobte. Sie würde sich an ihn schmiegen, er würde sie wärmen, und trotz des tosenden Orkans würde sie allmählich in den Schlaf hinübergleiten. Am nächsten Morgen würde sie in die Sonne blinzeln, ihm in die Augen schauen und nach langen Augenblicken etwas Zärtliches ins Ohr flüstern: «Graber ist also eine Ratte …?!»

Dieser Graber! Wenn der sich noch ein einziges Mal in seine Träume einmischte! Und jetzt schon wieder dieses Klick-Klack! Schon wieder dieses Phantom auf der Gasse! Wie sollte da einer einschlafen können!

Wenigstens war es diesmal leiser.

Viel leiser.

Dafür mit leichtem Hall.

Aber unregelmässig.

Als ob das Phantom zwischendurch stehen bliebe und lauschen würde.

Dann wieder ein paar schnelle Bewegungen.

Und wieder Stillstand.

Und wieder klick-klack-klick-klack.

Aber leise. Und immer in derselben Entfernung.

Als ob sie ein paar Schritte vorwärts und wieder zurück ginge.

Dann wieder Pause.

Es klang – wie das Schütteln einer Spraydose?
Noch mal aufstehen?
Nein! Einmal barfuss war genug.
Kopfkissen über die Ohren und Ruhe.
Auch für Graber.

20

Die Hand tastete seinen Kopf entlang. Nichts. Nach links bis zum Ende der Matratze. Nichts. Nach rechts. Auch nichts. Wo war das verflixte Kissen?

Gemurmel wie in einer Kirche. Es schwoll an und ab. Dazwischen einzelne Ausrufe. Sauerei! Schweinehunde!

Er hätte das Fenster schliessen sollen.

Das Gemurmel wurde immer lauter.

Bei dem Lärm hätte er auch in Wassen übernachten können!

«Verfluchte Städter! Ein *Ürner* würde so etwas nie machen!»

Verfluchte Städter? Eine vage Erinnerung tauchte auf. Finn legte sich die Hand über die Augen. Barfuss, Barmaid, bar jeder Vernunft – oh nein! Sie hatten ihn gestern Nacht also doch gesehen! Gleich würden Steine durchs Fenster fliegen. Wo zum Geier war das Kissen?

Er zog die Decke über den Kopf. Plötzlich erzitterte der Boden, und schon traf ihn der erste Stein an der Schulter. Ein Schmerz, als ob ihn jemand mit eiserner Faust packen und schütteln würde. Dann wurde ihm die Decke weggerissen. Ein schwarzhaariger, struppiger Teufel mit funkelnden Augen und bedrohlichen Furchen über der Stirn. Und einem Bärtchen wie Kant …?

«Schau mich nicht so an!», wehte ihm Kants Morgenfahne entgegen. «Komm mit ans Fenster!»

«Nein!» Er war doch nicht wahnsinnig. Er würde sich diesem Pöbel sicher nicht stellen.

Kant packte ihn am Arm. «Dorfversammlung. Direkt unter unserem Fenster. Die meisten habe ich gestern Abend schon gesehen. Die sind über irgendetwas ganz schön wütend. Möchte wissen, was die stummen Bergler an einem Sonntagmorgen so auf die Palme bringt.»

«Ich nicht!»

Kant verdrehte die Augen und knarrte in T-Shirt und Boxershorts über den Holzboden zum offenen Fenster. Seine Silhouette schob sich vor den Uri-Stier an der gegenüberliegenden Hauswand. «Sieh an, der Schattdorfer. Guten Morgen!»

«Na, Herr Kant, Rausch schon ausgeschlafen?»

«Ein bisschen schwierig, bei dem Lärm!»

«Städtische Saububen!», röhrte es von der Gasse.

Kant drehte sich zu Finn um, runzelte die Stirn, kratzte seinen ungekämmten Haarbusch und wandte sich wieder dem Fenster zu. «Wie muss ich das verstehen?»

«Kommen Sie nur herunter, Herr Kant! Dann werden Sie schon sehen!»

«Was sehen?»

«Das Werk dieser Schmierfinken. Jetzt kommen die schon nach Uri, um die Wände vollzusprayen!»

«Hoffentlich nicht wegen uns.»

«Warum wegen euch?!»

«Na ja, wir kommen aus dem Kunstgeschäft.»

«Ja und?!»

«Vielleicht ein lokaler Künstler, der auf sich aufmerksam machen will.»

«Das war bestimmt kein Lokaler!»

«Warum nicht?»

«Weil es keine Kunst ist! Das war ein Städter!»

«Was stellt es denn dar?»

«Nichts!!»

«Dann stimmts. Das kann nur ein Städter.»

«‹Erinnert euch ans *Rapenloch*›!»

«Was?»

«‹Erinnert euch ans *Rapenloch*›! Mit *einem ‹p›*! Das kann nur ein Städter gewesen sein! Jeder *Ürner* weiss, wie man Rabenloch schreibt!»

«Rabenloch? Was ist das Rabenloch?»

«Aha! Der Träsch wirkt noch immer! Kommen Sie runter, Herr Kant, kommen Sie runter. Dann klären wir das!»

Kant drehte sich um. «Rabenloch?»

Rabenloch. Finn setzte sich auf. Von ihm aus konnte es alles sein, solange das Gesindel nicht ihn gemeint hatte. Er hätte sich gerne das Kissen hinter den Rücken geschoben. Wo war es nur?

«Du warst damals wahrscheinlich wieder mal in Dänemark, Island oder Norwegen.»

«Du weisst, worum es geht?» Kant gab den Blick auf den schwarzen Kopf des Uri-Stiers wieder frei. Schwer zu beurteilen, wer bedrohlicher aussah.

«Ein Felssturz.» Finn gähnte. Oder eine Steinlawine, so genau habe er das nicht mitverfolgt. Habe zu Todesopfern geführt und während Wochen die Gotthardautobahn lahmgelegt. Zur Hauptreisezeit im Sommer. Irgendein lockerer Vorsprung sei zurückgeblieben, der auf die Autobahn hätte donnern können, ähnlich wie Jahre zuvor am Gurtnellen. Auch diesmal habe der Brocken von einer privaten Elitetruppe weggesprengt werden müssen. Felstechniker, wenn er sich richtig erinnere. Ein Medienspektakel sondergleichen. Aber anders als am Gurtnellen sei die Sprengung ziemlich misslungen. Sie habe ein gigantisches Loch in die Felswand gerissen und die Autobahn auf mehreren Hundert Metern absolut verwüstet. Den ganzen Vormittag soll ein Schwarm Raben über dem Vorsprung gekreist sein. Kurz vor der Detonation seien die Vögel plötzlich wie im Formationsflug ins Tal hinuntergestochen, wo sie über der Autobahn in alle Richtungen auseinanderstoben. Darum Rabenloch. Er glaube, die Einheimischen betrachteten ihn als Unglücksvogel. «Dass du vom Ganzen nichts mitbekommen hast?»

Da war das Kopfkissen. Was machte es am Boden?

«Ich bin, wo ich bin», entgegnete Kant. «Im Norden interessiert mich der Süden wenig. Berichte über Katastrophen schon gar nicht.»

Finn sass mit angewinkelten Beinen im Bett und streckte sich seitwärts nach unten zum Kissen. Es reichte noch nicht ganz. «Trotzdem», presste es aus ihm heraus. «Der Gotthard ist die wichtigste Nord-Süd-Achse. Und wenn diese Verbindung im Sommer ein paar Wochen ausfällt, müsste das sogar bis Kopenhagen oder Oslo dringen. Und wie gesagt, es war eine ähnliche Situation wie am Gurtnellen, die die ganze Permafrost-Diskussion auslöste. Zusammen mit den Felsstürzen am Eiger und einer Geröllawine, die irgendwo ein paar Wanderer überrascht hatte.»

Er streckte sich weiter, verlor das Gleichgewicht und fiel aus dem Bett.

«Mist!»

«Poltere nicht so rum. Sonst heissts noch, die Städter wollten das Hotel zerstören.» Kant half ihm auf die Beine. «‹Erinnert euch ans Rabenloch› – was könnte gemeint sein?»

«Keine Ahnung. Aber ich glaube, ich habe den Sprayer letzte Nacht gehört.»

«Du hast ihn gehört?»

«So halb, beim Einschlafen. Ich konnte das Geräusch nicht zuordnen und glaubte, es sei viel weiter weg.»

«Behalt das aber für dich. Sonst buchten dich die Kerle noch wegen Begünstigung ein.»

«Klar.» Finn streckte seinen Rücken durch. «Und du, weck mich nie wieder ungekämmt auf, wenn du am Vorabend abgestürzt bist. Du hast mich zu Tode erschreckt. Und wenn wir gerade dabei sind, du hast immer noch eine Fahne.»

«Der Träsch vom Schattdorfer. Ach ja, der wartet ja auf uns. Vielleicht hat er eine Idee, was gemeint sein könnte. Ich geh mal unter die Dusche.»

Dem Zittern des Holzbodens nach zu urteilen, konnte es nicht Schattdorfer sein, der sich ihrem Zimmer näherte. Dafür waren die Schritte zu leicht. Kant rubbelte sich die Haare, hielt kurz inne, lauschte erneut, rubbelte weiter. Endlich klopfte es. Kräftiger und entschiedener, als es die Schritte und die lange Pause vor der Tür hätten vermuten lassen.

«Moment!»

Kant zog sich ein frisches Hemd über, ohne es zuzuknöpfen. Finn schlüpfte ungeduscht in eine Hose, öffnete die Tür und staunte. Der Einsatzleiter von gestern. Muheim entschuldigte sich für die frühe Störung.

Finn winkte ab und bat ihn herein. Bei dem Lärm vor dem Fenster sei an Schlaf ohnehin nicht mehr zu denken. Muheim entschuldigte sich auch dafür und bat um Verständnis. Die Leute hier fühlten sich oft von den Städtern belächelt, nur weil sie lieber zweimal überlegten, bevor sie etwas sagten. Deshalb würden sie auf Provokationen so heftig reagieren. Der Menschenauflauf sei übrigens der Grund für seinen frühen Besuch. Wegen *Code Greenbaum* habe er gedacht, es sei besser, wenn er direkt heraufkomme. Unten seien zu viele Neugierige, da könne er nicht offen reden.

«Gibt es Neuigkeiten zum Anschlag?» Kant knöpfte sein Hemd zu.

«Schwer zu sagen.» Sie hätten doch mitbekommen, was unten an die Hauswand gesprayt worden sei. Die Sache sei die: Dieselbe Inschrift sei heute Morgen auch in der Nähe der Passstrasse entdeckt worden, die über den Gotthard führe, nämlich am Teufelsstein, oberhalb der Teufelsbrücke. Sie würden prüfen, ob es dieselbe Täterschaft gewesen sein könnte, und alles deute darauf hin. «Erinnert euch ans Rabenloch», mit einem «p». Dort aber signiert mit einer stilisierten Bombe, sie wüssten doch, so eine schwarze Kugel mit Zündschnur. Er könne sich noch keinen Reim darauf machen. Nur so viel: der Bergsturz gestern, am Bristen, sie würden sich doch erinnern? Dieser vermisste Tourist sei wieder aufgetaucht, völlig durchnässt, praktisch unverletzt, aber ziemlich unter Schock. Die Erschütterung des Bergsturzes habe vor dessen Augen eine Felsnase abbrechen und in Zeitlupe ins Tal poltern lassen. Genau unter dieser Felsnase habe er Schutz suchen wollen, als er in letzter Sekunde den Riss bemerkt habe, der immer grösser geworden sei und die Felsnase langsam von der Wand gelöst habe. Der eigentliche Bergsturz habe gleichzeitig etwa hundert Meter hinter ihm stattgefunden; riesige Brocken seien mit ohrenbetäubendem Lärm ins Tal gekracht. Der Tourist, ein Pensionierter mit Namen Walter Matt, behaupte, in jener Gegend kurz vor dem Felssturz jemanden gesehen zu haben. Eine kräftige Gestalt mit einem grossen Rucksack. Und unmittelbar vor dem Bergsturz habe er einen Knall gehört. Er glaube, es sei eine Sprengung gewesen.

«Das könnte schon sein», Muheim wiegte den Kopf, «mitunter löst sich aber ein Fels auch ohne Sprengung mit einem Knall. Ein ungeübtes Ohr kann das leicht verwechseln. Wenn es allerdings tatsächlich eine Sprengung gewesen war, dann war sie illegal. Wir haben überall nachgeforscht. Am Bristen war keine Felssprengung geplant. Nicht gestern und nicht in naher Zukunft.»

«Und was hat das mit dem Rabenloch zu tun?» Kant nahm seine Hose vom Bügel.

«Ein grosser Teil der Felswand am Rabenloch war brüchig gewesen. Wären die Felsmassen damals niedergestürzt, hätten sie die Autobahn unter sich begraben. Sie sollten deshalb vorsichtshalber weggesprengt werden. In der Vorbereitungsphase zur Sprengung musste die Autobahn, wie schon einmal am Gurtnellen, während Wochen gesperrt werden. Dadurch kehrte eine Ruhe ins Tal ein – traumhaft! Da hat man wieder richtig gern in Uri gewohnt. Die Sprengung ist dann ziemlich misslungen und hat die Autobahn schwer in Mitleidenschaft gezogen. Die Felstechniker sprachen von Sabotage. Wohl auch, weil während der Vorbereitungsarbeiten Dynamit verschwunden war, weshalb das Sicherheitsdispositiv ziemlich unter Beschuss geriet. Andere behaupteten, die Techniker seien wegen der vielen Fernsehkameras nicht bei der Sache gewesen oder sie hätten die Folgen des zurückgehenden Permafrosts nicht berücksichtigt und darum die Menge falsch berechnet. Das Ganze artete in einen Expertenstreit aus und konnte natürlich nicht aufgeklärt werden. Ich habe darüber nachgedacht und habe eine – entschuldigen Sie – unfertige Theorie: Dieser Sprayer von letzter Nacht will uns sagen, dass man nicht unbedingt die Autobahn sprengen muss, um Ruhe zu haben. Es reicht, wenn man eine Felswand sprengt und die Strasse darunter verschüttet. Zum Beweis hat er am Bristen eine Probe seines Könnens hinterlassen, wenn die Aussage des Touristen stimmt und der Bergsturz tatsächlich die Folge einer Sprengung war. Als Warnung hat er sich eine Stelle ausgesucht, die der Autobahn abgewandt ist und an der kein wirklicher Schaden angerichtet werden kann. Auch hat er einen Tag gewählt, bei dem er aufgrund der Wetterprognosen davon ausgehen konnte, dass dort niemand unterwegs sein würde. Das wäre eine Parallele zum versuchten Anschlag an der Autobahn. Der Täter dort wollte ebenfalls keine Menschenleben gefährden. Noch wissen wir allerdings nicht, ob der Bergsturz gestern tatsächlich eine Sprengung war. Offiziell werden wir das natürlich dementieren. Tatsächlich können wir es aber weder bestätigen noch dementieren. Bei dem Wetter ist es zu gefährlich, sich ins Absturzgebiet zu begeben. Wir werden wahrscheinlich noch ein oder zwei Tage im Dunkeln tappen.»

«Wurde über den Bergsturz informiert?» Kant stand noch immer mit Hose und Bügel in der Hand mitten im Zimmer.

«Natürlich. Das war gestern Hauptthema bei den Lokalradios. Den Wanderer haben wir allerdings vor den Medien abgeschirmt und ihn ‹zur Beobachtung› ins Spital gesteckt. Wir haben ihm auch eingeschärft, seine Sprengungstheorie für sich zu behalten, solange sie nicht erwiesen sei. Frau Kienast hat das übernommen. Sie ist psychologisch ausgebildet und konnte ihm das erstaunlich einleuchtend beibringen.»

«Malu Kienast war hier?» Finn starrte Muheim an.

«Ja, sie war unterwegs zum Tatort, also zu jenem an der Autobahn, als der Funkspruch sie erreichte. Wir müssen sie knapp verpasst haben.»

Finn setzte sich langsam auf die Bettkante. «Kennt sie Ihre Theorie?»

«Ja. Aber ich weiss nicht, was sie davon hält. Sie schien mir – entschuldigen Sie – seltsam reserviert. Darum bin ich auch noch zu Ihnen gekommen, trotz der frühen Stunde. Sie gehören ja nicht zu denen. Vielleicht können Sie etwas damit anfangen.»

Kant, in Hemd und Hose, hängte den Bügel in den Schrank und strich mit den Fingern die feuchten Haare nach hinten. «Dieser Spruch mit dem Rabenloch. Warum ausgerechnet an unserem Hotel und warum am Teufelsstein?»

«Das weiss ich auch nicht. Dazu habe ich noch nicht einmal eine unfertige Theorie. Aber fahren Sie doch mal hinauf. Die Spurensicherung ist mittlerweile sicher abgeschlossen.»

Finn erhob sich von der Bettkante. «Ist Malu Kienast noch in der Gegend?»

«Nein, sie fuhr heute schon sehr früh zurück nach Zürich.»

Nachdem sich Muheims Schritte in der Ferne des Flurs verloren hatten, setzte sich Finn wieder auf die Bettkante. Er schüttelte den Kopf. Sie hatte hier übernachtet.

Kant zog den Gürtel zu. Er musterte sich im Spiegel, der an der Innentür des Holzschranks klebte. «Sag mal, dieser Teufelsstein taucht doch auch in der Sage der Teufelsbrücke auf. Also werden wir Teufelskerle mal da hinaufpreschen. Nach dem Frühstück. Und nachdem wir die Hauswand inspiziert haben. Warum hat er dort eine stilisierte Bombe gesprayt und hier nicht?»

21

«Graber ist also eine Ratte.»

Während sie das sagte, kramte Malu ihre Sonnenbrille aus der Handtasche heraus. Sie hatten sich auf der Sonnenterrasse des «Vistalavista» verabredet. Ein Restaurant mit Sicht über die Stadt. Keine sehr glückliche Wahl. Erst nach einigem Suchen hatten sie einen kleinen Tisch abseits der Ausflügler gefunden. Klein genug, um sich gegenüberzusitzen und sich trotzdem näherkommen zu können.

Finn fühlte sich gerädert von der kurzen Nacht, den Autofahrten zum Teufelsstein, zum Gotthard und schliesslich zurück nach Zürich, das nach all dem Regen in Sonne erstrahlte und ihn trotz aller Müdigkeit nach draussen lockte. Am liebsten mit Malu-Malou, die er unter dem Vorwand angerufen hatte, sie über den Stand der Recherchen zu informieren. Jetzt hängte sie ihre Handtasche an die Stuhllehne.

Sie hat eine Handtasche? Er stutzte und versuchte, sich zu erinnern. Auf dem Pfannenstiel hatte sie keine dabei gehabt. Unsinn, Frauen wurden damit geboren. Sie musste eine dabei gehabt haben. Und im «Nabis»? Doch halt! Ans «Nabis» wollte er jetzt nicht denken. Schon zu Hause, als er sich bereit gemacht hatte, hatte sich plötzlich etwas wie Durchfall angemeldet. Das bevorstehende Treffen mit Malu-Malou. Als ob es um eine Prüfung ginge. Durchfallen. Nicht zu Unrecht, wenn er die kärglichen Resultate ihres Herumstocherns bei den Ureinwohnern in Betracht zog. Hoffentlich hatten er und Kant bei den Berglern nicht mehr Staub aufgewirbelt, als sie wegschaffen konnten. Kant soll ordentlich betrunken gewesen sein. Wenn ihm da nur nichts rausgerutscht war. Und er selbst konnte nur hoffen, dass seine Barfussverfolgung eines Barmaidphantoms wirklich unbemerkt geblieben war. Nicht auszudenken, was mit Malu-Malous Blick geschähe, wenn sie davon erführe.

Aber das war nicht der wahre Grund für das Rumoren in seinem Innern. Eigentlich wollte er Malu heute auf das Ende des «Nabis»-Abends ansprechen. Auf den Verlust des Zaubers. Er hatte ausgezeichnete Rechtfertigungsgründe gefunden. Aber warum sollte er sich rechtfertigen? Sie hatte ihren Teil zum Verlust der Magie ebenso beigetragen wie er. Vielleicht war ihr gar nicht bewusst gewesen, dass ihn ihre Direktheit kurzzeitig überfordert hatte. Dabei war sie gar nicht an ihn gerichtet gewesen, sondern an Kant. Nein, er war schon selbst schuld. Diese Sucht, alle Aussagen immer auf sich zu beziehen. Auch wenn er gar nicht angesprochen war.

Schon hatte er sich auf der Toilette wiedergefunden.

Allmählich war ihm klar geworden, dass kein Erklärungsversuch die Spannung jenes Abends wieder aufleben lassen konnte. Darum: Neuanfang. Sich nicht am Vergangenen orientieren. Kant hatte recht. Misserfolge waren da, um vergessen zu werden.

Beim Händewaschen wieder Zweifel. Durfte man Fehler einfach vergessen? Brauchte man sie nicht, um aus ihnen zu lernen?

Kant war in dieser Hinsicht radikal. «Es gibt keine Fehler. Alles, was du machst, hat Folgen. Und Folgen sind keine Fehler. Wenn sich etwas nicht so entwickelt, wie du gedacht hast, musst du dich auf ein neues Ziel einstellen. Und du musst bereit sein, dein altes Ziel loszulassen. Dazu musst du natürlich wach sein, mein Lieber. Nicht im Konjunktiv herumträumen. Du musst beweglich sein. Und unbestechlich. Bei aller Beweglichkeit musst du instinktiv wissen, wer du bist. Nur dann weisst du schnell genug, ob aus den unerwarteten Folgen ein neues Ziel entstehen kann. Und ob du dich darauf einstellen willst. Wenn du das nicht willst, ist das kein Unglück. Lass es einfach fallen. So wird Zeit frei für anderes. Schau mich an: Ich lebe mit der Panne. Ich liebe die Panne. Aber ich suche sie nicht.»

Warum nicht von Kants Erkenntnis kosten? Es war ohnehin gut, neue Wege zu erkunden. Nur, er war nicht Kant. Um die Spannung mit Malu-Malou neu aufzubauen, konnte er nur eines tun: das, was er selbst wollte. Das musste ihn wieder unbefangen machen. Ihm Souveränität zurückverleihen. Und wenn er nicht zum erhofften Ziel kommen würde, wäre er wenigstens er selbst geblieben.

Damit hatte auch das flaue Gefühl in der Bauchgegend ein Ende.

Fürs Erste.

Als er sie angerufen hatte, war alles normal gewesen. Er war sachlich geblieben. Auch auf der Sonnenterrasse im «Vistalavista» war kein Rumoren mehr zu spüren. Bis zu diesem kurzen Moment mit der Handtasche. Er musste sich sofort auf etwas anderes konzentrieren. Was hatte sie gesagt, als sie die Sonnenbrille hervorkramte? «Graber ist also eine Ratte.»

«Nicht ganz», präzisierte er. «Sie nennen ihn so. Das ist ein Unterschied.»

«Verdächtigst du ihn?»

«Er ist pflichtbewusst, fantasielos, in gewissem Sinne apathisch. ‹Bücherwurm› würde besser zu ihm passen. Ihm fehlt das Aggressive der ‹Ratte›. Als Initiator eines Attentats kommt er für mich kaum infrage. Und als Mittäter scheidet er auch aus.»

Er liess eine Pause folgen.

Malu wartete.

Sie hatte die Augen geschlossen. Verdeckt von den Gläsern der Sonnenbrille, und doch erkennbar. Sie schien die wärmenden Strahlen zu geniessen. Ob sie zu den Frauen gehörte, bei denen Sonnenwärme auf der Haut eine sanfte Erregung herbeiführte?

«Warum redest du nicht weiter?», fragte sie mild, ohne die Augen zu öffnen. «Du sagst, als Mittäter kommt er nicht infrage? Warum nicht?»

«Ich sehe kein Motiv.» Er betrachtete ihre halb offenen Lippen. «Er will nicht im Mittelpunkt sein, er ist nicht politisch engagiert, er ist apathisch. Warum sollte er bei so etwas mitmachen?»

«Gute Tarnung?», sprach der halb geöffnete Mund. «Und das Motiv: warum nicht seine Frau? Sie verlässt ihn wegen eines Buchhändlers. Graber beginnt, wie verrückt zu lesen. Um ihr zu zeigen, dass er das auch kann. Er will sich verändern, um sie zurückzuholen. Bemerkenswert – für einen Mann.»

Sie sass völlig entspannt auf ihrem Stuhl. Er betrachtete ihre Lippen. Schmollen mit diesen Lippen …

Nach einer kleinen Pause sprach sie weiter: «Trotzdem, sie kommt nicht zurück. Was nun? Die Berge von Büchern, die er verschlungen hat – alles für die Katz? Das könnte zu einem möglichen Motiv führen: Riesenfrustration. Dafür muss er sich an irgendwem rächen. Zum Beispiel an den glücklichen Ehepaaren, die durch seinen Tunnel in die Ferien fahren. Was er nicht haben kann, sollen sie auch nicht haben. – Oder er muss sich ganz einfach nur Luft verschaffen, egal wie. Am besten mit einer gewaltigen Explosion. Wenn er es richtig macht, verschafft er sich auch noch Aufmerksamkeit. Der Polizist, der immer auf dem Posten ist und das Schlimmste verhindert hat. Vielleicht hat er gehofft, dass er ins Fernsehen kommt und seine Frau ihn sieht und zu ihm zurückwill. Es gibt genügend Spinner, die eine Frau mit den absurdesten Ideen zurückerobern wollen. Was heisst zurückerobern – zurückhaben wollen. Das sind nicht gerade starke Motive, aber es geht darum, dass er ein Motiv haben könnte. Du musst es nur finden. Und wenn er keines hat – vielleicht hat er Amokpotenzial?»

«Du magst recht haben mit dem Motiv. Auch mit dem Amokpotenzial; er ist ein eigenartiger Kerl. Unauffällig, zurückhaltend, kaum soziale Kontakte. Es ist nur – meine Sinne reagieren nicht auf Graber. Graber als Täter, das widerspricht – meiner Intuition.»

Sie schien die Augen zu öffnen.

«Ach, und ich dachte, das sei nur was für Frauen?»

«Das waren Kants Worte.»

«Feigling!»

«Wer andere beschimpft, dem fehlt es an Argumenten.»

Sie schob die Sonnenbrille hoch. Das helle Licht schien sie kurz zu blenden.

«Es kommt immer auf den Ton an, Feigling Magnus Finn. Das war eine *liebevolle* Beschimpfung. Eine *sehr* liebevolle. Mit liebevollen Beschimpfungen will man dem andern die Augen öffnen. Damit er das Offensichtliche *auch* endlich sieht. Liebevolle Beschimpfungen *müssen* überspitzt sein. Nur die Übertreibung bringt es an die Oberfläche. Und von dort unter die Haut.»

Unter die Haut … Ihr Blick und der Abend im «Nabis» waren ihm unter die Haut gegangen. Beinahe wäre es ihm herausgerutscht. Doch der Moment war schon verpasst. Das Stichwort wäre günstig gewesen, aber er war einfach zu wenig wach! Zu wenig beweglich! Er war nicht Kant. Ja, und jetzt schwieg er schon wieder viel zu lange.

Diesmal half sie. Sie legte ihre Unterarme auf den Tisch, verschränkte sie und beugte sich vor.

«Wenn du jetzt keine Argumente mehr findest, versuchs doch auch mit einer Beschimpfung. Aber nur mit einer, die unter die Haut geht.»

Wie langsam sie ihre Lippen bewegen konnte. Das brannte den letzten Anflug von Widerspruch aus seinem Hirn. «Dann gebe ich mich geschlagen. Bis hierhin.»

Das schien den Lippen zu gefallen. Sie bewegten sich auf ihn zu, näherten sich seinem Ohr.

«Das, mein Lieber, war nun sehr tapfer von dir.»

Schon spürte er ihre warme Hand auf seinem Unterarm. Ihr weiches Haar strich über seine Wange. Dazu ein leises Flüstern: «Das war ein erster Schritt weg vom Feigling, mein Süsser.»

Die Angel war ausgeworfen. Der Köder im Mund.

«Und behalt mir den Graber im Auge.» Die Stimme der Fischerin wurde eine Spur sachlicher. «Damit wir uns richtig verstehen, Magnus. Es ist nicht meine Intuition, die mir das sagt, sondern mein Job, der das von mir verlangt. Und darum verlange ich es auch von dir. Graber ist sehr belesen, wie du sagst. Er könnte schlauer sein, als wir denken. Prüf nach, was er sich im letzten Jahr alles an Lesestoff angeschafft hat. Vielleicht waren auch Fachbücher dabei. Über Sprengstoff und so.»

Sie glitt sachte zurück und fixierte ihn mit ihren grünbraunen Augen. Ihr ungeschminktes Gesicht wurde langsam in einen Schatten getaucht. In einen grossen, dunklen Schatten. Sie blinzelte in das Gegenlicht und zog unvermittelt ihre Hand von seinem Arm zurück. Sie schien irritiert. Er hörte ein leises «Hallo» in seinem Rücken. Der Schatten bewegte sich von ihrem Gesicht weg, Finn drehte den Kopf. Er bekam einen braun gebrannten Mann Mitte vierzig zu Gesicht, mit einer kleinen Narbe unter dem rechten Auge. Die nahm er aber erst wahr, als sie sich gegenübersassen. Erst, nachdem der Unbekannte sein Jackett ausgezogen und über die Stuhllehne geworfen hatte. Erst, nachdem sein ziemlich muskulöser Oberkörper und sein ansehnlicher Bizeps einen Langläufer aus ihm machten. Erst, nachdem er schon realisiert hatte: Das also ist Arpagaus. Lukas Arpagaus. Der gehende Denker. Der abschweifende Professor. Der besessene Enthusiast.

Sein Händedruck war kräftig. Malu begrüsste ihn mit einer warmen Umarmung. Sie schien aufgewühlt. Das Leuchten in ihren Augen versetzte Finn einen Stich. Einen Stich, wie er ihn auf dem Pfannenstiel verspürt hatte. Aber der Stich traf diesmal tiefer, jetzt, im Angesicht des Charismatikers. Im Sog seines offenen Lächelns. Im Schatten seiner gewinnenden Art. Lukas Arpagaus war geradezu unaufdringlich selbstsicher. Und als Konkurrent uneinholbar. Ein Dirigent. Ein Astronaut. Ein anderes Planetensystem!

Aber auch einer, aus dessen Dossier Akten verschwanden. Man musste sich selber gegenüber doch auch gerecht bleiben.

22

Malu setzte ihre Sonnenbrille wieder auf. Wollte sie das Leuchten in ihren Augen verbergen? Oder eher eine kühle, skeptische Distanz signalisieren? Eine Distanz zu ihm? Oder zu Arpagaus, der sich vom Nebentisch einen Stuhl herangezogen hatte?

Arpagaus füllte die eingetretene Stille mit einer Stimme, die Finn bei aller Widerspenstigkeit zum Zuhören lockte. Vielleicht auch wegen seines angenehmen Bündner Dialekts. Ruhig erzählte er, dass er zurzeit an der Uni pausiere. Ein ganzes Jahr, um sich seinem Hobby zu widmen. Weinbauer. Er wolle sehen, was mit einem Traum geschehe, wenn er ihn Wirklichkeit werden liesse. Arpagaus musterte Malu. Sie reagierte nicht. Er erzählte weiter.

Ein befreundetes Paar, das sich vor Jahren in die Toscana abgesetzt hätte, habe ihm einen kleinen Rebhang – einen sehr kleinen – zum Experimentieren überlassen. Arpagaus plauderte über seine Erfahrungen, seine Erfolge und seine Enttäuschungen. Doch irgendetwas stimmte nicht. Von einem Enthusiasten, der sich einen Traum erfüllte, hätte Finn ein anderes Feuer erwartet. Aber die Plauderei von Arpagaus war alles andere als leidenschaftlich. Er fühlte sich bestätigt, als Malu fragte:

«Sag mal Lukas, gerade begeistert klingst du nicht?»

Arpagaus gab unumwunden zu, dass es ein Fehlschlag gewesen sei. Er habe sich wie ein Reisender gefühlt. Ein

Reisender, der sich in einem fremden Land niederlasse und das Leben der Einheimischen ausprobiere. Er sei natürlich ein Fremder geblieben, auch wenn er sich im Kontakt mit anderen Fremden wie ein Einheimischer gefühlt habe. Das Seltsamste sei jedoch gewesen, dass ihm die wahren Einheimischen immer fremder geworden seien, je länger er dort gelebt habe. Dasselbe sei ihm gleichzeitig auch mit dem Weinbau passiert. Laien gegenüber habe er sich als Fachmann gefühlt, doch die wahren Fachleute seien ihm fremd und fremder geworden. Als Höhepunkt sei er schliesslich sich selbst fremd geworden. Was ja nichts Schlimmes sein müsse, wenn einem dieses Fremde gefalle. Ihm aber sei schnell bewusst geworden, dass ihm ein solches Leben nicht liege. Das hänge nicht zuletzt mit seiner Arbeit an der Uni zusammen und mit den Freiheiten, die ihm die Wissenschaft biete. Er schätze diese Freiheiten ausserordentlich, weil es für ihn die richtigen Freiheiten seien, diejenigen, die er brauche. Malu wisse das. Die Uni komme seinem eigenen Lebensrhythmus sehr entgegen, und das sei nun mal etwas vom Wichtigsten.

Wieder musterte Arpagaus Malu und machte eine Pause. Sie stieg nicht darauf ein. Ihre kühle Zurückhaltung, unter der sich die Sonnenbrille beinahe beschlagen hätte, war nun deutlich wahrnehmbar. Doch wem galt sie? Ihm oder Arpagaus? Finn schob den Gedanken beiseite. Er wollte mehr über diesen eigenen Lebensrhythmus erfahren. Also musste er nachfragen.

Arpagaus schwieg und betrachtete ihn. Er schien sich zu überlegen, ob er mit ihm wie mit seinesgleichen oder wie mit einem Studenten reden sollte. Er entschied sich für den Primarschüler. Finn war das recht. In seiner komplizierten Welt war ihm alles willkommen, das klar und einfach war.

«Beobachten Sie eine Katze», begann Arpagaus. «Sie macht, was sie will, mit wem sie will, wann sie will. Will sie sich hinlegen, sucht sie sich einen Platz an der Sonne, will sie jagen oder spielen, sucht sie sich eine Maus. – Jetzt der Mensch. Wir beide wissen, dass Vergleiche hinken. Sehen Sie es als Modell. Ein Vergleich muss nur die Zusammenhänge vereinfachen. Den Mechanismus erklären. Nichts anderes. Viele Menschen verstehen das nicht. Sie suchen bei jedem Vergleich sofort ein Detail, das nicht stimmt. Mit der notwendigen Hartnäckigkeit werden sie es auch finden. Dann reiten sie darauf herum, um zu beweisen, wie clever sie sind. Dabei sind sie nichts anderes als beschränkt. Diskussionen mit solchen Leuten sind reine Zeitverschwendung. Lassen Sie sie schwatzen. Solche Kleingeister werden eine grosse Idee nie verstehen.»

Lukas Arpagaus liess ihn nicht aus den Augen. Es war, als prüfe er, ob er ihm folgen könne. Oder schwang da etwas anderes mit?

«Wir sind aber beim eigenen Lebensrhythmus. Ich stelle mir vor: Plato, der grosse Philosoph, war wie eine Katze. Er hat nichts anderes getan, als den ganzen Tag herumzuhängen, sich von anderen füttern zu lassen, einen warmen Platz an der Sonne zu suchen und verrückte Ideen zu verbreiten. Ich habe nie nachgelesen, ob das stimmt. Aber ich stelle es mir so vor – Plato, ein Müssiggänger und Bettler. Vielleicht auch Sokrates, Diogenes und ein Haufen anderer Philosophen. Alles Katzen. Sie taten nichts anderes, als im eigenen Rhythmus zu leben. Nun gab es zu jener Zeit aber auch andere Menschen, die im eigenen Rhythmus lebten, wenn auch in einem ganz anderen als unsere Philosophen. Menschen, denen das Nichtstun fremd war und die in jeder wachen Sekunde ganz einfach geschäftig sein mussten. Heute würden wir sie als Workaholics bezeichnen. Damals waren es tugendhafte Vorbilder. Tüchtige Kaufleute vielleicht. Fleissige Handwerker oder ehrgeizige Eseltreiber. Sie alle haben wahrscheinlich ein Vermögen angehäuft mit ihrem eigenen, umtriebigen Rhythmus. Nur, was ist uns von ihnen geblieben? Selbst die erfolgreichsten griechischen Kaufleute sind aus dem Gedächtnis der Geschichte verschwunden. Im Gegensatz dazu haben die Ideen der Philosophen überdauert, und mit ihren Ideen auch ihre Namen. Ich will damit nur sagen, dass auch Müssiggänger hohen gesellschaftlichen Wert haben können, wenn sie ihren persönlichen Rhythmus kreativ nutzen.»

Arpagaus leitete daraus ab, dass die Welt eine andere wäre, wenn jeder Mensch seine Zeit so nutzen könnte, wie es ihm Spass machte. Auch bei der Arbeit. «Leider kennen wir nur unsere Welt. Wir haben keine Ahnung, wie sie aussähe, wenn seit Jahrtausenden jeder in seinem persönlichen Rhythmus gearbeitet hätte.» Arpagaus umriss seine Vorstellungen zu diesem Gedanken. Taute auf. Streute historische Beispiele ein. Kam ins Schwärmen und malte dieses Bild weiter und weiter, mit hingeworfenen Farbtupfern und wilden Pinselstrichen, die zuweilen auch über den Rand hinausschossen.

Endlich spürte Finn das Feuer, das er beim Professor anfänglich vermisst hatte. Er liess sich mitreissen, auch wenn es ihn da und dort zum Widerspruch reizte. Arpagaus spielte mit bengalischem Zündholz. Entflammte kleine Vulkane. Zündete Raketen, die den Nachthimmel in alle Farben tauchten. Und schloss sein Feuerwerk mit den Worten, dass er natürlich von einem Ideal rede. Es sei ihm auch bewusst, dass er selbst seinen Traum vom eigenen Lebensrhythmus nur wegen der gut bezahlten Arbeit an der Uni verwirklichen könne und dass er darum seine Lebensumstände sehr schätze. Wie um das Thema noch ein wenig nachklingen zu lassen, fragte er Malu, wie ihre Lebensumstände zurzeit denn seien. Ob sie noch für die Polizei arbeite?

Malu informierte ihn in knappen Worten darüber, dass sie seit einiger Zeit für die Bundesanwaltschaft tätig sei. Arpagaus war überrascht.

«Für die Bundesanwaltschaft? Das wusste ich ja gar nicht! Das ist aber ein Aufstieg! Gratuliere. Dann bist du nach Bern umgezogen?»

Malu verneinte, dazu gebe es keinen Grund.

«Deine Musiker. Du hast doch immer von diesen Berner Musikern geschwärmt. Von diesen *Gielen*, die sich mit Haut und Haar dem Leben und der Liebe verschrieben haben?»

War da ein lauernder Unterton?

Malu sagte einen Moment lang nichts. Dann nickte sie. Oh ja, sie habe eine Schwäche für diese inbrünstigen, urwüchsigen Kerle, die sie mit ihren Liedern ganz gänsehäutig machten. Aber deswegen nach Bern ziehen?

Sie habe keine Sekunde daran gedacht. Es sei gar nicht nötig. Vernetzte Arbeitsplätze. Sie könne arbeiten, wo sie wolle. Und wann sie wolle. Die moderne Technologie mit ihrer Vernetzung bringe die Menschen dem Ideal des persönlichen Lebensrhythmus schon sehr nahe. Eine Überlegung, die Arpagaus mit Kopfnicken akzeptierte, aber auch sofort seine Bedenken anmeldete. Der moderne Mensch sei ein Sklave der Technologie, und Sklaven hätten nun mal keine persönliche Freiheit. «Aber das führt zu weit», bremste er ab und wollte wissen, ob Finn seinen persönlichen Lebensrhythmus verwirklichen könne.

«Magnus arbeitet in meinem Team», schaltete sich Malu ein, noch bevor Finn antworten konnte. «Er hat also die gleichen Möglichkeiten wie ich.»

Arpagaus sah ihn an, als ob er von ihm ergänzende Antworten erwartete. Doch Finn nickte nur zustimmend. Wenn Malu an seiner Stelle geantwortet hatte, hatte sie bestimmt ihre Gründe. Nach einem Moment des Schweigens wollte Arpagaus von ihm wissen, woran er zurzeit arbeite. Wieder ging Malu dazwischen. «Amtsgeheimnis», sagte sie und zuckte bedauernd mit den Schultern. Finn nickte erneut und gab zu erkennen, dass er dem nichts beizufügen gedenke.

In Tat und Wahrheit verstand er die Welt nicht mehr. Zuerst hatte sie Arpagaus warm umarmt, dann kam die kühle Zurückhaltung. Und jetzt verschanzte sie sich auch noch hinter dem Amtsgeheimnis, obwohl sie mit Arpagaus früher intensiv zusammengearbeitet und sicher ein grosses Vertrauensverhältnis zu ihm aufgebaut hatte. Was ging da vor sich? Arpagaus war sicher nicht der Mann, der ein Amtsgeheimnis ausplaudern würde. Oder doch? War das alles eine versteckte Botschaft an ihn, Finn, und er verstand sie nicht? Oder war es eine versteckte Botschaft an Arpagaus, und die verstand er, Finn, sowieso nicht. Wahrscheinlich Letzteres, denn Lukas Arpagaus war aufgestanden und reichte ihm die Hand.

«Ich denke, ich sollte mich verabschieden. Sicher haben Sie Berufliches zu besprechen, und ich habe Sie dabei unterbrochen.» Mit einem Lächeln fügte er hinzu: «Verzeihen Sie bitte, dass ich Ihren Lebensrhythmus gestört habe. Das Ideal funktioniert oft nur so lange, wie man auf keinen anderen Lebensrhythmus trifft.»

Malu küsste ihn zum Abschied, aber weit weniger herzlich als zur Begrüssung.

«Ich muss dich mal treffen», sagte Arpagaus.

«Ich ruf dich später an», antwortete sie.

Nun war es klar. Es war eine Botschaft an Arpagaus. Finn verspürte wieder diesen Stich. Tief und lähmend. Einen Moment lang glaubte er, eine Kugel auf sich zuschiessen zu sehen, die ihn mitten ins Herz traf.

Arpagaus' Weggang hinterliess eine kleine Lücke, die beide nicht gleich schliessen wollten. Finn wurde es kurz schwarz vor Augen, und in der nächsten Sekunde sah er sich in einer dunklen Gasse liegen. Umgeben von fremden Menschen. Reglos im eigenen Blut. An der Einfahrt zur Gasse ein Krankenwagen. Das Blaulicht flackerte über seinen leblosen Körper. Die Sirene erstarb. Er schwebte und sah sich selbst dort unten liegen. Lautlos, schwerelos, schmerzlos. Aus seinem Körper ergoss sich ein rötliches Rinnsal. Dann plötzlich Kant, der sich blau flackernd über ihn beugte und nicht mehr richtig sprechen konnte. Nur «Schu» sagte, vielleicht auch «Schuduschu», dafür zweistimmig. Ein tiefer Bass und ein hoher Sopran, der zum Glück langsam in tiefere Lagen überging und zur angenehm hellen Stimme von Malu-Malou wurde, die eben das Gespräch wieder aufnahm und es, ohne Arpagaus noch einmal zu erwähnen, auf ihren Fall zurücklenkte. Sie hatten die Matter-Natter aufgespürt. Er wisse doch, die Einzeltäterin am Bundeshaus. Die Rennfahrerin. Sie sei nach ihrem Rausschmiss bei der Truckerfirma tatsächlich von Australien nach Thailand weitergereist. Über ihren aktuellen Aufenthaltsort wisse man aber noch nichts. Die thailändischen Kollegen zeigten sich sehr zugeknöpft. Das deute darauf hin, dass etwas nicht stimme. Sie wüssten nur noch nicht, was.

Malu fasste die Angaben der thailändischen Ermittler zusammen. Sie war aber nicht bei der Sache. Ihre Unbefangenheit war einer abwesenden Nachdenklichkeit gewichen. Er musste etwas unternehmen. Er musste das Unangenehme selbst anpacken. Ohne Kant als Katalysator, wie auf dem Pfannenstiel oder im «Nabis». Er musste sie direkt auf Arpagaus ansprechen, um der Falle der Interpretation zu entgehen, der Falle des Konjunktivs. Wenigstens dieses eine Mal.

«Wie gut kennt ihr euch eigentlich, du und Lukas?»

Sie blickte ihn eine Weile versonnen an. Dann stützte sie ihren Kopf in die eine Hand und legte die andere auf seinen Unterarm.

«Es ist, wie du vermutest. Die Studentin und der Professor. Die sich ewig wiederholende Geschichte. Dabei bin ich lange Zeit nur von seiner Arbeit beeindruckt gewesen. Durch den Altersunterschied ist er als Mann aus meinem Raster gefallen – obwohl er, wie ich schon damals fand, sehr attraktiv war.»

In ihrem Raster war vor Lukas nur ein Mann länger hängen geblieben: Max. Länger bedeutete: mehr als zwei Jahre. Und Max bedeutete: die grosse Liebe.

Leider auch die grosse Eifersucht. Max war eifersüchtig wie tausend Italiener. Ging sie mit Polo ins Schmetterlingsmuseum, mit Kuno durch die Bars von Züri-West, mit Büne in ihr Lieblingskino am Ochsnerring oder mit Endo und Balts auf Hasenjagd, wurde sie zu Hause von giftig lauernden Fragen empfangen, die sich mit ihrem Mantel an die Garderobe hängten, ihr durch die Küche nachschlichen, durch das Essen stichelten, sie ins Bad verfolgten, sich schliesslich als glühende Kohlen mit ins Bett legten und als wilde Schreie die Dunkelheit der Nacht zerrissen. Die Eifersucht zerfetzte Max bei lebendigem Leib und zertrümmerte Malus unsterblich geglaubte Liebe. Nach einem schier endlosen Kampf mit sich selbst floh sie eines Nachts verzweifelt zu einer Freundin ins Burgund, wo sie sich einen ganzen Sommer lang vor Max versteckt hielt. Allmählich fand sie zu sich selbst zurück. Als sie sich stark genug fühlte, um jeder Konfrontation mit Max gewachsen zu sein, liess sie sich die Haare schwärzen und zur Kampffrisur schneiden. Sie kehrte wild entschlossen zurück und zog noch am gleichen Tag aus der gemeinsamen Wohnung aus.

Als sie mit ihrer alten Klapperkiste ins Kriminologieseminar von Arpagaus nach Wildhaus fuhr, lag Max mehr als zwei Jahre zurück. Ihre Haare waren aufgehellt und nachgewachsen, die Kampffrisur mal einem Pferdeschwanz, mal einem Lockenkopf gewichen. Ein paar kürzere Affären hatten ihr die Zeit vertrieben. Mehr wollte sie damals nicht. Wuchs bei einem der Besitzanspruch, war es für ihn Zeit zu gehen.

Summend und in gelöster Stimmung fuhr sie nach Wildhaus, und die Anreise in ihrem kleinen Auto über Wil hinein ins Toggenburg schien ihr plötzlich symbolisch für ihre Situation. Alles erinnerte sie an ihr Studium, bei dem sie mit wechselnder Begeisterung dem Abschluss entgegenpendelte. Die Dörfer waren so wenig berauschend wie die meisten Vorlesungen: Bazenheid, Bütschwil, Wattwil, Ebnat-Kappel.

Doch das konnte ihre Laune nicht verderben. Vergnügt summte sie weiter. Sie würde sogar einen kleinen Umweg in Kauf nehmen. Aber die Angebote waren wenig verlockend: Kirchberg – zu religiös. Flawil – zu flauschig, Müeslibach – zu … Müeslibach? – Ah, Müselbach, trotzdem, zu … zu Müeslibach eben. Andere versprachen mehr, als sie hielten. Lütisburg – kein Raubritter weit und breit. Unterwasser – kein Wal, kein Schwertfisch, kein Hai, und immer noch viel Land in Sicht. Auch Wildhaus passte in diese Reihe abenteuerlicher Worte ohne Taten. Es war nichts als ein lang gezogenes Dorf, an dessen höchstem Punkt die Strasse eine Kurve zog und in kurzer Abfahrt hinunter ins Rheintal stürzte.

Beeindruckend jedoch die Berge. Sie war fasziniert von den zackigen Gipfeln, den Felsnasen, dem Grün und Grau. Wohl gelaunt streckte sie sich, nachdem sie ihr

Auto auf einem kleinen Parkplatz mit Sicht über das Tal abgestellt hatte. Beeindruckend auch die Luft, allerdings nicht so kühl und klar, wie sie erwartet hatte.

Vielleicht lag es am Wetter, dass Wildhaus seinem Namen nie gerecht werden konnte. Die ganze Woche blauer Himmel. Arpagaus und seine Oberassistentin, Frau König – von allen nur die Königin genannt – gaben den Studenten alle möglichen Freiheiten. Bereits beim ersten Treffen schlug die Königin vor, zwischendurch im Freien zu arbeiten und sich dazu öfter mal zu bewegen. «Das bringt auch die Gedanken zum Wandern», stimmte Arpagaus zu.

Die Seminarwoche war intensiv. Die Arbeit machte Spass, und ein Blick in die Runde versprach Spannung. Zum Beispiel dieser Psychologiestudent. Sie vermutete in ihm einen Läufer. Mittelgross. Zäher, dünner Körper. Interessierte Augen. Vielleicht ein interessanter Mann? Sie war kampfeslustig. Gleich am ersten Abend setzte sie sich an seinen Tisch. Angeregt unterhielten sie sich über Gott und die Welt. Nicht nur sie zwei, sondern der ganze Tisch. Das gefiel ihr an Reto: dass er sich mit allen am Tisch unterhielt. Er gab allen das Gefühl, was sie sagten, sei wichtig.

Wohlig kuschelte sie sich an diesem Abend in die frisch duftende Wäsche ihres Hotelbetts und freute sich auf den nächsten Morgen.

Erst später realisierte sie, dass alles nur Masche war. Reto wollte alle – und Malu ganz speziell – durch soziale Kompetenz beeindrucken. Er stellte sich sehr geschickt an, das musste sie ihm lassen. Ausserdem war er so allgegenwärtig, dass sie gar nicht dazu kam, über ihn nachzudenken. Reto war gewaltig wie ein Wasserfall, dessen Tosen und Stieben sich die Augen nicht entziehen konnten. Doch unvermittelt bemerkte sie, wie er manipulierte. Ein erstes Mal am dritten Tag, als sich Arpagaus und seine aufgeweckte Oberassistentin zu ihnen setzten. Arpagaus hatte es zu Beginn des Seminars unter dem Punkt «Administratives» angekündigt:

«Wir beide setzen uns jeden Tag zu einer anderen Gruppe, weil wir erstens nicht gern allein essen, weil wir zweitens niemandem unsere Anwesenheit eine ganze Woche lang zumuten wollen und weil wir drittens nur durch das Vermeiden von Gewohnheiten merken, wo die Gewohnheiten stecken – aber Achtung: Auch das Vermeiden von Gewohnheiten kann zur Gewohnheit werden.»

Arpagaus und die Königin hatten sich am Dienstagabend an Malus Tisch gesetzt. Arpagaus hörte vor allem zu. Sagte, ausser ein paar lockeren Sätzen zu Beginn, lange nichts. Er liess sich auf kein Gespräch ein, das direkt an ihn gerichtet war. Schwieg, ass, hörte zu. Wollte hie und da etwas Bestimmtes genauer wissen. Hakte nach, legte die Gabel weg, stellte Fragen, öffnete Wege. Liess dann der Diskussion ihren Lauf, nahm die Gabel wieder auf, ass weiter. Brachte sich später erneut ein. Auf sehr zurückhaltende Art. Er wollte entweder etwas anregen oder etwas erfahren. Arpagaus vermied es, sich darzustellen.

Erst der direkte Vergleich zwischen Arpagaus und Reto zeigte Malu, dass Reto dauernd sich selbst inszenierte. Er übte sich bereits in seiner Rolle des professionellen Zuhörers. Wirkliches Interesse am Gegenüber war nicht vorhanden. Ein Psycho, der sich nur für seine Wirkung auf andere interessierte. Einer, der die Mechanismen der Manipulation ausprobierte.

Auch Arpagaus manipulierte, aber in einem anderen Sinn. Er zeigte in Diskussionen gerne Abzweigungen auf und entwarf neue Wege. Die Wahl des Weges war dann jedem selbst überlassen. Reto dagegen lenkte alle immer auf denselben Weg, hin zu ihm, dem grossen Zuhörer. Er arbeitete fleissig am Aufbau seiner persönlichen Entourage. Reto hielt Hof. Er nützte die Schwächen der anderen, um sie um sich zu scharen. Arpagaus wiederum suchte ihre Stärken und half jedem, zu sich selbst zu finden.

Bei diesem Essen klärte sich ihr Blick – und verklärte sich zugleich. Arpagaus begann sie als Mensch zu interessieren. Am folgenden Abend auch als Mann. Die Königin hatte einen freiwilligen Spaziergang mit Essen in einem Ausflugsrestaurant organisiert. Reto hatte seinen Schlachtplan bereits festgelegt. Das Opferlamm: Malu. Schon in der Hotelhalle nahm er sie in Beschlag. Er richtete es so ein, dass sie mit ihm gemeinsam losging. Kaum draussen, lästerten sie gemeinsam über die hier verbreiteten Appenzeller Hunde. Ihr nerviges Gekläff und ihre hinterlistige Art, jeden Spaziergänger im Bogen zu umrunden und ihn von hinten anzufallen – auch wenn sie selten zubissen. Diese Hunde waren lästig wie tausend Stubenfliegen. Man war ständig gezwungen, sich um die eigene Achse zu drehen. Wer solche Hunde hielt, war kein Menschenfreund, darin waren sie sich einig.

Wie sie den Wanderweg hochgingen, wusste sie plötzlich, dass sie Retos Absichten durchkreuzen würde. Völlig ernüchtert betrachtete sie, wie er dauernd versuchte, sich mit ihr zurückfallen zu lassen. Er blieb immer öfters bei irgendeinem Gedanken stehen, ganz so, als sei dieser Gedanke für sich allein schon so bewegend, dass man sich selbst nicht mehr bewegen konnte. Nur – der ernüchterten Malu hatte Reto nichts Bewegendes mehr zu sagen. Wozu dann stehen bleiben?

Von da an reagierte sie nicht mehr auf seine zahlreichen Unterbrechungen. Sie ging unbeirrt weiter, wenn auch in kleineren Schritten. Das brachte Reto völlig aus dem Konzept. Siegessicher war er in die entscheidende Runde gestartet, und nun konnte er keinen einzigen Treffer landen! Seine wohlvorbereiteten Sätze, die das Gespräch in eine intime Richtung lenken sollten, perlten ohne Wirkung ab. Dadurch verunsichert setzte *er* jetzt alles daran, dass sie den Anschluss an die anderen nicht verloren.

Normalerweise hätte sie die Situation ausgenutzt und mit Reto gespielt. Sie wäre selbst stehen geblieben und hätte ihn mit spitzer Zunge ins Schwitzen gebracht. Aber irgendwo da vorne war Lukas Arpagaus.

Sie schlossen zur übrigen Gruppe auf, und noch während des Spaziergangs wandte sich Reto seinem Ersatzlamm zu, einer etwas scheuen und trockenen Jurastudentin, die ihn bedingungslos anhimmelte und sein Selbstvertrauen wieder aufbaute. Malu war ihr dankbar. So konnte sie sich wenigstens gedanklich mit Arpagaus beschäftigen und ihn später, während des Essens, ungestört beobachten.

Als der Hauptgang aufgetragen wurde, schwärmte die Königin von einem nahen und leicht begehbaren Gipfel. «Kein Klettern, praktisch ein Spaziergang. Und dann eine traumhafte Aussicht!», strahlte sie. «Wäre doch schön, da noch hinzuwandern!»

Malu sass direkt neben ihr und schloss sich begeistert an. Schnell bildete sich eine kleine Gruppe von Gipfelstürmern, und ihr inneres Zittern wich einer stillen und freudigen Spannung, als sich ganz am Schluss auch Arpagaus dazugesellte.

Die Gipfelstürmer, vier Männern und drei Frauen, verzichteten auf die Nachspeise und marschierten sofort los. Die Königin wurde gleich von zwei Männern umschwärmt. So sehr, dass ihre ohnehin schon hellen Augen nun richtiggehend leuchteten und bisweilen Tränen lachten. Auch Andrea, eine robuste, kernige Walliserin, hatte ihren Schatten dabei. Marco, ein stilles Wasser, der bei Andreas Anblick jedes Mal sichtlich zerfloss und sie allein dadurch zum Schmelzen brachte. Die beiden hatten sich hier oben kennengelernt und waren ganz miteinander beschäftigt.

Übrig blieben Arpagaus und Malu. Arpagaus liess sich schnell in ein Gespräch verwickeln. Das Thema kam ihr praktisch zugeflogen. Sie beschrieb ihre Fahrt durch das Toggenburg und ihre Gedanken, die sie sich zu den Ortschaften, aber auch zu ihrer persönlichen Situation gemacht hatte. Nach anfänglichem Geplätscher intensivierte sich ihr Gespräch. Dazu sein klar geschnittenes Gesicht im Profil.

An die Aussicht vom Gipfel konnte sie sich später nicht mehr erinnern. Sie wusste nur noch, dass alle ergriffen dagestanden und von der Aussicht geschwärmt hatten. Aber etwas gesehen, wirklich gesehen, hatte sie nicht. Die Welt in der Ferne liess sie völlig unberührt. Solange Arpagaus da war.

Als es eindunkelte, stiegen sie in Einerkolonne ab. Arpagaus am Schluss. Er machte keine Anstalten, mit ihr allein sein zu wollen. Weder auf dem Gipfel noch beim Abstieg. Sie waren den anderen immer so nahe, dass das Murmeln ihrer Gespräche wie Hintergrundmusik zu hören war.

Als der Weg breiter wurde, liess sie sich zu Arpagaus zurückfallen. Die beiden gingen eine Zeit lang schweigend nebeneinander her. Für einen Moment war sie versucht, in der Dunkelheit nach seiner Hand zu tasten. Herzklopfen und weiche Knie.

Die folgende Nacht war golden. Sie lag in ihrem Bett und träumte mit offenen Augen alle möglichen Bilder in die Nacht hinaus. Erst weit nach drei Uhr gab sie dem Schlaf nach und glitt langsam in wirkliche Träume hinein. Am nächsten Morgen war sie munter wie eine Bergquelle.

Der Ausflug hatte alle so begeistert, dass sie die Königin bestürmten, auch für die folgenden Abende etwas zu organisieren. Am schlimmsten wurde sie von ihren beiden Schwärmern bedrängt. Ihnen konnte sie auch am wenigsten widerstehen. So fuhren am Abend alle nach Unterwasser und von dort mit der Bahn auf den Iltios. Spätabends spazierten sie bei Fackelschein zurück nach Wildhaus. Am Freitagabend wanderten sie zu den Schwendiseen, wo die beiden Schwärmer bereits ein «königliches» Picknick und zwei Feuerstellen vorbereitet hatten. Der laue Sommerabend wurde durch zwei Musiker aus dem nahen Appenzellerland gekrönt. Aus Hackbrett und Kontrabass schwebten leise Weisen über die Gräser und Blumen, umschmeichelten die Feuer, brachten die Schwendiseen zum Kräuseln und hauchten der Königin sanft in den Nacken.

Malu suchte Arpagaus' Nähe. Und sie fand sie, auch wenn sie sie mit anderen teilen musste. Da war er konsequent. Aber sie spürte, dass er ihr nicht auswich. Dass er es so einrichtete, dass sie am selben Feuer sassen, dieselbe Flasche teilten, denselben Weisen lauschten, den gleichen Fackelschein begleiteten.

Das Seminar dauerte länger als die üblichen fünf Tage. Samstag und Sonntag wurden die Resultate in gelöster Stimmung im Hotelgarten präsentiert und diskutiert. Sie sassen im Halbkreis an der frischen Luft, bei Vogelgezwitscher unter schattigen Bäumen. Die Berge schienen freundlich gestimmt und liessen sich nicht stören. Der Wind hielt sich zurück und hob nur selten die Ecken der Flipcharts oder einzelner beschriebener Blätter an, die am Boden oder auf irgendwelchen Knien lagen und sich unbeteiligt sonnten.

Malu wandte sich Andrea zu, die gerade in kräftigem Walliserdeutsch ihre Lösung skizzierte. Ihre Gedanken aber wanderten zu Arpagaus. Am Sonntagmorgen hatte sie zufällig mitbekommen, dass er seinen Aufenthalt um eine Nacht verlängerte.

Sie konnte die erste Pause kaum erwarten, die sie aufgeregt nutzte, um ebenfalls heimlich zu verlängern.

Heimlich nicht gegenüber Arpagaus, heimlich nur gegenüber den anderen. Arpagaus sollte es ruhig wissen. Die Gelegenheit kam bei der allgemeinen Verabschiedung am Nachmittag. Malu sorgte dafür, dass sie die Letzte war, die ihm die Hand reichte. Dabei flocht sie wie zufällig eine Bemerkung über ihre Zusatznacht ein. «Wegen des schönen Wetters», fügte sie lächelnd hinzu. Arpagaus stutzte einen Moment, sagte dann aber, auch er würde noch bleiben.

«Ach!», tat sie erstaunt und fragte: «Und – was haben Sie vor? Sich vom Stress mit der Studentenmeute erholen?»

«So ziemlich.»

«Dann wollen Sie sicher allein sein», sagte sie, mit erkennbar gespielter Enttäuschung.

Arpagaus stutzte erneut, fasste sich aber schnell.

«Darüber können wir uns gerne später unterhalten. Zuerst will ich jetzt ein wenig Luft holen. Ich werde Sie finden, sofern Sie gefunden werden wollen.»

Sie liess langsam seine Hand los und überliess die Antwort ihrem charmantesten Lächeln. Beschwingt ging sie zur Gruppe hinüber, die die Königin umschwirrte, um sich von ihr zu verabschieden. Dort hörte sie gerade noch, wie Reto die Oberassistentin mit zweideutigem Lächeln zu sich nach Hause einlud, um von ihr «ein paar Tipps über die Bergwelt» zu erhalten. Die Jurastudentin stand begossen daneben. Dieser Vollidiot! –

Und Arpagaus? Natürlich fand er sie. Sie half ein wenig nach. Um ihn auf keinen Fall zu verpassen, war sie im Hotel geblieben. Sie hatte es sich mit einem Buch auf dem Balkon ihres Zimmers gemütlich gemacht. Soweit ihre Nervosität Gemütlichkeit zuliess. In der ersten halben Stunde hatte sie noch gelesen. So etwas wie gelesen. Danach waren ihre Gedanken ständig abgeschweift. Die Intervalle, in denen sie nicht ins aufgeschlagene Buch schaute, waren länger und länger geworden. Ihr Blick hatte sich immer häufiger in den Bergen verloren, die sie ebenso wenig gesehen hatte wie die Buchstaben.

Schliesslich klappte sie das Buch zu und wartete nur noch. Dabei kam sie sich vor wie ein pubertierendes Mädchen. Sie wurde unruhig. Stand auf. Wollte mit jemandem telefonieren. Unterliess es dann doch. Setzte sich wieder an die Sonne. Fand es plötzlich zu heiss. Stand wieder auf. Suchte nach Schokolade. Setzte sich hin. Nahm das Buch. Legte es weg. Holte sich etwas zu trinken und so weiter ... Endlich kam er! In der Erinnerung glaubte sie, Arpagaus sei mit feinem Gespür genau im richtigen Zeitpunkt aufgetaucht. Nicht zu spät, nicht zu früh. Tatsächlich war sie aber bereits an der Schwelle zur Verzweiflung gewesen. Einige Minuten länger, und sie hätte irgendetwas unternommen. Unternehmen müssen! Vor allem, um nicht enttäuscht zu werden. Warten – und dann kommt er nicht! Das wäre das Schlimmste gewesen! Nein, lieber wäre sie in diese Bergwelt hinausgestürzt und hätte ihn dafür verpasst. Dann hätte sie sich wenigstens einreden können, dass er sie in ihrer Abwesenheit gesucht hätte. Aber so weit kam es nicht. Arpagaus hatte es offensichtlich nicht nötig, Spielchen zu spielen.

Der Abend ein Traum. Feines Essen, feiner Wein, Spannung im Gespräch, Knistern in der Luft. Später ein Drink an der leeren Bar. Sie hatten sich endlich gedutzt und bis tief in die Nacht hinein diskutiert. Beim Abschied dann der erste Kuss.

«Ich musste allerdings ziemlich nachhelfen, dass wirklich etwas daraus wurde – aber das willst du alles gar nicht so genau wissen.»

Malu rückte näher, schob ihre Sonnenbrille ins Haar, forschte in Finns Gesicht und legte ihre warme Hand wieder auf seinen Arm.

«Und es ist auch schon lange, lange vorbei. Alles.»

Sie suchte seine Augen, die sich mit den Bergen in der Ferne beschäftigten und sich von dort auch nicht lösen wollten.

«Das war jetzt wahrscheinlich ein bisschen viel», flüsterte sie. «Komm, lass uns gehen. Ich kann dich nach Hause bringen, wenn du willst. Und zerbrich dir nicht den Kopf über Lukas und mich. Versprochen? Es gibt wichtigere Sachen, mein grosser Denker. Uns beide zum Beispiel, dich und mich.»

Sie hatte seinen Nacken mit ihrer Hand umfasst und zog seinen Kopf langsam näher. Ihre Lippen schienen zu allem Möglichen bereit.

Er war überrumpelt. So genau hatte er es tatsächlich nicht wissen wollen. Warum traf ihn diese Geschichte so sehr? Sie war Vergangenheit. Nichts als Vergangenheit – wenn dieser eine Satz nicht gewesen wäre. «Ich ruf dich nachher an», hatte sie zu Arpagaus gesagt. Was hatten die beiden zu besprechen, das er nicht hören sollte? Was, wenn doch alles längst vorüber war?

«Danke. Ich nehme das Tram.» Dazu ein Kuss auf ihre Stirn. Zu mehr war er jetzt nicht fähig.

Sie verharrte einen Moment, liess ihre Hand in seine Haare gleiten, packte zu und schüttelte ihn. «Trotzkopf, süsser.»

Dann küsste sie zurück.

Auch auf die Stirn.

Ein Gefühl zwischen wohl und elend.

Er schloss die Augen.

Die Welt um ihn herum wurde in ein blaues Flackern getaucht.

Stimmengewirr.

Dazwischen knappe Anweisungen.

Ihm war, als ob er auf eine Bahre gefesselt wäre und in einen Tunnel geschoben würde. Oder in eine Rakete. Oder in eine Ambulanz?

Plötzlich hämmerte etwas durch seinen Schädel.

Die Erkenntnis, dass er sich das alles nur einbilde.

Arpagaus, den Anschlag, Bristen und Malu-Malou.

Alles nur Einbildung.

Langsam öffnete er die Augen.

Malu-Malous Nase.

Keine fünf Zentimeter entfernt.

Doch keine Einbildung.

Ihre Lippen erneut zur Berührung bereit.

«Bringst du mich zu meinem Wagen?», flüsterte sie.

Das müsste zu schaffen sein. Der Parkplatz war keine hundert Meter entfernt.

Er liess es geschehen, dass sie bei ihm einhängte. Wie neulich nach dem «Nabis». Schweigend ging sie neben ihm her. Es passte zum heutigen Tag, dass sie den damaligen Abend mit keinem Wort erwähnte. Er würde auch nicht mehr darauf zurückkommen. «Trotzkopf». Was glaubte die eigentlich!

Irgendwann wurde sein Oberarm von ihrer zweiten Hand umfasst. Im Weitergehen zog sie ihn näher zu sich heran. Bei jedem Schritt konnte er ihre Hüfte spüren.

Beim Wagen angelangt, hielt er ihr die Autotür auf und machte keine Anstalten einzusteigen. Er liess es geschehen, dass sie ihre Arme um seinen Hals schlang, dass es nur so klingelte.

Wobei das mehr nach einem Handy klang.

Sie seufzte entschuldigend, liess ihn aber nicht aus den Augen, während sie nach ihrer Tasche griff und blind darin herumnestelte, ohne das Handy zu finden.

Er nickte mit dem Kopf Richtung Autoinneres.

Sie folgte seinem Blick. «Ich und mein Handy. So wird das nie etwas.»

Sie holte es vom Beifahrersitz und brauchte einen Moment, bis sie an ihren Gedanken vorbei verstand, was der Anrufer wollte. Es war Laubistorf, ihr Assistent. Ein Vorfall am Gotthard.

Malu stellte auf Lautsprecher, setzte sich halb auf den Fahrersitz, die Schuhe auf dem Asphalt, suchte Finns Hand und zog ihn zu sich herab. Ihm blieb nichts anderes übrig, als neben ihr und der Autotür in die Hocke zu gehen und mitzuhören.

23

Ein Anhänger. Verlassen auf dem Pannenstreifen der Autobahn. Fünfzig Meter ausserhalb des Gotthardtunnels. Erfasst von der Tessiner Kamera am Südportal. Wie war er dorthin gekommen?

Die Ruhe, die sich im Überwachungsraum ausbreitete, war gespenstisch. Als ob Adrenalinverbot herrschte.

Alarmstufe drei.

Alle wussten genau, was sie zu tun hatten.

Die Urner Ampeln am Nordportal sprangen sofort auf Rot. Dann wurden schrittweise alle folgenden Ampeln im Tunnel Richtung Tessin auf Rot geschaltet. Mit Ausnahme der letzten zwei. Sie blieben auf Grün. Am Tunnelende musste der Verkehr rasch abfliessen können. Rasch vorbei am herrenlosen Anhänger, der dort nichts zu suchen hatte.

Die Ampeln Richtung Norden und damit Richtung Uri blieben auf Grün. Einzig das Stauwarnsystem wurde einige Kilometer vor dem Südportal im Tessin auf Rot geschaltet. Die Autos zwischen Stauwarnsystem und Tunnel fuhren unbehindert weiter und waren innerhalb einer Minute aus der Gefahrenzone.

Der Einsatzleiter stürmte fluchend in den Kontrollraum. Kaffeeduft machte sich breit, ausgehend von einem nassen Fleck auf seiner Hose. Er musste sich beim Verschütten ordentlich verbrüht haben.

Zwei der über zwanzig Monitore zeigten unverändert die aktuellen Bilder des verlassenen Anhängers. Auf einem dritten lief die Aufzeichnung. Ein Personenwagen mit einem kleinen Anhänger schwenkte auf den Pannenstreifen. Bremslichter. Eine Person stürzte auf der Beifahrerseite heraus, warf die Tür zu, machte sich eilig an der Anhängerkupplung zu schaffen, rannte zur Fahrerseite, riss die Tür auf, schob sich mühsam in den Wagen und preschte ohne Anhänger los Richtung Süden, weg vom Tunnel, weg vom Anhänger. Rückspulen. Standbild. Der Figur nach ein Mann. Ein Schweizer Nummernschild.

Der Wagen war noch nicht als gestohlen gemeldet. Das wussten sie nach drei Minuten. Er konnte auch noch nicht bis zur Strassensperre bei Biasca gekommen sein. Siebenunddreissig Kilometer, das konnte er in dieser kurzen Zeit auf keinen Fall geschafft haben. Das Tessiner Team war viereinhalb Minuten nach Auslösung des Alarms vor Ort. Eine absolute Rekordzeit. Sie hatten die Autobahn nach sechs Minuten, die Landstrasse nach neun Minuten unter Kontrolle. Er musste sich also zwischen dem Tunnelausgang und Biasca befinden. Es sei denn …

«Die Passstrasse!»

«Was?!» Der Einsatzleiter drehte sich um.

«Die Passstrasse! Er kann bei der nächsten Ausfahrt raus und zurück über die Passstrasse! Oder über den Nufenen!»

«Oder zurück auf die Autobahn Richtung Norden», brummte der Einsatzleiter. «Danke, Wetli. Wie weit sind wir, Mäder?»

«Die Mobilen sind auf der Lauer, die Hubschrauber unterwegs, Passstrasse und Nufenen sind Sackgassen, die Sperren auf den Passhöhen stehen in etwa fünf Minuten. Das schafft er nie.»

«Gut!»

Der Einsatzleiter stützte sich auf das Armaturenbord, das mit Monitoren, Schaltern und Lichtern übersät war. Was war mit dem Anhänger los? Eine Tonne Sprengstoff? Direkt am Südausgang des Tunnels? Seine Nase berührte beinahe den Bildschirm. Ein stärkeres Zoomen war nicht möglich. Auch der Grossbildschirm an der Monitorwand gab nicht viel her. Wenigstens war der Verkehr jetzt abgeflossen. Gespenstisch einsam stand der Anhänger da. Ob sich unter der Plane eine rot leuchtende, digitale Ziffer der Null näherte?

Romero hätte alles gegeben, um selbst am Steuer sitzen zu können. Bei einer Verfolgungsjagd wäre er ganz einfach der bessere Fahrer gewesen. Giancarlo war zwar ein erfahrener Polizist, aber für eine Verfolgung einfach schon zu alt. Wie konnte man nur einen Familienvater ans Steuer setzen. Der würde bestimmt nichts mehr riskieren. Wie sollte er auch. In dem Alter waren Beweglichkeit, Schnelligkeit und Reaktionsfähigkeit sicher genauso verbraucht wie der ganze Rest des Körpers. Wahrscheinlich hatte er die Gicht. Er bewegte sich manchmal so komisch. Und kurzsichtig war er auch. Das musste es sein. Giancarlo durfte fahren, weil er nichts mehr sah. Weil er die Nummernschilder nicht mehr entziffern konnte. Dafür brauchte er dann ihn, Romero! Was für ein Job! Nummernschilder entziffern! Bei dem Schleichtempo! Er selbst würde mit Blaulicht und zweihundert über die Autobahn brettern und könnte gleichzeitig noch jede Ziffer erkennen! Und was machte Giancarlo? Er fuhr auch noch von der Autobahn ab, dieser Superheld!

Romero schoss mit voller Wucht in die Sicherheitsgurte. Giancarlos Vollbremsung hatte ihn so überrascht, dass er kurz wie benommen war und sogar das Fluchen vergass. Und als ihm der erste Fluch über die Lippen kam, war kein Giancarlo mehr da. Romero blickte zur offenen Fahrertür hinaus. Dann hörte er Giancarlo schreien. Er schrie wie am Spiess! Romeros Linke löste blitzschnell den Sicherheitsgurt, die Rechte stiess die Tür auf – sie war blockiert. Keine dreissig Zentimeter neben sich sah er das Profil eines Männerkopfes, der hinter einer Autoscheibe wie versteinert auf ein wildes Tier starrte, das auf seiner Kühlerhaube heftige Drohgebärden machte. Das wilde Tier war der alte Giancarlo, der auf der Kühlerhaube kniete, mit beiden Händen seine Waffe umklammerte, sie auf den Kopf des Versteinerten richtete und dauernd schrie, er solle die Hände aufs Steuerrad legen. Neben dem Versteinerten schob sich ein zweites Profil in Romeros Blickfeld. Der Beifahrer, der langsam die Arme Richtung Handschuhfach bewegte. Romero war wie gelähmt.

«Das gibt ein verfluchtes Chaos! Die Autobahn gesperrt, die Passstrasse gesperrt, Biasca gesperrt. Und das alles an einem Sonntagnachmittag!» Der Einsatzleiter versuchte, seine Hose mit Papiertaschentüchern vom Kaffee zu trocknen, ohne die Monitore aus den Augen zu lassen. «Wetli! Haben wir schon Anfragen?»

«Ein Urner Lokalradio will wissen, was los ist. Die Pressestelle arbeitet mit Hochdruck an der definitiven Erklärung. Die vorbereiteten Module müssen noch richtig zusammengesetzt werden. Sie werden es auf die Elektronik schieben, die wegen einer Fehlfunktion in der Software gleichzeitig die Ampeln umgeschaltet und einen falschen Alarm ausgelöst habe.»

«Gut. Das verschafft uns etwas Zeit ...»

Der Einsatzleiter prüfte die Digitalanzeige der Uhr auf dem Armaturenbord. Ihre Zahlen entfernten sich immer weiter von der Null. Seit dem Alarm waren knapp sechzehn Minuten verstrichen. Was, wenn sich seine Befürchtung bewahrheitete und sich im Anhänger auch so eine Uhr befand, die sich im gleichen Rhythmus in umgekehrter Richtung bewegte und sich immer mehr der Null näherte? Oder was, wenn der Zündmechanismus funkgesteuert ausgelöst werden konnte?

«Sie haben den Wagen!!!»

«Was?»

«Bei der Ausfahrt Faido! Eine Streife hat ihn gestellt!»

«Und?!»

«Keine Ahnung! Der Tessiner Kollege brüllt die ganze Zeit auf Italienisch! Er ist völlig ausser sich!»

«Dann brüll zurück!»

«Hier Einsatzzentrale –»

«BRÜLLEN HAB ICH GESAGT! BRÜLLEN!!! Sonst kommt der nie zur Vernunft!»

Die Brüllerei zeigte Wirkung. Romero brachte keinen Ton mehr heraus, das Mikrofon vor dem offenen Mund. Der Wagen, der seine Tür blockiert hatte, hatte einige Meter zurückgesetzt. Trotzdem konnte er nicht aussteigen. Noch immer war er wie gelähmt.

Giancarlo hatte seine Waffe weggesteckt. Er sah, dass mit seinem Zögling etwas nicht stimmte. Er bedeutete dem Fahrer, der leichenblass auf der Leitplanke sass und zitternd an einer Zigarette zog, dass er gleich zurücksein werde. Auch dem Beifahrer, der verstört im Wagen sitzen geblieben war, gab er ein Zeichen, dass alles in Ordnung sei.

Beim Streifenwagen angekommen klopfte er an die Scheibe. Romero starrte ihn mit offenem Mund an. Giancarlo deutete auf das Funkgerät, das Romero eingeschaltet in der Hand hielt. Wie in Trance öffnete Romero das Autofenster und reichte ihm das Mikrofon.

Giancarlo packte sein bestes Deutsch aus und gab als Erstes Entwarnung. Kein Sprengstoff im Anhänger, dafür lege er seine Hand ins Feuer. Aber natürlich müsse der Einsatzleiter entscheiden.

Dann erstattete er Bericht. Der Fahrer des gestellten Wagens habe im Tunnel über Atemnot geklagt und ausgangs des Tunnels plötzliche Krämpfe verspürt. Er habe sofort angehalten und sei unmittelbar darauf in eine Ohnmacht gefallen. Sein Beifahrer, von Panik erfasst, wollte ihn so schnell wie möglich ins nächste Spital bringen. Er habe den Anhänger abgehängt, um bei hoher Geschwindigkeit nicht behindert zu werden. Dann habe er den Ohnmächtigen soweit wie möglich weggeschoben, sich auf den Fahrersitz gezwängt, und dann sei er losgebraust. Über sein Handy habe er die Notrufzentrale nach dem nächsten Spital gefragt. Zu weit. Der nächste Arzt? Im gleichen Moment sei der Ohnmächtige wieder zu sich gekommen. Er habe gebeten, das Fenster zu öffnen und bei der nächsten Ausfahrt anzuhalten. Kaum angehalten, seien sie von Romero und ihm gestellt worden. Im Anhänger befinde sich laut Aussagen ein Kompaktzelt.

«Es war tatsächlich ein Zelt. So ein Vorfall ist besser als jede Übung», schloss Laubistorf seinen Telefonbericht ab.

«Du hast recht, Robert», antwortete Malu. «Ich kann kaum glauben, dass alles so einwandfrei geklappt hat.»

«Einwandfrei ist übertrieben, Malu. Das Frühwarnsystem ist erst im Aufbau. Und wenn du dein Handy weiterhin dauernd irgendwo liegen lässt, nützt das wenig. Das nächste Mal lass ich dich von Ramona aufspüren, und dann hetz ich dir einen Fahrradkurier auf den Hals.»

Auch damit hatte Robert recht. Solange sie ihr Handy dauernd liegen liess, fehlte ein wichtiges Glied. *Mit* Handy hätte sie auch früher erfahren, dass die Spurensicherung am Bristen dank der Wetterbesserung schon aufgenommen worden war. Laubistorf war zutiefst beunruhigt. Der Bergsturz sei kein Bergsturz gewesen, sondern ein gewaltiger Bergrutsch. Künstlich ausgelöst durch eine ordentliche Ladung Dynamit, etwa im Umfang eines Viertels jener Menge, die damals am Rabenloch von den Felstechnikern vermisst und ordnungsgemäss gemeldet worden sei. Das könne eine Spur sein. Zum Glück seien die Vorbereitungsmassnahmen für die Sprengung am

Rabenloch seinerzeit von verschiedenen Fernsehteams begleitet worden. Laubistorf habe bereits alle verfügbaren Aufzeichnungen angefordert.

Die Aufnahmen seien zwar im Zusammenhang mit dem Vorwurf der Sabotage und dem Expertenstreit schon einmal gesichtet worden, schränkte Laubistorf ein. Sie könnten also davon ausgehen, dass der Diebstahl selbst nicht dokumentiert sei. Dokumentiert sei aber, wer sich damals alles in der Gegend herumgetrieben habe. Mit den neuen Erkenntnissen liesse sich vielleicht jemand identifizieren, der dort nichts zu suchen hatte. Offen bleibe allerdings, ob es sich um dieselbe Täterschaft wie an der Autobahn beim Riedtunnel handle. Die Art des Sprengstoffes und das Vorgehen sprächen dagegen, das könne aber auch ein Täuschungsmanöver sein. Was ihn bei zwei Täterschaften jedoch zusätzlich beunruhige, sei die Tatsache, dass die Bedrohung bleibe, wenn sie einen Täter gefasst hätten. Auch wenn die Bedrohung mittlerweile alltäglich geworden sei. Und was ihn noch mehr beunruhige, sei, dass drei Viertel des geraubten Sprengstoffs noch nicht eingesetzt worden seien. Das mache ihm wirklich Angst, wenn er sehe, was nur schon ein Viertel dieses Teufelszeugs anrichten könne.

Malu dankte Laubistorf und legte auf. Ihr Blick verlor sich im Geäst einer Birke, die den Parkplatz überdachte. Sie sass noch immer halb auf dem Fahrersitz, die Autotür geöffnet, Finn neben sich, der sich langsam aus der unbequemen Hocke befreite.

«Es stimmt», seufzte sie. «Ich will mir gar nicht vorstellen, was mit dem Rest des Sprengstoffs angestellt werden kann. Und auch sonst hat er absolut recht. Selbst wenn wir einen Täter fassen, wird die Angst vor Attentaten bleiben. Als Bestandteil unseres Lebens.» Sie griff nach seiner Hand, strich seinen Unterarm entlang und schwieg lange, bevor sie weiterfuhr. «Ein Grund mehr, jeden Tag zu geniessen. Mit jeder Faser des Körpers. Bei jeder Gelegenheit. Willst du wirklich nicht mit?»

Er schüttelte den Kopf. So schnell konnte er nicht umschalten. Nicht heute.

Sie stand auf, umarmte ihn, löste sich und sah ihn lange an. Ihm war, als ob ihre Augen weicher geworden wären. Als ob sich der leicht überkreuzte Blick entspannt und verflüchtigt habe. Trotzdem gelang es ihm nicht, in ihre warmen, grünbraunen Augen einzutauchen und sich in ihrer Tiefe treiben zu lassen.

Als sie wegbrauste, schien sich das Brummen des Motors auf seinen Körper zu übertragen. Als ob er mitfahren würde. Sie winkte. Er brachte den Arm nicht hoch. Bewegungslos schaute er der alten Klapperkiste nach, die sie wahrscheinlich schon als Studentin gefahren hatte. Damals, auf dem Weg nach Wildhaus, wo die Liebesgeschichte mit Arpagaus ihren Anfang genommen hatte. Mit dem Mann, aus dessen Dossier die nummerierten Aktenstücke verschwunden waren. Hoffentlich war Zünd fündig geworden.

24

Das Kerzenlicht zauberte ein warmes Orange durch den Bauch des Weinglases. Teller und Schüsseln waren weggeräumt. Nur die Gläser standen noch da, unordentlich verstreut über den Küchentisch. Wasser und Wein. Rotwein. Und die Flasche, zu drei Vierteln geleert. Dazu die Blumen von Kant, zur Linken, ein wenig zurückversetzt, sodass sie beim Essen nicht störten. Hier sass sie am liebsten, wenn sie Freunde zum Essen eingeladen hatte. Hier, in der geräumigen Küche mit ihrem kreativen Durcheinander und ihrem Kerzenmeer.

Malu stützte ihr Kinn in beide Hände und betrachtete Kant. Dass sie ihn über das Dynamit am Bristen und den Zwischenfall mit dem Anhänger am Gotthard informieren wolle, war nur ein Vorwand gewesen, ihn zum Essen einzuladen. Sie wollte etwas ganz anderes von ihm.

«Ich habe heute Lukas getroffen.»

«*Ahh! Il dottore professore*», schmunzelte Kant. «Was ist daran erwähnenswert?»

«Ich weiss nicht so recht. Magnus war auch dabei.»

«Magnus? Mit dem Professor?»

«Ja – nein – zuerst nur Magnus und ich. Wir haben über den Fall geredet. Auf der Terrasse des ‹Vistalavista›. Zufällig ist auch Lukas aufgetaucht. Als er mich sah, setzte er sich zu uns und dozierte schon nach Kurzem über sein Lieblingsthema, den eigenen Lebensrhythmus.»

Sie verlagerte den Kopf in die rechte Hand. Mit der Linken begann sie, den Wachsrand einer breiten Kerze nach innen zu biegen. Kant wartete.

«Magnus wollte wissen, wie gut ich Lukas kenne. Ich habe ihm gesagt, dass wir ein Liebespaar waren. Ich habe ihm auch gesagt, dass das vorbei ist. – Trotzdem. Ich glaube, das hat ihn ziemlich beschäftigt. Er wirkte ...», sie wiegte den Kopf hin und her, «geknickt? So etwas in der Art. Kennst du das von ihm?»

«Maria Lucrezia Chianti. Magnus ist mein bester Freund. Rede mit *ihm*. Nicht mit mir. *Er* kann dir deine Frage beantworten, nicht ich. Ich habe ihn in vielen Situationen erlebt, und es ist richtig, gewisse Reaktionen kann ich interpretieren. Wenn ich dabei bin und wenn er dabei ist. Heute Nachmittag war ich nicht dabei, jetzt ist er nicht dabei. Ich könnte nur orakeln, dazu noch über einen Abwesenden. Mach ich nicht. Weisst du doch.»

«Ich will ja nur wissen, ob du so etwas von ihm kennst, ich meine, dass er vielleicht eifersüchtig sein könnte.»

«Warum willst du das wissen?»

«Schlechte Erfahrungen.»

«Lucky Luke?»

«Auch.»

«Schlimm?»

«Katastrophal!»

«Sieh an, *il professore* war eifersüchtig. Das macht ihn ja direkt menschlich. Aber deinem Gesicht nach zu urteilen gabs da einen Haken.»

«Den hat es tatsächlich gegeben.» Ein ungewollter Seufzer. «Eifersucht ist wie alles eine Frage des Masses.

Auch ich bin eifersüchtig» – jetzt hatte sie zu heftig gegen den Kerzenrand gedrückt, der Wachs floss an der Kerze herunter, und sie musste die Einbuchtung schnell zukneten –, «aber das hat man doch unter Kontrolle. Schliesslich baut man gemeinsam über längere Zeit ein Vertrauensverhältnis auf. Eine intime Nähe. Und für diese intime Nähe können doch andere Freundschaften keine Gefahr sein. Und irgendein kleiner Flirt schon gar nicht. Aber Lukas war nun wirklich auf alles und jeden eifersüchtig. Darum habe ich mich von ihm getrennt. Nicht nur, aber hauptsächlich. Ach – es gab eine Reihe von Gründen. Aber die Sache ist für mich vorbei.»

Jetzt floss Wachs am anderen Ende über.

«Und für Unlucky Luke?», hakte Kant nach.

Am liebsten hätte sie gestöhnt. «Lukas hat sich sehr schwer damit getan. Gelinde gesagt. Ich hab dir doch erzählt, wie er sich im Seminar für unsere Idee eingesetzt hat und mit welcher Leidenschaft er die ganze Zeit dabei gewesen ist. So ist er in vielem. Er kann sich mit Haut und Haar in etwas hineingeben.» In der Liebe sei das zu Beginn sehr schmeichelhaft gewesen. Sie sei noch nie so galant umschwärmt worden, so ausdauernd, so voller Fantasie. Das sei lange Zeit gut gegangen, aber irgendwann habe es sie erdrückt. Seine starke Präsenz habe ihr allmählich die Luft genommen, sie hätten ja auch noch zusammen gearbeitet. Sie habe unbedingt etwas Distanz schaffen müssen und sich wieder mit Freundinnen und Freunden getroffen. Zwischendurch sei sie auch mal alleine weggegangen. Das habe seine Eifersucht ausgelöst. Und wie in der Liebe habe er sich auch hier völlig hineinsteigern können. Es sei manchmal unsäglich gewesen, sie hätten die unwahrscheinlichsten Szenen gehabt! Bis sie sich von ihm getrennt habe.

«Ich machte ihm klar, dass es so nicht geht, nicht gehen kann. Und dass ich ihn eine Zeit lang nicht mehr sehen möchte. Und dass das auch gut für ihn sei, dass ihm das vielleicht wieder den nötigen Boden unter den Füssen gebe und so weiter. Das hat er nicht begriffen.» Sie schüttelte den Kopf. «Du kannst dir gar nicht vorstellen, was er sich alles einfallen liess, nur um mich zu sehen. Mein Gott, ich kanns heute noch nicht fassen. Darum habe ich mich endgültig von ihm getrennt. Und dann treffe ich ihn gestern wieder und freue mich für einen Augenblick, weil ich mich an unsere guten Zeiten erinnere, wie alles begonnen hat, das Seminar in Wildhaus, die erste zaghafte Zusammenarbeit, die vielen gemeinsamen Erlebnisse. Aber plötzlich sind auch die schlechten Erinnerungen wieder da. Seine sture, bodenlose Hartnäckigkeit, mit der er mich die längste Zeit verfolgte. Sein unglaubliches Ignorieren der Tatsache, dass seine Überpräsenz nicht nur angenehm sein kann. Als ob er da einen blinden Fleck hätte. Er konnte es einfach nicht akzeptieren. – Aber lassen wir das! Kehren wir zu uns beiden zurück. Zu uns dreien. Ihr wart also in Uri. Magnus hat mir von Graber erzählt – und du warst bei Senn?»

«Bei Senn, bei Schattdorfer, bei ein paar Feuerwehrleuten.» Kant schenkte sich Wein nach und erzählte, klammerte aber seinen Verdacht aus, dass Schattdorfer mit Bomben herumexperimentiert haben könnte, solange dabei kein Personenschaden entstand. Schattdorfers Schattenspiele. Für einen Moment fragte er sich auch, ob Feuerwehrleute nicht irgendwelches orange Sicherheitszeug trugen.

Malu zog das eine Bein an, legte ihr Kinn auf das Knie und spielte weiter mit der Kerze. Kant berichtete vom Nachmittag, vom Abend und auch vom nächsten Morgen, als Finn unbedingt noch auf den Gotthard wollte. Damit er ihn das nächste Mal vom Bristen unterscheiden könne, wenn sie ihn bis dahin nicht ganz weggesprengt hätten. Dabei hätten sie auch einen Abstecher zum Teufelsstein und zur Teufelsbrücke gemacht. Auf der Brücke hätten sie dann nicht nur über die seltsame Sprayerei am Teufelsstein gerätselt, sondern auch über die Sage.

«Ihr habt über die Sage gerätselt?»

«Märchen und Sagen haben mich nie interessiert. Ich habe darum nur noch eine vage Erinnerung an diese Geschichte. Und Finn kann man nicht trauen, weil er Wirklichkeit und Möglichkeit dauernd durcheinanderbringt. Und du?»

Malu nahm einen Schluck Wein und musterte Kant.

«Ich habe eine Schwäche für Sagen, und bin mehr auf Finns Seite. Als kleines Mädchen habe ich solche Geschichten stundenlang ausgeschmückt und meiner Mutter erzählt. Irgendwann hat sie lachend einen Pullover, an dem sie eben strickte, zur Seite gelegt. Ob ich mir auch mal überlegt habe, was denn hinter einer Sage stecke. Ich habe sie zuerst nicht verstanden. Schau Maria, hat sie erklärt, Sagen haben oft einen wahren Kern. So wie auch ein Aberglaube etwas Wahres haben kann. Opa sagt doch immer, dass man nicht unter einer Leiter durchgehen solle, weil es Unglück bringe. Das ist ein Aberglaube. Aber es ist auch eine gut gemeinte Warnung. Eine Leiter braucht man, um hochzusteigen und dort etwas zu reparieren oder herunterzuholen. Dabei kann es leicht passieren, dass etwas herunterfällt. Darum sollst du nicht unter der Leiter durchgehen: Weil es gefährlich ist, nicht weil es Unglück bringt. Sagen funktionieren ähnlich. Versuch einmal, den wahren Kern herauszufinden, das, was hinter den Symbolen steckt, und mach daraus eine Geschichte.»

Kant strich sich über sein Bärtchen. «Du hast dich mit der Teufelsbrücke auseinandergesetzt?»

«Natürlich. Es war das Erste, was ich nach der Sprayerei am Teufelsfelsen gemacht habe. Ich habe die Sage nachgelesen. Ich wollte die Symbole auflösen. Nur so kann ich die Wahrheit aufdecken, die hinter ihnen steckt. So etwas kitzelt mich ganz einfach. Und dann kann ich vielleicht begreifen, was die Sprayerei bedeutet.»

«Und, weihst du mich ein?»

Sie stellte das Glas zurück. Der Abend war noch jung, und wie sie Kant so ansah, gesellte sich zum Kitzel der Sage ein leichtes Prickeln. Kant. Einmal mehr fiel ihr das Katzenhafte an ihm auf. Und schon hallten Lukas' Worte vom Nachmittag in ihr nach. Eine Katze macht, was sie will, mit wem sie will und wann sie will. Will sie sich hinlegen, sucht sie sich einen warmen Platz, will sie jagen, sucht sie sich eine Maus. Und will sie schmusen, sucht sie sich einen Schmuser. Das wusste sie auch ohne Lukas. – Kant. Ein schwarzer Panther, der macht, was er will, und will, was er macht. Ein geschmeidiges Raubtier.

Eine eigenwillige Wildkatze, die jagt in der Nacht. Kant. Wahrscheinlich der Einzige, der nicht eifersüchtig war.

«Komm mit mir aufs Sofa», sagte sie leise. «Nimm ein paar Kerzen mit und den Wein.»

Und noch während die beiden das dunkle Wohnzimmer in ein flüsterndes und flackerndes Kerzenreich verwandelten, wurde Kant von Malu in einen trüben Morgen im Mai entführt, viele Jahrhunderte zurück, neblig und nieselig zugleich. Im hoch gelegenen Urner Dorf, weit hinten im finsteren Tal der Reuss, waren nur ein paar verlorene Vormittagsgeräusche zu hören. Das leise Schnauben einer Kuh aus einer halb offenen Stalltür, das Grunzen von Schweinen, die mit ihren Rüsseln im Schlamm wühlten, der abgebrochene Singsang eines regennass zerzausten Huhnes, dessen krallige Füsse mit staksigen Bewegungen in den Dreck einsanken.

Die Einheimischen in den kleinen und düsteren Holzhütten waren sich einig: Wenn sie es zu etwas Wohlstand bringen wollten, musste der beschwerliche Saumpfad nach Süden für Kaufleute und Reisende ausgebaut werden. Dafür wäre eine Brücke nötig. Hinten, in der Schöllenen, einer furchterregenden, engen Schlucht, wo die Reuss vor Wildheit nur so stob. Doch niemand im Dorf hätte dort eine Brücke bauen können. Auch niemand im Land. Erst ein Durchreisender brachte sie auf eine neue Idee. Von ihm erfuhren sie, dass es im Süden, jenseits der Berge, hervorragende Baumeister gebe. Für einen anständigen Lohn würde sich schon einer finden, der den Weg und das Wagnis auf sich nehmen würde. Auch in dieses unwirtliche, regnerische und enge Tal. Die Männer des

Dorfes standen stumm gedrängt im halb dunklen Raum. Der Mattenbauer kratzte sich im Bart. Er war zuversichtlich. Er war ein Meister im Verhandeln. Er hatte es geschafft, der wohlhabendste Mann des ganzen Tales zu werden. Also bot er sich an, die beschwerliche Reise auf sich zu nehmen.

Als der Mond wieder voll wurde, kehrte der Mattenbauer mit einem Baumeistergesellen zurück. Ein junger Krauskopf, der kaum ein Wort verstand und den ganzen Tag in einer fremden Sprache sang.

Im Tal hatte der Sommer begonnen. Männer und Söhne wurden auf der Alp und auf dem Hof gebraucht. Ihnen blieb keine Zeit, mit dem Krauskopf die Umgebung zu erkunden. Der Mattenbauer verknurrte seine älteste Tochter. Die Rothaarige war schon als Kind überall herumgeklettert. Keine konnte dem Fremdling die Umgebung besser zeigen als sie.

Der schwarzhaarige Wuschel gefiel ihr. Seit einigen Wochen spürte sie hin und wieder ein wohliges Glühen im Unterleib, wenn sie beim Einschlafen mit der Hand ihre Decke zwischen die Beine drückte. Und ebendieses Glühen verspürte sie jetzt, als er hinter ihr herstieg und fremde Melodien sang. Schon nach den ersten Schritten wusste sie, dass sie ihn tagelang zu den unwegsamsten Stellen führen würde, damit sie möglichst lange in seiner Nähe bleiben konnte.

Bei der Rückkehr am ersten Abend deutete der schwarze Wuschel aufgeregt auf eine Stelle, an der der Fluss eine kleine Wanne bildete. Das Wasser schien hier beinahe stillzustehen. Es war klar bis auf den Grund. Der

Wuschel zeigte auf die Wanne. «Chiara», sagte er. Dann deutete er auf ihre Augen. «Chiara», sagte er erneut. Er zeigte mehrmals hin und her, sagte immer wieder «Chiara», bis sie endlich begriff. Ihre Augen seien klar wie das Wasser. Eine heisse Röte schoss ihr ins Gesicht. Das hatte noch niemand zu ihr gesagt. Für alle war sie immer nur die Rote. Sie wusste nicht mehr, wo sie hinschauen sollte, und als sie wegrennen wollte, ergriff er ihre Hand und strahlte.

Chiara.

Das war von nun an ihr Name, wenn er mit ihr zusammen war. Und er wollte noch lange mit ihr zusammen sein. Ihm war schon am dritten Tag eine geeignete Stelle für den Übergang aufgefallen. Aber er behielt sie für sich. Solange er die Stelle nicht preisgab, würde Chiara die Zeit mit ihm verbringen. Und solange Chiara da war, konnte er singen und singen und singen.

Es muss am siebten Tag gewesen sein. Sie hatten sich weit von den Hütten entfernt ins hohe Gras gelegt, um ein wenig auszuruhen. Er sang leise vor sich hin und starrte in den blauen Himmel, als er eine feine Berührung spürte. Chiaras Hand suchte seine Nähe. Er sang leise weiter, während sich ihre Hände zitternd umschlossen, was ihr das wohlige Glühen vom Bauch bis in die Brustspitzen trieb.

Zwei Tage später, an einem nieseligen Morgen, bat er den Mattenbauer, die Männer des Dorfes zu versammeln. Die Luft war stickig. Im Halbdunkel der Öllampe dampften dunkle Gestalten in den niedrigen Raum. Der Fremdling versuchte, den versammelten Bauern klarzumachen, dass er die Stelle für die Brücke gefunden habe. Er wolle aber auf den vereinbarten Lohn verzichten, wenn stattdessen Chiara mit ihm gehen dürfe.

Ein Raunen erfüllte die dunkle Stube. Der Fremdling sah sich offener Feindseligkeit ausgesetzt. Was hatten sie gegen eine Heirat und eine Brücke als Brautgeschenk einzuwenden? Was hatten sie dagegen, wenn Chiara mit ihm in die Sonne zöge und nicht länger gezwungen wäre, hierzubleiben, in diesem finsteren Tal?

Der Mattenbauer kratzte sich lange im Bart. Er wäre nicht der wohlhabendste Bauer im Dorf geworden, wenn er auf so etwas nicht vorbereitet gewesen wäre. Er wusste, dass seine Rothaarige das schönste Mädchen im Dorf war. Es hätte ihn gewundert, wenn der junge Hitzkopf das nicht gemerkt hätte. Langsam hob er seinen Arm. Augenblicklich wurde es ruhig. Zwei dunkle Augenpaare trafen sich. Der Mattenbauer erklärte dem Fremdling, dass er als Vater für seine Tochter verantwortlich sei, solange sie nicht verheiratet sei. Und er stimme dem Handel zu.

Das Strahlen des Fremdlings erhellte selbst die dunkelsten Winkel der Stube. Kräftig schlug er in die Hand des Mattenbauern ein. Ein neues Raunen ging durch den Raum.

Dass er Chiara nur noch einmal von Weitem sah, schrieb er den eigenartigen Bräuchen dieser seltsamen Genossen zu. Sie sass auf einem Holzkarren mit beschlagenen Rädern, der über einen matschigen Weg die nieselige Trübe des Dorfes verliess. Wahrscheinlich war es wie bei seinen Verwandten im tiefsten Süden, wo der Bräutigam die Braut bis zur Hochzeit nicht mehr sehen sollte, wenn sie ihm einmal versprochen war. Der Gedanke an die Hochzeit beflügelte ihn.

Als Erstes karrte er tagelang Steine zu seiner Stelle. Dann begann er mit dem Bau. Die Eigenarten von Gelände und Wetter forderten ihn mehr heraus, als er gedacht hätte. Vor allem dieser Wind, der die Einheimischen unleidig machte und auch seinen Kopf schmerzen liess. Aber er liess sich nicht unterkriegen. Auf ihn wartete ein Wunder. Chiara. Um sich die Zeit zu verkürzen, malte er sich aus, wie sie ihn heimlich beobachtete und bewunderte. Vielleicht versteckte sie sich hinter einem Baum. Oder vielleicht dort oben, hinter dem grossen Felsen, seinem Chiarafelsen.

Gegen Ende des Sommers setzte er die letzten Steine. Der Mattenbauer klopfte ihm anerkennend auf die Schulter, und mit ihm mehrere Dorfbewohner, die nicht glauben konnten, was sie sahen. Eine wackere Steinbrücke überzog den reissenden Fluss in hohem Bogen. Sie war nicht nur breit genug für einen bepackten Esel, sie war auch breit genug für einen Karren. Der Fremdling spürte die freudige Stimmung. Er richtete sich auf und strahlte in die Runde. Was jetzt noch fehlte, war ein Fest. Ein grosses Fest. Ein Hochzeitsfest.

Und die Bauern gaben ein grosses Fest. Direkt bei der Brücke. Sogar Musik wurde angestimmt, und die finsteren Bergler begannen zu jauchzen und zu tanzen. Einige wagten sich sogar auf die Brücke, nachdem sie ihre Furcht mit vergorenem Saft überwunden hatten. Der Fremdling staunte ob so viel Ausgelassenheit. Nur Chiara war nicht zu sehen. Aber die Braut kam wohl ganz zum Schluss.

Als er es nicht mehr aushielt, packte der Fremdling den Mattenbauern am Arm und fragte, wo sie bleibe. Der Mattenbauer nickte, kratzte sich im Bart und wankte im Mondschein davon, kam aber bald wieder zurück. An einer Schnur führte er einen meckernden Ziegenbock. Die Musik verstummte. Stille legte sich über die kleine Festgemeinde. Nur noch das Tosen des Flusses war zu hören.

Der Mattenbauer ging wankend auf den Fremdling zu, drückte ihm die Schnur in die Hand und sagte, dass Chiara inzwischen verheiratet sei. Mit einem jungen Bauern aus dem Nachbardorf. Er, der Mattenbauer, hätte sie ihm zwar gerne mitgegeben, das könne er ihm glauben, aber über eine verheiratete Tochter könne er nicht mehr bestimmen. Er solle doch stattdessen den Ziegenbock nehmen. Er hätte ihn ihm zu Ehren auf den Namen «Chiaro» getauft.

Dem jungen Krauskopf wurde schwarz vor Augen. Mit wildem Geheul stürzte er sich auf den Mattenbauer. Schreie hallten in den Himmel, Knochen krachten, Zähne flogen durch die mondhelle Nacht. Doch schon packten ihn hundert Fäuste, zerrten ihn von seinem Opfer fort und schlugen auf ihn ein. Mit letzter Kraft bäumte er sich auf und versetzte die Meute mit seinen blutunterlaufenen Augen, seinem schäumenden Mund und mit tierischem Gefauche in Angst und Schrecken. Noch während er über die Brücke floh, durchzuckte ihn ein Gedanke. Der Chiarafelsen. Wie ein aufgerichtetes Ei stand dieser riesige Brocken hoch über der Brücke auf einem kleinen, bewaldeten Absatz.

Er kämpfte sich trotz Wunden und Schmerzen durch den dichten Wald hinauf. Oben angelangt türmte er ein paar Steine aufeinander, stiess das eine Ende eines herumliegenden Stammes unter den riesigen Felsbrocken und wuchtete den Stamm so über den Steinhaufen, dass das andere Ende in den Himmel ragte. Zornig hängte er sich an diesen Hebel und hangelte sich bis zum äussersten Ende. Er sah, wie der Stamm sich bedrohlich bog. Er sah aber auch, wie der Felsen zu wanken begann. Ein paar rhythmische Bewegungen, und der riesige Stein kam ins Kippen. Plötzlich krachte der Stamm, und der junge Hitzkopf stürzte auf eine graue Steinplatte. Der Felsbrocken wankte noch immer, doch langsam neigte sich der Koloss vornüber – und gab allmählich den Himmel frei. Die Steinplatte unter dem Fremdling erzitterte, als das Ungetüm mit Rumpeln und Krachen in die Tiefe stürzte. Er raffte sich auf, eilte zum Rand der Platte und sah gerade noch, wie der Fels mit ungeheurer Wucht auf die Brücke zudonnerte und eine Elle neben der Brücke in die schäumenden Fluten schlug.

Eine Elle.

Die Dorfbewohner hatten sich mit einem Aufschrei in Sicherheit gebracht und warteten atemlos, ob noch mehr herunterkäme. Bleich reckten sie ihre Hälse hinter den Tannen hervor und forschten nach oben. Dort war der Fremdling wie angewurzelt stehen geblieben.

Eine Elle.

Er sah, wie einer der Bauern nach seiner Armbrust griff. Er wich nicht einen Zoll. Diese Ureinwohner waren lausige Schützen, das wusste er. Sie würden aus drei Schritt Entfernung keinen Apfel treffen, selbst wenn er so gross wie der Kopf eines Knaben war.

Eine Elle.

Der Anblick der Brücke von hier oben brachte ihn zur Besinnung. Sie war sein Gesellenstück. Gleichzeitig sein erstes Meisterwerk. In ihm waren seine ganze Kunst und Liebe vereint. Seine Liebe zu Chiara. Eine Liebe, die alles überdauern würde. Sie hatte ihn vom Gesellen zum Meister gemacht. Zu einem, der auf der Welt war, um zu bauen. Nicht, um zu zerstören. Und schon gar nicht, um sich zerstören zu lassen. Darum musste er weg von hier. Weg von dieser hinterhältigen Brut. Weg von dieser betrügerischen Bauernhorde. Weg vom Schmerz einer unerreichbaren Liebe.

«Und um die Wahrheit zu vertuschen, haben die Nachkommen eine Sage daraus gemacht», schloss Malu. Der Fremdling kam dabei ganz schlecht weg. In der Überlieferung wurde der junge, südländische Baumeister zum leibhaftigen Teufel, der sich bei den Urnern einschmeichelte und sie raffiniert und heimtückisch verführte. Er würde ihnen eine Brücke bauen, die ihnen Wohlstand, Wein und Wonne bescherte, soll er ihnen geflüstert haben. Allerdings, so die Sage, nur unter einer Bedingung: Der Erste, der über die Brücke gehe, würde ihm, dem Teufel, gehören. Die Bauern, misstrauisch wie eh und je, zögerten zunächst, gingen den Pakt mit dem Teufel dann aber ein, weil jeder dachte, dass es ihn selbst sicher nicht treffen würde. Als die Brücke fertiggestellt war und der Leibhaftige mit seinem diabolischen Lächeln den Tribut einforderte, wurden sie in der Sage zu schlauen Kerlen, die selbst einen Teufel aufs Kreuz legen konnten. Sie jagten als Erstes einen Ziegenbock über den Steg. Der betrogene Teufel wurde darüber so wütend, dass er einen riesigen Felsbrocken holte, den er gegen die Brücke schleudern wollte. Doch eine alte Frau kam ihm dazwischen. Sie kritzelte ein Kreuz auf den Stein, und der Teufel fuhr unter markdurchdringendem Geheul zur Hölle.

«Dieser riesige Felsbrocken ist der heutige Teufelsstein?», schaltete Kant sich ein.

«Ja. Er steht heute noch da oben, allerdings etwa hundert Meter vom Originalort entfernt. Er musste Ende der Siebzigerjahre dem Bau der Autobahn weichen. Seither ereignen sich rund um Kilometer eins Komma sechs oder eins Komma sieben des Strassentunnels unerklärlich viele Unfälle. Das soll, so behaupten manche, auf die Verschiebung des Teufelssteins zurückzuführen sein. Du siehst, das Bedürfnis nach Sagen stirbt nie aus.»

Er nickte. Jetzt verstehe er auch die Sprayerei auf dem Felsen. «Erinnert euch ans Rabenloch». Der Teufelsstein sei ein Symbol für den Felssturz am Rabenloch, der die Strasse, dieses Teufelswerk, lahmgelegt und endlich für Ruhe gesorgt hatte.

«Genau. Und die stilisierte Bombe ist eine Warnung für die Zukunft. Irgendjemand wird die vom Teufel nicht zu Ende gebrachte Zerstörung durchziehen. Jemand, der das Kreuz und damit Gott nicht fürchtet.»

Sie sassen noch immer auf dem Sofa. Der Wein war ausgegangen, die Kerzen flackerten weiter. Kant nahm zum Nachdenken sein Bärtchen zu Hilfe. «Satanisten? Ich weiss nicht. Die Urner betrügen den Teufel. Betrug ist eine Sünde und damit der erste Schritt in die Arme des Teufels. Das wird der Teufel beabsichtigt haben. Damit die Bauern aber nicht merken, dass sie ihm in die Falle getappt sind, tut er empört und fährt unter markdurchdringendem Geheul zur Hölle. Kein Grund also für seine Verehrer, sein Werk zu zerstören. Aber vielleicht für jemanden, der glaubt, im Auftrag Gottes zu handeln. – Jetzt haben wir die Wahl. Es waren Satanisten oder religiöse Fanatiker. Was bevorzugst du?»

Malu spielte mit ihren Haaren. Eitelkeit sei auch eine Sünde. Der Teufel sei die Summe aller Sünden und in jeder einzelnen Sünde das Mass aller Dinge. Er werde auch der Gipfel der Eitelkeit sein. Darum werde er den Bauern den Versuch, ihn als Tölpel darzustellen, sicher nicht durchgehen lassen. Sie würden auf alle Fälle einen Denkzettel erhalten, der ihnen schwer zu schaffen machen werde. Ihnen und ihren Nachkommen.

Sie betrachtete die Haarspitzen in ihren Fingern, während sie weitersprach.

«Er braucht nicht viel zu tun. Die Zeit arbeitet für ihn. Dank der Brücke wird der Saumpfad ein Erfolg. Wenige Jahrhunderte später muss eine grössere Brücke gebaut werden. Gross genug für Postkutschen und schwere Karren. Dann für die ersten Autos. Der Verkehr nimmt zu. Jahr für Jahr. Eine neue Strasse wird gelegt, mit neuen Brücken, Kunstbauten und Viadukten. Auch sie vermag den Verkehr, der täglich die Dörfer verstopft, nicht mehr zu schlucken. Der nächste Schritt ist ein gigantischer

Tunnel, der den Verkehr auf beiden Seiten des Berges in eine Autobahn erbricht. Das Tal der alten Urner wird von dieser Autobahn zerschnitten, verstümmelt und zerstört. Die einst so klare Bergluft wird krank und kränker. Ein schleichender Tod breitet sich aus. Unmerklich – aber nicht lautlos. Im Gegenteil. Der ständig wachsende Verkehr sorgt mit immerwährendem Rauschen und Dröhnen dafür, dass die Urner keine Ruhe mehr finden. Nacht für Nacht wälzen sie sich in ihren Betten und nehmen ein bedrohliches Rumoren wahr, das sich anhört, als ob sich langsam die Hölle öffnen würde. Vielleicht – werden sie in der Schlaflosigkeit denken –, vielleicht könnte man das Tal von diesem Fluch befreien, wenn man die Autobahn in die Luft sprengt. Also weder ein Satanist noch ein religiöser Fanatiker, sondern ganz einfach ein Einheimischer.»

Oder ein Nachkomme des betrogenen Fremdlings, warf Kant ein. Ein Corleone aus Sizilien, der genug davon habe, als Gastarbeiter ausgebeutet und als Mensch knapp geduldet zu werden. Am Zaun beim Tatort seien orangefarbene Textilfasern gefunden worden. Das sei typisch für die Kleidung von Strassenarbeitern, die in der Schweiz wiederum typischerweise Gastarbeiter seien. Das könne auch den Schreibfehler im «Rabenloch» erklären.

Er streckte sich auf dem Sofa aus und schloss die Augen. Das Kerzenlicht machte sein markantes Gesicht weicher.

«Sag mal», tastete sich seine Stimme in die Stille hinein, «findest du es nicht übertrieben, wie ihr Frauen diese Italiener vergöttert? Nur weil sie euch mit ihren dunklen

Augen umschmeicheln und euch die dicksten Lügen auftischen, um euch ins Bett zu kriegen? Oder kann es sein, dass gute Lügner die besseren Liebhaber sind?»

Malu betrachtete ihn.

Kant.

Ihre Nackenhaare liessen keine Zweifel zu. Das waren nicht nur Ausläufer der sanften Erregung, die durch die Sonnenstrahlen am Nachmittag im «Vistalavista» ausgelöst wurde. Das war eine direkte Reaktion auf Kant. Auf diese verspielte Katze, die zu allem bereit schien, ohne etwas zu fordern. Die Ablenkung durch die Sage hat nicht geholfen. Kein Wunder. Warum musste sie Chiara ausgerechnet ein wohliges Glühen im Unterleib andichten! Dieser Umweg hatte das Prickeln noch verstärkt, zusammen mit dem Wein, ihrem Kerzenmeer und einem Zuhörer, der sie nie unterbrochen hatte.

Was hatte sie vor wenigen Stunden zu Finn gesagt? Es wäre an der Zeit, jeden Tag zu geniessen, jeden Moment auszukosten, mit jeder Faser des Körpers. Und wieder hatte Finn ihr Angebot ausgeschlagen. Wieder hatte er sie einfach auflaufen lassen. Wieder hatte sie keine Ahnung, was in ihm wirklich vorging. Sie wurde einfach nicht klug aus ihm – während Kant, wie er so dalag, entspannt und doch präsent, immer klar war. Lustvoll um sie werbend, mal offen, mal subtil, ohne zu fordern, ohne etwas zu verlangen. Ein Mann, der das Knistern liebte, nicht das Kämpfen. Das Spielen, nicht das Siegen. Das Sein, nicht das Besitzen.

Ihr nackter Fuss schlich langsam seinem Bein entlang. Als er die Augen öffnete, neigte sie sich geschmeidig vor, legte sich behutsam über ihn, umschloss seinen Mund mit ihren Lippen, liess Finger, Hand und Arme gleiten, bis sich seine Augen wieder schlossen, befreite langsam Haut um Haut, schwebte lange über ihm, glitt in ihn hinein, schlüpfte durch ihn hindurch, verschmolz ihre heissen Körper laut und leise, zart und hart, samt und sonders.

Kant konnte sich nicht erinnern, wie sie ins Bett gelangt waren. Seine eine Hand strich selbstvergessen über ihre Hüfte, die andere durch ihr Haar. Er hatte ihr zweites Gesicht gesehen, und es war immer noch da, als sie flüsterte:

«Vielleicht weisst du jetzt, was du von den Italienern als Liebhabern halten solltest.» Sie legte ihre Handfläche auf seine Wange. Dazu suchte sie seine Augen. «Ihr Männer werdet als Italiener, Franzosen oder was weiss ich geboren. Aber nicht als Liebhaber. Schon gar nicht als gute. Wenn ihr überhaupt irgendwelche Qualitäten habt, dann habt ihr sie von uns Frauen. Vor allem beim Lieben. Von alleine könnt ihr gar nichts.»

Kant strich ihr das Haar aus dem Gesicht, Strähne für Strähne.

«Hast du da nicht stark vereinfacht, Königin der Nacht?»

«Nur unwesentlich, gerade genug, dass es auch ein Mann verstehen kann.»

Er war zu entspannt, um sich eine bissige Antwort einfallen zu lassen. Stattdessen nahm er Strähne für Strähne und legte sie wieder über ihr Gesicht.

«Sag mal», fragte er, «hast du je einen Secondo singen gehört?»

«Einen Secondo? Keine Ahnung. Warum?»

«Ihre Väter haben gesungen, als sie zur Arbeit in die Schweiz gekommen sind. Wie dein Fremdling aus dem Süden. Jetzt frage ich mich, ob ihre Söhne auch singen.»

«Ich weiss es nicht. Ich glaube nicht.»

«Wir treiben den Secondos also sogar das Singen aus. Woran mag das wohl liegen?»

Sie wusste keine Antwort, stellte aber verschiedene Vermutungen an. Über die Secondos und die Schweizer. Über das Leben im Norden und im Süden. Über dies und das. Und immer, wenn Kant dem Schlaf am nächsten war, fiel ihr etwas Neues ein, das sie erzählen oder wissen wollte, und Kant fühlte sich zurückversetzt in sein erstes Skilager, als Jugendlicher, als nach dem Lichterlöschen im Schlafsaal keine Ruhe einkehrte, weil man im Dunkeln so gut reden und lachen konnte, bis der Leiter kam und mit Liegestützen drohte, wenn nicht augenblicklich Ruhe sei, und wie dann flüsternd weitergemurmelt und weitergekichert wurde, bis man schliesslich in den Schlaf hinüberdämmerte.

25

Der Panther sah ziemlich zerzaust aus, so früh am Morgen. Behutsam schälte sie sich aus Kants Umarmung. Sie wollte ihn schlafen lassen. Er würde sich in der Wohnung sicher zurechtfinden. Sie duschte, holte frische Brötchen, frühstückte und legte im Badezimmer ein Frottiertuch für ihn bereit. Dann setzte sie sich an den Schreibtisch, kramte ihre Füllfeder aus der Handtasche und wählte blaues Papier. Sie sass eine Weile da und blickte aus dem Fenster. Schliesslich legte sie Blatt und Füllfeder wieder weg. Ihr Entschluss war gefasst. Auch wenn der Zeitpunkt denkbar ungünstig schien, musste sie jetzt handeln. Sie hätte nie gedacht, dass Finn und Kant es schaffen würden, in so kurzer Zeit so nahe an sie heranzukommen. Dazu das unvermittelte Auftauchen von Lukas. Wieso ausgerechnet jetzt? Ahnte er etwas? Lukas kannte sie wie kein anderer. Es war ihr nicht entgangen, wie er sie im «Vistalavista» mehrmals prüfend angesehen hatte. Hatte sie ihm einen Anhaltspunkt gegeben? Ein Grund mehr, sofort aufzubrechen. Bevor Kant erwachte. Sie packte entschlossen ein paar Sachen in eine kleine Reisetasche und verliess leise ihre Wohnung.

Zehn Uhr. So lange schlief er sonst nur im hohen Norden. Kant schob die Decke zur Seite und streckte sich ausgiebig. Die Sonne umspielte seine Zehen. Wie das Wetter wechseln kann in diesem Land. Er betrachtete seine behaarten Beine und seine behaarte Brust. Etwas aus der Mode gekommen, dachte er. Fühlte sich aber gut an. Dazu strichen seine Finger durch die leichten Krausen.

Stilvoll eingerichtet, dieses Schlafzimmer, dachte er weiter. Wie die ganze Wohnung. Wie er legte Malu Wert auf einfache Möbel und klare Linien. Aber im Gegensatz zu ihm hatte sie der Wohnung mit Kleinigkeiten eine Wärme verliehen, die zum Verweilen einlud. Er wusste nicht, wie sie es schaffte, aber wo er auch hinsah, war ihre verführerische Kraft am Spielen. Nichts wirkte hingestellt, nichts wirkte erzwungen, alles passte, selbst das, was nicht passte.

Er streckte sich erneut, ging unter die Dusche und kleidete sich an. In Malus Arbeitszimmer startete er den Computer, um im Internet das Stichwort «Teufelsbrücke» einzugeben. Der Computer war passwortgeschützt.

Er war kein Hacker. Aber er liebte Herausforderungen, wenn er eine Chance sah. Malu versperrte ihr Gedächtnis nicht mit unnützem Ballast, das wusste er. Sachen, die sie sich nicht merken wollte, notierte sie. Und sie wollte sich vieles nicht merken. Sie wusste nicht einmal ihre eigene Telefonnummer auswendig. So war es sicher auch mit dem Passwort. Wo könnte sie es notiert haben? Während er sich umsah, stieg eine vage Erinnerung auf. War da gestern Abend nicht eine Irritation? War da nicht ein Fremdkörper in der Wohnung, der ihm aufgefallen war? Das Bild war undeutlich. Er schloss die Augen. – Gestern Abend – kurz nachdem sie eingetreten waren – Malu ging ins Badezimmer – sie bat ihn, ein Glas Wein einzuschenken, die

Flasche sei im Kühlschrank – sie unterhielten sich dann rufend weiter – er wollte wissen, welchen Wein sie wünsche und wo die Gläser seien – sie gab ihm Anweisungen, und noch während er die Gläser füllte, stand sie bereits wieder in der Tür, und ihre Unterhaltung ging weiter.

Dazwischen die Irritation, für einen Augenblick. Er versuchte, sich das Ganze dreidimensional vorzustellen, ähnlich einer Computeranimation. Wie er in die Küche ging. Sich umsah. Über die Sauberkeit erstaunt war und doch wieder nicht. Sich fragte, ob sie eine Putzfrau habe. Dann wieder dachte, dass es eine typische Frauenküche sei, mit hundert verschiedenen Töpfen, verschliessbaren Dosen, Gläsern und Büchsen, mit Tausenden von Kochlöffeln in allen Formen, mit frischen Kräutern vor dem Fenster und einer Unzahl von Gewürzen in Reichweite des Herdes. Wie er Kleinigkeiten wahrnahm – dieselbe Pfeffermühle wie er, verdorrter Schnittlauch im Glas, Magnete mit Veranstaltungshinweisen an der Kühlschranktür, die Kochschürze schien gebügelt. Wie er den überfüllten Kühlschrank öffnete, in Malu eine gute Köchin vermutete, zwei angebrochene Weinflaschen sah – jetzt kam das Gefühl. – Etwas im Kühlschrank? Kant liess los. Den Inhalt dieses summenden Kastens konnte er sich nicht mehr im Detail vorstellen.

Er ging vom Arbeitszimmer in die Küche. Dort sah er sich um, öffnete den Kühlschrank, betrachtete alles ganz genau. Nichts. Er schloss die Tür – da sprang es ihm ins Auge. Eine angegilbte Einkaufsliste. *Das* hatte ihn am Vorabend erstaunt. Einkaufslisten sind aktuell. Sie vergilben nicht.

Er drehte den Zettel um. Nichts. Er ging die einzelnen Wörter durch. Einkaufen: Früchte, Salz, Tee, Mayo, Milch. Banalitäten. Dafür brauchte es keine Einkaufsliste. Was passte nicht? «Mayo». Das war abgekürzt. Zurück zum Computer.

Der erste Versuch schlug fehl. Vielleicht rückwärts? Gelang auch nicht. Warum nicht einfach alle durchprobieren. – Auch kein Erfolg. Er sah die Liste nochmals sorgfältig durch. «Einkaufen». Stand auch auf der Liste. Er versuchte es. Wäre wirklich zu einfach gewesen. Was nun? «Einkaufsliste», «Einkaufszettel», «Kühlschrank», «Kühlschranktür». Alles Nieten.

Er lehnte sich zurück, strich sich über sein Bärtchen und heftete seinen Blick auf die Blätter eines Ahorns vor ihrem Fenster. Er liess ihn dort verweilen, bis das Grün zu verschwimmen begann und die Gedanken ins Leere stürzten. Ins Grün des Baumes – *Greenbaum*! Frau Chianti, Frau Chianti, wenn das stimmte!

Seine Finger klapperten über die Tastatur. Jetzt war er drin. Kant, Kant, Kant, dachte er, eine Nacht mit dieser Frau, und du denkst komplizierter als Magnus Finn.

Auf der Suche nach dem Internet blieb sein Auge an Malus Mailbox hängen. Er wäre nicht Kant, wenn er die Situation nicht ausnützen würde. Schliesslich musste er Nachforschungen anstellen, und auch Malu war verdächtig.

Er öffnete die Mailbox.

Malu war bei so etwas natürlich ordentlich. Alles sauber in Ordner verpackt. So hatte er sich das vorgestellt. Nichts Verdächtiges auf den ersten Blick. «Berufliches»,

«Administratives», «Privates». Er öffnete die einzelnen Ordner und checkte die Stichworte durch. Langweilig. Nur unter «Privates» war ein Ordner namens «Samson». Er wollte der Versuchung nicht widerstehen.

Die E-Mails datierten bis mehrere Jahre zurück. Selbst das aktuellste war schon ein Jahr alt. Er öffnete das erste. Es war von Arpagaus.

Eigentlich wollte er es nicht lesen, aber sein Blick blieb an einem Wort hängen. «Schenkel».

«… wie deine nackten Schenkel zittern, wenn ich dir zu Füssen liege, rücklings, dir, die du hoch aufgerichtet über mir stehst …»

«Uups!», entfuhr es ihm. Und er las weiter. Las von einem rosa Tropfen, den die Eichel hart umschwänzte. Er musste lachen. «Den die Eichel hart umschwänzte»? Eigenwillig formulierte Intimität, *professore Pornograf*, murmelte er, stellte sich das Ganze aber vor und spürte, wie eine leichte Erregung in ihm aufstieg. Er las weiter und öffnete das nächste und das nächste. Sie waren alle eindeutig im Inhalt, wenn auch zunehmend verschlüsselt. Manchmal spielte Arpagaus mit Früchten und Gemüse. Dann wieder verschwand er in Rollenspielen und schrieb von Polizistinnen, die Handschellen anlegten, bevor sie mit fremden Knüppeln spielten. Eine Vorstellung, die in Kant ein Blitzbild auslöste. Eine Erinnerung, die er zu fassen suchte – doch schon war sie weg. Andere Rollen paarte Arpagaus mit einem Hauch von Sodomie. Die Dressurreiterin, die am liebsten ohne Sattel ritt, auf einem Pferd, das selbst den kleinsten Schenkeldruck erspürte. Und umgekehrt.

In den jüngeren E-Mails begann das Intime zu verblassen, und allmählich kam Arpagaus' verzehrende Liebe zu Malu immer mehr zum Ausdruck. Zunehmend vermischt mit Vorwürfen. Mit Eifersucht. Mit Drohungen. Nicht gegen Malu. Nie. Immer gegen seine Widersacher, Konkurrenten, Freunde von Malu.

Später die Verzweiflung. Düstere Schreiben, schreiende Schreiben, peinliche Schreiben.

Dann der Abbruch, abrupt. Keine weiteren Meldungen. Malu hatte entweder alles Neuere gelöscht – oder Arpagaus hatte die Taktik geändert. Vom verzweifelten Bombardement in die lauernde Zurückhaltung.

Kant lehnte sich zurück und strich über sein Bärtchen. Etwas in diesen E-Mails hatte ihn in Unruhe versetzt. Das war ihm vor Kurzem schon einmal passiert. Aber er fand den richtigen Faden nicht. Er konnte sich nicht mehr konzentrieren. Dauernd tauchten Bilder der letzten Nacht auf. Ausgelöst durch die ersten E-Mails von Arpagaus. Kant spürte ein leises Pochen in den Hoden. Wie nach jeder intensiven Liebesnacht hallte das Gefühl am andern Tag lange in ihm nach. Und die letzte Nacht war eine Nacht für sich gewesen. Er spürte jede Faser seines Körpers, und das gab ihm ein heftiges Verlangen.

Ein Verlangen nach Malu.

Ein bisschen auch – nach Rebekka. Der Partypolizistin.

Es war nicht ein Verlangen nach Wiederholung, das ihn jetzt trieb, sondern der Trieb allein, der ihn beherrschte. Untermalt von diesem Pochen in den Hoden. Neben den Bildern der letzten Nacht mit Malu erschien plötzlich das obszön Laszive von Rebekka. Dieses Üppige. Dieses Weiche. Dieses unheimlich Handfeste – vielleicht hatte sie heute frei?

Schon hörte er, wie der Summton durch die Leitung kroch. Mindestens zehnmal. Dann Rebekkas ärgerliche Stimme:

«Wer immer Sie sind, Sie haben mich aus meinem tiefsten Schlaf geholt. Das können Sie nie wieder gutmachen.»

«Sorry, hier ist Kant. Normale Menschen arbeiten um diese Zeit.»

«Normale Menschen sind auch keine Polizisten.»

«Da magst du recht haben. Hallo Rebekka.»

Er hörte ein langes Gähnen. Schliesslich:

«Hallo Unmensch.» Dann etwas quengelig: «Kannst du nicht später noch mal anrufen? Ich hatte Nachtschicht und brauche meinen Schlaf.»

Er ging nicht darauf ein:

«Wie wärs mit einem gemeinsamen Frühstück? Du sagst mir, wann, und ich bringe die Brötchen.»

«Hmmm. Was ist denn in dich gefahren?»

«Du.» Was in gewisser Weise stimmte.

«Aha.» Sie überlegte. «Und jetzt würdest du gerne in *mich* fahren?»

«Ein wenig Vorbereitungszeit würde ich uns schon gönnen, etwa in der Länge eines Frühstücks.»

«Aha. – Und weshalb dieser plötzliche Stimmungsumschwung? Neulich hast du mich einfach sitzen lassen.»

«Kein Stimmungsumschwung. Stimmungssicherheit. Du hast mich an dem Abend beeindruckt, und ich wollte wissen, ob das so bleibt. Und ich wollte nicht, dass du denkst, ich sei nur ein Trophäenjäger.»

Er konnte sich selbst kaum zuhören. Er würde sich selber so etwas nie glauben. Viel zu plump. Aber manchmal halfen die tieferen Register. Billiger Schmus. Manche mochten das. Und dann wäre jede weitere Anstrengung verschwendet. Wenn nicht, wird ihm schon etwas einfallen. Er hatte auch kein schlechtes Gewissen, wenn er log. Von Finn einmal darauf angesprochen, hatte er ihm seinen Standpunkt erklärt. Jede urteilsfähige Frau müsse spätestens ab zwanzig wissen, dass romantisches Geschwätz von Männern direkt mit dem Hormonhaushalt zu tun habe, weshalb es sich in neunundneunzig Prozent aller Fälle um Lügen handle. Meistens auch noch lausig verpackt. «Doch das scheint die Frauen nicht zu interessieren. Vielleicht helfen ihnen diese Lügen, ihr Gewissen zu beruhigen. Oder sie glauben im Ernst, dass sie genau den einen getroffen haben, der nicht lügt. Natürlich ist das krass formuliert, aber die Wahrheit ist nun mal krass. Abgesehen davon, dass es in der Liebe mehr als eine Wahrheit gibt und die Wahrheit ein veränderliches Wesen ist. Auch wenn wir uns wünschen, dass wahre Liebe immer wahr bleibt. Das ist nicht nur Theorie, Magnus. Für einmal weiss ich, wovon ich rede. Manchmal trifft es auch mich, dieses romantische Gefühl. Dieses eine Prozent. Aber dann verzichte ich auf romantisches Geschwätz. Dann lebe ich die Liebe. Und schweige. Kein Wort über Liebe und keine Lüge. Darum habe ich nie ein schlechtes Gewissen, nicht, wenn ich liebe, und nicht, wenn ich lüge.» Finn hatte ihn ungläubig angestarrt.

«Lügner», hauchte Rebekka ins Telefon.

Das überraschte ihn jetzt doch.

«Überführt. Teilweise. Nicht gelogen ist, dass ich gerne in dich fahren würde. Wann erwartest du die Brötchen?»

Rebekka seufzte. «Schlitzohr! – Na gut. Um vier.»

«Alles klar. Bis dann.»

Auch die Wahrheit funktionierte.

Kant schaute auf die Uhr. Mittag. Genügend Zeit. Er schnappte sich die Brötchen, die Malu besorgt hatte, zwei Äpfel und eine Banane. Äpfel und Banane waren für jetzt, die Brötchen für das Nachmittagsfrühstück mit Rebekka. Er holte den Laptop in seiner Wohnung und setzte sich damit in ein Café. Auf den Citroën würde er heute verzichten.

Später, im Zug, sortierte er seine Gedanken, während er sich der Kleinstadt näherte, in der Rebekka wohnte. Draussen flitzte die Landschaft lautlos an ihm vorüber. Was hatte ihn bei der ersten Begegnung mit Rebekka so nachdenklich gemacht?

Er schloss die Augen, versetzte sich in die Bar zurück und liess Rebekka erzählen. Langsam beschlich ihn wieder dieses Gefühl – und plötzlich wurde ihm klar: Darum hatte sich nach den E-Mails von Arpagaus ausgerechnet Rebekka in Sinn und Hose gedrängt! «Die weiss, wie man Männer durcheinanderbringt. Zünftig durcheinanderbringt.» Grabers Worte! War nicht auch er, Kant, ihrer geballten Weiblichkeit erlegen? War seine selbst erfundene Fragetechnik ihr gegenüber nicht darum so dürftig ausgefallen, weil seine Gedanken mit ihr beschäftigt waren statt mit dem Fall? Klar. Er hatte Rebekka aufgesucht, weil er wissen wollte, wie es um ihre Verführungskräfte stand. Nicht, weil er etwas zur Sache herausfinden wollte. Wie unprofessionell. Er wusste nicht einmal, ob Rebekka an jenem Abend, als sie im Überwachungsraum Heiris Geburtstag gefeiert hatten, mit den anderen mitgegangen war. Er hatte nicht einmal im Ansatz geprüft, ob sie ein Alibi hatte. Er hatte genau das nicht gemacht, was er Finn vorgeworfen hatte, wenn auch im Scherz und bezogen auf Malu: fehlende Professionalität. Am liebsten würde er Finn sofort anrufen. Doch seine Erfahrung hinderte ihn daran, die Dinge zu überstürzen.

26

Er hätte die Sonne erschiessen können! Unwillkürlich schloss Finn die kaum geöffneten Augen. Er drückte das Kissen gegen sein Gesicht. Dieser Tag hatte es in sich. Nach einer Nacht voll düsterer Träume lag er in seinem Bett, und statt von Nieselregen aus finsteren Wolken wurde er von rücksichtslosen Sonnenstrahlen geweckt. Unerbittlich erinnerten sie ihn an den gestrigen Nachmittag. An die Sonnenterrasse im «Vistalavista». An die Aussicht über die Stadt. An seine Unfähigkeit, das Gespräch mit Malu-Malou in eine bestimmte Richtung zu lenken. An das unvermittelte Auftauchen von Arpagaus, diesem heroischen Hünen. Und an den trotzigen Abschied von Malu-Malou. Ein dumpfer Schmerz drückte ihn in die Dunkelheit zurück. Ihm war, als ob er Malu-Malou endgültig verloren hätte. Verloren an einen anderen Mann. Verloren an Arpagaus.

Er verbarg sein Gesicht noch tiefer im Kissen und suchte nach dem Duft von Maria. Maria Lucrezia. Malu-Malou.

Doch da war kein Duft.

Da waren höchstens Milben.

Darum stand er jetzt besser auf.

Er riss sich das Kissen vom Kopf, zog aber gleich wieder das weisse Laken über sein Gesicht, um der Sonne zu entfliehen. Schwer atmend versuchte er, sich an das

Geträumte zu erinnern. Dazu stellte er sich vor, wie das Laken beim Einatmen seinen Schädel nachzeichnete. Seinen weit geöffneten Mund. Seinen stummen Schrei. Sein Bild von Edvard Munch. Doch an den Traum konnte er sich nicht erinnern. Nur das dumpfe Gefühl blieb bestehen. Das Gefühl, Malu-Malou sei ihm in dieser Nacht endgültig entglitten.

Er atmete weiter durch das Laken. Abdriften und an etwas anderes denken. Sich vorstellen, dass das Leben gar nicht wirklich sei. Dass es nur ein Traum sei. Ein Traum mit Tagen und Nächten. Im Moment am liebsten nur mit Nächten. Das Leben als Traum, mit Freude und Schmerz, mit Liebe und Hass, mit Ekel und Genuss. Ein Traum, in dem man älter würde und älter. Und wenn man starb, erwachte man. Man erwachte in einem Leben, von dem man nichts wusste, und ein neuer Tag würde beginnen. Ein Tag in einem Leben, von dem man im Traum nicht einmal ahnte, dass es existierte. Und darum auch keine Vorstellung hatte, wie es dort aussah. Wer man dort war. Was man dort machte. Und vielleicht war auch dieses zweite Leben nur Teil eines weiteren, eines dritten Traumes. Und dieser wiederum nur Teil eines vierten. Und so weiter, wie eine Spiegelflucht.

Das gäbe dem Leben wahre Unsterblichkeit.

Eine Unsterblichkeit, die erträglich wäre, weil sie sich nicht über die Jahrhunderte durch Wiederholungen abnützen würde. Eine Unsterblichkeit, die immer wieder etwas absolut Neues hervorbrächte, etwas Überraschendes, etwas gänzlich Unbekanntes.

Eine Unsterblichkeit, in der vielleicht irgendwann ein

Traum käme, der unwiderruflich der letzte wäre. Und aus dem man erwachen und endgültig in der Wirklichkeit landen würde. In der Wirklichkeit, so, wie sie ist.

Wirklichkeit – er sog das Laken tief in seine Mundhöhle, während er sich an Kants Worte erinnerte: «Ein Leben im Konjunktiv.»

Darum stand er jetzt besser auf!

Während die dünnen, aber harten Strahlen der Dusche seinen Kopf massierten, schlichen sich schon wieder Gedanken an Malu-Malou in sein Hirn. Es brauchte wenig, sein «Eau disparu» zum Beispiel, woran sie gerne schnupperte. Oder seine Espressotasse im Gelb ihres Mantels. War ihr Mantel gelb? Er hatte einfach gelb zu sein.

Je länger der Tag wuchs, desto gegenwärtiger wurde sie. Ein Gegenstand, der an sie erinnerte. Später ein Name. Oder eine Frau, die vor ihm herging. Mit halblangem, braunem Haar. Ein bestimmtes Wippen der Hüften. Eine bekannte Stimme. Dort – eine vertraute Bewegung – war das nicht Malu-Malou? Sofort ein paar schnellere Schritte. Auch schnellere Pulsschläge. Dafür langsamere Gedanken. Was sollte er ihr nur sagen? Doch schon musste er erkennen, dass es eine andere war. Aber dort drüben, war das nicht …? Nein, das war ein Mann.

Die Sucht nahm ihren Lauf.

Seine Hand tastete nach dem Wasserhahn. Er stellte die Dusche ab. Er war unzufrieden. Mit sich, seinem Leben, seinen Nachforschungen. Sie hatten weder einen Verdacht verstärkt noch einen klaren Hinweis darauf gebracht, wo der Hebel für weitere Untersuchungen anzusetzen wäre. Er griff nach dem Frottiertuch.

Ein Griff ins Leere.

In der Wäsche!

Das Handtuch auch.

Die frischen?

Im Schrank im Flur.

Er tropfte über die kalten, weissen Fliesen. Wenigstens kein Parkett im Flur. Er tropfte zurück ins Badezimmer, trocknete sich ab, verwünschte sein Spiegelbild und rasierte sich trotzdem.

Er rekapitulierte:

Der Innerschweizer Einzeltäter blieb in Italien verschwunden. Das Foto, das ihm Malus Stellvertreter, dieser Laubistorf, zugestellt hatte, war nicht sehr aussagekräftig. Wohl aber das Bild der Einzeltäterin, der Matter-Natter alias Bettina Gfeller. Sie war jedenfalls nicht das tanzende Stilettowesen, das ihn an der Vernissage kurz durcheinandergebracht hatte. Beide Fotos waren jetzt bei seinen Informanten in Umlauf.

Graber kam nach wie vor nicht in Frage. Gefühlsmässig. Auch wenn Malu-Malou an seinem Gefühl zweifelte. Das hatte sie von Arpagaus. Aus seinen Vorlesungen. «Zweifeln Sie munter, zweifeln Sie lustvoll, zweifeln Sie notorisch. Aber zweifeln Sie!» Finn hatte nachgeforscht. Soziologen arbeiteten tatsächlich mit dem Zweifel. Dieser Arpagaus! Er liess ihm keine Ruhe. Nach dem zufälligen Treffen mit dem Professor, gestern, auf dieser verwünschten Sonnenterrasse, war Malu-Malou abwesender als je zuvor. Kam er deshalb nicht vorwärts?

Er wusch den Rasierpinsel aus und nahm die Klinge zur Hand. Besser, er konzentrierte sich jetzt auf den Fall.

Er musste noch die Lektüre von Graber, der Ratte, unter die Lupe nehmen.

Bei der Polizistin, wie hiess sie noch, diese wilde Katze, Schenkel oder so – nein, Schlegel, Rebekka Schlegel, hatte Kant gewisse Vorbehalte. Sie blieb ebenfalls im Rennen. Bei den weiteren Polizisten hatten die Befragungen keine Anhaltspunkte ergeben.

Er setzte die Rasierklinge an.

Der Feuerwehrmann, Senn, hatte der etwas zu verbergen? Jedesmal, wenn er an ihn dachte, breitete sich auf der Zunge ein metallischer Geschmack aus. Wie beim ersten Kontakt, am Telefon, in Kants Citroën, als sie den Termin für den Abend vereinbarten. Senn. Feuerwehrmann, Sportler, Dilettant.

Die Rasierklinge hinterliess eine tiefe Schneise im weissen Schaum. Ihn fröstelte unvermittelt. Eine kalte Vision huschte vorbei. Flurina, eingebettet im Schnee. Sie rief ihm etwas zu, der Sturm riss ihre Worte fort – schon war ihre Stimme verklungen, das Bild verglommen, wie eine Sternschnuppe am Firmament.

Also weiter. Einiges würde für lokale Täter sprechen. Sie waren direkt betroffen, hatten hervorragende Ortskenntnisse, konnten unauffällig auskundschaften – während ein Fremder in dieser misstrauischen Gegend schnell aufgefallen wäre –, und sie brauchten keinen speziellen Fluchtweg. Ein Einheimischer konnte vielleicht sogar mit Verschwiegenheit rechnen. Solidarität unter Berglern.

Das wären Gründe, sich nochmals vor Ort umzusehen. Doch vorher sollte er sich auf den neuesten Stand der Erkenntnisse von Malus Team bringen.

Mit dem frischen Handtuch trocknete er sein Gesicht. Ein Wunder, dass er sich nicht geschnitten hatte. Dafür glitt ihm die Aftershave-Lotion aus der Hand. Direkt ins Waschbecken, wo sie nicht zerschellte, aber eine Kerbe im weissen Email hinterliess. Das passte zum Tag.

Sein Herzklopfen, als er Malus Nummer wählte: kindisch. Er atmete ein paar Mal durch. Puls beruhigen. Mit den ersten Summtönen schnellte er sofort wieder hoch. Grundlos. Malu nahm weder zu Hause noch im Büro ab. Dafür meldete sich dort ein herzhafter Bass. Es war Laubistorf, ihr Stellvertreter. Robert, wenn er sich richtig erinnerte. Laubistorf war sehr freundlich und lud ihn auf elf Uhr in sein Büro ein. Noch drei Stunden.

Kaum hatte er aufgelegt, zeigte der Summton des Handys eine Nachricht an. Zünd. «Neuigkeiten – umfangreich – auf meinem Pult seit 7.30 h!» Bei aller Effizienz war Zünd noch der Einzige, der sich bei Kurzmitteilungen an Gross- und Kleinschreibung hielt. Besser, er liess Zünd nicht warten.

27

Das Knallen der Tür liess das schwere Pult und Finns miserable Laune erzittern.

«Wie weit bist du?»

Zünd, klein, drahtig, mit stahlgrauen Augen hinter einer randlosen Brille, hastete durch den Raum, schwang sich auf die Kante seines Pultes und zog die Akten zu sich herüber.

«Sag schon! Wie weit bist du?!» wiederholte Zünd.

Die Frage kam für Finn zum falschen Zeitpunkt. Jasmin Ehrli, so der Bericht in den Akten, spürte soeben Arpagaus' heissen Atem im Nacken. Sie war überzeugt, dass er sie umbringen wollte. Ihre Knie drohten wegzusinken. Mitten im Gebirge. Auf dem Lisengrat, der immer schmaler wurde und sich unter ihren unsicheren Füssen zu einem Sprungbrett verengte. Links und rechts fiel alles senkrecht in den Nebel, zwei Schritte vor ihr eine wacklige Stahlleiter, die in die milchige Suppe hinuntertauchte, hinter ihr drei Meter des schmalen Grates bis zur rettenden Sicherheit einer Felsspalte. Einer trügerischen Sicherheit. Denn gleich hinter der Spalte lauerte eine weitere Stahlleiter, die sie erst vor wenigen Augenblicken zitternd hochgeklettert war, froh, keine der glatten Sprossen verfehlt zu haben. Sprossen, deren heftiges Nachvibrieren sie bis in die innersten Fasern ihrer Muskeln spürte, als Arpagaus hinter ihr in die Leiter gestiegen war. Arpagaus, der sie zu dieser Wanderung gedrängt hatte. Der ihr den schlechten Wetterbericht verschwiegen und nichts davon erwähnt hatte, dass sie für den Lisengrat schwindelfrei sein sollte. Darauf hatte zu Beginn, nahe beim Gipfel des Säntis, auch noch nichts schliessen lassen. Der Grat ein breiter Damm, der sich erst allmählich zu einem schmalen Pfad verengte und schliesslich zu einer unsicheren Spur wurde, die in eine steile Wand hineinführte.

Jasmin Ehrli hatte an diesem Punkt schon umkehren wollen, aber Arpagaus hatte sie lachend weitergeschoben. Er hatte auf die Drahtseile gezeigt, die den Aufstieg sicherten, auf die Tritte im Fels, mit denen sich besonders gefährliche Stellen überwinden liessen, auf die Stufen aus rostendem Stahl. Er hatte vom einzigartigen Erlebnis geschwärmt, das sich oben böte. Die Sicht über das Alpsteinmassiv, der Blick ins Toggenburg, auf die Churfirsten und die weiter entfernten Alpen. Dazu müssten sie aber den Nebel überwinden und Höhe gewinnen.

Sie hatte sich überreden lassen, war langsam weiter gestiegen, mit mulmigem Gefühl, angespannten Muskeln, unsteten Augen. Die Felswand über ihr war wild zerklüftet. Überall graues Gebröckel, Gekrümel, mürbes Gestein, auf dem man sich keinen Ausrutscher leisten durfte. Dazu grauweisse Nebelfetzen, die immer rascher aus dem Tal aufstiegen, sich zu einem dichten Vorhang verwoben. Hinter ihr Arpagaus, seine Schilderung vom Absturz eines Bergsteigers am Säntis, eindringlich, detailgetreu: ein kleiner Rutscher, ein Straucheln, ein Sturz über Dutzende von Metern, ein unaufhaltsamer Fall aus dem Nichts ins Nichts, mit Aufprallern auf Vorsprüngen und Felszacken, aufgerissenen Armen und Händen und dem endgültigen Aufschlagen auf einer Felsplatte. Das erste schriftlich festgehaltene Nahtoderlebnis der Schweiz. Seine Worte hatten Jasmins unsichere Tritte noch unsicherer gemacht, ihr Herzrasen noch rasender, ihren leichten Schwindel unkontrollierbar. Ihre Blicke waren über die schroffe Felswand gezittert, die Verankerungen der Drahtseile, die da und dort aus den Halterungen gerissen waren. Sie waren an zähen, grünbraunen Grasbüscheln hängen geblieben. Wie viel Halt böten sie, wenn sie ins Rutschen geriete und nach ihnen griffe?

Dann die Überraschung. Der Nebel hatte aufgerissen, eine sanfte Wiese breitete sich vor ihr aus, vereinzelte Schafe weideten auf einem Bergrücken. Das Schlimmste war überstanden. Doch Arpagaus deutete auf die nächste Wand. Ein schmaler Pfad, eine unruhige, zackige Linie. Erneut wollte sie umkehren. Arpagaus legte seinen Arm um ihre Schultern, beruhigte sie, deutete flüsternd auf eine nahe Felskuppe. Ein Steinbock, keine vier Meter entfernt, mit langen, leicht gebogenen Hörnern. Sie schrak zusammen. Diese Nähe. Sogar die Pupillen waren erkennbar, rechteckig, kalt. Hoffentlich war der Bock nicht krank. Ein Amoklauf eines vierbeinigen Dickschädels mit spitzen Hörnern hätte ihr grade noch gefehlt. Dann lieber schnell weg von hier.

Sie stieg in die nächste Wand ein, die zu ihrer Linken senkrecht abfiel. Auch hier Drahtseile, aber weniger gut verankert; sie schienen kaum Halt zu bieten. Trotzdem klammerte sie sich beim Weitergehen an die kalten Seile, froh, dass der Nebel unter ihr so dick war, dass sich die Tiefe nicht einmal mehr erahnen liess. Arpagaus dicht hinter ihr, mit einer Geschichte, wie der Lisengrat zu seinem Namen gekommen sein könnte. Auch mit halbem Ohr hörte sie noch mehr, als sie hören wollte. Die Geschichte eines hübschen Mädchens namens Lisa, das zahllose Männer auf diesen Grat gelockt und ihnen den Kopf so schwindlig gemacht habe, dass sie alle abgestürzt seien. Gleich da oben, am Ende der Leiter, wo der Grat nach einer kleinen Felsspalte zu einem Sprungbrett werde, dort, wo es fast überall senkrecht in die Tiefe gehe. Jasmin, selbst vom Schwindel wellenartig überflutet, kletterte zitternd die Stahlleiter hoch. Dazu das Vibrieren, als Arpagaus unter ihr die ersten Tritte in Angriff nahm. Sie klammerte sich noch fester, verkrampfte sich, kam kaum noch vorwärts. Endlich oben angelangt, schwer atmend, am ganzen Körper zitternd, unfähig, ein Wort über die Lippen zu bringen, durchquerte sie eine schmale Felsspalte und blieb wie angewurzelt stehen. Wo war der Boden? Alles stürzte rechts und links ins neblige Nichts. Ein schmaler, fussbreiter Weg endete nach drei Metern abrupt vor dem Aus. Erst auf den zweiten Blick wurden im Nebel die obersten drei Tritte einer weiteren wenig vertrauenerweckenden Leiter erkennbar, die wiederum senkrecht in die Tiefe führte. Schlotternd vor Angst und Schwäche machte sie einen halben Schritt zurück in die Felsspalte, lehnte sich seitlich gegen die Felswand und schloss die Augen. In ihrem Nacken spürte sie den Atem von Arpagaus, nahe, ganz nahe. So nahe, wie sie es sich schon lange gewünscht hätte. Aber nicht hier, nicht jetzt, nicht in dieser Situation.

Dort drüben, flüsterte seine Stimme in ihre Nackenhaare, dort drüben, auf dem kleinen Felsen im Nebel, dort sei die Lisa gestanden und habe die Männer ins Verderben gelockt. Denn kaum dass sie einen Fuss auf diesen schmalen Grat gesetzt hätten, seien sie von einem unwiderstehlichen Schwindel gepackt worden, der ihnen jede Orientierung und damit auch den sicheren Rückzug zwischen die Felsspalten geraubt habe. Lisa habe nichts mehr dazutun müssen. Der Absturz habe sich nicht mehr vermeiden lassen, in keinem einzigen Fall. So habe sie sich an den umliegenden Dörfern gerächt, deren keifende Weiber sie wegen ihrer roten Haare als Hexe verschrien und mit Schimpf und Schande in die Einsamkeit der Berge gejagt hätten.

Jasmin hielt die Augen noch immer geschlossen. Sie spürte jedes Wort als Hauch in ihrem Nacken. Als bedrohlichen Hauch, der plötzlich in ein Fauchen überging. In ein Fauchen, das sich schon nicht mehr menschlich anhörte. Im gleichen Moment packte Arpagaus sie am Arm. Sie riss die Augen auf, doch er hielt sie mit stählerner Faust fest und flüsterte von hinten, sie solle langsam weitergehen und sich nicht umdrehen. Wieder fauchte er und schob sie Schritt für Schritt über den Grat auf die Leiter zu. Ihre Knie machten kaum noch mit. Noch zwei Schritte, und er würde sie in die Tiefe stossen. Sein Griff wurde härter, das Fauchen lauter, ihr Herz raste, der Nebel unter ihr zog sich mit einem Mal zurück, wie von einem Staubsauger weggesogen, und doch konnte sie nichts anderes sehen als milchiges Weiss, auch nicht, als sie in die Höhe blickte, den Himmel oder irgendwelche Felswände suchte und wieder vor sich auf den Boden starrte, der nicht mehr da war, auch die Leiter nicht, nur noch milchiges Weiss und die schreckliche Gewissheit, dass Arpagaus sie in der nächsten Sekunde loslassen und ihr einen harten Stoss versetzen würde. Mit einem schrillen Schrei drehte sie sich um, klammerte sich mit aller Kraft an Arpagaus und schrie weiter wie am Spiess, als die Tür zuknallte, Zünd in sein Büro stürmte, sich auf die Pultkante schwang, die Akten zu sich hinüberzog und von Finn wissen wollte, wie weit er sei.

Der unerwartete Knall und das Nachbeben der Tür sassen Finn noch in den Knochen. Er hatte die Akten durchgesehen und sich soeben die Schilderungen von Jasmin Ehrli vorgenommen.

«Bei ihrem Absturz», knurrte er, während Zünd in den Akten blätterte.

«Die stürzt nicht ab, diese Hysterikerin.» Zünd schob ihm die Akten wieder über den Tisch zu.

«Woher weisst du das?»

«Magnus – sie lebt noch! Sonst hätte sie nicht Anzeige erstatten können.»

«Ich meine, dass sie eine Hysterikerin ist.»

«Das Verfahren wurde eingestellt. Beweis genug.»

«Du machst es dir aber einfach!»

«Komm schon, das ist doch offensichtlich! Die will dem Arpagaus was anhängen.»

«Den Eindruck kann man leicht bekommen, wenn man nichts anderes als die Einstellungsverfügung liest. Es gibt aber auch noch die übrigen Akten! Man muss sie nur lesen.»

Zünd nahm seine Brille ab, behielt sie aber in der Hand.

«Nicht so forsch, mein lieber Finn! Du weisst genau, dass ich immer zuerst die Akten studiere und dann erst die Verfügung lese. Schau mal: Diese Ehrli war seine Studentin. Sie besucht ein Seminar, das er seit einiger Zeit einmal pro Jahr in Wildhaus gibt. Er lädt sie schon nach drei Tagen ein, am Ende der Woche noch ein paar Tage mit ihm zu verlängern. Das weckt Erwartungen. Sie schwebt auf Wolke sieben. Trotzdem schleicht er nachts nicht in ihr Zimmer, auch dann noch nicht, als alle anderen abgereist sind. Er schlägt ihr nur vor, am nächsten Tag mit ihm zum Säntis zu fahren und von dort nach Wildhaus zu wandern. Dort oben benimmt sie sich wie eine Verrückte, worauf er auch die folgenden Nächte lieber allein verbringt. Ein Jahr später saust sie bei ihm durch die Prüfungen, und plötzlich kommt ihr in den Sinn, dass er sie auf dem Grat da oben umbringen wollte. Erst jetzt erhebt sie Strafanzeige. Und jetzt sagst du mir, sie wolle ihm nichts anhängen!»

Finn legt seine Hand auf die Akten. «Du unterschlägst grade so einiges, was aktenkundig ist. Die Wanderung führt über den Lisengrat. Arpagaus sagt ihr nicht, dass man für diese Tour schwindelfrei sein sollte, er verschweigt ihr den schlechten Wetterbericht, er drängt sie dauernd vorwärts, er schildert ihr hautnah den Absturz eines Bergsteigers, drängt sie weiter, tischt ihr die Geschichte von dieser Lisa und ihren abstürzenden Berglern auf und wählt das Timing so geschickt, dass sie genau beim Höhepunkt der Geschichte am Absturzort ankommen. Das grenzt an psychologische Kriegsführung. Dazu sein Atem in ihrem Nacken, und dann packt er sie auch noch am Arm und flüstert, sie solle langsam weitergehen und sich nicht umdrehen. Kein Wunder, wenn sie da der Gedanke anspringt, dass er sie runterstossen will und dass sie sich darum mit aller Kraft an ihm festklammert und dass sie schreit wie am Spiess, um von irgendwem gehört zu werden.»

Zünd beugte sich vor. Das Brillengestänge in seiner Hand berührte beinahe Finns Nase:

«Ich sage ja: eine Hysterikerin! Arpagaus hat völlig richtig reagiert. Was geschieht wohl, wenn die sich vorher umdreht und einen Meter über ihrem Kopf diesen mächtigen Steinbock sieht, der die beiden ankiebt, weil sie ihm, dem König des Alpsteins, an genau dieser Stelle den Weg versperren?! Die wäre mit einem Satz links und rechts in die Tiefe gesprungen! Dann hätte Arpagaus wirklich ein Problem gehabt. Es war auch so nicht lustig. Was willst du machen, ein Meter über dir ein Steinbock, links und rechts und vorne gähnendes Nichts, hinter dir eine Spalte, und dann wieder nichts. Kämpfen? Gegen einen Steinbock mit meterlangen Hörnern und einer Standfestigkeit wie angeschraubt? Da bleibt dir nur eins: sofort weg von hier. Weg aus dem Gefahrenbereich, weg von dieser schmalen Platte, weg von diesem Steinbock.»

«*Sie* hat den Steinbock aber nicht gesehen, nicht auf dem Grat.»

«Kein Wunder. Vorher war sie mit sich selbst beschäftigt, nachher hat der Steinbock Reissaus genommen, bei dem Geschrei ...»

«... Das möglicherweise ihr Leben gerettet hat! Ein solches Geschrei dürfte sich deutlich vom Schrei einer Person unterscheiden, die abstürzt. Das hätte jeder Zeuge gemerkt, auch im Nebel. Mit der Vorgeschichte vom Jura hätte Arpagaus dann wirklich ein Erklärungsproblem gehabt. Also hat er seinen Plan sofort aufgegeben.»

«Was für ein Plan soll das gewesen sein? Eine Studentin von einem Felsen werfen? Warum?! Zum Zeitvertreib?! Taten brauchen Motive, mein Lieber! Motive!»

«Ich stelle nur die Hypothese auf, dass ihre Darstellung stimmen könnte. Das liesse auch die früheren Verdächtigungen von Jean-Jacques Favre, Arpagaus habe seine Frau im Schneesturm in jenes Loch gestossen, in einem anderen Licht erscheinen. Diese These wurde im vorliegenden Fall nie ernsthaft verfolgt. Darum hat auch niemand nach einem Motiv geforscht.»

«Weil diese These absurd ist! Was hast du eigentlich gegen Arpagaus? Er ist doch ein umgänglicher Kerl?»

Finn runzelte die Stirn. «Kennst du ihn etwa?»

«Nicht persönlich.» Zünd setzte seine Brille wieder auf. «Ein paar meiner Leute haben an seinen Seminaren teilgenommen. Er war auch mal hier im Haus. Da war ich aber in den USA. Regelmässiger Erfahrungsaustausch unter *Profilern*. Und als *Profiler* sage ich dir: Arpagaus ist kein Serientäter. Es sei denn, die verschwundenen Akten aus dem Jura-Dossier würden etwas anderes zutage fördern. Gute Nachrichten übrigens. Es gibt Kopien davon.»

«Kopien von den verschwundenen Aktenstücken?»

Zünd nickte und fasste zusammen. Das Verfahren Jasmin Ehrli sei von den Appenzeller Untersuchungsbehörden geleitet worden. Sie hätten die Akten über Flurina aus dem Jura beigezogen. Der jurassische Beamte habe aber alles kopiert, bevor er das Dossier an die Appenzeller herausgegeben habe. Zum Glück. Bei den Appenzellern seien die Akten dann in *Verstoss* geraten. Zünds Betonung verriet, was er von diesem Ausdruck hielt.

«Der jurassische Beamte? Jean-Jacques Favre?»

Zünd verneinte. Es sei Krähenbühl gewesen. Thomas Krähenbühl, Favres Protokollführer. Favre habe längst Karriere gemacht und sei jetzt bei der Bundesanwaltschaft. Bei den verstossenen Akten handle es sich um die Bestellung eines psychiatrischen Gutachtens über Arpagaus, um das Gutachten selbst sowie um einen Begleitbrief zum Gutachten. Vielleicht seien die Kopien schon da. Zünd sprang vom Pult, verschwand für ein paar Sekunden im Vorzimmer, kam mit einem Stapel Papieren wieder zum Vorschein und warf die Tür hinter sich zu.

«Die Kopien der Kopien sind noch nicht da. Hast du übrigens meine Sekretärin gesehen?»

«Hat jemals jemand deine Sekretärin gesehen?»

«Ich weiss, sie ist die graue Maus in Person. Aber neben ihr können alle anderen einpacken. Selbstständig, zuverlässig, effizient. Wenn ich ihr einen Auftrag gebe, ist er erledigt, bevor ich zu Ende gesprochen habe. Zum Beispiel das da!»

Zünd knallte den Stapel Papier aufs Pult.

«Was ist das?», fragte Finn.

«Unterlagen zu deiner Turnersache. William Turner. ‹Der Gotthard und die Teufelsbrücke› oder so ähnlich.»

«Aha.»

«Nichts ‹Aha›! Was soll das Ganze? Ausser dir und deinen Hilfssheriffs scheint niemand etwas von einem Bilderdiebstahl zu wissen, nicht das Museum in England, nicht Scotland Yard, nicht einmal unsere Informanten. Und der eine Typ, den du mit deinen Fotos suchen lässt, Pirmin Abegger, der sitzt seit Jahren im Knast.»

«Das haben wir auch geglaubt. Er ist den Italienern aber abhanden gekommen.»

«Was?»

«Bei der Überführung nach Neapel.»

«Neapel? Der war nie in Neapel. Abegger wurde vor sechs Monaten an die Schweiz ausgeliefert und sitzt seither in Neuchâtel im Knast. Ohne Ausgang. Ich habe das überprüft. Der kann also keine Bilder geklaut haben, schon gar nicht in England. Überhaupt, das ist kein Bilderdieb, sondern ein Wirrkopf, der da und dort mal was in die Luft jagt. Und noch etwas: Nicht einmal die Versicherung weiss etwas von einem Diebstahl, mein Lieber! Komm jetzt, mach mal reinen Tisch.»

Auch das noch. Er zögerte. Aber Zögern war nicht angebracht. Nicht bei Zünd. Wahrscheinlich wusste er ohnehin schon alles. Also würde Finn ihm alles sagen müssen. Fast alles. Nicht erwähnen würde er den kurzen Schreck, den ihm das Foto von Jasmin Ehrli eingejagt hatte. Derselbe Blick wie auf dem Passbild von Flurina, das sich im Jura-Dossier befand. Dasselbe leicht gewellte Haar, wenn auch länger. Dieselben Lippen, dieselbe Nase. Nur die Wangenknochen standen etwas höher, das Kinn war schmaler, die Augenbrauen waren feiner gezeichnet. Und sie wirkte jünger. Aber sonst bestand eine erstaunlich grosse Ähnlichkeit mit Flurina. Das müsste auch Arpagaus aufgefallen sein. Aber davon würde er Zünd nichts sagen.

Zünd war, wie angenommen, bestens informiert. Auch über *Code Greenbaum*. Er blickte Finn über die Kante seiner randlosen Brille an und fragte:

«Wozu gibts diesen *Code Greenbaum* überhaupt, wenn jeder dagegen verstösst? Auch du, mein Lieber. Erzählst mir alles, ohne dass ich dich foltere.»

«Dein Anblick ist Folter genug.»

«Werd nicht persönlich, sonst werd ich dienstlich! Aber unter uns gesagt: Ich halte nichts von der Geheimhaltung. Nur werde ich zu diesem Thema nicht gefragt. Aber zu anderen Themen. Damit du es weisst: Malu Kienast hat mich von Anfang an beigezogen. Als *Profiler.* Bis jetzt konnte ich nicht viel beitragen. Aber vielleicht ändert sich das. Ich muss gleich zum Bristen hoch. Weitere Spurenauswertungen zur Sprengung. Und dann interessieren mich die Sprayereien am Hotel und am Teufelsstein. Ich habe zwar Fotos davon gesehen, aber das genügt mir nicht. Ich muss die Schrift betasten, beriechen, befühlen, sie in ihrer Umgebung sehen. Kommst du mit?»

Finn schüttelte den Kopf und erwähnte seinen Termin bei Laubistorf.

Zünd setzte sich erneut auf die Pultkante und beugte sich vor. Das verstärkte den Vorwurf in seinem Brillenrandblick. «Da ist noch etwas, mein Lieber. Dir ist sicher aufgefallen, dass diese Ehrli und Arpagaus' Frau, Flurina, geborene Florinett, einander ähneln. Warum hast du das ausgeklammert? Und warum hast du ausgeklammert, dass auch die Kienast mal eine Gespielin von Arpagaus war? Sag nicht, du habest das nicht gewusst! Darum bist du doch hinter Arpagaus her: Weil dir die Kienast den Kopf verdreht hat. Ich will dir damit nur eines sagen: Spiel nie mit einem *Profiler*!»

Es dauerte einen Moment, bis Finn die Sprache wieder gefunden hatte. «Sag mal, hast du eigentlich nichts anderes zu tun, als dich um mich zu kümmern?»

«Schon. Aber du bist ein wunderbares Studienobjekt. Als Serientäter bist du der Traum jedes *Profilers*. Du hinterlässt deine persönliche Handschrift, ohne dass du es merkst. Du kannst nicht anders sein, als du bist. Und weil das so ist, noch eins, und dann ist Schluss: Die Kienast ist nichts für dich. Glaub mir das. Und jetzt mach dich vom Acker!»

Ein kleiner Satz von Zünd genügte, und sie war wieder da, seine schlechte Laune.

28

Rundlich und gemütlich. Mit kurzen Armen, einem prächtigen Schnurrbart und einem herzhaften Bass. Das war er also. Robert Laubistorf. Er empfing Finn mit einem offenen Lächeln und der Frage nach einem Kaffee.

Ein Espresso wäre nicht schlecht. Finn versuchte, angesichts dieses sonnigen Gemüts nicht noch mürrischer zu werden.

«Espresso? Kein Problem. Kommen Sie einfach mit. Dann können wir uns schon mal aufwärmen. Am besten, Sie erzählen mir, was Sie bis jetzt zusammengetragen haben und welche Löcher Sie gestopft haben wollen, soweit ich sie überhaupt stopfen kann. Ich habe natürlich auch ein paar Sachen vorbereitet. Ich denke, so kommen wir am schnellsten voran. Sind Sie einverstanden?»

Finn bejahte, und während sie über einen grauen Linoleumboden einen langen, fensterlosen Gang entlangschritten – Laubistorf leicht keuchend, er hatte nicht nur kurze Arme, er hatte auch einen kurzen Atem –, berichtete Finn von ihren bisherigen Nachforschungen. Er erzählte, während Laubistorf in einem fensterlosen Raum an der Kaffeemaschine hantierte, während sie durch den langen Gang zurückgingen, während in einem Seitengang eine üppige weibliche Gestalt in ein Büro stöckelte und seine Gedanken kurz ins Stolpern brachte, während sie in Laubistorfs kleinem Büro ihre Espressi schlürften.

Laubistorf stellte nur wenige Fragen. Am Schluss dankte er für den «gut strukturierten Bericht». Finn liess sich durch dieses Kompliment die schlechte Laune nicht verderben. Ihm war die Strukturierung gar nicht bewusst gewesen. Laubistorf lächelte unter seinem prächtigen Schnurrbart: «Man würde es kaum glauben, wenn man mein Chaos hier sieht, aber gerade deshalb schätze ich es, wenn ich bei anderen Menschen auf klare Strukturen stosse.»

In der Tat, in Laubistorfs Büro herrschte eine überbordende Unordnung. Jede freie Fläche war mit Türmen aus Papieren, Akten, Büchern, Zeitungsausschnitten und Zetteln belegt. Laubistorf brummte: «Meine Art von Innenarchitektur. Amtliche Möbel kann man nur unter Ausnutzung sämtlicher Hilfsmittel aus dem Blickfeld verbannen. Papierberge sind genau das Richtige. Doch jetzt schauen wir mal, womit ich Ihnen dienen kann. Die Sprengung am Bristen von gestern klammern wir für den Moment aus, auch wenn der verwendete Sprengstoff wahrscheinlich vom Rabenloch stammt und dort entwendet wurde. Die Fernsehaufzeichnungen vom Rabenloch haben wir erhalten. Vielleicht kommen wir dem verschwundenen Dynamit und den Dieben doch noch auf die Spur. Wir wissen aber immer noch nicht, ob tatsächlich ein Zusammenhang zwischen der Sprengung am Bristen und dem Anschlag an der Autobahn besteht.»

Laubistorf ächzte aus seinem Sessel und zeichnete mit Kreide ein paar Kreise auf eine altmodische Wandtafel. Ein weisser Laborkittel hätte gut zu ihm gepasst. In Finns miserable Laune mischte sich etwas wie Erstaunen. Er hatte ein junges, smartes Team mit Designerbrillen oder unkonventionellem Auftritt erwartet, jedenfalls mit der allerneuesten Hightechausrüstung, keinesfalls jedoch diesen gemütlichen, rundlichen Familienvater in seiner verstaubten Amtsstube. Doch vielleicht machte das den Erfolg aus. Ein Team mit einer echten Seele.

Das Team hatte drei Hauptgruppen bestimmt. Gruppe eins bestand aus Personen, die den Ermittlern bekannt waren und einen direkten räumlichen Bezug zum Tatort hatten. Direkt räumlich hiess: Sie waren zur Zeit der Tat vor Ort gewesen. Dazu gehörten unter anderem die drei jungen Leute aus dem deutschen Auto und der Bombenentschärfer, Senn. Dazu gehörten aber auch alle anderen, die mit dem Attentat zu tun hatten, Polizisten, Militärs und so weiter.

Gruppe zwei wurden Personen zugeteilt, die noch nicht namentlich erfasst waren, die aber ebenfalls einen räumlichen Bezug zum Tatort hatten. Zu denken war vor allem an Einheimische. Im Weiteren konnten es Fremde sein, die hier ein Ferienhaus gekauft hatten. Sie hätten ähnliche Motive. Zu viel Lärm, schlechte Luft, Entwertung des Landes und so weiter.

Gruppe drei schliesslich umfasste Personen, die aus irgendwelchen anderen Gründen einen Bezug zum Tatort herstellten. Ökologisch motivierte Personen, die in einer grösseren Stadt lebten und in der Alpenregion ein Exempel statuieren wollten. Vorstellbar waren aber auch andere Motive. Ein Bähnler vielleicht, der durch die Autobahn um seinen Arbeitsplatz gebracht worden war. Oder ein Bauunternehmer, der beim Strassenbau den Zuschlag nicht erhalten hatte.

Finn fand die Unterteilung nicht gerade hilfreich. Vor allem Gruppe drei liesse beinahe jeden als Täter zu. Laubistorf schmunzelte. Einverstanden, aber Ordnung helfe dem Chaoten beim Denken. Sie könnten auch zusätzliche Unterscheidungsmerkmale beiziehen. Für ihn stelle sich unter anderem die Frage, ob es ein Einzeltäter gewesen sei oder ob nur eine Tätergruppe in Frage komme. Hier habe er übrigens Neuigkeiten. Dem Innerschweizer, Pirmin Abegger, seien sie endlich auf die Spur gekommen. Er sitze in Neuchâtel im Gefängnis.

Finn liess sich nicht anmerken, dass er das dank Zünd schon wusste.

Die Sache sei etwas peinlich, fuhr Laubistorf fort. Aufgrund verschiedener Übermittlungsfehler hätten sie angenommen, es heisse Neapel. Dabei hätte es ihnen gleich auffallen müssen – welcher Italiener spreche bei Napoli schon von Neapel! Und wegen der notorischen Vorurteile gegenüber den italienischen Behörden und deren Schlamperei sei es ihnen natürlich nicht in den Sinn gekommen, dass die Schlamperei auch bei ihnen hätte passieren können. Neapel statt Neuchâtel! Laubistorf schüttelte lachend den Kopf. Da sehe man mal wieder – nun ja. Schlimmer sehe es für die Matter-Natter aus, alias Bettina Gfeller. Finn wisse doch, die Einzeltäterin am Bundeshaus. Es deute alles auf einen Autounfall hin. Die thailändischen Kollegen hätten sich zuerst zwar sehr zugeknöpft gezeigt. Mittlerweile hätten sie aber durchblicken lassen, dass die Gfeller bei einem illegalen Strassenrennen von einheimischen Machos absichtlich von der Strasse gedrängt worden sei, und das bei sehr hohem

Tempo. Sie sei auf der Stelle tot gewesen und scheide also als Einzeltäterin aus.

Laubistorf malte zwei weitere Kreise an die Wandtafel. Einzeltäter, Tätergruppe.

«So», sagte Laubistorf. «Jetzt gibt es Bindeglieder zwischen diesen Skizzen. Beispiel: Kann jemand aus Gruppe eins gleichzeitig ein Einzeltäter gewesen sein, oder ist das ausgeschlossen? Konkret: Graber, unser Tunnelüberwacher, der Ihnen so am Herzen liegt, kann nicht Einzeltäter gewesen sein. Das heisst nicht, dass er nicht zum Täterkreis gehören könnte. Er könnte Gehilfe sein. Kämen wir aber aufgrund zusätzlicher Hinweise zum Schluss, dass es nur ein Einzeltäter gewesen sein könnte, hätte das automatisch zur Folge, dass Graber entlastet wäre.»

‹Hätte, würde, könnte›, dachte Finn unwirsch. Irgendwie lebte doch jeder im Konjunktiv!

Im Büro war es warm geworden. Die Sonne hatte sich hereingetastet und beschien den grössten Teil des kleinen Zimmers. Bevor Laubistorf sich in den Sessel senkte, balancierte er zum Fenster und liess die Jalousie herunter. Er öffnete sie wieder so weit, dass schmale Lichtstreifen über die Papierstapel kletterten und sich schräg über die Wandtafel zogen. Laubistorf wurde zum gelb gestreiften, rundlichen Zebra, während Finn ganz im Schatten blieb. Auf der Klettertour zurück zum Sessel ergänzte Laubistorf schnaubend, dass die drei jungen Deutschen als Haupttäter auch nicht in Frage kämen, weil sie dafür technische Hilfsmittel benötigt hätten. Alle drei hätten zwar ein Mobiltelefon dabei gehabt, doch sei einwandfrei festgestellt worden, dass sie es zur fraglichen Zeit nicht benutzt hätten. Trotzdem sei es ein riesiger Zufall gewesen, dass sie ausgerechnet zu dieser Zeit an diesem Ort eine Panne hatten. Da stelle sich schon die Frage, ob sie allenfalls Gehilfen waren.

«Wurde der Plattfuss an ihrem Wagen untersucht?» Finn hätte sich die Zunge abbeissen können. Er hatte es mit Profis zu tun. Natürlich hatten sie den Reifen untersucht. Er hätte direkt fragen sollen, was die Untersuchung des Reifens gebracht habe. Das hätte professionell gewirkt. Aber Anschläge waren einfach nicht sein Ding.

Der Reifen war wegen eines Nagels geplatzt. Auch sonst wurden sie aus dem Kreis der Hauptverdächtigen ausgeschlossen. Abklärungen in ihrem Umfeld hatten keinerlei Hinweise auf ein Motiv ergeben, auf einen Bezug zum Tatort oder gar auf Vorbereitungsarbeiten. Malus Team war sogar auf ein stark entlastendes Moment gestossen. Die drei hatten die Reise in den Süden mit dem Zug geplant, bereits die Tickets gekauft und auch Platzreservationen gehabt. Einer von ihnen hatte aber im letzten Moment seine Eltern davon überzeugen können, dass Italien neuerdings so etwas wie ein zivilisiertes Land sei und sie ihm darum den Zweitwagen für die Fahrt ruhig anvertrauen könnten. So etwas wäre kaum planbar gewesen. Laubistorf beugte sich vor: «Die drei Jungen scheiden also aus und – ausser Graber – auch alle anderen aus der Gruppe eins, also alle, die zur Tatzeit vor Ort waren. Die wichtigsten Gründe sind weitgehend identisch mit Ihren Überlegungen. Wollen Sie unsere zusätzlichen Gedanken erfahren?»

Vielleicht später. Finn interessierten im Moment diejenigen, die in den engeren Kreis gekommen waren.

Laubistorf lehnte zurück und kaute nachdenklich an der Kreide.

«So weit sind wir noch nicht. Aber wir haben eine Auswertung des Tonbands vorgenommen. Aufgrund des Stimmendetektors können wir verschiedene Personen als Anrufer ausschliessen. Unserem Experten ist allerdings etwas aufgefallen. Wie gesagt, ich habe ein paar Sachen vorbereitet. Wir können uns jetzt einige Tonbandaufzeichnungen anhören. Doch zunächst», Laubistorf klatschte mit beiden Händen auf seinen beträchtlichen Bauch, «würde ich gerne etwas zu essen bestellen. Wissen Sie, ich habe drei Kinder und möchte abends das Büro rechtzeitig verlassen, damit ich auch Zeit mit ihnen verbringen kann. Darum esse ich mittags meistens hier. Es ist gleich zwölf. Nehmen Sie auch etwas? Sie sind natürlich mein Gast.»

Mit einem leichten Ächzen neigte sich Laubistorf zur Seite. Mühselig fingerte er ein grünes Blatt aus einem der Papiertürme, der bedrohlich ins Wanken geriet. Schnaufend reichte er Finn den Menüzettel.

«Meine Sekretärin bringt mir jeweils das Essen, wenn sie aus der Kantine zurückkommt. Es ist gleich zwölf, und aus Gewohnheit geht sie immer zur selben Zeit. Wahrscheinlich isst sie auch in den Ferien um Punkt zwölf.»

«Sie nicht?», brummte Finn.

«Jetzt haben Sie mich ertappt.» Laubistorf brach in Gelächter aus und liess sich in den Sessel zurückfallen. «Also, was nehmen Sie?»

Die Karte gab nicht viel her. Er entschied sich für Mineralwasser und Sandwich mit Lachspaste.

Laubistorf gab die Bestellung telefonisch weiter, nahm für sich selbst zwei Sandwiches und ermunterte Finn: «Sie sind etwas klein. Wollen Sie nicht auch zwei?» Er schüttelte den Kopf. Laubistorf röhrte ins Telefon:

«Sabine, bring bitte noch ein paar Früchte mit. – Nein, keinen Kuchen! Ich bin auf Diät!» Mit einem lang anhaltenden, tiefen Lachen legte er den Hörer auf. «Seit ich mich kenne, bin ich auf Diät.»

Er bat Finn, ihm das Kassettengerät zu reichen. Es befand sich auf einem wackligen, hüfthohen Papierstapel direkt neben Finns Stuhl. «Wir haben das Ganze zwar auch auf Diskette, aber für unseren Zweck ist die analoge Wiedergabe aufschlussreicher als die digitale.»

So, wie der Tag begonnen hatte, konnte der Stapel nur in sich zusammenfallen, wenn Finn den Recorder berührte. Er stand darum auf und hob ihn mit zehn Fingerspitzen vom Kartenhaus weg. Laubistorf lehnte erheitert im Sessel, verkniff sich aber jede Bemerkung. Er nahm das Gerät mit einem Grunzer entgegen und spielte die Aufzeichnungen vor. Zunächst den ersten Anruf des Attentäters, dann dessen zweiten.

«Und jetzt werde ich Ihnen Anrufe anderer Personen vorspielen. Sie befinden sich in vergleichbaren Situationen, vergleichbar mit der Situation beim *zweiten* Anruf. Vergleichbar heisst: Aus Sicht des Täters ist etwas schiefgelaufen.»

Finn hörte sich verschiedene Aufnahmen an, die zum Teil sehr undeutlich waren, manchmal gar völlig verzerrt.

Er hörte genau hin, denn das sollte er wohl. Zum Schluss wurde ihm nochmals der zweite Anruf vorgespielt. Laubistorf hatte sich aus dem Sessel gestemmt, stand hinter seinem Pult, die kurzen Arme aufgestützt wie ein Gorilla.

«Faszinierend, nicht wahr? Wir beide hören nichts, solange wir nicht wissen, worauf wir achten müssen. Ausser vielleicht, dass es sich in unserem Fall mit grösster Wahrscheinlichkeit um einen Mann handelt.»

Ein fragender Blick bei Finn. «Es könnte auch eine Frau sein?»

«Mit Restunsicherheiten müssen wir leben, Herr Finn. Ist auch gut so. Stellen Sie sich vor, wir würden aufgrund eines einzelnen Anhaltspunktes ausschliesslich nach einem Mann suchen. Im Zeitalter von Hormonpräparaten, Geschlechtsumwandlungen und Schönheitsoperationen. Das wäre ein grober Schnitzer. Der Tonexperte hat die Stimme zwar nicht mit Sicherheit, aber mit grösster Wahrscheinlichkeit als männlich identifiziert. Das ist jedoch nicht das Zentrale. Auch nicht, dass es sehr wahrscheinlich ein Deutschschweizer ist, mit einem etwas harten Dialekt, also Innerschweizer, eventuell Bündner. Vielleicht aber auch ein Secondo, ein in der Schweiz aufgewachsener Italiener der zweiten Generation.»

«Ein Secondo? Warum nicht ein Gastarbeiter der ersten Generation?»

«Ist nicht sehr wahrscheinlich. Warum?» fragte Laubistorf.

Die orangefarbenen Textilfasern, die am Tatort gefunden worden seien. Sie könnten von Strassenarbeitern stammen. Strassenarbeiter seien oft Gastarbeiter, selten aber Secondos. Die Secondos hätten etwas bessere Chancen und würden andere Berufe wählen.

Laubistorf kaute wieder nachdenklich an der Kreide. Der Laborbefund sei nicht ganz eindeutig gewesen. Es gebe mehrere Berufsgruppen, die orange Warnkleidung oder Teile davon trügen. Neben den Strassenarbeitern betreffe das vor allem die Unterhaltsdienste, hie und da die Polizei, vor allem die Verkehrspolizei, vereinzelt sogar Mechaniker der Pannendienste, dann aber auch freiwillige Verkehrskadetten, Bahnarbeiter und so weiter. In einigen dieser Berufsgruppen seien Gastarbeiter überdurchschnittlich häufig anzutreffen. Er werde den Tonexperten noch mal darauf ansetzen. Der mache zwar einen ausgezeichneten Job, aber manchmal vernachlässige er die Pflicht und konzentriere sich zu sehr auf die Kür. Denn was er zu bieten habe, sei wirklich Kür. Der Tonexperte habe Laubistorf nämlich erzählt, er sei beim Abhören von Anfang an irritiert gewesen, bis er gemerkt habe, dass ihm die Nervosität des Anrufers nicht echt erscheine. Darum habe er nach Vergleichsobjekten gesucht. «Das sind die anderen Bänder, die ich Ihnen vorgespielt habe. Es sind Situationen, in denen der ohnehin schon gestresste Täter plötzlich zusätzlichen Stress hat.»

Zusätzlichen Stress? Finn verstand immer weniger.

«Ja, zusätzlichen Stress. Ein Täter ist normalerweise auf vieles vorbereitet, aber nicht auf alles. Meistens ist es etwas Banales, das er sich vorher nicht überlegt hat. Davon wird er überrascht. Der Täter hat nicht mehr nur den Grundstress, er hat jetzt plötzlich Panik. Hören Sie sich die zwei letzten Beispiele nochmals an, und konzentrieren Sie sich nur auf die Panik. Danach spiele ich Ihnen unseren Anrufer nochmals vor.»

Finn hörte noch genauer hin, auch wenn es ihn nervte. Er fühlte sich auf verlorenem Posten. An diesem Tag ganz besonders. Wie sollte er, der einen geschüttelten Martini nicht von einem gerührten unterscheiden konnte, etwas hören, das man auf einer analogen Aufzeichnung hörte, auf der digitalen aber nicht? Für wen hielt ihn dieser Laubistorf?

«Sie hören es nicht?», fragte Laubistorf gespannt.

Er müsste lügen.

«Schade! Aber machen Sie sich nichts draus, Herr Finn. Wir hier sind uns einig. Unser Anrufer ist viel zu souverän. Er hat nicht wirklich Panik. Wollen Sie es nochmals hören?»

Finn winkte ab. Er glaube, was er nicht höre. Aber was denn daraus zu schliessen sei.

«Nun ja. Wenn er keine Panik hatte, dann *wollte* er entweder die Bombe nicht zünden ...» Laubistorf strich sich über den Schnurrbart und liess genüsslich eine kleine Pause folgen.

«Oder?», spielte Finn mit.

«Oder er *konnte* sie nicht zünden, *und* – er wusste das.»

Laubistorf lehnte sich an die Wandtafel. Nachher würde sein dunkelblauer Pullover voller Kreide sein. Finn runzelte die Stirn und bat Laubistorf, seine Theorie zu wiederholen. Laubistorf wiederholte. Finn runzelte weiter die Stirn und wollte wissen, warum einer eine Bombe bauen sollte, die er nicht zünden will.

«Eine Warnung. Zeigen, dass er es könnte, wenn er wollte.»

«Und wozu das?»

«Gute Frage. Das wissen wir nicht.» Laubistorf lachte laut heraus. «Das führt uns zur zweiten Möglichkeit. Er konnte die Bombe *nicht* zünden, und er wusste das. Die Bombe hätte nämlich explodieren können, vorausgesetzt, sie wäre richtig verkabelt gewesen. Genau das wissen wir aber nicht. Das ist ärgerlich. Wenn nämlich der Täter die Bombe bewusst falsch verkabelt hat, will er uns vielleicht glauben machen, dass er nicht viel von Bomben versteht. Wir sollen glauben, er sei ein Amateur. Wenn das zutreffen würde, ergäbe sich ein anderes Täterprofil. Wir hätten es dann mit einem Täter zu tun, der sehr viel raffinierter ist, als wir glauben. Jetzt hat aber Senn die Spuren so zerstört, dass wir keine sicheren Schlüsse ziehen können. Ausserdem kann er sich an wichtige Details nicht erinnern, oder» – Kunstpause – «*er gibt vor*, sich nicht erinnern zu können. In diesem Fall könnte es eine direkte Verbindung zu Senn geben. Hat Senn vielleicht anhand der Bombe erkannt, dass sie von einem Freund oder einem Bekannten gebaut wurde, dem er indirekt geholfen hat? Zum Beispiel, indem er ihm eine Internetadresse gegeben oder mit seinem Know-how geprahlt hat? Will Senn den Täter decken? Und wenn ja, warum? – Sie sehen, die Tatsache, dass wir wegen Senn nicht feststellen können, ob die Bombe scharf war oder nicht, wirft nicht nur ein schiefes Licht auf ihn als Bombenfachmann, sondern auch als Person. Und jetzt kommen Sie, Herr Finn, mit Ihren Überlegungen zu Senns

Persönlichkeit und seinen möglichen Motiven. Senn hat diesen ausgeprägten Geltungsdrang. Er will Lokalmatador werden. Das wäre sein Motiv.»

Laubistorf strich sich über den Schnurrbart. Er zögerte.

«Und das öffnet mir neue Wege. Bisher sind wir davon ausgegangen, das Motiv hänge mit dem Tatort zusammen, also mit der Autobahn und dem Verkehr. Das muss nicht so sein. Das Motiv könnte woanders liegen, wie zum Beispiel in der Geltungssucht von Senn. Senn will auf *sich* aufmerksam machen, nicht auf ein Verkehrsproblem. Mit diesem Gedanken möchte ich ihn konfrontieren und ihm gleichzeitig klarmachen, wie wichtig für uns die Information ist, ob die Bombe scharf war oder nicht.» Laubistorf prustete lachend los. «Jetzt muss ich ihn nur noch dazu bringen, mir die Wahrheit zu sagen.» Sein Lachanfall steckte selbst Finn an. Bei Laubistorf ging er in ein Poltern und dann in ein erschöpftes Keuchen über. Als er sich wieder erholt hatte, fügte er an: «Damit bin ich wieder am Anfang. Aber es war ein interessanter Umweg.» Wieder schüttelte es ihn vor Lachen. Wieder steckte er Finn an. Offenbar machte es ihm nichts aus, dass er nicht viel weitergekommen war. Noch eine Schnecke in Malus Umfeld. Mit einem Taschentuch wischte sich Laubistorf die Tränen aus den Augen.

«Der Umweg hat wirklich etwas gebracht, Herr Finn. Wir wissen jetzt, dass das Motiv nicht unbedingt mit der Autobahn oder dem Verkehr durch den Gotthard zusammenhängen muss. Es sind auch andere Beweggründe möglich.»

Es klopfte. Laubistorfs Bass liess ein «Ja?» verlauten, worauf eine vollschlanke, solariumgebräunte Mittvierzigerin in elegantem Deuxpièce eintrat. Sabine, die Sekretärin, brachte die bestellten Sandwiches, Getränke und Früchte. Sie türmte alles direkt vor Laubistorf auf den Schreibtisch und streifte Finn mit einem charmanten Lächeln, als sie Schritt für Schritt aus dem Zimmer hüftete.

«Das hat sie drauf, was?», lachte Laubistorf, als Sabine die Tür hinter sich geschlossen hatte. «Wissen Sie was, ich werd mal schauen, ob Malu im Hause ist. Sie könnte uns beim Essen Gesellschaft leisten, wenn Sie nichts dagegen haben. Keine Angst, Sie müssen ihr nichts abgeben. Sie liebt Früchte.»

Laubistorf wählte eine kurze Nummer, Finn klemmte die Hinterbacken zusammen, doch Malu meldete sich nicht. Laubistorf wählte eine andere Nummer und fragte, ob Malu eine Nachricht hinterlassen habe. Die Antwort fiel ungewöhnlich lange aus, und nachdem Laubistorf aufgelegt hatte, erfuhr Finn, dass niemand wisse, wo sie stecke. Es gebe aber einen Hinweis, wo sie sein könne. Seit dem versuchten Anschlag seien die Polizeistreifen auf der Autobahn verdoppelt worden. Sie hätten Anweisung erhalten, alle besonderen Vorfälle umgehend einer Zentrale hier im Haus zu melden. Einer Streife sei am frühen Morgen ein Wagen aufgefallen, der am Tatort beim Riedtunnel auf dem Pannenstreifen angehalten habe. Auf der dem Verkehr abgewandten Seite habe eine Frau mit etwas hantiert. Da sich die Streife auf der Gegenfahrbahn befunden habe, hätten die Beamten nicht erkennen können, was die Frau genau gemacht habe. Sie hätten auf dem Pannenstreifen angehalten, mit einem kurzen Sirenenton auf sich aufmerksam gemacht und das Kennzeichen an die Zentrale weitergegeben. Die Frau habe den Kopf über das Wagendach gereckt, verneinend den Kopf geschüttelt und mit der Hand bedeutet, dass sie einen Moment warten sollten. Sie habe weiterhantiert und schliesslich einen Benzinkanister in die Höhe gehoben, sich gegen den Kopf getippt, ein Zeichen für Vergesslichkeit gemacht und bedeutet, dass alles wieder in Ordnung sei. In diesem Moment habe die Zentrale gemeldet, es handle sich um den Wagen der Leiterin der Ermittlungen, Frau Kienast. Daraufhin habe die Streife der Frau das Zeichen für «Alles okay» gegeben, salutiert und sich wieder in den Verkehr eingefädelt.

«Wir wissen also wenigstens, dass sie nicht auf der faulen Haut liegt und uns die ganze Arbeit machen lässt», lachte Laubistorf. «Aber lassen Sie uns jetzt endlich essen.»

Während Laubistorf voller Vorfreude die Sandwiches auspackte und ihm eines hinüberreichte, fragte er leicht abwesend, woher Finn Malu kenne. Finn schilderte dem mampfenden Laubistorf die erste Begegnung und stellte die Gegenfrage, damit Laubistorf reden musste und er selbst in Ruhe sein Sandwich essen konnte. Es war grosszügig mit Lachspaste gefüllt. Um dem Tag gerecht zu werden, quoll sie beim ersten Bissen auf beiden Seiten heraus und kleckerte auf seine Hose. Zum Glück hatte Sabine genügend Servietten mitgebracht.

Laubistorf hatte als praktizierender Polizist ebenfalls an jenem Seminar in Wildhaus teilgenommen. Dort habe er Malu kennengelernt. Zu ihrem heutigen Team sei er aber erst durch die Vermittlung von Professor Arpagaus gestossen, lange nach jenem Seminar. Zu einem Zeitpunkt, als sich Arpagaus und Malu schon wieder getrennt hätten. Arpagaus sei übrigens der Professor gewesen an jenem Seminar, und bei solchen Anlässen komme es schon mal zu einem Verhältnis mit einer Studentin. Das übliche Klischee halt, aber das sei ja nichts Neues. Malu sei über die Jahre hinweg auch nicht die Einzige gewesen. Aber wahrscheinlich die Einzige, die Arpagaus etwas bedeutet habe.

Er selbst, Laubistorf, habe heute den Eindruck, dass Arpagaus ihm die Stelle in Malus Team nur vermittelt habe, um den Kontakt zu Malu wieder aufnehmen zu können. Sie habe die Beziehung vollständig abbrechen wollen, aber Arpagaus sei es immer wieder gelungen, sie im beruflichen Umfeld zu treffen. Arpagaus kenne Hinz und Kunz und habe es jedes Mal geschafft, sich auf die eine oder andere Art in Malus Fälle einzuschleichen, sodass sie zwangsläufig und zunehmend entnervt mit ihm Kontakt haben musste. So wie er, Laubistorf, das sehe, habe Arpagaus das alles falsch angepackt. Er hätte ihr Zeit lassen müssen, viel Zeit, damit sie zu sich selbst gefunden hätte. Dann wäre sie zu ihm zurückgekehrt, davon sei er überzeugt. Ein bisschen Menschenkenntnis habe er sich mittlerweile angeeignet. Menschenkenntnis und Leibesfülle. Laubistorf leckte genüsslich seine Finger ab. Auch bei ihm war der Inhalt der Sandwiches auf allen

Seiten herausgequollen. Mit einer Serviette wischte er die Reste aus seinem Schnurrbart.

«Seine Ungeduld trieb sie aber unaufhaltsam von ihm weg, bis er ihr nur noch auf die Nerven ging. Je weiter sie sich entfernte, desto hartnäckiger wurde er. Er liess sich alles Mögliche einfallen, nur um sie sehen zu können.» Laubistorf lachte: «Wahrscheinlich hätte er auch ein Verbrechen begangen, wenn er sicher gewesen wäre, dass sie den Fall erhalten würde.» Er schüttelte heiter den Kopf. «Dafür hat Malu im Zorn einmal gesagt, sie bringe den Kerl hinter Gitter, wenn er sie nicht in Ruhe lasse. Sie werde ihm einfach ein Verbrechen anhängen, das er gar nicht begangen habe.»

Arpagaus habe etwas Besessenes gehabt. Nachdem er beruflich nicht mehr an sie herangekommen sei, habe er sie wahrscheinlich beschattet. Es sei mehr als einmal vorgekommen, dass er zufällig im selben Restaurant wie Malu gegessen habe. Laubistorf sei selbst einmal dabei gewesen. Es sei eines der wenigen Male gewesen, in denen er die Mittagspause nicht im Büro verbracht habe, weil Frau und Kinder bei den Grosseltern gewesen seien, also den Eltern seiner Frau. Es sei schon peinlich gewesen, wie Arpagaus ganz «zufällig» aufgetaucht sei, sich zuerst zielstrebig an einen Tisch in der entfernteren Ecke gesetzt habe, beim Studieren der Menukarte «zufällig» ihn, Laubistorf, gesehen habe, zu ihm herübergekommen sei und erst dann «zufällig» bemerkt habe, dass da auch noch Malu gesessen sei, worauf er sich einfach zu ihnen an den Tisch gesetzt habe.

Laubistorf wusste damals noch nicht, dass es kein Einzelfall gewesen war. Er hatte nur bemerkt, dass Malu kochte. Sie bat Arpagaus, sie allein zu lassen, weil sie mit Laubistorf einen Fall zu besprechen hätte. Arpagaus erklärte ihr, die Mittagspause sei zum Entspannen gedacht, ein entspannter Mitarbeiter leiste am Nachmittag umso mehr. Sie fiel darauf herein und antwortete, sie hätten am Nachmittag keine Zeit für eine Besprechung, woraufhin er über Arbeitsorganisation dozierte und die beiden plötzlich mitten in einer Diskussion waren. In einer sehr gehässigen Diskussion, was aber Arpagaus nicht zu stören schien. Ihm schien es zu genügen, dass sie überhaupt mit ihm redete. Er lenkte die Diskussion geschickt in eine Ecke, in der er sie persönlich angreifen konnte. Er konnte ihr sagen, dass sie ihm gar nicht mehr richtig zuhöre. Das sei auch der Grund, warum ihre Beziehung nicht mehr geklappt habe: Sie habe ihm das Zuhören verweigert. Malu glühte, beherrschte sich aber und entgegnete, das gehöre nicht hierher. Dann solle sie ihm endlich sagen, wann sie bereit sei, ihm zuzuhören, unter vier Augen! – «Nie!», sagte sie. «Nicht, solange du mich nicht in Ruhe lässt!» – «Siehst du», antwortete er, «siehst du, du verweigerst dich! Du verweigerst mir das Zuhören! Das ist der Beweis dafür!» Worauf Malu die Serviette auf den Tisch knallte, aufstand und wütend das Lokal verliess.

«Und Arpagaus?»

«Arpagaus? Die Seelenruhe selbst. Er hat zu mir gesagt: ‹Siehst du, die erträgt die Wahrheit nicht – die erträgt einfach die Wahrheit nicht.› Natürlich wollte er meine Zustimmung, aber mir war die Sache wahnsinnig peinlich. Wie es eben ist, wenn man als Unbeteiligter in einen fremden Streit hineingezogen wird. Ich wusste zu dem Zeitpunkt ja noch nicht, was da wirklich vor sich ging. Abends rief mich Malu zu Hause an, entschuldigte sich und erzählte mir, es sei nicht das erste Mal gewesen, dass Arpagaus ‹zufällig› in einem Restaurant erschienen sei, in dem sie sich auch gerade aufhielt.»

Als sich dann die Bundesanwaltschaft für sie interessierte, packte Malu die Gelegenheit beim Schopf. Sie konnte zwar nicht alle Bedingungen durchboxen, aber beim Hauptpunkt, der Selbstständigkeit und dem Arbeitsort Zürich, gab sie nicht nach. Dafür musste sie finanzielle Abstriche machen. Das schien es ihr wert zu sein. Im Gegenzug machte sie zur Bedingung, bei Aufträgen der Bundesanwaltschaft nie mit Arpagaus zusammenarbeiten zu müssen. Das war kein Problem.

«Bei der Bundesanwaltschaft hatte Arpagaus praktisch keinen Einfluss, nur schon, weil sie ihren Sitz in Bern hat. Er ist zwar Bündner, aber in Bern macht das keinen Unterschied. Dort ist alles, was irgendwie aus Zürich kommt, nicht sehr willkommen. Wie überall, Sie kennen das ja. Es hat ihn darum auch wahnsinnig gewurmt, als er erfuhr, dass Malu bei der Bundesanwaltschaft ist.»

Auf Finns Unterarmen breitete sich plötzlich eine seltsame Wärme aus. Ein leichtes Rauschen in den Ohren, dann eine Stimme, die zum Zuhören lockte. Die Sonnenterrasse des «Vistalavista». Arpagaus schien doch gestern ziemlich überrascht, als Malu sagte, sie sei bei der Bundesanwaltschaft?

«Als er es erfuhr? Wann war denn das?»

«Ach, wann war das», Laubistorf strich sich über den Schnurrbart, «so etwa vor einem halben Jahr? Ein befreundeter Polizist erzählte es mir. Arpagaus sei bei ihm aufgetaucht und habe ihn nach Malu gefragt.» Laubistorf schüttelte den Kopf. «Er war wirklich besessen, wie ein Junkie. Na ja, mein Bekannter sagte ihm, dass sie für die Bundesanwaltschaft arbeite.»

«Hat Malu das gewusst, ich meine, dass Arpagaus das weiss?»

«Ich glaube nicht. Ich jedenfalls habe es ihr nicht gesagt, um sie nicht zu beunruhigen. Auch meinen Bekannten habe ich gebeten, es ihr nicht zu erzählen. Ich glaube auch, dass Arpagaus sie seither in Ruhe lässt. Sie hat sich in den letzten Monaten sichtlich entspannt und keine ‹Zufallsbegegnungen› mehr erwähnt. Eine Weile lang bebte sie nach solchen Begegnungen noch während Stunden. In letzter Zeit machte sie aber wieder scherzhafte Bemerkungen über ihn. Ich sag ja, wenn er sie in Ruhe lässt, kommt sie von allein zu ihm zurück. Aber ich kann verstehen, dass er mit diesem Ansatz seine Schwierigkeiten hat.»

Laubistorf strich sich gedankenvoll über seinen Schnurrbart.

«Wissen Sie, Herr Finn, wenn man jemanden sehr liebt und diese Person verlässt einen und kommt nie mehr zurück – und mit nie mehr meine ich nie mehr – und man glaubt, man hätte das vermeiden können, wird man vielleicht so.» Laubistorf seufzte, und Finn wusste nicht, ob er diese Aussage auf sich selbst bezogen hatte oder auf Arpagaus.

«Wie meinen Sie das?», durchbrach er die Stille.

«Ach, das ist nur so ein Gedanke, und ich weiss noch nicht mal, ob er stimmt. Arpagaus war in jungen Jahren verheiratet gewesen, lange bevor er Professor wurde. Glücklich verheiratet, wie es scheint, sehr glücklich.» Und er erzählte Finn die Geschichte von Flurina, Arpagaus' junger Frau. Er schilderte ihr grausames Schicksal in jenem Schneesturm im Jura, ihren Sturz in eine Ewig-keit aus weissem Nichts, ihr gebrochenes Bein und Arpagaus' verzweifelten Kampf gegen die Elemente. Finn gab nicht zu erkennen, dass er das alles schon wusste. Das und einiges mehr. Und während Laubistorf mit dunkler Stimme von einem tosenden und heulenden Orkan erzählte, fragte sich Finn erneut, ob der Lebensfilm auch abläuft, wenn man in einer tiefen Mulde liegt und schlafend vor sich hinerfriert, in luftig weichem Pulverschnee.

«Ja, und darum kann ich ihn verstehen», schloss Laubistorf gedämpft. «Er muss wahnsinnige Angst haben, dass jemand, den er wirklich liebt, weggeht und nie mehr zurückkommt. Das macht ihn wahrscheinlich so unheimlich eifersüchtig, denn das soll er gewesen sein: unheimlich eifersüchtig. Darum hat Malu ihn verlassen. Und jetzt glaubt er, alles unternehmen zu müssen, um sie zurückzugewinnen. Dabei gibt es nur einen Weg. Er muss sie in Ruhe lassen. Nur in Ruhe lassen. Wenn er das schafft ... Wissen Sie», Laubistorf wurde wieder lauter und schickte sich an, das Thema zu wechseln, «im Grunde genommen ist er ein feiner Kerl. Wenn auch ein wenig zu alt.» Dazu lachte er. «Zu alt für Malu natürlich.

Auch wenn sie eine reife und faszinierende Persönlichkeit ist, mit Charme und Esprit.»

Laubistorf lehnte sich zurück.

Finn betrachtete ihn, diesen rundlichen, gemütlichen Familienvater. «Sie scheinen Malu sehr zu mögen.»

«Ja, Herr Finn – und Sie mögen sie auch. Das spüre ich. Darum habe ich Ihnen das alles erzählt.»

«Darum? Warum?»

«Weil Sie wissen sollen, dass Malu von Arpagaus noch nicht losgekommen ist und dass sie wahrscheinlich zu ihm zurückkehren wird, wenn er aus der Vergangenheit etwas gelernt hat. Aber auch», fügte er laut lachend hinzu, «weil ich gerade in Varianten denke. Wenn ich mich nämlich täusche – was nicht auszuschliessen ist – und die beiden *nicht* mehr zusammenkommen, sollen Sie wenigstens wissen, wie Malu zu nehmen wäre. Wissen Sie, Herr Finn, Sie sind mir irgendwie sympathisch. Sie brauchen ja nicht die gleichen Fehler zu machen wie unser Professor. – Ich bin Robert.»

Finn schlug, leicht verwundert, in die ausgestreckte Hand ein. «Magnus.»

«Magnus?», lachte Laubistorf los und röhrte: «Magnus?! Mein Gott, aus welchem Jahrhundert stammt denn dieser Name?» Laubistorf verschluckte sich vor Lachen, hustete und prustete und winkte dazu mit der Hand ab. «Entschuldigung ... Entschuldigung. Manchmal bin ich sehr direkt. – Magnus!» Er schüttelte lachend den Kopf, und sein ganzer Körper rumpelte dazu.

«Also, Magnifizienz», schmunzelte Laubistorf munter, nachdem er sich erholt und einmal mehr die Tränen aus den Augen gewischt hatte, «zurück zu unserem Fall. Wir hätten einen interessanten Kandidaten. Hans Itten.»

Hans Itten war einer, der sich gern als Wilhelm Tell sah und die Urner befreien wollte von ihrem Tyrannen, dem Verkehr. Lange genug hätten sie vor diesen durchrasenden Horden den Bückling gemacht! Nur wegen der paar Rappen, die sie in den Urner Beizen liegen liessen! Lange genug hätten sie dieses Pack bewirtet, dieses hochnäsige Gesindel!

Hans Itten stützte die Ellbogen auf und liess den Kopf zwischen die Schultern sinken. Sein ganzer Oberkörper wiegte vor und zurück. «Untertänigst haben wir sie bewirtet, diese überheblichen Rüpel! Und was ist der Dank? Eine Autobahn. Eine Autobahn quer durch das Tal. Das hat uns gerade noch gefehlt. Jetzt kann dieses Pack noch blinder durch unser Urnerland rasen. Wenn sie nicht im Stau stecken bleiben, bei laufendem Motor! Diese Stinktiere!»

Hans Ittens Kopf nickte, als ob er sich selbst zustimmen würde. «Natürlich haben wir in den Dörfern jetzt weniger Verkehr. Das ist auch gut so. Aber das bringt auch weniger Geld. Was heisst weniger – überhaupt keines mehr, zum Teufel.» Wobei – das kümmerte einen Hans Itten überhaupt nicht. Ihm war das recht so. Man durfte sein Land nicht für Geld verkaufen. Was einem Hans Itten aber nicht recht war, war dieser saumässige Lärm. Und dieser Gestank! Das war doch keine Luft mehr! Das war doch nur noch Gift! Da konnte er sich ja gleich einen Auspuff in die Lunge stecken!

Hans Itten war ein Mann der deutlichen Worte und holprigen Vergleiche. Am Stammtisch und an Versammlungen sprach er gerne und laut, mit aufgestützten Ellbogen und wiegendem Oberkörper. «Warum sollen wir Urner dieses fremde Joch ertragen? Warum sollen wir uns vor dem Rest der Schweiz verbeugen? Vor diesen arroganten Zürchern und diesen tubligen Aargauern und überhaupt dem ganzen Lumpenpack? Und jetzt auch noch vor der EU? Vor diesen Erpressern mit ihren verfluchten Dreckschleudern, die sie tonnenweise durch den Gotthard pumpen? Und jedes Jahr würgen sie noch mehr Dieselfresser und Ferienfixer durch unseren Tunnel! Bis überhaupt nichts mehr geht. Nur noch Stau bis zum Rhein und zum Bodensee. Am besten würde man die ganze Brut schon dort im Wasser versenken! Aber nein, die müssen ja ums Verrecken ans Meer! Und dafür muss bei uns noch eine Röhre gebaut werden und noch eine, Ihr werdet schon sehen. Die machen die Autobahn achtspurig und zehnspurig und zwölfspurig! Glaubt mir, das haben die alles schon geplant, diese himmeltraurigen Schleimbacken! Und was haben wir davon? Ein zubetoniertes Tal und noch mehr Ferienfixer, die uns vergiften. Uns und unsere Kinder und unsere Kühe. Und überhaupt unser ganzes Tal.» Kein Wunder, wenn da einem wie ihm der Kragen platzte! Wenn die noch lange so provozierten ... Ittens Oberkörper geriet bedrohlich ins Wanken. Die würden schon sehen, was dann passiere. Da müsse einer wie er ja was machen. Was Zünftiges! Sonst höre das ja nie auf.

«Hans Itten schliesst seine Reden oft voller Zorn und mit dem Ausruf, dass er die ganze vermaledeite Autobahn in die Luft jage, wenn das nicht endlich aufhöre», sagte Robert Laubistorf. «Diese Drohungen sind nicht ungefährlich, auch wenn Hans Itten im ganzen Tal belächelt wird. Oder gerade weil er von allen belächelt wird. Gerade das könnte ihn anstacheln. Also haben wir uns intensiv mit ihm befasst. So intensiv, wie es *Code Greenbaum* zulässt – unter uns: Kein Mensch weiss, wer dem Code diesen lächerlichen Namen gegeben hat –, jedenfalls, Ittens Alibi scheint wasserdicht. Aber – er könnte vielleicht der Drahtzieher sein. Allerdings stört uns etwas. Hans Itten ist ein Polterer. Wenn er wirklich seine Finger im Spiel hätte, dann hätte er es rausposaunt, dann wüsste es längst das ganze Tal. Er fühlt sich ja im Recht. Itten hätte sicher schon massenhaft Flugblätter verteilt und Reden gehalten. Die Ermittlungen gegen ihn stehen darum auf tönernen Füssen. Wir müssen uns deshalb auf weitere Möglichkeiten konzentrieren.»

Das mit dem Konzentrieren sei so eine Sache. Finn streckte sich und faltete die Hände hinter dem Kopf. Er müsse die Informationen erst einmal wirken lassen. Es sei denn, Robert wisse schon, wer der Täter sei?

Laubistorf lachte, schüttelte den Kopf und glättete seinen prachtvollen Schnurrbart:

«Ich möchte als Nächstes Senn mit den Ergebnissen konfrontieren. Dann will ich seine Umgebung noch mal genauer unter die Lupe nehmen. Ausserdem möchte ich mit meinen Leuten ein Brainstorming zu Motiven machen, die nicht direkt mit dem Verkehr in Verbindung stehen. Das werden sie schätzen. Es wird ihnen eine willkommene Pause von der mühsamen Überprüfung der

Bildaufzeichnungen sein – aber ich sehe, du willst jetzt aufbrechen. Doch vorher wollen wir noch mal schauen, ob Malu in der Zwischenzeit aufgetaucht ist.» Robert zwinkerte Finn zu. Der Versuch blieb erfolglos. Auch auf dem Handy ertönte nur ihr Anrufbeantworter. Robert stemmte sich aus dem Sessel und reichte ihm lächelnd die Hand.

«Also, Magnifizienz, suchen wir das Motiv. Du auf deine Art, wir auf unsere.»

29

Als sie um sechzehn Uhr die Tür öffnete, leicht verschlafen, barfuss, mit offenem Haar, trug sie ein weit fallendes T-Shirt und ausgebeulte Trainerhosen. Es schien, als ob Rebekka Schlegel herausfinden wollte, ob Kant nur auf Äusserlichkeiten stand. Was sie nicht wissen konnte: Dieser nachlässige, aber frisch duftende Aufzug übte auf ihn einen besonderen Reiz aus. Er versprühte diesen Hauch von vertrauter Wärme, der von einem gemeinsamen Wochenende ausgehen konnte. Man hatte gemeinsam gekocht, gegessen, sich geliebt, gebadet, gefoppt und war am anderen Tag so, wie man gerne war. Nur Bequemes tragen, nur Formloses überstreifen, direkt auf die nackte Haut. Und irgendwann, beim Abwasch in der Küche, beim Zähneputzen im Bad, beim Plaudern auf dem Sofa, würde seine Hand unter den weiten Pullover gleiten, unter das baumwollene T-Shirt, über die warme zarte Haut des Bauches, der Taille, des unteren Rückens, der Seite entlang zur weissen Brust, dann auch schon Lippen feucht auf Lippen wild, und Bilder der vergangenen Nacht …

Wie Rebekka so dastand, barfuss in ihrem Trainer, mit offenem Haar und angewinkelter Hüfte, kam Kant sofort in diese Stimmung intimer Vertrautheit. Die Vertrautheit färbte schnell ab. Nach einem kurzen Nachmittagsfrühstück mit Malus Brötchen setzte sich Rebekka in die Ecke ihrer Ledercouch. Sie zog die Beine an und liess ihre nackten Füsse mit einem Kissen spielen. Er setzte sich in die andere Ecke. Nach ein paar Belanglosigkeiten plauderten sie über seinen durchsichtigen Versuch mit der neuen Fragetechnik. Sie amüsierten sich, weil Rebekka das Spiel damals schnell durchschaut hatte. Kant streute erste Komplimente ein, nahm ihren linken Fuss in die Hände und begann, ihn behutsam zu massieren. Er schob das Bild weg, das kurz aufflackerte. Malus Hand in seiner Hand, das Sofa, das Kerzenmeer. Rebekka streckte sich aus, legte den rechten Fuss auf Kants Oberschenkel und räkelte sich. Als sich Kant, immer noch plaudernd, ihrem zweiten Fuss zuwandte, lenkte sie ihren linken Fuss in seinen Schritt. Er massierte ihren rechten Fuss weiter, ohne sie aus den Augen zu lassen. Sie massierte mit ihrem linken Fuss weiter, ohne ihn aus den Augen zu lassen.

Als sie später ermattet auf dem Bett lagen, strich er über ihre Waden.

«Gut durchtrainiert», stellte er fest.

«Das gehört bei uns dazu. Mir machts auch Spass. Muskeln am Mann, Muskeln an mir.»

«Ich erinnere mich. Du bist gerne mit strammen Jungs zusammen. Aber so, wie Finn eure Festtruppe schilderte, waren nicht nur Hengste dabei.»

«Welche Festtruppe meinst du?» Sie legte ihren Bauch auf seinen Bauch und spielte mit ihren Fingern um seine Lippen.

«Die Kampftrinker an der Geburtstagsparty, oben am Gotthard. Du weisst schon, am Abend vor dem Attentat.»

«Das waren keine Kampftrinker, Blödian.» Sie biss ihn kräftig in den Oberarm. Er straffte seinen Bizeps. Sie biss noch härter zu.

«Aber auch keine Hengste», provozierte Kant. Er straffte den Bizeps noch mehr, um ihre Zähne besser zu spüren. Sie lockerte ihren Biss, glitt, ohne gänzlich loszulassen, am Muskel entlang, öffnete den Mund weiter und hakte sich erneut fest. Da er nicht aufschrie, löste sie sich langsam und betrachtete die Abdrücke.

«Ich weiss nicht, was dir dieser Finn erzählt hat, aber Ramòn und Gigi sehen wirklich gut aus. Und Pascal ist auch toll in Form. Dein Finn ist wahrscheinlich nur neidisch auf meine Prachtsburschen.»

«Und auf ihre Trinkfestigkeit.»

«Ach komm, schliesslich war es eine Party. Da lassen wir es auch mal krachen. Aber das macht uns noch lange nicht zu Kampftrinkern.»

«Uns? Kann eine süsse Schnecke wie du bei so was überhaupt mithalten?»

Sie küsste seinen Bizeps. «Das war jetzt aber lieb von dir.»

«Was?»

«Dass du mir das nicht zutraust. Aber ehrlich, wenn ich an den Kater denke, den ich am nächsten Tag hatte – auweia, da muss ich am Vorabend ordentlich was gelötet haben. Zuerst oben in der Zentrale und später bei Ramòn.»

«Ramòn – der war nicht das Geburtstagskind, oder?»

«Nein, das war der Heiri. Also wenn Finn *den* gemeint hat, hat er schon recht. Der ist wirklich kein Knaller. Der ist so was von langweilig. Wollte einfach nichts trinken, obwohl es sein Geburtstag war.» Ihre Lippen saugten sich an seinem Bizeps fest.

«Aha. Anonymer Alkoholiker.» Seine Haut spürte, wie sich ihr warmer Mund löste.

«Quatsch. Er fühlte sich für uns verantwortlich. Schliesslich macht es keinen guten Eindruck, wenn Polizisten besoffen Auto fahren, da hat er schon recht. Und weil wir wussten, dass wir noch vom Gotthard runtermüssen, hat er von Anfang an darauf beharrt, uns nach Hause zu fahren. Das sei seine Party, und da bestimme er, was gemacht werde. Darum hat er den ganzen Abend nichts getrunken und uns nachher im Kleinbus zu Ramòn gefahren. Dort war aber Schluss mit ihm; er sei müde und gehe nach Hause.»

«Und weil besoffene Polizisten nicht Auto fahren sollen, habt ihr euren Rausch bei Ramòn ausgeschlafen.»

«Kant, wir leben hier nicht hinter dem Mond. Auch in einer Kleinstadt gibts Taxis.»

«Mitten in der Nacht?»

«So lange sind wir auch nicht mehr geblieben. Vielleicht bis zwei oder so.»

Blieben drei Stunden bis zum ersten Anruf. Das würde reichen, um zum Gotthard hinaufzufahren und die Bombe zu platzieren. Er schob mit seinem Bein das weisse Laken zur Seite. So konnte er sie im Spiegelschrank besser betrachten. Sie war robust gebaut.

«Du stehst auf Muskeln, bist von Muskelpaketen umschwärmt und gehst trotzdem schon um zwei nach Hause. Das hat Stil.»

«Kant, ich arbeite mit denen zusammen. Stell dir vor, was los gewesen wäre, wenn ich mit einem von ihnen verschwunden wäre. Ein bisschen rumflirten ist schon okay, wenn du es sorgfältig verteilst und aufpasst, dass es keiner zu ernst nimmt. Darum darfst du zu keinem eindeutig sein, wenigstens nicht in diesem Kreis. Aber ich mag natürlich dieses verschwörerische Funkeln in ihren Augen, vor allem, wenn die Typen auch noch gut aussehen. Solche heimlichen Flirts machen mich unheimlich scharf.» Rebekka hob ihren Oberkörper an, bis nur noch ihre Brustspitzen Kants Haut berührten. «Aber Muskeln allein sind nicht alles. Mich törnt es an, wenn einer nicht sofort zur Sache kommt und trotzdem weiss, was er will. Besonders, wenn er auch noch was in der Birne hat. Braucht nicht viel zu sein. Das, was du so mitbringst, reicht locker.»

«Man passt sich der Umgebung an», antwortete er. Sofort fuhr ein stechender Schmerz in seine Schulter. Eine Sekunde später lag er auf dem Bauch, Rebekka sass über ihm und hatte ihn fest im Griff.

«Unterschätz mich nicht. Ich habe dir doch gesagt, dass ich sogar mal einen Professor hatte.»

«Stimmt», stöhnte Kant. Er wand sich hin und her. Sie liess sich nicht überlisten. Plötzlich ging ihm ein neuer Link auf. Der Absender der E-Mails. *«Polizistinnen, die Handschellen anlegen und mit fremden Knüppeln spielen»*. War das ein Zufall?

«Okay, du gewinnst», stöhnte er.

Langsam liess sie ihn los. Kant drehte sich unter ihr auf den Rücken. Sie setzte sich auf seinen Bauch und schob ihm ein Kissen unter den Kopf. Die untergehende Nachmittagssonne tauchte ihre Brüste in den Schatten ihres Haares.

«Du nimmst also sogar einen Professor in Kauf, wenn er gut trainiert ist.»

«Eifersüchtig?», lächelte sie.

«Klar. Ich will ihn unbedingt ausstechen. Intellektuell natürlich. – Aber wie lernt ein Professor überhaupt eine Polizistin kennen? Busse für zu schnelles Denken?»

«Affe!» Sie boxte gegen seine Brust. «Nein. Bei einer Infoveranstaltung der Kripo. Ich habe damals nicht gewusst, was ich später machen will, ob ich vielleicht zur Kripo soll oder so. Darum bin ich an die Veranstaltung gegangen. Luki hat sich für polizeiliche Ermittlungsmethoden interessiert. Er wollte irgendwas Verrücktes mit seinen Studenten machen, glaube ich, aber frag mich nicht, was. Beim Apéro kamen wir ins Gespräch. Da wusste ich noch nicht, dass er Professor war. Er hat mir gleich gefallen, obwohl er ziemlich viel älter ist als ich. Er sah gut aus, war sehr charmant, und er war auch der Einzige, der nicht sofort wissen wollte, wo ich im Einsatz stehe. Das fand ich interessant. Er schnitt so ganz andere Themen an, als ich es gewohnt war. Das war schon toll. Aber was solls. Wir hatten eine schöne Zeit, schön und kurz.»

«Hast du Schluss gemacht?»

«Also – wir hatten eigentlich zwei Affären. Das erste Mal wollte er nicht mehr, das zweite Mal ich.» Rebekka zupfte an Kants Brustpelz. Sie seufzte. «Weisst du, der gute Luki hatte so gewisse Ausraster. Meistens aus Eifersucht. Er glaubte, ich würde mit jedem rummachen, nur weil wir es schon am ersten Abend getrieben hatten.»

«Na ja ...»

«Also hör mal, Kant. Wenn mir einer gefällt und ich mit ihm zusammen bin – ich meine Beziehung und so –, dann bin ich treu. Aber bloss weil ich mit Luki geschlafen habe, heisst das noch lange nicht, dass wir auch zusammen sind. Ausserdem hatte Luki nur selten Zeit für mich. Und wenn, gings immer nur ums Bett. Das war voll in Ordnung, aber wenn einer nie mit mir ausgeht, ist das keine Beziehung für mich. Dann nehme ich das auch nicht so genau. Vielleicht lerne ich ja einen kennen, der nicht nur das eine von mir will, sondern auch noch was anderes mit mir macht, also Kino oder Disco und so. Und überhaupt, ich weiss schliesslich auch nicht, was Luki sonst noch alles getrieben hat. Du weisst ja, mit diesen Studentinnen. Wegen so einer doofen Tussi hatte er beim ersten Mal auch Schluss gemacht – sag mal, was interessiert dich das überhaupt?»

«Vielleicht will ich es besser machen?»

Sie packte ihn an den Haaren. «Nur vielleicht?»

Kant beugte sich hinauf und küsste sie auf den Mund.

«Kommt darauf an, was noch alles auf mich zukommt. Beim zweiten Mal hast also du Schluss gemacht. Warum?»

«Wegen seiner Eifersucht und wegen seiner Aussetzer. Also – da muss ich dir was erzählen.» Rebekka stützte ihre Hände auf seine Brust. «Mein Nachbar hat einen Hund, einen Schäfer. Ich liebe Hunde, überhaupt Tiere, aber am meisten Hunde. Das ist das Nächste, was ich machen will: die Ausbildung zur Hundeführerin. Aber das wollte ich gar nicht erzählen. Es geht um meinen Nachbarn. Wenn er mal weg ist, fragt er mich, ob er Cassida bei mir lassen kann. Cassida ist also einmal bei mir, als Luki kommt. Sie ist eine herzensgute Hündin, ehrlich. Sie bellt nicht und ist auch sonst nicht aggressiv. Den Luki aber, den hat sie sofort angeknurrt, ich weiss auch nicht, wieso. Das hat sie sonst noch bei keinem gemacht. Luki hat sofort getobt und geschrien, ich soll das Vieh wegnehmen. Da hab ich gesagt, das ist kein Vieh, worauf er gesagt hat, dann halt ein Köter. Ich sage, das ist auch kein Köter, und wenns dir nicht passt, kannst du ja gehen. Dann ist er doch tatsächlich gegangen! Später hat er angerufen und sich entschuldigt. Jetzt stell dir vor, was der als Erklärung gebracht hat. Er hat mir gesagt, dass ihn mal ein Schäferhund angefallen habe. Da sei er so wütend geworden, dass er den Hund gepackt und ihm den Hals umgedreht habe. Stell dir das mal vor! Packt einen Schäfer und bricht ihm das Genick! Also nein, einer, der so ausrastet und ein wehrloses Tier einfach abmurkst – nein danke!»

Kant wollte etwas zur Wehrlosigkeit von Schäferhunden sagen, verkniff es sich aber und folgerte stattdessen: «Und bevor er auf den Geschmack kommt und auch dir den Hals umdreht, hast du dich von ihm getrennt. Kluge Entscheidung. Aber warum seid ihr überhaupt nochmals zusammengekommen?»

Rebekka zupfte wieder an seinen Brusthaaren.

Nach der ersten Trennung hätten sie sich zwei oder drei Jahre nicht mehr gesehen. Dann seien sie sich vor ein paar Wochen in der Bar begegnet, in der sie beide neulich auch gewesen seien. Sie seien natürlich schnell nostalgisch geworden, ein paar Drinks und – na, er wisse schon. Luki sei auch anders gewesen als früher. Er habe sich viel mehr für sie interessiert. Sie hätten überhaupt viel mehr geredet als früher. Viel über sie, viel über ihre Arbeit, und irgendwie sei das alles so echt gewesen. Sie habe wirklich das Gefühl gehabt, dass er sich für sie interessiere.

«Hilf mir mal, Frau Kommissarin: Die Bar ist nicht über euer Kaff hinaus bekannt. Wie kommt da einer zufällig in dieses Lokal?»

So zufällig sei das nicht gewesen. Luki habe irgendwas im Tessin zu tun gehabt. Auf der Rückfahrt habe er eine kurze Pause einlegen wollen und sich an die Bar erinnert. Er habe sie früher ab und zu dort abgeholt, wenn er grad in der Gegend gewesen sei und Lust auf sie gehabt habe. Später nicht mehr, weil er einmal den Mani ganz übel verprügelt habe, nur weil der seinen Arm um sie gelegt hatte. Luki habe ihm nachher ein tierisch hohes Schmerzensgeld bezahlen müssen, damit der Mani auf eine Anzeige verzichtete. Trotzdem habe sie Luki verboten, sie nochmals dort abzuholen. Aber von damals habe er die Bar gekannt.

Das Tessin lag jenseits des Gotthards, und das Treffen mit Rebekka musste nicht rein zufällig gewesen sein. Klar, vielleicht hatte er wieder nur bumsen wollten. Vielleicht war das Bumsen aber auch nur eine angenehme Begleiterscheinung von etwas ganz anderem gewesen. Kant betrachtete Rebekkas durchtrainierten Rücken im Spiegelschrank. Wieder dieses leise Pochen. Doch er musste sich jetzt konzentrieren.

«Sag noch mal, was für ein Professor war er schon wieder?»

«Was soll das? Wird das ein Gedächtnistest?»

«Genau. Ist gut für deine Karriere.»

«Als Hundeführerin?»

«Als Kripochefin.»

«Schmeichler. Du willst mich nur von meinen strammen Jungs weglocken und ins Büro versetzen.»

«Richtig kombiniert. Siehst du, du hast das Zeug zur Kripochefin. Du sagst, er habe sich für deine Arbeit interessiert. Wollte er eher wissen, wie Menschen reagieren oder was für Funkgeräte ihr benutzt?»

«Ich weiss nicht mehr», erwiderte Rebekka mit angestrengter Miene. «Eigentlich hat er mich selten was gefragt. Er liess mich einfach erzählen und hörte zu.»

«Hört sich an wie ein Psychologe. Er hat sich sicher für alles interessiert.»

«Ja, schon.» Ihr Gesicht hellte sich auf. «Einmal hatte er eine tolle Idee. Er wollte, dass ich ihm meinen ganzen Tag erzähle. Von A bis Z. Einfach nur erzähle. Er sagte, das mache den Kopf frei für andere Dinge und gebe darum besseren Sex, weil dann nichts Störendes mehr da sei.»

«Hats geklappt?»

«Weiss nicht mehr. Doch – irgendwie schon. Ja – es war richtig gut, obwohl ich an jenem Tag einen ziemlichen Kater vom Vortag hatte, wie mir grad einfällt. Oh Mann! Ich wollte darum gar nicht, dass er herkommt.

Luki hat aber gedrängt und – genau! – jetzt weiss ichs wieder. Er hat gesagt, dass wir nicht unbedingt ins Bett müssten, er wolle einfach nur bei mir sein. Er koche was, und ich solle ihm meinen ganzen Tag erzählen, das sei das beste Mittel gegen einen Kater, zusammen mit einem Gin Tonic. Man solle ja einen Kater immer mit dem bekämpfen, was man am Schluss getrunken habe. Und dann sind wir doch im Bett gelandet … Dieser Mistkerl! Hat der mich doch voll erwischt! Und ich merks erst jetzt. Der hatte wirklich jede Masche drauf.»

«Und du willst keine Kampftrinkerin sein. Das ist der zweite Kater innert zehn Minuten», hakte Kant nach.

«Quatsch. Das war ein und derselbe. Das waren die Folgen von Heiris Geburtstag.»

«Von der Nacht des Attentats?»

«Ja genau. Oh Mann! Jetzt weiss ich wieder, warum es mir so schlecht ging. Ich konnte ja gar nicht ausschlafen, weil ich schon um neun Uhr geweckt wurde. Die Ermittler standen vor der Tür, wegen dieser blöden Aussage zum Attentat, du weisst schon, *Greenbaum* und so. Dabei hatten wir doch die Zentrale verlassen, bevor es passierte. Gott, was habe ich diese Befragung gehasst! Das gehört zum Schlimmsten. Wenn du einen Brummschädel hast und dich konzentrieren musst. Da hat es gut getan, dass mich Luki dann am Abend fein bekocht hat und wir nachher gebumst haben. – Uups, jetzt wo wir von der Arbeit reden, ich muss mich bereit machen. Mein Dienst beginnt um zwanzig Uhr.»

Rebekka schob Kants Hand von ihrer Brust, küsste ihn mit Leidenschaft und ging unter die Dusche.

Sie hatte dem Professor vom Attentat erzählt, da war er sich sicher. So, wie sie über alles ziemlich freimütig redete. Sie hatte wahrscheinlich nicht einmal gemerkt, dass sie bei ihrem Geplapper mit dem Professor auf der ganzen Linie gegen *Code Greenbaum* verstossen hatte. So, wie sie bis jetzt nicht gemerkt hatte, dass sie an jenem Abend mit dem Professor im Bett gelandet war. Mit dem Professor, der bestimmt nicht Psychologe war. Luki. Wie konnte man einen erwachsenen Mann nur Luki nennen.

Kant schlüpfte in seine Hose. Keine Dusche. Er wolle ihren Geruch mitnehmen. Rebekka fand das ziemlich pervers, brachte ihn aber trotzdem mit dem Wagen zum Bahnhof.

«Sag jetzt nichts», sagte sie auf dem Parkplatz, bei laufendem Motor, während sie ihm durch das schwarze Haar strich, «ich will nicht, dass du mich anlügst. Das machen andere besser.» Sie strich ein letztes Mal durch seine Haare, legte die Hand auf den Schaltknüppel und blickte ihn an. «Steig jetzt endlich aus.»

Kant nahm ihre Hand, küsste sie, legte sie zurück. Dann wollte er lässig aussteigen, fand aber den Türhebel nicht, und beide mussten lachen. Rebekka beugte sich über ihn, zog am richtigen Ort, und bevor sie sich langsam zurückgleiten liess, raunte sie ihm zu: «Und wehe, wenn ich nur eine Trophäe war!»

Im Zug war sie wieder da, die lange Nacht mit Malu. Ihrer intensiven Nähe konnte er sich nicht entziehen. Rebekkas Geruch hatte er nur mitgenommen, um etwas anderes zu überdecken. Jemand anderes. Es war gründlich misslungen. Malu hatte ihn letzte Nacht in Landschaften gelockt, deren Üppigkeit und Laute jede seiner Fasern reizten. Sie waren in Ozeane abgetaucht und in Tiefen vorgedrungen, deren Stille und Fremdheit seine Sinne noch immer kitzelten. Doch das war nicht einmal die halbe Wahrheit. Schon in den Tagen zuvor war sie nahe an jenes eine Prozent herangerückt, das nicht nur dem Hormonhaushalt unterworfen war. Das ihn jenseits der Verführung berührte und dessen Verführung ihn die Welt vergessen liesse.

Das Vorspiel hatte er gezielt verzögert. Tagelang. Beinahe wäre ihm Finn dazwischengekommen. Er musste nahe dran gewesen sein, hatte dann aber wahrscheinlich den Kopf verloren. Das hatte sich spätestens auf der Fahrt nach Uri gezeigt. Seine, Kants, Bemerkung, auch Malu könne zum Täterkreis gehören, hatte Finn restlos durcheinandergebracht. Das konnte er sich offenbar nicht vorstellen. Wenn Malu in den Fall verwickelt wäre, wäre Finn keine Gefahr mehr. Da gäbe es nur noch einen, der ihr gefährlich werden könnte: Er, Kant. Und der würde sich nicht so leicht einwickeln lassen ... Oder?

Seine Stirn warf sich in Falten.

Er liess erneut den Vorabend vorüberziehen. Das Essen, der Wein, das Kerzenmeer, ihre Hand in seiner Hand, ihre Lippen, ihr Körper. Was, wenn die Verführung inszeniert gewesen war?! Um auch ihn zu kontrollieren? Ihn, den unwiderstehlichen und unbestechlichen Kant? Na ja, den beinahe unbestechlichen Kant. Sie hatte ihn geködert, wie er sie ködern wollte. Mit scheinbarem Desinteresse. Und der grosse Kant kroch ihr auf den

Leim! Das Genie übersah wie alle anderen, dass auch Frauen Täterinnen sein können.

Eine Frau als Täterin. Das war der Impuls, der ihn zu Rebekka getrieben hatte. Neben der Lust auf ihre Weiblichkeit.

Gesetzt den Fall, der Impuls wäre richtig gewesen. Er sagte ihm, dass eine Frau dahinter steckte. Eine Frau, die gut getarnt war. Weil sie auf der Seite der Ermittler stand. Das traf auf Rebekka zu. Aber auch auf Malu.

Allerdings – warum sollte Malu Finn und ihn anheuern, wenn sie selber die Finger im Spiel hatte? Um allen immer einen Schritt voraus zu sein? Um immer zu wissen, was ihre Teams schon wussten, woran sie arbeiteten? Um alle gegeneinander auszuspielen? Sie von der wahren Täterin abzulenken? «Spuren verwischen und falsche Spuren legen». Das war von den Mitstudenten schon bei der Versuchsanordnung kritisiert worden. Wenn auch aus anderen Gründen. Sie hatten nur befürchtet, die Konkurrenzteams könnten einander das Leben schwer machen. An das geballte Wissen und die Macht, die bei der Koordinatorin zusammenkommen, hatte niemand gedacht. Es musste verlockend sein, die Macht über die Schaltzentrale zu besitzen. Zu sehen, wie einfach die Gegner zu kontrollieren waren, sobald man auf der richtigen Seite sass. «Die Fäden in den Händen halten». Die Koordinatorin wird zur Drahtzieherin. Die Kriminale zur Kriminellen. Und das Motiv – das diskrete Piepen des Handys riss ihn aus seinen Gedanken.

Finn.

Ein aufgewühlter Finn.

Ein Finn, der ihm etwas erzählen wollte und wieder einmal bei Adam und Eva anfing. Diesmal bei Robert Laubistorf, dem rundlichen und kurzarmigen Assistenten von Malu. Kant schnappte ein paar wirre Brocken über eine längere Unterredung auf, die beinahe nahtlos in Finns Entschluss gemündet sei, zu Hause in die Joggingschuhe zu steigen und frische Waldluft aufzutanken. Die beste Methode, die Gedanken fliessen zu lassen und Zusammenhänge zu erkennen. Kant erinnerte sich. Er hatte Finn hundertmal eingetrichtert, die Gedanken nicht zu zensieren, solange er am Joggen sei. «Lass kommen, was kommt. Egal, ob es dir wichtig scheint oder nicht. Du kannst auch Unwichtiges zu Ende denken. Gibt Platz für Neues. Naja, bei dir wahrscheinlich nicht. Wo vorher nichts war, wird auch nachher nichts sein.»

Mal sehen, was ein unzensierter Finn auf die Reihe bekam.

30

Nur widerstrebend hatte er die Laufschuhe hervorgeholt. Aber er hatte dringend eine andere Denkumgebung gebraucht. Und die konnte ihm das Joggen bieten. Endlich im Wald, war Finn durch das erste herbstliche Laub geraschelt und hatte dazu den Gedanken ihren Lauf gelassen. Laub. Laubistorf. Sein Besuch hatte sich gelohnt. Wahrscheinlich für beide. Laubistorf würde mit seinem Team ein Brainstorming machen. Zu Motiven, die nichts mit Verkehr zu tun hatten. Eines hat er Laubistorf schon mal geliefert: Alois Senn und seine Geltungssucht. Senn wäre bestimmt gern in der «Tagesschau» gekommen. Nur wäre ihm bestimmt wieder einer vor die Nase gesetzt worden. Der Einsatzleiter. Oder der Untersuchungsrichter. Irgendso ein Lokaler, der die Ermittlungen führte und Senn in den Schatten stellte. Wobei – die Ermittlungen wurden nicht von den Lokalen geführt, sondern eben von den Bernern, wie Muheim sagte. Von der Bundesanwaltschaft. Also war die Bundesanwaltschaft für Sprengstoffdelikte zuständig? Klar, sonst wäre Malu-Malou nicht involviert gewesen. Ein Bundesanwalt hätte sich auch besser verkauft in der «Tagesschau». Besser jedenfalls als ein Provinzermittler. Ob sie Malu-Malou angefragt hätten? Eine Freelancerin? Unwahrscheinlich. Ob sie auch ermittelte, wenn nur ein Papierkorb in die Luft fliegen würde? Kaum. Für solche Bagatellen wäre sie zu teuer. Nein, damit Malu-Malou beigezogen wurde, brauchte es ein anderes Kaliber. Etwas richtig Grosses ...

Damit *Malu-Malou* beigezogen wurde!?

Der Gedanke traf ihn so abrupt, dass er über eine Wurzel stolperte, das Gleichgewicht verlor und kopfüber einen steilen Hang hinunterstürzte. Noch im Fallen durchzuckte es ihn, dass er sich gleich das Genick brechen würde. Das hätte zum heutigen Tag gepasst.

Aber das Unterholz fing seinen Sturz auf. Er holte sich nur ein paar blaue Flecken und Schürfungen und zerkratzte sich im dichten Gestrüpp die Arme. Aber das kümmerte ihn jetzt wenig. Noch im Unterholz überschlugen sich seine Gedanken und flohen durch das Geäst in alle Himmelsrichtungen.

Was für eine Erkenntnis!

– Damit *Malu-Malou* beigezogen wurde.

Ein Motiv, das nicht mit Autobahn und Verkehr zusammenhing, sondern mit Sprengstoff und Malu-Malou. In seine Gedanken mischte sich Laubistorfs Lachen. «Arpagaus würde sogar ein Verbrechen begehen, wenn er sicher wäre, dass Malu den Fall bekäme.» Ausserdem, so Laubistorf, könnte der Täter viel raffinierter sein, als sie sich vorstellten. Natürlich! Arpagaus! Der Professor verkabelte die Bombe falsch, damit sie glaubten, er sei beschränkt. Darum war beim Anruf keine Panik in der Stimme zu hören. Arpagaus hatte keine Panik gehabt. Er hatte gewusst, dass die Bombe nicht explodieren konnte. Er hatte nicht die Autobahn in die Luft sprengen wollen, er wollte Malu-Malou. Er wollte, dass sie wieder Kontakt zu ihm aufnähme, weil sie nicht weiterwusste und sich bei der Bundesanwaltschaft nicht blamieren wollte. Alles Inszenierung. Darum gab es auch kein Bekennerschreiben.

«Ist etwas passiert?», fragte eine besorgte Stimme.

Über ihm nur Unterholz. Er legte den Kopf in den Nacken. Ein sprechender Dackel. Mit einer älteren Frau an der Leine. Olivgrüner Anorak, Jägerhut.

«Nein, alles okay», beruhigte er den Dackel. Der begann zu wedeln und zu winseln.

«Sind sie ganz sicher?», mischte sich die Frau ein.

Er stöhnte. Er wird es ihr wohl beweisen müssen. Unter den forschenden Blicken der Jägerin schälte er sich aus dem Gebüsch, kletterte den Hang hinauf, stellte sich vor sie hin, neigte sich zu ihr herab und sah ihr direkt in die Augen:

«Ganz sicher, vielen Dank.»

Er bückte sich noch tiefer, kraulte pro forma den wedelnden Dackel, nickte der Jägerin zu und nahm seinen Laufrhythmus wieder auf. Für einmal nahm er die Abkürzung über die Hauptverkehrsachse. Noch vor dem Duschen rief er Phillip, einen befreundeten Anwalt, zu Hause an.

«Sprengstoffdelikte?», wiederholte Phillip. Das sei grundsätzlich Sache der Bundesgerichtsbarkeit.

«Und wer führt die Untersuchung?»

Eigentlich der Bundesanwalt. Könne auch eine Frau sein, also die Bundesanwältin.

«Was heisst ‹eigentlich›?»

«Wie gesagt, es ist *grundsätzlich* Sache des Bundes. Der Bund delegiert solche Angelegenheiten in der Regel aber an die Kantone. Dazu gehört auch die Untersuchung. Das heisst, dass nicht der Bundesanwalt oder die Bundesanwältin untersucht, sondern die kantonalen Untersuchungsorgane.»

Was für eine kalte Dusche! Damit fiel seine ganze Theorie in sich zusammen. Und nicht nur die Theorie, auch er selbst. Eben noch war er gespannt wie eine Feder neben dem Telefon gestanden, im nächsten Augenblick sackte er buchstäblich zusammen. Er hätte es wissen müssen. Diese Nachricht passte zum Tag.

«Die Bundesanwaltschaft hat also mit Sprengstoffdelikten nichts zu tun», murmelte er an der Muschel vorbei.

«So habe ich das nicht gesagt. Ich habe gesagt, dass diese Delikte *in der Regel* an die Kantone delegiert würden. Wenn aber ein politisches Motiv oder ein politischer Hintergrund vermutet werden, untersucht die Bundesanwaltschaft meistens selbst.»

Das war es! Der politische Hintergrund. Damit die Bundesanwaltschaft ermittelte, musste ein politischer Hintergrund vermutet werden. Darum hatte Arpagaus den Anschlag auf der Gotthardautobahn inszeniert und nicht auf irgendeiner Autobahn. Die Gotthardautobahn als wichtigste Nord-Süd-Verbindung war an sich schon ein Politikum. Wenn hier ein Anschlag verübt wurde, vermutete man sicher einen politischen Hintergrund.

«Magnus? Bist du noch da?», kam die Stimme vom anderen Ende der Leitung.

«Ja, sorry, Phillip, vielen Dank. Du hast mir sehr geholfen.»

«Keine Ursache. Kostet dich bloss ein Essen. Aber nicht bei irgendeinem Italiener!»

«Was hast du gegen Italiener?»

«Nichts, im Gegenteil. Ich esse gern und oft italienisch. Aber wenn ich mich für eine Rechtsauskunft einladen lasse, solls ruhig was kosten. Auch unter Freunden.»

«Rechtsauskunft! Phillip, meine Frage hat dich ein Lächeln gekostet.»

Philipp lachte. «Ja, aber in der Freizeit. Jetzt hab dich nicht so, wär doch schön, wenn wir uns wieder mal sehen würden. Kannst du einer solchen Argumentation folgen?»

«Kann ich. Und gegen einen Anwalt habe ich auf Dauer ohnehin keine Chance.»

«Schön, dass du das auch so siehst.»

Draussen begann es einzudunkeln. In der Küche gegenüber blinkte eine Neonröhre auf. Das Fenster daneben flackerte im bläulichen Licht eines Fernsehers.

Was musste er jetzt als Erstes tun? Seine Vermutung auf Schwachstellen durchleuchten. Damit ergab sich auch der nächste Schritt: Kant. Das heisst, der übernächste. Zuerst unter die Dusche, um den juckenden Schweiss loszuwerden. Vor allem auf den Armen, damit das Brennen der Kratzer endlich ein Ende hatte.

Das Frottiertuch war noch feucht vom Morgen. Er tropfte in den Flur, knüpfte ein frisches Tuch um die Hüfte, trocknete sich kurz ab und griff zum Telefon. Malu war noch immer nicht erreichbar. Er versuchte es in ihrem Büro und wurde mit Robert verbunden, der Malu ebenfalls gesucht hatte. Er habe ihr Handy angepeilt. Sie scheine zu Hause zu sein, nehme aber nicht ab. Was nicht ungewöhnlich sei, wenn sie eine heisse Spur habe und sich konzentrieren wolle. Finn wählte erneut. Kant nahm sofort ab. Er war unterwegs im Zug.

31

Arpagaus. Das passte nicht zu Kants Theorie. Ausser in einem Punkt: Finn konnte Malu wirklich nicht mehr gefährlich werden. Nicht einmal, wenn er seinen Gedanken freien Lauf liess. Er würde jeden als Täter entlarven, nur um Malu nicht zu verdächtigen.

Jetzt also Arpagaus.

Ganz so unwahrscheinlich war das nicht, wenn Kant an die letzten Stunden dachte. Er liess die Landschaft am Zugfenster vorbeiziehen, während er Finn über das Handy vom Verhältnis zwischen Rebekka und dem *professore* berichtete. Von ihrer ersten Trennung, wahrscheinlich wegen Malu. Von seinem Auftauchen vor ein paar Monaten in Rebekkas Bar und damit zum zweiten Mal in ihrem Leben. Zufällig, wenn man Rebekka glauben konnte. Von seinem Besuch bei ihr, ausgerechnet am Abend nach dem Attentat, und seinem Vorschlag, sie zu bekochen, während sie ihm ihren Tag erzählen könne. Von seiner scheinbar harmlosen Fragerei, bei der ihm diese Plaudertasche bestimmt den aktuellsten Stand der Ermittlungen preisgegeben hatte. Vom Schäferhund, dem er in einem Wutanfall den Hals umgedreht hatte. «Solche Ausbrüche passen zu seiner galoppierenden Eifersucht. Ein Choleriker. Einen ihrer Kollegen verprügelte er, weil der seinen Arm um sie gelegt hatte. Zu seiner Eifersucht passt auch seine Besessenheit. Wenn ihn etwas wirklich packt, will er es voll und ganz. Er setzt alles daran, um sein Ziel zu erreichen. Sonst wirst du nicht mit fünfunddreissig schon Professor an der Uni.»

«Und was geschieht, wenn er etwas nicht erreicht?» Finn schien plötzlich beunruhigt.

«Keine Ahnung. Du redest mit einem psychologischen Laien. Dem besten natürlich, aber mit einem Laien. Doch wenn wir schon beim Thema sind: Was beschäftigt dich genau?»

Finn stöhnte. Er habe ein ungutes Gefühl. Er glaube bei Arpagaus nicht mehr an Zufälle. Auch sein Erscheinen, gestern, auf der Sonnenterrasse, sei kein Zufall gewesen. Da stecke etwas anderes dahinter. Arpagaus sei schon früher immer wieder «zufällig» in jenen Lokalen aufgetaucht, in denen sich Malu aufgehalten habe. So hätte es auch gestern gewesen sein können. Finn schluckte. Sie habe zu Arpagaus gesagt, sie würde ihn später anrufen. Vielleicht wollte sie ihn irgendwo treffen? Vielleicht bei ihr zu Hause? Laut Laubistorf müsste sie jetzt dort sein. «Hoffentlich passiert ihr nichts! Wenn Arpagaus wirklich so besessen ist, rastet er vielleicht endgültig aus!»

Kant beruhigte ihn. Arpagaus habe keinen Grund, auf Malu loszugehen. Zumindest nicht, wenn Finns Theorie zutreffe. «Er inszeniert ein Verbrechen so geschickt, dass Malu nicht weiterkommt und mit ihm Kontakt aufnimmt. Er kennt sie in- und auswendig. Vielleicht hat das ‹zufällige› Treffen gestern nicht Malu gegolten, sondern dir. Er wollte herausfinden, was *du* für eine Rolle spielst. Was hast du ihm gesagt?»

Nichts. Malu habe an seiner Stelle geantwortet. Vielleicht habe sie etwas geahnt? Sie sei ihm, Finn, gegenüber sehr kühl geworden. Und nachdem Arpagaus gegangen sei, sei sie wie abwesend gewesen. Als ob ein Gedanke sie völlig eingenommen hätte. Ach ja, sie sei heute am Tatort gesehen worden. Ob sie dort etwas gesucht habe? Etwas, das auf Arpagaus als Täter hindeuten würde? – Mist! Was, wenn sie ihm ebenfalls auf die Schliche gekommen sei? Schliesslich kenne sie ihn besser als alle anderen. Was, wenn sie ihn auf eigene Faust treffe, ihn mit ihren Schlussfolgerungen konfrontiere, er raste aus, schlage sie nieder, lasse sie liegen, bewusstlos. Vielleicht verblute sie gerade?!!

«He, du Paniker! Stell dir nicht immer das Schlimmste vor. Bleib realistisch.»

Finn sog tief Luft ein. «Schon gut! Was schlägst du vor?»

«Malu kann sicher beurteilen, ob an unserem Verdacht etwas dran ist. Vielleicht haben wir uns verrannt. Wir treffen uns bei ihr. Wer zuerst da ist, schaut, ob sie gerade verblutet oder nur verbluten spielt ...»

«Was ist, wenn sie nicht öffnen kann», fiel ihm Finn ins Wort, «weil sie verletzt ist oder bewusstlos oder gefesselt?»

«Wenn sie nicht öffnet», antwortete Kant geduldig, «steckt ein Zweitschlüssel in einer Nische unter den Briefkästen. Sie ist aber gut getarnt. Du musst sie erfühlen, unten links, ganz hinten. Mehr ein Schlitz als ein Fach.»

«Woher weisst du das?» Finns Stimme war plötzlich heiser.

«Das ist jetzt nicht wichtig. Wichtig ist, dass wir keine Zeit verlieren und dass du im Notfall den Schlüssel findest. Also, ich versuchs noch mal auf dem Handy, du auf dem Festnetz, und wir treffen uns dort. Einverstanden?»

«Einverstanden.»

Finn legte auf, blieb aber wie erschlagen neben dem Telefon stehen. Woher wusste Kant das mit dem Schlüssel? Der dumpfe Schmerz von heute Morgen kehrte zurück. Die Vorahnung, er habe Malu-Malou endgültig verloren. An einen anderen Mann.

Ihm stockte der Atem.

Endgültig verloren?

Eine heisse Welle durchflutete seinen Körper.

Traumfetzen der letzten Nacht tauchten auf. Endgültig verloren. Hatte ihn das dumpfe Gefühl, das ihn seit heute Morgen begleitete, nicht vor einem Konkurrenten warnen wollen, sondern vor einem Mörder?

Seine Finger zitterten über die Tasten, als er ihre Nummer wählte. Gleichzeitig stöckelten die Stilettos durch seine Gedanken. Und mit ihnen Rebekka Schlegel. Die laszive Polizistin, die er noch nie gesehen hatte. Warum stellte er sich Rebekka in Stilettos vor? Könnte sie die Tanzende mit den üppigen Konturen an der Vernissage gewesen sein? War sie dort aufgetaucht, weil sie Malu-Malou gefolgt war? Die Ex-Geliebte von Arpagaus, die sich an Malu-Malou, ihrer Nebenbuhlerin, rächen wollte?

Abwesend lauschte er dem vertrauten Ton, der am anderen Ende der Leitung das Klingeln anzeigte. Er hörte die Wiederholung, die Wiederholung, die Wiederholung.

Sie kam in regelmässigen Abständen, wie der Puls eines Patienten, der an ein EKG angeschlossen war.

Es piepte und piepte und piepte.

Keine Antwort.

32

Was er am liebsten im Zeitraffer erlebt hätte, kam Finn in Wirklichkeit wie schlimmste Zeitlupe vor. Von Standbild zu Standbild. Wie er die Hose anziehen will, in einem Hosenbein stecken bleibt, auf Kniehöhe. Wie er weiterzerrt, dazu auf einem Bein zum Schrank hüpft, mit der Hand die Hose hält, mit der anderen das Hemd vom Bügel reisst. Wie er zum Bett humpelt, das Hosenbein hinter sich herschleift und sich beinahe selbst zu Fall bringt. Wie er sich aufs Bett setzt, um endlich die Hose richtig hochzuziehen. Dafür den Hemdärmel nicht findet. Dann doch. Dafür den zweiten nicht, weil er mit der andern Hand nach Socken wühlt. Sich wieder aufs Bett setzt. Socken überstreift. Aufspringt, hinüber zu den Schuhen. Nur nichts Geschnürtes jetzt. Wie er seine Füsse würgend und drückend in die Schuhe zwängt. Dazu das Hemd in die Hosen nestelt, ohne einen Knopf zu schliessen, auch nicht an der Hose. Wie er deshalb die Hose verliert, sie wieder hochzieht und wenigstens den Gürtelknopf schliesst. Wie er auf dem Weg zur Wohnungstüre den Sakko von der Garderobe reisst. Den Schlüssel abzieht. Von aussen wieder reinsteckt. Dabei das Loch vor lauter Zittrigkeit kaum findet. Dann tausend Stufen hinunter. Zuerst zwei, dann drei, schliesslich vier auf einmal, zwischen Hast und der Angst, dumm zu stürzen und liegen zu bleiben. Endlich die Haustür, die Strasse, nasser Asphalt, es muss in der

Zwischenzeit geregnet haben. Kein Taxi weit und breit. Er wird eins rufen müssen. Sein Handy? Mistding! Liegt oben in der Wohnung. Spurt zur Telefonzelle. Ein weiterer Hinterhalt. Eine runde Glastür, die sich nicht öffnen will. Auch nicht nach ein paar Tritten. Also noch einmal, langsam, rund. Jetzt klappt es. Wie er den Hörer nimmt, in den Hosentaschen rumfummelt, kein Geld findet, keine Kreditkarten, den Hörer aufknallt. Wie der Hörer herunterfällt und er ihn nochmals auflegt, weil er ja wiederkommen will. Hoffentlich ist die Zelle dann nicht besetzt. Wie er zurückspurtet. Leichtes Keuchen. Noch im Rennen nach dem Schlüssel in der Hosentasche fingert, beinahe hinfällt, sich im letzten Moment doch noch auffängt. Wie dafür der Schlüsselbund über die Strasse klimpert, auf einen Schacht zuschliddert und Millimeter davor liegen bleibt! Wie er ihn aufliest, weiterrennt. Bei der Haustüre mit dem Schlüsselloch kämpft, oben dafür mit der Suche nach dem richtigen Schlüssel. Er war doch vorhin noch am Schlüsselbund, der da – nein, der da. Wieder das zitternde Zielen. Schlüssel stecken lassen. Sich an der Wand abstützen. Atem schöpfen. Leichtes Pfeifen in den Lungen. Jetzt bloss nicht schlapp machen. Ab ins Wohnzimmer. Dieses Chaos auf dem Tisch. Alles zusammenraffen. Wo ist die Kreditkarte. Zeitungen fliegen, Zettel, Briefe, da ist sie ja. Einstecken, Schlüssel abziehen, die ersten Stufen hinunter – Handy! Bei der Suche nach der Kreditkarte wieder weggelegt! Liegt immer noch oben auf dem Tisch. Zurück! Wieder Schlüssel und Schlüsselloch, das wird noch zum Trauma werden. Langsam jetzt. Mit beiden Händen. Na also. Mit Ruhe geht es schneller.

Wie er zum Handy greift, zum dritten Mal Türe, Treppe, Strasse. Wie er mit fiebrigen Fingern auf der Tastatur rumdrückt. Wo sind die Nummern schon wieder? Wie er beinahe das Register löscht, «suchen», «t», «Tamara» «Taxi» «Toni» … zurück – «Taxi» – «Anrufen». Wie es zweihundert Mal klingelt, wie er die Strasse entlangrennt, schon auflegen will, endlich eine Stimme, schnelles Hin und Her:

«Taxi, Ecke Sempacherstrasse/Hofackerstrasse, schnell!»

«Wie ist Ihr Name?»

«Finn.»

«In Ordnung, Herr Finn, in etwa fünf Minuten.»

Fünf Minuten. Wenigstens das.

Ein Blick auf die Uhr. Der Zug, in dem Kant sass, musste in einigen Minuten im Hauptbahnhof einfahren. Ob er Malu-Malou auf dem Handy erreicht hatte?

Kant hatte es versucht. Wieder nur der Anrufbeantworter. Und in ihrem Büro verhallte das Klingeln ebenfalls ungehört. Kein Wunder, das Display seines Handys zeigte zwanzig Uhr vierzig. Draussen verschwand das Lichtermeer hinter einer schwarzen Wand. Der letzte Tunnel vor der Stadt. Knappe zehn Minuten vor dem Hauptbahnhof. Kant lehnte sich zurück.

Finn und seine Katastrophenszenarien. Merkwürdig war es zwar schon, dass Malu nicht zu erreichen war. Andererseits, wenn sie friedlich mit Arpagaus dinierte, warum sollte sie sich stören lassen. Selbst wenn es nicht sehr friedlich zuginge – dieser Gedanke hatte allerdings etwas Beunruhigendes. Arpagaus und seine unkontrollierten Ausraster. Ein Hundekiller und Kneipenprügler. Ein Choleriker, der womöglich auch Rebekka geschlagen hatte. «Blindwütig» – was die Sprache kannte, kannte auch die Realität. Wahrscheinlich verhielt sich der *professore* wie der Tiger im indischen Dschungel. Ohne Grund fiel das Raubtier keine Menschen an. Wenn es aber einmal einen Hieb landete, mit ausgefahrenen Krallen, um sich oder seine Jungen zu schützen, und nachher aus Versehen einen Bissen nahm von dem, was da blutend und schreiend zwischen seinen Pranken lag, verlor es jede Hemmung. Die Raubkatze wurde zum Menschenfresser. Künftig suchte sie sich ihr Futter in der Nähe der Dörfer. Fleisch war Fleisch, und ein Mensch ohne Waffe war eine leichte Beute. Wenn das Tier in Arpagaus erst einmal ausrastete, schlug er womöglich auch Malu – *wenn*!

Kant schüttelte den Kopf.

Die Falle des Konjunktivs. Sie war allgegenwärtig. Manchmal musste man sich zwar verschiedene Möglichkeiten ausmalen. Aber eben, verschiedene. Nicht nur Finns Schreckensvision.

Zurück zu seiner eigenen Spur.

Malu als Täterin.

Er konnte ja Finns Spiess mal umdrehen. Nicht Malu wusste etwas über Arpagaus, Arpagaus wusste etwas über Malu. Und er wollte, dass sie wusste, dass er etwas wusste. Er setzte sich zu Finn und Malu an den Tisch. Aber nicht zufällig. Malu war sich dessen bewusst gewesen. Arpagaus tauchte nie zufällig auf. Malu sollte wissen, dass er sie beschattete. Mehr noch: dass er sie die ganze Zeit beschattet hatte. Er hatte den Urlaub von der Uni nicht benutzt, um in der Toscana Wein anzubauen. Der *professore* war gar nie in der Toscana gewesen. Darum fehlte die Leidenschaft in seiner Erzählung, wenn er Finn richtig verstanden hatte. Arpagaus war die ganze Zeit in Malus Nähe gewesen. Er wusste, wie sie in das Attentat verstrickt war. Um auf dem Laufenden zu bleiben, hatte Arpagaus den Kontakt zu Rebekka wieder aufgenommen. Von ihr erfuhr er, wo die Ermittlungen standen und wann er eingreifen musste. Bis diese Hundegeschichte passierte. Jetzt musste er sich einen neuen Weg überlegen. Er entschied sich für die offene Konfrontation – ohne dass es offensichtlich wurde. Er wollte Malu nicht blossstellen. Darum sprach er Finn auf den Fall an, nicht Malu. Sie verstand die Botschaft und griff sofort ein. Sie verhinderte jede weitere Diskussion, indem sie sich auf das Amtsgeheimnis berief. Danach sei sie sehr kühl gewesen zu Arpagaus und anschliessend sehr abwesend bei Finn. Wie wenn ein Gedanke sie sehr beschäftigt hätte – was wusste Arpagaus über das Attentat? Was wusste er über ihre Rolle in diesem Fall? – Sie würde sich mit ihm treffen müssen, um das herauszufinden. Oder sie sah plötzlich eine Chance, wie sie ihn loswerden konnte. Wie sie ihn hinter Gitter bringen konnte, damit sie endlich Ruhe vor ihm hatte. Deshalb war sie heute am Tatort gewesen. Um falsche Spuren zu legen. Das wäre allerdings sehr unvorsichtig. Wenn Arpagaus sie tatsächlich beschattet hatte, reizte sie damit das Tier in ihm. Höchste Zeit, das friedliche Diner zu stören.

Ein leises Quietschen. Der Zug bremste ab. Die Leuchtreklamen an den Häusern huschten nicht mehr vorbei. Das Gleisgewirr links und rechts kam zum Stillstand. Kurz vor der Einfahrt in den Hauptbahnhof. Ausgerechnet jetzt!

Die Verspätung musste er hinnehmen. Hektik würde überhaupt nichts bringen. Ein kühler Kopf konnte ihm viel mehr helfen. Am Bahnhof standen immer genügend Taxis, vorne auf dem Hauptplatz. Wenn er wirklich Zeit gewinnen wollte, könnte er im Zug bis zur Zugspitze vorgehen. Warum nicht. Es gab keinen Grund, das Schicksal zu provozieren, wenn es ihm schon diesen Gedanken geschickt hatte. Er erhob sich und ging durch die Wagen, während der Zug kaum spürbar wieder anrollte.

33

Majestätisch langsam kommt das Taxi die regennasse Hofackerstrasse hochgefahren. Weniger majestätisch der Fahrer. Sich duckend und nach allen Seiten äugend sucht er im Dunkeln nach seinem Fahrgast. Finn ist mit einem Satz mitten auf der nassschwarzen Strasse und winkt. Das Taxi schiebt sich kaum hörbar auf ihn zu, blinkt, hält an. Finn reisst die Tür auf, wirft sich auf den Rücksitz und ruft dem Taxifahrer die Adresse zu. Er hat zum hundertsten Mal versucht, Malu zu erreichen. Vergeblich. Dann hat er endlich sein Hemd zugeknöpft und auch die Hose.

Der Taxifahrer murmelt etwas in seinen Bart.

«Pre-di-ger-gasse», wiederholt Finn.

«Ah, Pre-di-gasse! – In Altstadt?»

«Nein – ja – doch, in der Altstadt.»

«Gut … Weiss, wo ist.»

«Schnell!»

Der Taxifahrer fixiert ihn finster über den Rückspiegel, an dem so etwas wie ein Rosenkranz baumelt. Mit fuchtelnder Hand knurrt er:

«Ich Ausländer. Machen, was Gesetze sagen. Sonst mussen zuruck nach Albanien. Sie das nicht wollen, ich das nicht wollen.»

«Na, so schlimm wirds nicht sein.» Er sass wie auf Nadeln, atmete tief durch und versuchte, beherrscht zu wirken.

«Nicht so schlimm?», ruft der Fahrer. «Nicht so schlimm? Was Sie wissen! Mein Bruder zuruckgeschickt. Behaupten, Schuhe gestohlen. Aber wo Beweis? Wo Beweis? Kein Beweis! Nur Verkäuferin, wo sagt, dass Schuhe gestohlen. Kein Beweis! Aber Ausländer. Dann Arbeit verloren. Dann zuruckgeschickt! Nicht so schlimm – was Sie wissen! Mein Bruder aber nicht Schuhe gestohlen. Trotzdem zuruckgeschickt ...» Der Taxifahrer schüttelt den Kopf. «Schweiz strenges Land mit Ausländer ... Aber ich nicht klagen, mir gefallen gut. Ich glucklich hier. Darum ich nicht fahren zu schnell. Wenn nicht gut fur Sie, Sie andere Taxi!»

«Nein nein, schon gut», beschwichtigt Finn. «Sie machen guten Job. Einfach so schnell wie möglich – wie erlaubt. Sie machen guten Job.»

Bloss jetzt keinen Streit anfangen. Bloss jetzt nicht noch das Taxi wechseln müssen. Er hat keinen Puls mehr, nur noch ein Flattern. Er lässt den Taxifahrer weitersprechen, ohne zuzuhören. Dafür hat er jetzt echt keine Nerven. Zum Glück hat es nur noch wenig Verkehr. Warum fährt er nicht geradeaus?

Er will reklamieren, da biegt der Fahrer erneut ab, und Finn wird klar, dass er die Altstadt von der anderen Seite anfährt. ‹Wird mit den Einbahnstrassen zu tun haben›, versucht er sich zu beruhigen.

Die Scheinwerfer streifen über hellbraune Backsteinmauern. Häuser schleichen vorbei, parkierte Autos, Bäume. Alles schleicht! Untermalt von diesem leisen Summen des Motors. Einen aufbrüllenden Mustang hätte er jetzt gebraucht! Einen röhrenden Alfa! Einen dröhnenden Ferrari! Alles, nur nicht dieses edle Gesumm, vermischt mit leiser arabischer Musik. Wenn der Kerl doch nur das Pedal durchdrücken würde! Aber wenn er jetzt etwas sagt, würde er ihn sicher einfach ausladen und stehen lassen.

Er schielt verstohlen auf den Tacho … Fünfundfünfzig, also doch leicht über dem Limit. Immerhin. Sein Darm meldet sich. Nur nicht jetzt! –

Endlich die Altstadt. Enge Gassen. Ein paar Fussgänger, die sich umdrehen und nur langsam zur Seite weichen. Er würde sie am liebsten persönlich über den Haufen fahren! – Jetzt werden sie gleich da sein. Ein Blick auf die Taxiuhr. Hastig klaubt er eine Note aus der Brieftasche. Stahlpfosten verhindern die weitere Zufahrt. Er streckt dem Fahrer die Note entgegen. Springt aus dem Taxi. Rennt die dunkle, schmale Gasse entlang. Rutscht auf dem nassen Kopfsteinpflaster aus. Fällt hin. Rafft sich auf. Sucht die Hausnummer. Dann Malus Namen. Da, «Kienast». Klingelt im vierten Stock.

Keine Antwort.

Er tritt in die dunkle Gasse zurück, schaut nach oben. Ging im vierten Stock soeben das Licht aus? Das kann doch nicht sein. Was tun? Ein Blick nach links und nach rechts. Am Ende der Gasse eine dunkle Gestalt. Eine Silhouette. Ein Mann oder eine Frau. Sonst menschenleer. Kant müsste doch auch schon hier sein?

Zurück zum Haus. Er tastet die Unterseite der Briefkästen ab. Spürt die bohrenden Blicke der Silhouette. Sucht nach der verborgenen Lasche. Da ist nichts. Er bückt sich, tastet nochmals; da – ein Spalt – der Schlüssel. Er klaubt ihn hervor. Wenn Malu-Malou bloss nicht oben im Blut liegt! Und wenn doch, dann wenigstens so, dass sie noch lebt! Das Licht ist erst vor ein paar Sekunden gelöscht worden. Wenn er schnell handelt, wird alles gut. – Erst vor ein paar Sekunden? Arpagaus ist noch da! Er wird kämpfen müssen. Gegen einen Choleriker. Gegen einen Knochenbrecher. Gegen einen Mörder. Wo zum Teufel bleibt Kant?

Erst auf dem Trittbrett hat er sich entschieden. Zu Fuss ist er schneller als mit dem Taxi. Kant eilt über den Bahnhofplatz, in die ersten Gassen hinein, über eine Holzbrücke, der Limmat entlang, ins Gewirr der Altstadt, erwischt die falsche Gasse, orientiert sich neu. Als er in die Gasse am Neumarkt einbiegt, bleibt er abrupt stehen. Dort, wo die Predigergasse in die Gasse am Neumarkt mündet und mit ihr ein grosses «T» bildet, steht eine dunkle Gestalt im Schatten einer Hauswand. Unbeweglich. Mit Blick in die Predigergasse. Kant kneift die Augen zusammen. Ein Mann oder eine Frau? Eher ein Mann. Obwohl, auf diese Distanz – Silhouette bleibt Silhouette. Was zur Hölle macht sie da? Die Silhouette hat ihn noch nicht bemerkt. Er wird einfach weitergehen, in die Predigergasse einbiegen und nachsehen, ob bei Malu Licht brennt. Jetzt löst sich die Gestalt aus dem Schatten. Ein Mann. Ein ausgestreckter Arm. Eine seltsame Verlängerung der Hand.

Für eine Sekunde ist Kant gelähmt. Er presst sich in einen Türeingang. Prüft die Lage. Flitzt zum nächsten Eingang. Zum nächsten. Immer mit dem Rücken zur Tür. Als ob er gerade aus dem Haus treten würde. Die Ecke

Predigergasse kommt immer näher. Kant ist nur noch eine Tür von der Gestalt entfernt.

Finn kann nicht länger warten. Der Schlüssel brennt in seiner Hand. Er muss handeln. Einmal im Leben muss er handeln. Vier Schritte zur Haustür, vielleicht fünf. Er setzt zum ersten Schritt an. Und erstarrt. Aus der Dunkelheit der Gasse taucht die Silhouette auf. Finn kann es nicht glauben. Er erkennt die Gestalt im fahlen Licht der Laterne und weiss, dass ihm das nichts mehr nützt. Er sieht die Waffe, den Blitz, die Kugel, die durch die schmale Gasse auf ihn zuschiesst.

Sieht aus wie eine Rakete. Vorne die Kapsel, dann die Antriebsstufe. Sie wird einen Tunnel durch sein Hirn bohren, direkt zwischen den Augen, leicht oberhalb der Nasenwurzel.

Ob sie im Knochen stecken bleibt?

Darauf vertraut er nicht. Nicht an diesem Tag.

Er weicht aus. Will ausweichen. Kein Muskel reagiert. Verwundert sieht er zu, wie die Kugel in seinen Kopf eindringt. Eine Trägerrakete. Zuerst die metallene Kapsel, dann die goldene Antriebsstufe.

Sein Blick umkreist das Geschoss von allen Seiten. Dann die Ansicht von hinten. Ein Kreis. Im Zentrum eine Vertiefung. In die Fläche eingestanzt zwei Zeichen, die er nicht entziffern kann.

Doch irgendetwas stimmt da nicht.

Ihm ist, als ob er etwas hören würde.

Stimmen.

Blecherne Stimmen.

Überlagert von einem Geknister und Geknacke. Dazwischen splittern Wortfetzen durch seinen Schädel. «Intschi» oder «Untschi». Undeutliches über einen Panzer, einen Tunnel, eine Bombe, einen Film – er will genauer hinhören, doch da kracht es, als ob das Projektil die Schädeldecke auch hinten durchbrochen hätte.

Er hat es geahnt.

Sie ist nicht im Knochen stecken geblieben.

Die blechernen Stimmen verebben.

Wärme strömt in seinen Kopf. Sie flüstert ihm einen Namen, der ihm gleich wieder entschlüpft. Ein schwarzer Schleier vernebelt die schattige Gestalt am Ende der Gasse, verschluckt Hauswände, Fenster, Treppen, Türen und bedeckt leise wallend das schimmernd nasse Kopfsteinpflaster.

Kein Reflex mehr. Nicht vom Licht. Nicht vom Körper.

In der Ferne verschwimmt die Gestalt im fahlen Licht der Laterne.

Er will etwas sagen, die Hand ausstrecken, rufen – nichts gelingt.

Er hört, wie sein unausgesprochener Satz in sich selbst verhallt. Ich will nicht sterben. Nicht hier. Nicht jetzt. –

Dunkelheit.

Leere.

Ruhe.

Ob er jetzt ein durchgehendes Loch im Schädel hat? Einen Tunnel?

Das würde zum heutigen Tag passen.

Er will gar nicht weiterdenken. Lieber die Wärme strömen lassen.

Als Nächstes wird er aus seinem Körper schweben und sich von oben sehen. Wie er daliegt, mitten in der Altstadt, in einer engen Gasse, im eigenen Blut.

Lautlos, schwerelos, schmerzlos.

Ob jetzt dieser Tunnel kommt, der ihn mit Urgewalt in sich hineinsaugt? Das gleissend weisse Licht? Der Lebensfilm? Im Zeitraffer? Schwarze Stilettos. Ein Buch mit seltsamem Titel. Malu-Malou im tiefsten Dschungel. Kant am Kamin. Kant und Rebekka. Der rundliche Laubistorf mit prachtvollem Schnurrbart und kurzen Armen. Kant und Maria Barolo. Ein braun gebrannter Professor mit Flurina im Schneesturm. Der Gotthard. Senn und der Bristen. Eine Fahrt im Regen. Die Teufelsbrücke. Die dunkle Gasse in der Altstadt. Die Rakete, die auf ihn zuschiesst. Das Projektil, das in seinen Kopf eindringt. Die wohlige Wärme, die sich ausbreitet wie Tinte im Wasserglas. Nur wärmer. Blut in der Badewanne. Ein angenehmer Tod. Sagt man. Sofern die Wassertemperatur stimmt. Kommt der Zeitraffer auch, wenn man langsam vor sich hinertrinkt? Bei Kerzenlicht und Rotwein, in der Badewanne? Oder schlafend vor sich hinerfriert, allein und zugedeckt von Pulverschnee?

Ein scharfer Knall zerreisst die Dunkelheit. Kant stürzt auf den Schützen los, wuchtet ihn zu Boden, packt ihn an den Haaren, donnert den Schädel gegen das Pflaster, kniet auf seinen Gegner und bändigt ihn. Die Waffe ist weggeschliddert, das Opfer in der Ferne zu Boden gegangen. Malu oder Finn? Kant kann nichts erkennen, sein Gegner wehrt und windet sich, bäumt sich auf, wirft ihn beinahe ab, dreht sich zur Seite und blitzschnell zur andern, schlägt mit den Füssen um sich, rammt Kant gegen die Hauswand, wird erneut an den Haaren gepackt und von Kant mit aller Wucht auf das Pflaster geknallt.

Das Krachen bringt Kant zur Besinnung.

Das und die Stimmen einiger Anwohner, die wissen wollen, was da unten los ist. Der Schütze wehrt sich erneut mit aller Kraft. Zwei beherzte Männer greifen ein. Zu dritt gelingt es, den Kämpfer auf den Boden zu drücken. Doch die Bestie wehrt sich noch immer, Kant kann nicht loslassen. Wer ist von der Kugel getroffen worden? Malu oder Finn? Rufe hallen durch die Gasse. Ein Mann am Boden! Getroffen! Blut! Eine Ambulanz! – Finn!, schiesst es ihm durch den Kopf. Seine Wut kocht erneut auf, und nur der Umstand, dass einer der Burschen das Genick des Mörders gegen den Boden drückt, verhindert, dass Kant ihm den Schädel zertrümmert. Finn! Ausgerechnet Finn! Wer immer das Schlimmste befürchtet, wird irgendwann vom Schlimmsten getroffen.

34

Das Frühstück schmeckt wunderbar. Der Kaffee so richtig italienisch. Die Luft im Garten südlich mild. Malu weiss jetzt, was zu tun ist. Ein Glück, dass sie gestern den Benzinkanister dabeigehabt hat. Ein Glück, dass die Beamten im Streifenwagen nicht zu ihr herübergekommen sind. Es hat gereicht, dass sie den Kanister über das Autodach hob und ein Zeichen für Vergesslichkeit machte, während ein Lastwagen nach dem anderen vorbeidonnerte. Die Beamten gaben sich damit zufrieden. Und fuhren weiter.

Sie schneidet ein Brötchen auf und greift zur Margarine. Margarine? Nicht heute. Heute kommt Butter aufs Brot. Nach all der Aufregung. Für einen Moment hat ihr gestern wirklich der Atem gestockt, als sie das kurze Aufheulen der Sirene hörte und sah, wie die Streife am Rand der gegenüberliegenden Fahrbahn anhielt. Sie ist sich zwar sicher gewesen, dass sie sich rasch aus der Affäre ziehen würde, auch wenn sie unmittelbar beim Tatort angetroffen wurde. Ein Hinweis auf ihre Rolle bei den Ermittlungen hätte genügt, um grössere Komplikationen zu vermeiden. Aber es ist nicht auszuschliessen gewesen, dass die beiden Polizisten zwei pingelige Beamte waren, die auf einem Rapport bestehen würden. Oder zwei dieser einheimischen Alpenmachos, denen es besonderen Spass bereitet, jemanden von der Bundesanwaltschaft zu schikanieren. Die Leiterin der Ermittlungen im Besonderen. Unter den hiesigen Polizisten gab es einige Dickschädel, die die Arbeit der Bundesanwaltschaft als Einmischung empfanden und den Dienst unter einer Frau als Frevel. Die würden jede Gelegenheit wahrnehmen, den Eindringlingen eins auszuwischen. Mit einem Dienst nach Vorschrift hätten sie sie locker eine Stunde aufhalten können. Was für eine Erleichterung, als die Beamten über beide Fahrbahnen hinweg freundlich salutierten und sich wieder in den Verkehr einfädelten. Wahrscheinlich haben sie sich in der Zentrale erkundigt, ihre Personalien erfahren und sie als ungefährlich eingestuft. Perfekt. So hat sie keine weitere Zeit verloren. Sie hat den Benzinkanister wieder in den Kofferraum gepackt, sich vergewissert, dass nichts herumlag, sich ans Steuer gesetzt, den Motor gestartet und ist noch vor Mittag am Ziel eingetroffen. Eine kleine Pension, ganz hinten im Verzascatal. Vor Jahren entdeckt. Der ideale Ort für ihr Vorhaben. Sie hat nie jemandem davon erzählt. So kann niemand wissen, wo sie sich aufhält.

Umso schöner, jetzt hier am Tisch zu sitzen, mit dem Hauch einer warmen Morgenbrise an den Beinen und der grossen Frage, welche Marmelade auf die Butter geschmiert werden soll. Alle hausgemacht, alle in schlichten, glasierten Tontöpfchen.

Sie hat sich auch bei der Arbeit nicht abgemeldet. Zum Glück sind die beiden Streifenbeamten weitergefahren. Womöglich hätte die Zentrale sonst wissen wollen, wo sie zu erreichen wäre. Doch an Arbeit ist gestern nicht mehr zu denken gewesen. Sie hat dringend Zeit gebraucht, um sich klarzuwerden, wie es weitergehen soll. Die drei Männer haben sie vollkommen aus dem Gleichgewicht gebracht. In der Pension angekommen, hat sie darum als Erstes das Fenster geöffnet, in die Bergwelt hinausgeblickt und sich von der Herbstsonne wärmen lassen.

Am wenigsten hätte sie es von Lukas erwartet. Sie ist überzeugt gewesen, dass er ihr nicht mehr gefährlich werden konnte. Bis zu diesem Treffen im «Vistalavista». Sie hat es sofort gespürt. Wie ist ihm das nur gelungen? Ausgerechnet in einem Moment, in dem sie sich mit Finn richtig wohlzufühlen begann. Die Wärme, die sie dort auf ihrer Haut gespürt hat, ist unmerklich in ihr Herz geschlüpft, als sie Finn im Gegenlicht betrachtete. Wie er da sass, um Lockerheit bemüht. Wie er sich männlich gab und den Abend im «Nabis» mit keinem Wort erwähnte, obwohl eine kleine Falte über seinen Augen verriet, dass er dauernd darüber nachdachte. Wie er sich nach ihrer liebevollen Beschimpfung als «Feigling» sichtlich entspannte und wie er dahinschmolz, als sie ihm ihre Hand auf den Unterarm legte. Wie bei dieser Berührung eine Zuneigung durch sie hindurchwogte, die sie schon lange für keinen Mann mehr empfunden hatte. Wie sie seine Gänsehaut spürte, als sie sich zu ihm vorbeugte, ihr Haar seine Wange berührte und sie ihm ins Ohr flüsterte. Noch später hat sie ein wohliger Schauer gepackt, wenn sie daran dachte. Und plötzlich dieser riesige Schatten, der sich über den Tisch legte. Lukas. Sie hat sich so frei von ihm gefühlt, dass sie sich zunächst richtig freute, ihn zu sehen. Doch ihre Freude ist schnell gekippt. Sie hat es in seinen Augen gesehen: Dieser Mann wird sie nie loslassen. Er würde alles für sie aufgeben, ausser sie selbst, seinen Besitz. Mitunter hat sie das auf unerklärliche Weise als schmeichelhaft empfunden. Dieser Kerl von einem Mann, der sich ausgerechnet für sie interessiert. Der genau weiss, was er will, und der alles daran setzt, es zu bekommen. Er würde ein Verbrechen begehen, wenn er sie dadurch behalten könnte.

Ein Messer blitzt am leeren Nebentisch auf, getroffen von einem kurzen Sonnenstrahl. Die leichte Morgenbrise scheint ihm für einen Augenblick den Weg durch die Blätter gebahnt zu haben. So, wie die Gedanken an Lukas gestern einer seltsamen Angst den Weg in ihr Inneres geöffnet haben. Fällt sie schon wieder auf ihn herein? Äusserlich hat er sich kaum verändert, wenn sie an die glücklichen Tage in Wildhaus zurückdenkt. Er hat nichts an Attraktivität eingebüsst. Und seit er sie in Ruhe lässt, kommen auch die schönen Erinnerungen zurück. Was ist sie verliebt gewesen! Dieser Mann ist ein Orkan. Leider auch in Sachen Eifersucht …

Ihr Blick bleibt am Quittengelée hängen. Gelb. Gelb wie die Eifersucht. Quittengelée fällt also weg. Eifersucht auch. Wie ist das wohl bei Finn? Bei diesem Träumer, der sich nicht entscheiden kann, ob er eine sanfte Sommerbrise oder ein erfrischendes Gewitter oder ganz etwas anderes sein will? Der ihr gegenüber nie klar Stellung bezogen hat? Der ihr bei der Wegfahrt vom «Vistalavista» nicht einmal nachgewinkt hat? Ist er eifersüchtig? Und wie sehr? Würde er so werden wie Lukas? Oder würde seine Eifersucht normale Züge behalten? Ein wenig eifersüchtig ist er ganz bestimmt. Im Gegensatz zu

Kant. Ein Mann, dem es egal ist, was er ist. Ein Mann, der sich in ihr aufgehen lassen kann und der sie zugleich mit sich fortträgt. Eifersucht scheint er nicht zu kennen. Er würde ihr auch nie sagen, dass er sie liebt. Er würde sie nicht halten wollen, und sie würde ihn nicht halten können. Er würde nichts aufgeben für sie, am wenigsten sich selbst.

Diese Männer!

Jahrelang nichts, und dann gleich drei, bei denen Freude und Bangen hautnah beieinanderliegen.

Aber sie weiss jetzt, was sie will! Der ausgedehnte Spaziergang von gestern Nachmittag hat Klarheit gebracht. Ganz allein der sprudelnden Verzasca entlang. Stundenlang. Sie hat schon immer gewusst, wann sie allein sein muss und wann sie allein sein will.

Das ständige Rauschen des Flusses hat ihre Gedanken gelöst und ihre Gefühle geklärt. Als sie am späten Abend in die Pension zurückgekehrt ist, hat sie Gewissheit gehabt. Klare, kühle Gewissheit. Keine Euphorie. Das lange Ringen hat sie zu sehr erschöpft. Sie wollte nur noch schlafen. Sie ist in die weichen Kissen gesunken, hat sich in die Decke gekuschelt und tief und fest geschlafen. Tief und fest. Das kann nur bedeuten, dass sie sich richtig entschieden hat. Die einzige Frage die jetzt noch offen ist: welche Marmalade? Feige, Johannisbeer, Himbeer?

Mit einer leichten Wolljacke über ihrem Sommerkleid sitzt sie am Granittisch. Ihre Füsse schlüpfen aus den Schuhen, ihre Zehen spielen mit dem Gras, ihre Gedanken mit der Zukunft. Sie fühlt sich so unbeschwert wie damals in Wildhaus. Der Schatten der Erfahrung dämpft ihr Gefühl nicht im Geringsten. Wolkenlos glücklich sitzt sie da, ohne zu wissen, dass Finn, der ihr vor Kurzem noch wohlige Schauer bereitet hat, vor wenigen Stunden von einem Schuss niedergestreckt worden ist.

35

Sein Blick umkreist das Projektil. Er wird ganz ruhig. Er weiss jetzt, was nicht stimmt. Die Antriebsstufe. Wenn er wirklich die Kugel sehen würde, sähe er nicht die ganze Rakete. Nicht Kapsel und Antriebsstufe. Nicht Kugel und Hülse. Er sähe nur die Kapsel. Die Hülse liefert nur das Schiesspulver. Nach der Explosion bleibt sie leer zurück. Warum sieht er die ganze Patrone in seinen Kopf eindringen, Geschoss *und* Antriebsstufe? Was zum Teufel bildet er sich ein? Und woher kommt dieses lästige Piepen? Liegt hier irgendwo ein Handy?

Wo ist er überhaupt?

«*Schuschu*».

Ein dunkler Bass. Langsam und tief wie ein sterbendes Tonband.

Hat er richtig gehört?

‹*Schuschu*›?

Oder ‹*Schuduschu*›?

Die Silben klingen langsam nach. Die Stimme ist vertraut.

Wieder das Piepen des Handys.

Warum nimmt niemand ab?

Jetzt eine andere Stimme. Höher.

Die einzelnen Laute viel zu schnell. Er kann nichts verstehen. Er lauscht der Stimme nach. Die Wörter? Er kennt sie. Aber was bedeuten sie?

Er versucht zu verstehen. Es gelingt ihm nicht. Das Piepen und ein neues Brummen des Basses machen seine Gedanken taub.

Er versucht, die Augen zu öffnen. Seine Lider zittern vor Anstrengung. Ein schmerzhaft gleissendes, weisses Licht blitzt auf. Eine hell leuchtende Scheibe fliegt auf ihn zu. Die Sonne? Es brennt, als ob jemand Feuer in seine Augen schütten würde. Er drückt die Lider mit aller Kraft wieder zu. Aber das gleissende Licht sticht weiter.

Die höhere Stimme: «Augn.»

Wieder das Piepen.

Der Bass, jetzt näher, nicht mehr so tief.

«Aaagnuss?»

Dazu das Piepen.

Ein Schatten schiebt sich vor das gleissende Licht.

Wie angenehm.

Wenn nur jemand dieses nervtötende Handy abstellen würde.

Wieder der Bass.

«Agnus?»

Was das wohl heisst?

Es piept und piept und piept.

«Agnus». Kindheitserinnerungen werden wach.

Ein lichtdurchfluteter Raum.

Ein Raum, so hoch, dass er den Kopf in den Nacken legen muss, um die Bilder an der Decke zu betrachten. Schöne Bilder. Viel Blau, viel wolkiges Weiss, viel gelbes Gold. Gütige Männer mit weissen Bärten, sanfte Frauen mit gesenkten Blicken, andere mit entblössten Brüsten.

Daneben unschuldige Jugendliche mit langen weissen Flügeln. Halbnackte Kinder.

Sein Blick senkt sich. An den Wänden kleine nackte Kullerkörper, mit goldenen Trompeten. Überall goldene Schlieren und Bilder und Schnörkel. Ein seltsamer Duft.

Rundherum Menschen. Dreidimensional. Kleine und grosse. Alte und junge. Bewegte und unbewegte. Aber keine Nackten.

Vorn in der Mitte ein Altar. Dahinter ein steifes, schillerndes Gewand. In den hocherhobenen Armen etwas Kleines, Weisses, Rundes. Eine dünne Scheibe, die von feinen Fingern gehalten wird. Kerzen überall. Orgelklänge, Glockengeläut, kühler Raum. Ein tiefer Singsang vom steifen Gewand:

«Aagnus …»

Oder so.

«Agnus Feï.»

Oder so. Er hört es nicht genau. Aber er kennt die Worte. «Agnus Feï» … Oder «Agnus Dei»? – Lamm Gottes???

Die Orgelklänge – das Glockengeläut – der Altar – liegt er im Sarg?! Ihm stockt das Denken. Der tiefe Singsang kommt näher.

Ein Luftzug kitzelt seine Nase.

Irgendwo muss eine Tür aufgegangen sein.

Liegt er in einem offenen Sarg?

«Magnus … Feïn …», wiederholt das Gewand. Aber jetzt viel näher. Mit einem Bass, der ihm vertraut ist.

Wieder dieser Luftzug, der ihn am Ohr kitzelt.

Warm kitzelt.

Ob er von der Seitentür der Kirche kommt?

Er will den Kopf drehen – ein stechender Schmerz jagt tief in seinen Rücken! Er reisst die Augen weit auf und schliesst sie gleich wieder. Dieses grelle Licht! Es blendet fürchterlich. Es blendet so sehr, dass er nichts mehr sieht. So sehr, dass er nichts mehr hört. So sehr, dass alles um ihn herum verschwindet.

Der Schmerz im Rücken verblasst.

Die wohlige Wärme kehrt zurück.

Und mit ihr die Ruhe. Diese unendliche Ruhe.

Piep! –

Dieses Handy!

Piep!

Dazu Fetzen einer fremden Stimme.

Piep!

Einer weiblichen Stimme.

Piep!

Dann wieder der Bass.

Etwas Warmes an seiner Hand. Ein leichter Druck.

«Er kommt zu sich.»

Er lässt sich Zeit damit. Er taucht zwischendurch minutenlang weg.

Der Bass beruhigt ihn. Es ist Kant.

Die weibliche Stimme fremd und sachlich.

Er taucht wieder weg.

36

Es riecht nach Krankenzimmer. Es piept und piept. Er öffnet vorsichtig die Augen, einen halben Spalt. Viel Weiss um ihn herum. Viel weiches Weiss. Weich und weiss wie Pulverschnee. Flurina fröstelt. Er legt den Arm um sie. Sie kuschelt sich an ihn. Er wird sie beschützen. Mit dem Duft von frischer Wäsche. Mit der Wärme der flauschigen Decke. Hier wäre ihr sicher wohl.

Er gleitet wieder weg.

Er hört noch Flurinas Stimme: «Das ist normal.»

Das Piepen wird leiser und leiser.

Und wieder lauter.

Aber keine Stimmen mehr.

Hat er geschlafen?

Vorsichtig öffnet er die Augen.

Kein Blitz, der sich in die Augäpfel brennt.

Es scheint dunkel zu sein.

Ist er allein?

Das Piepen ist noch da.

Er versucht zu sprechen. Zu flüstern.

«Maalu –»

Ein Knistern. Ein Schatten. Ein Dröhnen.

«Da bist du ja, Magnus. Jetzt bleib mal wach. Ich bins, Kant. Dein Lebensretter und Krankenpfleger. Lass mich nicht hängen. Bleib wach. Ich langweile mich sonst zu Tode. Und dann bin ich dir wieder einen Schritt voraus.»

Kant.

Das Piepen wird leiser und leiser.

Und wieder lauter.

«Kant?» Sein Flüstern kratzt im Hals, als ob er wund wäre.

«Oha, die nächste Attacke. Das letzte Mal warst du vor vier Stunden wach. Für ganze fünf Sekunden. Komm jetzt, die Zeit musst du schlagen. Bist du noch da?»

«Ja.»

«Fein! Konzentrier dich auf etwas. Frag mich was!»

«Was?»

«Ja – gut! Sieben Sekunden. Acht. Neun. Zehn. Noch da?»

«Ja.»

«Rekord. Gratuliere. Soll ich die Ärztin rufen? Brauchst du etwas?»

«Durst.»

«Dafür gibt es Tee. Dafür brauchen wir keine Ärztin. – Vorsicht. Du darfst den Kopf nicht anheben. Schädelbruch, mein Lieber, und zwar mehrfach. Bist ganz dumm hingefallen. – So, hier das Röhrchen – und jetzt schlucken.»

Das Kratzen im Hals ebbt ab.

«Hingefallen?»

«Um ehrlich zu sein: hingedonnert! Ich habe es nicht gesehen, aber es muss grauenvoll gewesen sein. Auf dich wurde geschossen. Du hast allerdings Glück gehabt. Nur ein Schulterdurchschuss. Die Wucht des Schusses hat dich aber umgerissen, und du bist mit dem Kopf dermassen gegen eine Steintreppe gekracht, dass du seit vorgestern

Abend im Koma liegst. Junge Junge, hast du mir einen Schrecken eingejagt. Zum Glück weiss ich, dass man sich auf deine Schwellenangst verlassen kann. Du trittst nicht leichtfertig durch die Tür ins Jenseits. Vor allem dann nicht, wenn der Weg dorthin so viel Abwechslung bietet. Jedenfalls hast du die Schwestern mit deinen Erektionen völlig durcheinandergebracht. Ich wäre nie auf die Idee gekommen, dass man sich den Tunnel auch so vorstellen kann – warm – feucht – weich …»

«Schsch …»

«Schwellenangst.»

«Schsch … Schulterdurchschuss?»

«Ja. Schsch … Schulterdurchschuss. Eine Handbreit über dem Herzen.»

Schulterdurchschuss.

Das Piepen wird leiser.

Schuduschu.

Leiser und leiser.

Schuschu.

Leiser und leiser.

Und wieder lauter.

Ein leichtes Orange hinter den geschlossenen Lidern.

Es scheint hell zu sein.

Vorsichtig zittert er das schwere Lid des linken Auges einen Hauch nach oben. Das warme Orange wird zu heissem Gelb.

Zu warmem Gelb.

Zu erträglichem Gelb.

Kant ist immer noch da.

Er spricht mit der Ärztin und einer Krankenschwester.

«Kant.»

«Glück gehabt, Schlafmütze.» Sein Schatten kommt näher, sein Bass wird lauter. «Hör zu, ich geh jetzt nach Hause und komme am Abend wieder. In der Zwischenzeit kannst du versuchen, dich zu erinnern. Aber lass die Finger von den Krankenschwestern. Dafür bist du noch zu schwach.»

«Malu?»

«Auch dafür bist du noch zu schwach. Vergiss sie für den Moment. Schau erst mal, dass du wieder selbst pinkeln lernst. Dann können wir über Frauen reden. Vergiss nicht, du bist knapp am Tod vorbeigeflitzt. – Sag mal, wie wärs, wenn du die Augen öffnen und mich anschauen würdest?»

«Schmerzhaft.»

«Giftzwerg!»

«Das Licht.»

«Ah! Das Licht! – Moment.»

Ein leichter Druck über beiden Ohren. Dann auf der Nase.

«Versuchs jetzt mal.»

Der Spalt öffnet sich. Das Gelb fehlt. Ein bernsteinfarbenes Licht umschmeichelt die Ränder.

Auch bei halb offenen Augen noch keine Blitze.

Dafür die Umrisse von Kant. Klarer. Wärmer.

«Steht dir gut, meine Sonnenbrille. Ray Charles im Krankenbett. Übrigens – die Blumen, die du nicht siehst, sind von deiner Schwester. Sie schaut am Abend vorbei. Ich sag der Krankenschwester, sie soll dich vorher rasieren. Siehst aus wie Clint Eastwood mit fünfzig. Und

Edda lässt grüssen. Sie will aus deiner Kugel ein Kunstwerk machen. ‹Metall in Hohlraum› wäre originell. Aber es war ja kein Kopfschuss. – Also, wir sehen uns, Gantenbein.»

Der Schatten entfernt sich langsam, eine Tür geht auf. Die Krankenschwester kommt auf das Bett zu. Sie sagt etwas. Er kann es nicht verstehen. Seine Augen werden schwer und schwerer.

37

Dieses Rauschen in den Ohren. Wie die Brandung des Meeres. Von Ferne zwei Stimmen. Eine weiblich, eine männlich. Eine Krankenschwester, die mit Kant spricht.

Er liegt schon lange wach, kann aber die Augen nicht öffnen. Ähnlich einem Traum, aus dem er erwachen möchte, es aber nicht schafft.

Die Stimme der Krankenschwester. Sie kommt ihm bekannt vor. Sie redet, seit er wieder aufgetaucht ist. Was hat sie so lange mit Kant zu besprechen?

Er kann kein Wort verstehen.

Da ist nur ein Rauschen.

Kant sagt nicht viel, aber offenbar Angenehmes. Manchmal hört er ihr klares Lachen. Dann wieder Geplapper. Jetzt lacht sie. Er versucht erneut, die Augen zu öffnen. Er sieht nur zwei Schatten im Bernsteinlicht. Er erinnert sich. Die Sonnenbrille. Ray Charles im Krankenbett.

Kant sagt erneut etwas. Die Krankenschwester umarmt ihn. Kant ist immer noch derselbe. Lässt nichts anbrennen.

Beruhigt taucht er wieder ab.

Eine flaumige Berührung holt ihn langsam ins Zimmer zurück. Die Lippen der Krankenschwester? Sie hat ihn geküsst. Hat er wieder eine Erektion? Er öffnet die Augen. Bernsteinlicht.

»Mmmm ... Mmmm ... Malu?»

«Hallo Magnus.» Ihr Flüstern kitzelt sein Ohr.

Sein Mund ist ganz trocken. Tausend Tage Sahara.

Malu flösst ihm behutsam ein paar Tropfen Tee ein. Sie fliessen als dünnes Rinnsal durch Mund und Kehle, den Hals hinunter, ins Herz hinein, zur Schusswunde heraus.

Jetzt ist er wach.

Wenn auch nicht hellwach.

Er versucht ein Lächeln. Sie lächelt zurück und sagt etwas. Er lauscht ihrer Stimme. Er geniesst ihre Gegenwart. Sie redet und redet. Es plätschert an ihm vorbei. Hauptsache, sie ist da. Und redet. So bleibt er wach.

Allmählich hört er auch, was sie sagt.

Eine Reise.

Eine Reise an einen Fluss.

Tessin.

Er lässt es weiter plätschern.

Nimmt ein paar Tropfen auf.

Lässt sie zu einem Bild werden.

Zu einem Bild ihrer Reise.

Sie hat sich Zeit für sich genommen. Sich ins Tessin abgesetzt. Verzascatal. Ein Blitzentscheid. Sie musste Distanz gewinnen. Frische Luft, klares Wasser, wilde Natur. Das Handy ist zu Hause geblieben. Ihr Kopf offenbar auch. Sie lacht. Es sei kaum zu glauben, aber genau am Tatort sei ihr das Benzin ausgegangen. Als ob ihr das Schicksal zeigen wollte, dass sie etwas übersehen habe. Aber sie habe an diesem Tag Wichtigeres vorgehabt, als zu arbeiten. Und zum Glück habe sie einen Ersatzkanister mitgeführt. Sie sei ohne grosse Verzögerung weitergefahren, zu ihrer kleinen Pension ganz hinten im Verzascatal. Die Zimmer seien einfach, die Bedienung herzlich. Am Nachmittag habe sie ausgedehnte Spaziergänge gemacht, entlang der Verzasca, entlang dem grünen Wasser. Das ständige Rauschen des Flusses, sein klares Sprudeln, die milde, herbstliche Bergluft, das alles habe ihr gutgetan. Ihr geholfen, Distanz zu gewinnen.

Er versucht, die pelzige Zunge zu lösen. «Distanz gewinnen?»

«Ja, Distanz zu ein, zwei Männern, die mir zu nahe gekommen sind. Aber sprechen wir nicht von mir. Du weisst, was geschehen ist?»

Distanz zu ein, zwei Männern. Wen meint sie damit? Seine Gedanken arbeiten langsam. Sie hat etwas gefragt. Er muss einen ganzen Satz machen. Die pelzige Zunge versucht es. Etwas Feuchtes täte gut.

Angeschossen. Dumm hingefallen. Seither im Koma.

Der Hals beginnt wieder zu schmerzen.

Malu nickt sorgenvoll. Sie nimmt seinen Kopf vorsichtig in die Hand und flösst ihm erneut tropfenweise Tee ein. «Weisst du, wer auf dich geschossen hat?»

Hat ihm das jemand gesagt? Er weiss es nicht. Verschwommen taucht eine dunkle Gasse auf, Kopfsteinpflaster, eine Laterne, eine Silhouette, eine Waffe, ein Blitz. Trotz der Stunden im Koma scheint sein Erinnerungsvermögen intakt.

«Arpagaus?»

«Ja. Er ist noch am Tatort verhaftet worden. Ich war heute Morgen bei seiner Vernehmung dabei. Er verweigert jede Aussage.»

Arpagaus.

«Er sagt nicht, warum er auf mich geschossen hat?» Die Zunge fühlt sich nicht mehr pelzig an, dafür geschwollen. Vielleicht ist Tee doch nicht das Richtige.

«Er sagt überhaupt nichts.»

Überhaupt nichts. Also auch nichts zum Attentat.

Seine Augen ertasten ihre dunklen Umrisse, ohne dass er den Kopf bewegen muss. Im bernsteinfarbenen Gegenlicht kann er nicht erkennen, ob sie ihn ansieht. Ihn und seine Sonnenbrille. Aber er kann sie hören.

«Die Ärzte meinen, dass du in sechs bis acht Wochen wieder einigermassen auf den Beinen bist.»

Sechs bis acht Wochen. Sie schont ihn. Das spürt er. Sonst hätte sie eine spitze Bemerkung gemacht. Etwas in Richtung Kunstschnecken oder so. Er muss wissen, wie es wirklich um ihn steht. «Sechs bis acht Wochen ... Und wer kümmert sich in der Zwischenzeit um –», wieder dieses Kratzen im Hals.

«Mach die keine Sorgen. Das Wichtigste ist, dass dir nichts Schlimmeres geschehen ist und du wieder auf die Beine kommst. Dein Ausfall kommt zwar ungelegen, aber du kannst dich beruhigt auskurieren. Ramona ist am Ball.»

«Ramona?»

«Unser Schatten. Sie hatte dich die meiste Zeit über im Visier. Im Moment wertet sie die Fernsehaufzeichnungen vom Rabenloch aus, sonst ist sie aber in Uri und beobachtet abwechselnd mit drei Kolleginnen, was sich tut. Vor allem, ob euer Aufkreuzen zu greifbaren Reaktionen geführt hat. Was eigentlich das Ziel eures Einsatzes war. Wir haben gehofft, dass ihr die Bergler ein wenig aufmischt. Dass ihr die Aufmerksamkeit auf euch lenkt, damit unsere Schatten unbemerkt beobachten können, was abgeht. Welche Leute unruhig werden. Wo plötzlich Bewegung entsteht, sobald ihr verschwunden seid.»

Ramona hatte ihn im Visier – wer ist diese Ramona? Und warum hat er nichts bemerkt?

«Sie ist unser bester Schatten. Ramona ist so auffällig, dass keiner sie wahrnimmt. Nicht als das, was sie ist. Sie passt sich immer perfekt der Umgebung an. Eigentlich ist sie Schauspielerin, Drehbuchautorin, Übersetzerin und was es sonst noch an brotlosen Berufen gibt. Darum arbeitet sie auch oft für mich. Als Freelancerin. Du kennst sie übrigens auch. Du sollst an der Vernissage die Augen kaum von ihr gelassen haben, als sie tanzte. Sie ist ziemlich – sagen wir – wohlgeformt.»

Sie hat ihn beschatten lassen.

«Nicht dich haben wir beschatten lassen, sondern das, was mit deiner Umgebung geschieht, wenn du etwas unternimmst. Dasselbe galt für Kant. Bevor ich euch anheuerte, habe ich euer Vorgehen studiert. Ihr geht oft auf die unmöglichsten Typen zu, um etwas herauszufinden. Meistens habt ihr irgendwann Erfolg. Nur, irgendwann ist nicht schnell genug. Nicht für uns. Wir können mit unserer Zeit nicht so grosszügig umgehen wie ihr mit eurer bei einem Kunstdiebstahl. Unsere Schatten hatten darum die Aufgabe, nicht auf euch zu achten, sondern auf die Reaktionen der Umgebung. In der Hoffnung, dass wir so das Ganze beschleunigen können.»

Die Augen wieder schwer. Füttern sie ihn mit Morphium? Das würde eher wach halten. Ihre Stimme scheint an Kraft zu verlieren. Oder dämmern seine Ohren weg? Wach bleiben. Nachfragen.

«Einheimische?»

«Nicht unbedingt. Wir warten ab, was geschieht. Uns würde es schon reichen, wenn uns endlich ein Gerücht zu Ohren käme, das in irgendeine Richtung deutete. In so einem Kaff kümmert sich nämlich keiner um *Code Greenbaum*. Da weiss jeder alles, aber keiner etwas Genaues. Noch schöner wäre es natürlich, wenn ihr tatsächlich den Täter oder jemanden aus seinem Umfeld aufgescheucht hättet.»

«Aufgescheucht ...»

Seine Wiederholung klingt matt. Von rechts hellt sich das Bernsteinzimmer auf. Ein Lichtstreifen fällt auf Malu. Eine Krankenschwester schwebt durch den Lichtstreifen auf sie zu, übergibt ihr etwas, flüstert etwas, schwebt aus dem Raum. Der Lichtstreifen verblasst. Malu wieder im Gegenlicht. In ihren Händen verschiedene Papiere, die sie durchblättert. Langsam wendet sich ihr Profil wieder ihm zu.

«Das wird dich interessieren, Magnus. Die Kopien der verschwundenen Akten. Aus dem Jura-Dossier von Lukas. Zünd hat mich über deine Nachforschungen informiert und mir die Akten zugestellt.»

Sollte ihm das peinlich sein? Kann einem bei einer Frau, die einen beschatten lässt und überall ihre Finger drin hat, überhaupt noch etwas peinlich sein? Er weiss es nicht. Er wäre gern neugierig. Doch diese plötzliche Mattigkeit – und jetzt stöckelt auch noch Ramona durch seine Gedanken. Der Schatten. Der üppige Schatten an der Vernissage. Ihre wellenartigen Bewegungen. Ihr Blick aus den Augenwinkeln. Ihre sanfte Kraft. Ob das alles authentisch ist?

38

Ramona starrt gebannt auf den Bildschirm. Verschiedene Gestalten huschen über den Monitor. Im Vordergrund eine Alpwiese, abgegrast, mit zwei drei Felsbrocken bestückt. Im Hintergrund eine steinerne Alphütte mit Schieferdach, kleinen Fenstern und Holzläden in rot und weiss, flankiert von zwei grossen, hellgrauen Zelten. Trotz Sonnenschein steigt Rauch aus dem Kamin.

Der Monitor flimmert.

Die Gestalten huschen ohne erkennbares Muster umher. Die einen von Zelt zu Zelt, andere zwischen Zelten und Hütte, wieder andere tauchen aus dem Nichts auf, verschwinden im Zelt oder in der Hütte oder am anderen Bildrand. Manche bleiben irgendwo stehen und diskutieren mit anderen Gestalten, bis sie wieder in alle Richtungen auseinanderstieben.

Ramona stoppt den Film. Sekundenlang. Dann beginnen die Gestalten, sich langsam rückwärts zu bewegen. Zeitlupe. Wieder steht das Bild still. Die Gestalten machen einen Schritt vorwärts. Das Bild stoppt.

In der Mitte des rechten Bildrandes erscheint eine neue Figur. Sie schreitet in Zeitlupe über den Monitor. Vom Bildrand über die Alpwiese zur Tür der Hütte.

«He Laubi, schau mal, die kenne ich.»

Die Augen von Robert Laubistorf lösen sich nur langsam von seinem eigenen Bildschirm.

«Wichtig?»

«Kann sein. Sie ist jedenfalls die Erste, die mir in all diesen alten Fernsehaufzeichnungen vom Rabenloch ein zweites Mal auffällt. Komm doch einfach rüber.»

«Einfach, Ramona?», stöhnt Laubistorf. «Bei meiner Leibesfülle? Kannst du den Monitor nicht so drehen, dass ich es auch sehe?»

«Wird nichts nützen.»

«Warum?»

«Die Aufnahme ist zu klein. Ausserdem weisst du ja, etwas Bewegung tut unseren Rundungen nur gut. Macht die Kurven knackiger.»

«Bei einer Frau wie dir vielleicht. Aber bei mir?», grunzt Laubistorf und ächzt aus seinem Sessel. Der Sessel ächzt zurück. Bevor sich Laubistorf weiter durch den kleinen, dunklen, mit Bildschirmen und Technik voll gestopften Raum bewegt, streckt er sich. Das Hemd spannt über seinem Bauch. Laubistorf legt noch einen Strecker zu.

«Mal sehen, wer stärker ist. Der Knopf oder ich.»

«Kommst du jetzt? Ich will Feierabend machen.»

«Feierabend? Ramona, du willst nicht zufällig Magnus Finn besuchen?»

«Warum sollte ich?»

«Weil du alle paar Minuten im Krankenhaus anrufst und fragst, ob es etwas Neues gibt. Dein Gesichtsausdruck dabei verrät alles. Ausserdem rieche ich es.»

«Was riechst du?!»

«Ramona, du weisst, ich bin verheiratet. Aber auch ein verheirateter Mann kann einen Duft von einem Duft unterscheiden.»

«Ich möchte ja nur, dass er mich wahrnimmt, wenn ich ihn – ‹befrage›. Das Parfum ist doch nicht zu ordinär?»

«Es ist etwas direkt. Vor allem für einen Krankenbesuch, der als Befragung getarnt ist.»

«Also doch zu ordinär. Ach – es ist so schwierig! Wenn man sich dauernd tarnen muss, weiss man gar nicht mehr, was man tun soll, wenn man *einmal* und nur *einem* Mann diskret auffallen will. Und in diese Duftnote habe ich mich schon an der Vernissage gehüllt, vielleicht erinnert er sich daran. Das wäre doch ein Anknüpfungspunkt für ein erstes Gespräch.»

«Überleg nicht so viel. Wenn dir wohl ist in dieser Wolke, geh so hin. Wenn nicht, lohnt sich ein Umweg unter deine Dusche. Aber wenn du mich fragst, kommt es ohnehin nicht drauf an. Magnus Finn hat nur Augen für Malu.»

«Danke, Laubi! Das hilft! Du bist ein echter Knaller als Motivator! Aber weisst du, ich habe ihn länger beobachtet als du. Finn ist ein wenig – labil. Ich weiss nur nicht, ob er auf Frauen steht, die ein bisschen was mitbringen.»

Laubistorf streicht schmunzelnd über seinen Bauch.

«Wenn du das herausfinden willst, ist mindestens das Kleid gut gewählt. Dazu ein wenig Dämmerlicht am Krankenbett ...»

«Dann wird es aber Zeit, dass du endlich kommst. Ich kenn die da wirklich.»

Laubistorf zwängt sich an Tischchen mit Computern, Monitoren, Geräten, Stapeln von DVDs und Videos, Kabeln und technischem Kram vorbei. Ramona konzentriert sich wieder auf das Standbild. Laubistorfs eine Hand stützt sich auf die Rücklehne ihres Stuhls, die andere auf ein Tischchen.

Da seien ja eine Menge Leute drauf, brummt Laubistorf.

Er solle sich auf die Frau konzentrieren, die von der rechten Seite komme und die von der Figur her Ramonas Schwester sein könnte. Nur, dass sie grösser und um die Schultern herum kräftiger gebaut sei. Die habe sie schon mal gesehen. Sie bringe sie irgendwie mit Kant in Verbindung. Aber sie habe bei der Observierung der beiden Kunstfahnder so viele Gesichter gesehen, dass sie sie noch nicht zuordnen könne. Jedenfalls komme diese Frau aus Uri oder der näheren Umgebung.

Laubistorf neigt sich vor.

«Was hat sie bei den Vorbereitungsarbeiten am Rabenloch zu tun? Gehört sie zu den Technikern, den Sprengmeistern oder den Fernsehteams?»

«Nein, eben nicht. Darum ist sie mir ja aufgefallen. Ich habe sie schon mal auf einem Band gesehen, aber erst jetzt wieder erkannt.»

«Was tut sie da?»

«Schwer zu sagen.»

«Sie trägt einen ordentlichen Rucksack. Lass mal weiterlaufen.»

Die Frau stellt den voll gestopften Rucksack neben ein Zelt, geht auf die Hütte zu und verschwindet hinter der Tür. Ramona schaltet auf Schnelllauf. Nach einiger Zeit kommt die Frau wieder heraus, packt den Rucksack und geht erneut in die Hütte. Schnelllauf. Beim nächsten Auftauchen schaut sie sich um, stellt den Rucksack neben das andere Zelt und verschwindet unter der hellgrauen Plane. Schnelllauf. Sie kommt aus dem Zelt heraus, packt den Rucksack und wandert aus dem Bild.

Ramona und Laubistorf schauen sich die Ausschnitte noch ein paar Mal an.

«Der Rucksack.» Laubistorf streicht sich über seinen Schnurrbart. «Sie trägt den voll gestopften Rucksack in die Hütte und kommt mit dem voll gestopften Rucksack heraus.»

«Er scheint aber einiges schwerer als vorher.» Ramona spult zurück. «Schau mal, wie sie ihn schultert, bevor sie in die Hütte geht. – Jetzt kommt sie raus, stellt ihn neben das Zelt. – Und jetzt! Siehst du das? Sie hat Mühe, ihn hochzuheben.»

«Sie hat eine leichte Ladung gegen eine schwere Ladung eingetauscht. Kannst du das auswerten?»

«Ich nicht, aber Benny.»

Laubistorf dreht Ramonas Stuhl zu sich, fasst die Armlehne und beugt sich zu ihr hinunter, bis ihre Nasen sich beinahe berühren.

«Benny hat zwei Tage durchgeackert. Müssen wir ihn unbedingt dazuholen?»

Ramona seufzt. Nicht unbedingt. Es gebe da noch das Erkennungsprogramm. Jetzt, wo sie eine Spur hätten, müssten sie es nur noch programmieren.

Laubistorf lässt die Armlehne los und richtet sich auf. Das werde aber eine lange Nacht. Sie müssten alle Bänder durchlaufen lassen und die Fundstellen prüfen. Da komme seine Familie wieder mal ganz schön zu kurz.

«Hör zu, Laubi», beginnt Ramona langsam. «Ich würde das schon alleine machen ...» Sie lehnt sich zurück.

«Wenn ...?», nimmt Laubistorf den Faden auf.

«Wenn du mir eine gute Gelegenheit verschaffst.»

Laubistorf streicht sich über den Schnurrbart. Eine gute Gelegenheit. Mit Magnus Finn?

Ja. Etwas, das persönlicher sei als eine Befragung durch eine Freelancerin. Eine unter Tausenden.

«Du wirst nie eine unter Tausenden sein, Ramona. Du bist einzigartig. Darum arbeite ich auch so gerne mit dir zusammen. Also, einverstanden. Ich werde das einfädeln. Mach aber kein Schaulaufen. Komm einfach, wie du bist. Und keine Stilettos wie an der Vernissage. Die waren auf jeden Fall übertrieben.»

«Laubi, du bist ein Schatz. Auch wenn du mir nur hilfst, weil du nach Hause willst. Doch bevor du gehst, besorg ich mir noch was zum Naschen.»

Ramona richtet sich auf eine lange Nacht ein. Ein Thermoskrug mit Kaffee, eine Pizza, eine Auswahl an Früchten. Und ein paar Schokoriegel, damit die Kurven knackig bleiben.

Das Erkennungsprogramm ist schnell programmiert. Die Schuhe wirft sie in die Ecke, das Kleid lockert sie an den Reissverschlüssen. Das lässt wunderbar bequemes Sitzen zu.

Seit Laubi weg ist, kann sie auf einem Nebenmonitor ungestört die Fotos betrachten, die sie in den letzten Tagen von Finn geschossen hat. Finn. Hoffentlich hält Laubi Wort. Und hoffentlich steht Finn auf kurvig.

Zwischendurch löst sie sich vom Nebenmonitor, weil das Erkennungsprogramm anschlägt. Es ist noch nicht sehr ausgereift, aber die vielen Fehlschläge halten sie wach, zusammen mit den vier, fünf Treffern, die auf verschiedenen Bändern auftauchen. Immer dieselbe Frau. Immer mittags. Der Rucksack ist sonst immer voll, wenn sie kommt, und immer leer, wenn sie geht. Sie muss also dieses eine Mal, als sie den Rucksack für kurze Zeit neben das Zelt gestellt hat, etwas mitgenommen haben. Etwas, das der verschwundene Sprengstoff gewesen sein könnte.

Plötzlich weiss Ramona, wer sie ist.

39

«Dieser Favre ist unglaublich!»

Malus Stimme hat einen leichten Hall. Als ob sie nicht mehr an seinem Bett sitzen würde. Seine Hand tastet nach ihr. Er kann sie nicht finden. Also wird er die Augen wieder öffnen müssen. Hoffentlich hat er die Ray-Charles-Brille noch auf.

Malu steht am Fenster, lehnt mit dem Rücken gegen die Scheibe, den Hintern auf das Fenstersims gestützt. Die Beine sind gekreuzt, der Blick auf ihre Papiere gerichtet.

Von irgendwoher das Piepen.

Wozu nur haben sie ihn an diese Maschine angeschlossen?

Wieder dieses Kratzen im Hals.

Ein vorsichtiges Röcheln.

Sie blickt auf, löst sich vom Fenster, setzt sich auf die Bettkante und flösst ihm behutsam Tee ein.

«Favre?» Jetzt röchelt auch seine Stimme.

«Jean-Jacques Favre, der Untersuchungsrichter aus dem Jura», antwortet Malu. «Der Kerl, der Lukas einen Mord anhängen wollte. Er hat Karriere gemacht und ist seit einigen Jahren bei der Bundesanwaltschaft. Ich habe ihn bei einem Apéro flüchtig kennengelernt und es beim flüchtig belassen. Ihm eilt der Ruf voraus, dass er für seine Karriere über Leichen geht. Und jetzt das hier!»

Die Papiere erscheinen wieder in ihrer Hand. Die drei Aktenstücke, die aus dem Dossier von Arpagaus in Verstoss geraten sind: die Bestellung eines psychiatrischen Gutachtens über Lukas Arpagaus, das psychiatrische Gutachten selbst und ein Begleitbrief des Psychiaters.

Dazu eine Notiz von Zünd.

Die Akten seien nicht in Appenzell in Verstoss geraten und auch nicht im Jura, sondern unterwegs. Krähenbühl, der Protokollführer, habe Favre bei der Bundesanwaltschaft angerufen, um nachzufragen, ob die Weitergabe an die Appenzeller in Ordnung sei. Favre habe bejaht, aber gewünscht, dass die Weiterleitung über ihn, Favre, erfolge, damit Krähenbühl von jeder Verantwortung entlastet sei. Das Dossier sei mit Verspätung bei den Appenzellern eingetroffen, die sich daraufhin direkt bei Favre nach den fehlenden Aktenstücken erkundigt hätten. Von ihm sei die Auskunft gekommen, sie seien in Verstoss geraten. Weil nun aber Krähenbühl sämtliche Akten vor dem Versand kopiert habe und die Kopien noch vollständig vorhanden seien, könne das nur heissen, dass die fehlenden Stücke bei Favre verschwunden sein müssten.

Für Zünd sei auch klar, warum. Das Begleitschreiben des Psychiaters sei, bei aller Zurückhaltung, eine vernichtende Kritik an der Art, wie die Untersuchung im Jura geführt worden sei. Die dilettantische Befragung – so der Psychiater in seinem Brief – und die vollkommen ungerechtfertigte Untersuchungshaft seien massgeblich dafür verantwortlich, dass bei Arpagaus der ohnehin schon traumatische Verlust seiner Frau exponentiell verstärkt worden sei. Und zwar in einem Ausmass, bei dem ohne

Therapie irreversible traumatische Schädigungen zurückbleiben könnten. Die Art dieser Schädigungen sei im Gutachten beschrieben, und es sei zu wünschen, dass die verantwortlichen Untersuchungsorgane aus der Schwere dieses Vorfalls ihre Lehren ziehen würden. Bei einem Vorfall dieser Tragweite sei jedenfalls immer frühzeitig eine psychologisch ausgebildete Person beizuziehen.

«Zünd nimmt nun an, dass Favre diese Akten verschwinden liess, weil sie seine Karriere stoppen könnten. Die Welt der Juristen ist klein, die Eifersucht auf Karrieremacher gross. Es ist durchaus denkbar, dass ein Konkurrent so etwas gegen ihn verwenden würde.»

Die Augen schon wieder schwer. Diese schwierigen Wörter. Das ewige Piepen.

‹Irresirsss … isserisstible Schädigung?›

«Irreversible Schädigung. – Dass ich nicht selbst darauf gekommen bin. Das könnte erklären, warum er auf dich geschossen hat.»

Natürlich. Wegen Arpagaus liegt er ja hier, in diesem Piepsraum, mit brennender Kehle. Hoffentlich nicht irreversibel geschädigt. Im Moment allerdings im Denken etwas eingeschränkt. Sie wird es ihm erklären müssen

«Ich verstehe den Zusammenhang nicht …»

Sein Flüstern füllt die Stille zwischen dem Piepen. Er bleibt regungslos, weil schon die kleinste Bewegung ein Heer von Stichen in seinen Schädel jagen würde. Malus Umrisse lösen sich vom Bett. Sie geht durch das Zimmer. Die gehende Denkerin.

Es dauert ein paar Schritte, bis die ersten Worte ihren Weg aus ihrem Denken finden.

Lukas sei krankhaft eifersüchtig. Das könne eine dieser irreversiblen Schädigungen sein. Das Gutachten komme zum Schluss, dass es für ihn schwierig werden dürfte, je wieder eine normale emotionale Bindung einzugehen. Die Angst vor einem erneuten Verlust könne sein ständiger Begleiter werden. Womöglich würde er sich zu einem sehr possessiven Menschen entwickeln, was sich unter anderem in einer ausgeprägten Eifersucht manifestieren dürfte. Der Psychiater habe vorgeschlagen, Lukas solle sich bewusst mit dem Erlebten auseinandersetzen, um das Traumatische einkreisen und letztlich verarbeiten zu können. Sein Buch über den Nahtod könne ein Ausfluss dieser Verarbeitung sein. «Du kennst es. Schliesslich hast du ziemlich lange darin herumgeschmökert, wenn man Ramona glauben darf. Ich habe es als Köder liegen lassen und erwartet, dass du es dir schnappst und mir nachrennst. Aber manchmal reagierst du einfach nicht so, wie ich es von dir erwarte. Also musste ich an der Vernissage auftauchen, wo du, ehrlich gesagt, ebenfalls nicht der Schnellste warst.»

Natürlich. So etwas musste ja kommen. Diese Tempofanatikerin. Hat sie von Arpagaus eigentlich nichts gelernt? Dass jeder seinen eigenen Lebensrhythmus hat, zum Beispiel? Besser, er schliesst die Augen. Bevor seine Blicke töten können. Ihre Stimme kommt wieder vom Fenster.

Die Nahtoderlebnisse aus verschiedenen Kulturen hätten etwas Versöhnliches. Nach dem Lebensfilm scheine immer irgendwann der Zeitpunkt zu kommen, an dem die Angst einer tiefen Ruhe und einem Glücksgefühl weiche. Die Auseinandersetzung mit diesen Erlebnissen könnte Lukas geholfen haben, seine Schuldgefühle zu mindern. Aber wahrscheinlich hätten sie nicht geholfen, das Trauma des Verlustes zu überwinden.

Das Bett gibt etwas nach. Sie scheint sich wieder hingesetzt zu haben. Er wird die Augen trotzdem nicht öffnen.

«Dieses Trauma könnte seine krankhafte Eifersucht verursacht haben. Und das Krankhafte an der Eifersucht könnte für den Schuss auf dich verantwortlich sein. Ausgelöst durch unser Treffen im ‹Vistalavista›. Ich habe das Bild deutlich vor mir. Wir waren ziemlich versunken, du und ich, als Lukas plötzlich vor uns stand. Meine Hand lag auf deinem Unterarm, mein Haar an deiner Wange. Unser Geflüster. Unsere Blicke – das wirkt von aussen sehr intim. Auf Lukas sowieso, Intimität wittert er schnell. Dazu meine ungewohnte Reaktion auf ihn. Früher haben wir uns immer viel Zeit füreinander genommen. Aber an diesem Nachmittag wollte ich ihn so schnell wie möglich loswerden. Darum war ich so abweisend zu ihm. Das war ich in letzter Zeit zwar immer, aber anders abweisend. Meist wütend und brüllend und schreiend. Diesmal war ich ausgesprochen kühl. Das war für ihn der Beweis, dass sich etwas Wesentliches verändert hatte. Dass es einen neuen Mann in meinem Leben gibt.»

Sie scheint aufgewühlt. Sie steht wieder auf. Jetzt könnte er die Augen wieder öffnen. Den Kopf stillhalten und ihr mit den Augen folgen. Am Infusionsständer vorbei, am Fussrand des Bettes vorbei, am Besuchersessel vorbei. Wenn sie in die Nähe des Fensters kommt, werden die Umrisse dunkler. Sie redet von Vermutungen. Ihre Hände sprechen mit. Sie sind gefaltet und bewegen sich dauernd auf und ab.

Der versteckte Wohnungsschlüssel müsse der von Lukas lange gesuchte Beweis gewesen sei. Der Beweis, dass seine Eifersucht begründet gewesen sei. Er müsse sich verraten gefühlt haben. Als sie ihn kennengelernt habe, habe sie ihm einen Schlüssel gegeben. Mit der Zeit sei er aber immer öfter unangemeldet in der Wohnung aufgetaucht. Nicht, weil er mit ihr zusammen sein wollte, sondern weil er sie mit einem anderen überraschen wollte. Natürlich sei da nie etwas gewesen. Dann habe es ihm leidgetan, er habe sie um Verzeihung gebeten. Schliesslich habe sie es nicht mehr ausgehalten und den Schlüssel zurückverlangt. Doch das sei auch keine Lösung gewesen. Wenn sie sich bei ihr verabredet hätten, sei er mehrmals vor verschlossener Tür gestanden, weil sie noch dringend etwas erledigen musste und wieder mal ihr Handy irgendwo liegen gelassen hatte. Darum habe sie ihm, wenn sie verabredet gewesen seien, morgens den Schlüssel ins Versteck gelegt.

«Nach unserer Trennung liess ich das Schloss auswechseln, weil er sich bestimmt einen Ersatzschlüssel hatte nachmachen lassen. Das Versteck habe ich nie wieder benutzt. Auch nicht, wenn ich jemanden mit nach Hause genommen habe. Und da gab es auch keinen, dem ich Zugang zu mir und meiner Wohnung geben wollte … Ja. Und dann kam Kant. Er wollte ausschlafen und den Schlüssel in den Briefkasten werfen. Aber das wollte ich nicht. Darum sagte ich ihm, wo er ihn deponieren könne. Vielleicht hoffte ich, dass er am Abend wiederkäme, dass er vielleicht schon auf mich warten würde, wenn ich nach Hause käme. Unverfroren genug ist er ja. Gleichzeitig hatte ich Angst, dass er es nicht tun würde. Dass ich die ganze Nacht warten und er nicht kommen würde. Darum bin ich ins Tessin geflüchtet. Mir selbst habe ich das natürlich nicht zugegeben. Ich habe mich eingenebelt mit der Vorstellung, ich müsse allein sein, um Distanz zu gewinnen. Um mir über dich, Kant und Lukas klar zu werden. Erst an der Verzasca habe ich gemerkt, dass ich vor dem Mann flüchte, zu dem ich hinwill. Kant. Ausgerechnet zu diesem Unbezähmbaren muss ich mich hingezogen fühlen. Und ausgerechnet du musst dafür büssen. Und ich bin schuld daran.»

Sie starrt aus dem Fenster und er auf den pulsierenden Klumpen, den er vor sich auf der Bettdecke liegen sieht. Sein Herz. Bei lebendigem Leib herausgerissen. Da liegt es und zuckt wie ein Fisch auf dem Trockenen. Das Piepen wird gleich aufhören. Das scheint sie nicht zu kümmern.

«Wenn ich nicht diese romantische Anwandlung mit Kant gehabt hätte, hätte er nicht gewusst, wo das Versteck ist, du hättest den Schlüssel nicht gesucht, und Lukas hätte nicht auf dich geschossen. Der Schlüssel und das Versteck waren die Beweise, die ihm gefehlt hatten. – Es ist völlig verrückt. Lukas will, dass seine Eifersucht begründet ist, und gleichzeitig will er, dass es nicht wahr ist. Und in einer solchen Situation kommt einer, der das Versteck kennt. Seine ewig nagende Eifersucht ist plötzlich berechtigt. Wer das Versteck kennt, kann nur sein Nachfolger sein – nein, sein Nebenbuhler, denn Lukas hat nie akzeptiert, dass es aus ist zwischen uns. Seine Eifersucht hat nun endlich ihre Bestätigung bekommen, sein Nebenbuhler ein Gesicht. Endlich kann Lukas seine schlimmsten Fantasien ausleben, seine übelsten Vorstellungen verwirklichen und seinem aufgestauten Schmerz freien Lauf lassen. Endlich kann er ein Ziel anvisieren. Endlich kann er abdrücken – und erwischt den Falschen.»

Gedanken?

Keine mehr da.

Gefühle?

Auch nicht.

Alles tot.

Wahrscheinlich das Morphium.

Und jetzt ihr konzentrierter Blick, der sich trotz seiner Sonnenbrille in sein Inneres vortastet.

«Magnus – es liegt nicht am Abend im ‹Nabis› oder an dem, was nachher passiert ist oder nicht passiert ist. Ich mag dich sehr – doch irgendwie bist du der Falsche. Für mich.»

Sein Herz auf der Bettdecke zuckt ein letztes Mal. Das Bernsteinlicht verschwimmt. Nur das Morphium verhindert, dass er Schmerzen spürt. Aber nicht, dass sich seine Zunge langsam selbstständig macht.

«Der Falsche. Der Falsche für alles. Sogar der Falsche, um ordentlich abgeknallt zu werden.»

Die Umgebung verschwindet.

Etwas Sanftes streicht über seinen Unterarm.

Er will nichts spüren.

Er will auch nichts hören.

Er will nach der Krankenschwester klingeln und ihr eine weitere Tonne Morphium abwinseln.

«Schön, dass du der Falsche bist, um ordentlich abgeknallt zu werden, Dummkopf.»

Behutsam streichelt sie weiter seinen Unterarm.

Tote schmelzen langsam.

Schon spürt er erste Ameisen im Unterarm. Dieser unselige Verräter. Kann sich der nicht taub stellen?

Er hört sich atmen. Auch die Lunge hat sich gegen ihn verschworen. Klar, Schulterdurchschuss, nicht Lungendurchschuss. Dafür so präzis platziert, dass er ihm Schädel und Herz auf einmal bricht. Ein Wunder, dass er noch lebt. *Wen die Götter lieben, holen sie jung zu sich.* Ihn lieben nicht einmal die Götter. Auch wenn *jung* relativ ist.

Wenn wenigstens so etwas wie Tränen kämen, die er niederkämpfen könnte. Doch auch die scheinen kein Interesse an ihm zu haben. Dieses Morphium! Wenigstens sorgt es für schmerzfreie Klarheit. Für eine Woge von Gelassenheit. Für eine unnatürlich nahe Distanz. Wahrscheinlich sollte er sich ergeben.

«Zum Glück der Falsche, um ordentlich abgeknallt zu werden.» Seine Stimme hört sich wie ein Grummeln an. Das Streicheln hält inne.

«Diese Sekundenbruchteile nach dem Schuss ... Dieses unendlich langsame Ausblenden der Umgebung ... Das Verblassen der Bilder. Das Verschwinden der Töne. Die Unfähigkeit, mich zu bewegen, etwas zu sagen, zu schreien.

Und dann der lange Fall. Das absolute Nichts. Die Angst – und dann die Angstlosigkeit. – Ich hatte keine Ahnung, wie viel mir das Leben bedeutet. Erst als es dunkel wurde, richtig dunkel und absolut ruhig, wollte ich es festhalten. Ich wollte nicht, dass die Welt um mich herum einfach ausgeknipst wird. Dass ich nie mehr sehen würde, wie Regen fällt oder sich das Gras im Wind bewegt. Es würde sich weiterbewegen. Wie das Meer. Andere würden es sehen. Morgen, in einem Jahr, in hundert Jahren. Es würde immer wieder Menschen geben, die es sehen könnten. Auch noch in Tausenden von Jahren. Aber ich würde nie mehr dazugehören. Für mich wäre es ausgeknipst. Dunkelheit für immer. Nicht der Gedanke als solcher machte mir Angst, aber das Endgültige daran.»

Sein Unterarm gibt sich dem Streicheln hin. Irgendwie auch seine Zehenspitzen. Wie schafft sie es, ihn so sanft zu berühren? Jede Pore öffnet sich und saugt begierig alles auf. Wohlige Wärme, gefolgt von einem kurzen Schwall prickelnder Kälte. Dann wieder eine Welle voll Wärme, die ihn eins werden lässt mit Malu-Malou, mit dieser geheimnisvollen Insel irgendwo vor Afrika.

Malou.

Türkisblaue Wogen plätschern leise an den weissen Strand.

Das Meer glättet sich.

Im Wasser spiegelt sich die Insel.

Im Morphium die Wahrheit.

Malu-Malou.

Was hat er nur in ihr gesehen.

Malu-Malou ist eine ganz andere Insel als Malu.

Die beiden haben nichts miteinander zu tun.

Malu-Malou ist sein Traumbild einer Frau. Erschaffen durch sein Leben im Konjunktiv. Fernab der Realität. Weit weg von Malu.

Nicht er ist der Falsche.

Malu ist die Falsche.

Für ihn.

Diese tiefe Ruhe der Erkenntnis.

Diese Watte, in die das Morphium ihn einpackt.

Das klare Wasser beginnt sich zu kräuseln.

Das Bild von Malu-Malou verschwimmt.

In den Tagen und Wochen nach dem Morphium dürfte es schmerzhaft werden, sich an das neue Leben zu gewöhnen. An ein Leben ohne Malu-Malou.

Langsam holt ihn das Streicheln ins Zimmer zurück.

Er muss sich davon ablenken. Sonst kommt irgendwann das grosse Elend.

«Was erwartest du von Kant?» Die Worte kratzen den Hals wund.

«Nichts. Ausser, dass er mir meine Freiheit lässt. Und mich vielleicht trotzdem liebt. Das brauche ich, nach all der Eifersucht. Liebe und Freiheit. Ich glaube, Kant kann mir das geben. Auch wenn er ein frecher Kerl ist.» Sie schüttelt den Kopf. «Hat er dir von seiner Theorie erzählt?»

«Kant macht nichts anderes, als mir dauernd irgendwelche Theorien aufzutischen.»

«Aber diese hier ist etwas ganz Besonderes.»

Malu lacht. Kants Theorie von Maria Lucrezia, der Drahtzieherin aller Verbrechen. Sie sei dahintergekommen, weil er sie gestern Abend etwas zu kühl empfangen und ihr wie nebenbei einige Fragen gestellt habe, die sie hätten aufhorchen lassen. Sie habe bald den Zusammenhang erkannt und ihn vor zwei Stunden offen zur Rede gestellt. Hier in diesem Raum. Er habe sie über seine Theorie und sie ihn über ihre Gefühle aufgeklärt. Beides sei sehr überzeugend gewesen, nur seine Theorie sei falsch.

Ihm dämmert es. Der Schatten, der bei seinem letzten Erwachen Kant um den Hals gefallen war, war nicht die Krankenschwester gewesen. Sondern Malu. Lässt Kant langsam nach?

«Und Arpagaus?», hört er sich fragen, schon wieder nahe am Wegdämmern. «Kann er die Bombe gelegt haben?»

«Wenn er es war, wird man es ihm nicht nachweisen können. Er ist genau der Typ, der das perfekte Verbrechen inszenieren kann. Wenn er es allein durchzieht.»

«Jeder macht Fehler.» Ein Blick zum Infusionsständer. Sollte Morphium nicht wach halten? Oder ist etwas anderes im Gange? Hat er nicht gelesen, dass man aus dem Koma nochmals erwacht, bevor man sich endgültig veabschiedet?

«Klar, aber zum perfekten Verbrechen gehört, dass man das Erwischtwerden miteinkalkuliert. Dass man weiss, wie man sich in diesem Fall verhält. Solange sie dich nicht mit Beweisen festnageln und verurteilen können, ist es egal, ob sie dich erwischen. Lukas wird schweigen, und darum werden sie ihm nichts nachweisen können, selbst wenn er der Täter war.»

«Sie –?» Die Mattigkeit wird immer stärker.

«Ich habe den Fall abgegeben. Solange es Hinweise gibt, dass Lukas dahinterstecken könnte, werde ich mich zurückziehen. Ich glaube nicht, dass ich die nötige Distanz habe, die es für eine professionelle Ermittlung braucht. Laubistorf hat den Fall übernommen.»

«Laubistorf. Glaubt er auch, dass Lukas der Attentäter ist und trotzdem ungeschoren davonkommt?»

«Möglich wäre es, aber für den Konjunktiv bist du zuständig, Magnus.»

Der Konjunktiv. Woher weiss sie davon? Kant? Wahrscheinlich. Bestimmt hat er ihr gesagt, dass er ihn für einen Konjunktivisten hält. Hätte, würde, könnte.

Aber Kant hat recht. Er ist ein Konjunktivist. Und den Konjunktiv wird er sich nicht nehmen lassen. Er ist der Charme der Wirklichkeit. Nichts ist spannender als die Möglichkeit. Darum träumt er auch so gerne. Er wird das Spiel mit den Möglichkeiten zur Perfektion bringen. Er liebt sein Leben im Konjunktiv. Da kann sich Kant auf den Kopf stellen. Und mit ihm die ganze Welt.

Und während das Piepen das Krankenzimmer füllt und Finn unter dem sanften Streicheln von Malu in einen Traum hinübergleitet, steht Susi Zurfluh, die etwas mollige und kräftig gebaute Freundin von Alois Senn, Susi, die ihren Alois bei der Ausbildung zum Bombenentschärfer so lange abgefragt hat, bis sie über Bomben besser Bescheid wusste als er selbst, Susi mit dem Innerschweizer Dialekt, die wegen ihrer männlichen Stimme am Telefon öfters mit «Herr Zurfluh» angesprochen wird, Susi, die ihren Alois in einem Verkehrskadettenoverall aus oranger Baumwolle in allen Rennen angefeuert hat, Susi, die oft mit ihrem Rucksack in den Bergen unterwegs ist, Susi, die mit ihren köstlichen Suppen auch die Fernsehteams in der Rabenlochhütte verköstigt hat – diese Susi steht in ihrer Küche, summt vergnügt ein Liedchen und kocht zufrieden ihr Süppchen. Auch wenn es diesmal noch nicht geklappt hat, sie wird ihren Alois schon noch berühmt machen.

Als es an der Wohnungstür klingelt, wischt sie die Hände an der Schürze ab, stellt das Feuer zurück, geht zur Tür und späht durch den Spion. Sie sieht einen rundlichen Mann mit einem gewaltigen Schnurrbart, kurzen Armen und kurzem Atem. Begleitet von einer jungen Frau, die einiges an Figur zur Geltung bringt.

Dank

«Bristen» hat eine abwechslungsreiche Entstehungsgeschichte und zahlreiche Häutungen hinter sich. Ich danke allen Freunden, Freundinnen, nahen und entfernteren Bekannten für ihre Zeit und ihre wertvolle Hilfe. Ohne ihre kleinen und grossen Beiträge, ihre Hinweise und Tipps, ihre Fragen und Zeichen, ihre Versicherungen und Verunsicherungen, ihre konstruktive Kritik im Kleinen bis hin zum ganzen Lektorat, ihre Hartnäckigkeit und Bissigkeit, ihre aufmunternden Worte, ihre unerschütterliche Zuversicht und moralische Unterstützung wäre «Bristen» nicht zu dem geworden, was es neben dem Roman für mich auch noch ist: eine wundervolle Erfahrung fruchtbarer Auseinandersetzung und Unterstützung.

Paul Wittwer

Eiger, Mord & Jungfrau

Im azurblauen Wasser vor Nizza schwimmt eine Wasserleiche. Kurze Zeit später stirbt an der Côte d'Azur ein Assistenzarzt der renommierten Berner Parkklinik Eiger. Alles deutet auf einen Segelunfall hin.
Frau Knecht, die Mutter des verstorbenen Arztes, glaubt nicht an einen Unfall. Sie vermutet einen Zusammenhang zwischen den beiden Todesfällen. Sie bittet den ehemaligen Studienfreund ihres Sohnes, Dr. Franco Weber, um Rat und Unterstützung. Anfänglich nimmt Franco Weber die Zweifel der Frau nicht ernst. Er befürchtet vielmehr, für die trauernde Mutter die Rolle des Ersatzsohnes spielen zu müssen. Dem vielversprechenden und ehrgeizigen Herzchirurgen des Berner Inselspitals bleibt kaum Zeit für sein Privatleben, geschweige denn für die Sorgen einer verwirrten Trauernden.
Gemeinsam mit einem Freund stellt Franco Weber Frau Knecht zuliebe ein paar halbherzige Nachforschungen an. Statt klare Antworten auf einfache Fragen zu bekommen, stossen die beiden auf komplizierte Widersprüche und dunkle Flecken – auch auf blendend weissen Arztkitteln.
Dr. Franco Weber legt sein Skalpell aus der Hand und riskiert Kopf und Kragen, um die Todesfälle zu klären. Dabei stösst er unerwartet auf übelste Machenschaften in der modernen Spitzenmedizin.

Der Kriminalroman «Eiger, Mord & Jungfrau», der während 26 Wochen die Schweizer Bestsellerliste belegte, ist 2008 in einer Taschenbuchausgabe neu aufgelegt worden.

Nydegg Verlag, CH-3015 Bern, www.nydegg-verlag.ch
ISBN 978-3-9522295-6-9

Paul Wittwer

Giftnapf

Im Trub stirbt der Dorfarzt völlig unerwartet. Die junge Witwe sucht dringend eine Praxisvertretung.

Doktor Ben Sutter meldet sich. Der Job im Emmental soll ihm nach strengen Assistenzjahren eine Luftveränderung bringen.

Schon bald wird er konfrontiert mit Vorkommnissen, die in krassem Gegensatz zur beschaulichen Napfwelt stehen. Unklare Todesfälle, merkwürdige Notfälle, einsilbige Patienten, wortgewandte Prediger und die verwirrend hübsche Witwe stören ihn bei seiner Praxistätigkeit. Der frühere Dorfarzt Doktor Eggimann, Mediziner, Maler und Menschenkenner, trägt mit seinen Theorien über das Unsichtbare weiter zur Verunsicherung bei.

Mit argloser Neugier erforscht Sutter alles, was ihm begegnet. Seine Entdeckungen sind mindestens so verwirrend wie die Topografie des Napfgebietes, und er verliert zunehmend die Orientierung.

Als er endlich den Überblick zurückzugewinnen scheint, ist es zu spät. Viel zu tief ist er in die Geheimnisse rund um den Napf vorgedrungen. Um seine Haut zu retten, bleibt ihm nur die Flucht nach vorn …

Nach seinem sensationellen Erfolg mit «Eiger, Mord & Jungfrau» legte Paul Wittwer 2008 mit «Giftnapf» seinen zweiten Roman vor, der im Herbst 2010 in einer Taschenbuchausgabe neu aufgelegt wurde.
Nydegg Verlag, CH-3015 Bern, www.nydegg-verlag.ch
ISBN 978-3-905961-00-3

Paul Wittwer, 1959 im Emmental geboren und aufgewachsen, hat sich nach seinem Medizinstudium und der Ausbildung zum Allgemeinmediziner mit seiner Familie in Oberburg bei Burgdorf niedergelassen.